ETHNO-ROMAN

DU MÊME AUTEUR

Essais

PSYCHANALYSE ET COPULATION DES INSECTES, Grenoble, La pensée sauvage, 1983.
LA FOLIE DES AUTRES. TRAITÉ D'ETHNOPSYCHIATRIE CLINIQUE, Paris, Dunod, 1986.
LE SPERME DU DIABLE. ÉLÉMENTS D'ETHNOPSYCHOTHÉRAPIE, Paris, Presses Universitaires de France, 1988.
FIER DE N'AVOIR NI PAYS NI AMIS, QUELLE SOTTISE C'ÉTAIT... PRINCIPES D'ETHNOPSYCHANALYSE, Grenoble, La pensée sauvage, 1993.
L'INFLUENCE QUI GUÉRIT. *Une théorie générale de l'influence thérapeutique*, Paris, Odile Jacob, 1994.
MÉDECINS ET SORCIERS *(en collaboration avec Isabelle Stengers)*, Paris, Les empêcheurs de penser en rond, 1995.
PSYCHANALYSE PAÏENNE. ESSAIS ETHNOPSYCHANALYTIQUES, 3e édition, Odile Jacob-Poches, 2000.
NOUS NE SOMMES PAS SEULS AU MONDE. ESSAI D'ÉCOLOGIE DES INVISIBLES NON-HUMAINS, Paris, Les empêcheurs de penser au rond, Le Seuil, 2001.
LE DIVAN ET LE GRIGRI *(en collaboration avec Catherine Clément)*, Paris, Odile Jacob, 2002.
SORTIR D'UNE SECTE *(en collaboration avec Jean-Luc Swertweagher)*, Paris, Les empêcheurs de penser en rond-Le Seuil, 2003.
DU COMMERCE AVEC LES DIABLES, Paris, Le Seuil-Les empêcheurs de penser en rond, 2004.
À QUI J'APPARTIENS. *Écrits sur la psychothérapie, sur la guerre et sur la paix* Paris, Le Seuil-Les empêcheurs de penser en rond, 2007.
LA NOUVELLE INTERPRÉTATION DES RÊVES, Paris, Odile Jacob, 2011.
PSYCHOTHÉRAPIE DÉMOCRATIQUE *(avec Nathalie Zajde)*, Paris, Odile Jacob 2012.

Romans

SARAKA BÔ (SORTIR LES OFFRANDES), Paris, Rivages, 1993. Porté à l'écran en 1997 sous le titre SARAKA BÔ, mis en scène par Denis Amar avec Richard Bohringer et Yvan Attal.
DIEU-DOPE, Paris, Rivages, 1995.
LA DAMNATION DE FREUD *(en collaboration avec Isabelle Stengers et Lucien Hounkpatin)*, pièce en quatre actes, Paris, Les empêcheurs de penser en rond, 1997.
613, Paris, Rivages, 1999.
SERIAL EATER, Paris, Rivages, 2004.
MON PATIENT, SIGMUND FREUD, Paris, Perrin, 2006.
QUI A TUÉ ARLOZOROFF ?, Grasset, 2010.

TOBIE NATHAN

ETHNO-ROMAN

BERNARD GRASSET
PARIS

Photo de la jaquette : © Library of Congress

ISBN 978-2-246-79006-8

Pour Lord Edwin

« Il (…) se prosterna à terre sept fois,
jusqu'à ce qu'il arrive près de son frère. »

Gen. 33-3

1

Je m'appelle Tobie Nathan

En vérité, je suis né après ma naissance. La France, mon pays, j'y suis arrivé un peu tard, en 1958 – comme de Gaulle au pouvoir – déjà âgé de dix ans, déjà fabriqué, pour ainsi dire. Les Français sortaient de la guerre ; nous sortions d'Égypte, arrivés tout droit de l'Antiquité. Je ne comprenais pas l'ambiance de tristesse et de plainte qui régnait alors en France. Mes parents n'avaient été ni déportés, ni collabos, ni bofs ; et certainement pas de ces veaux que raillait le Général. Mes parents venaient d'ailleurs et restaient imprégnés des préoccupations de ce monde lointain. Ils lisaient le journal, non pour connaître le prix du beurre, mais pour avoir des nouvelles de Krouchtchev ou de Boulganine parce que c'étaient eux, les dirigeants soviétiques, qui avaient été à l'origine de leur expulsion d'Égypte, en menaçant les Français et les Anglais durant l'affaire de Suez.

Quand je suis arrivé en France, chacun n'avait qu'une idée en tête, régler les comptes de la guerre. Nous autres, Français, je l'ai compris depuis, sommes éternels opiniâtres de nos raisons… raison d'avoir été pétainiste, raison d'être communiste, raison d'être pacifiste… en ces temps, il y avait encore de tout ! Mon ami, Jean-Loup, aujourd'hui grand reporter dans un hebdomadaire prestigieux, me montrait les jambes frêles de son père : « C'est Buchenwald, m'expliquait-il, pour le reste il a bien récupéré, mais les jambes sont restées aussi maigres qu'au retour du camp »… Nous avions onze ans, douze, peut-être ; nous partagions nos premiers étonnements, nos premiers émois et nos intérêts pour les filles. Pour moi, il était la France et lorsqu'il m'invitait chez lui, j'observais sa famille, une famille de Français. Eux aussi, du reste ; ils m'observaient. Pour eux, j'étais cet étranger qu'ils aimaient connaître. Ils étaient de Charente ; ils étaient comme ça ! – chez eux, on posait mille questions.

La France, je l'ai rencontrée aussitôt arrivé, dans le même temps où je me suis découvert. Je veux donner un double sens au mot « découvrir », à la fois se dévêtir, se montrer, et aussi connaître, reconnaître sa propre étrangeté. J'ai toujours été étrange à moi-même, considérant au fur et à mesure du temps que la seule véritable tâche d'homme était de parcourir ses recoins cachés, de s'adapter à ses propres singularités.

Nous étions à la veille de Pessah, la pâque juive. Il faisait beau, je m'en souviens ! C'était aussi une découverte ce pays où l'on remarquait le jour où il faisait beau ! Le maître, « Monsieur M… » – j'aimerais dire son nom, mais il vaut mieux ne pas troubler le sommeil des morts… –, tablier gris, plis du fer à repasser, cheveux gominés, plaqués en arrière, cynique, raffiné, interrompit la leçon cinq ou dix minutes avant l'heure. Moment de détente, proposition de parole libre. Il faudrait prévenir les migrants : il n'existe pas de parole libre. Lorsqu'elle est libre, ta parole te dénonce plus encore ! Je lève la main :

— Msieur ! Demain, je serai absent… je ne viendrai pas à l'école.

— Ah oui ? Et pourquoi donc ?

— Msieur, mais c'est Pâque ! On va faire la haggadah !

Moment de perplexité dans la classe. Les autres élèves prêtent l'oreille, regards anxieux vers le maître pour savoir que penser. Aucun dans cette classe de CM2 d'une petite école de Gennevilliers n'avait la moindre idée de ce qu'était la *haggadah*… Monsieur M. non plus, du reste, qui résolut de se moquer :

— Ah oui ? répétait-il, tu ne viendras pas demain… Ah oui ? Tu t'en vas faire haggadah sur ton bidet ?

Il avait donné le ton ! Lacanien, déjà… avant la lettre. Il avait prononcé son calembour sans broncher, sans même sourire ; il voulait nous montrer que l'humour ça le connaissait. Admirateur de Sacha Guitry, sans doute collabo durant la guerre, aussi… Le message avait été clair. Le maître avait sonné la dérision, les élèves avaient obéi, aussitôt éclaté de rire. J'ai, par la suite, souvent rêvé de Monsieur M… Je le classe parmi mes initiateurs, ceux après qui je n'ai jamais plus été comme avant. Je me suis souvent demandé (je me demande encore) ce qui m'avait pris d'exhiber ainsi ma singularité juive, alors que nul ne m'avait questionné. D'autant qu'un camarade, juif aussi, étrangement mûr, m'avait averti : « Ferme-la ! Ici, tu es en France ; lorsqu'on est juif, on le cache ! » Et je n'y avais pas pris garde. Les humains sont des sortes de singes ; ils ne peuvent être alertés par la seule parole. Il leur faut aussi des cris et des souffrances.

Douze ans plus tard, dans cette même ville de Gennevilliers, le 10 novembre, jour de mon anniversaire, j'écrivais sur une page de carnet ces quelques mots que je retrouve intacts en ma mémoire : « J'ai vingt-deux ans, je suis amoureux et de Gaulle est mort… » Je venais de devenir français.

Tous les ans, les Juifs fêtent *Pessa'h*, Pâque, pour commémorer la sortie d'Égypte. Je me souviens, enfant, de ma perplexité silencieuse au Caire durant la fête. Nous étions joyeux, réunis en famille… Vaisselle spécifique ; comme tous les ans, ma mère sortait des placards les assiettes carrées et ces étranges cuillers rondes. Éclats de rire, chants religieux, plaisanteries, discussions savantes… « Dieu nous a libérés de l'esclavage »… « Il nous a fait sortir d'Égypte »… « C'est ce que nous commémorons durant cette semaine »… S'il nous avait fait sortir d'Égypte, pourquoi y habitions-nous ? Et pourquoi y étions-nous si heureux ? Je regretterai toujours de ne pas avoir posé cette question qui me taraudait l'esprit là-bas, au Caire. Et en 1958, dans cette classe de Gennevilliers, avec ce Monsieur M. qui respirait le bon antisémitisme d'avant guerre, je commençais à penser que l'Égypte, ce n'était pas là-bas, mais ici, en France, et que Dieu ne nous en avait pas fait sortir ; qu'il nous avait même franchement fourrés dans la gueule du loup. Et moi, plutôt que de faire le marrane comme me le conseillait ce camarade de classe juif, j'en rajoutais ! Je proclamais ma judéité à tort et à travers. Eh bien, j'ai toujours été comme ça. On me dit provocateur. Il s'agit seulement d'un surinvestissement de l'évidence. J'exhibe ce que je devrais cacher. Les années suivantes, au lycée, élève turbulent et taquin, je me faisais sans cesse rappeler à l'ordre. Et le surveillant qui m'attrapait par le revers de mon manteau.

— Quel est votre nom, jeune homme ?

— Je m'appelle Tobie Nathan, msieur ! Tobie comme dans la Bible ; Nathan, comme dans la Bible.

*

* *

J'ai eu vingt ans en 68, à Paris. J'étais étudiant en sociologie à la Sorbonne. Le matin, je prenais le train, en gare de Garges-Sarcelles. En hiver, il faisait un froid glacial sur ce quai où déambulaient des âmes en maraude. J'aimais ce vieux manteau qui avait appartenu à mon frère en Égypte. C'était ma coquetterie. J'enfonçais une casquette de tweed jusqu'aux oreilles et m'enroulais le nez dans une longue écharpe noire.

Elle prenait le même train. Elle se rendait aussi à la Sorbonne où elle étudiait la littérature anglaise. Elle avait une tête de dessin animé, des yeux tout ronds, un bonnet de laine à pompon et le nez rougi par le froid. Elle trimballait partout un énorme nounours blanc, dans le train, à l'université, au bistrot – un nounours qu'elle reniflait sans cesse en lisant Shakespeare. Nous grimpions dans le même wagon. Nous nous regardions, sans nous parler, chacun pressentant chez l'autre une même inquiétude à vivre. Elle habitait Sarcelles, le noyau de la ville, la fondation ; j'habitais Garges-lès-Gonesse, la cité des paumés. Un soir d'hiver, avec mes philosophes de nuit, nous déambulions, d'amis en amis, d'appartement en appartement, de verre de whisky bon marché en verre de vin chaud. Nous avions faim de pensée et d'aventures. Nous avons fini par atterrir chez elle. Nous nous sommes regardés, souri, reconnus. Le train du matin, la casquette de tweed, le nounours blanc… Nous avons flirté, puis parlé. Lorsque les autres sont repartis, nous parlions encore. Son père dormait dans la chambre du fond. Et sa mère ? Elle était morte, il y avait peu de temps, un peu plus d'un an, deux peut-être… Sa mère ? Anna Langfus… Étonnement. Je la connaissais. Je l'avais rencontrée une seule fois. J'avais quatorze ou quinze ans. Elle habitait déjà Sarcelles. Elle venait d'obtenir le prix Goncourt pour son roman *Les bagages de sable*. Ma famille avait quitté la cité de Gennevilliers. J'avais perdu en un jour mes amis, cette ambiance communautaire et mon chat, un puissant tigre des banlieues. Privé de mes amis égyptiens, peu attiré par mon nouvel environnement, j'avais écrit mon premier roman, dactylographié durant un été, sur une vieille Remington. Je m'étais confié au bibliothécaire de Sarcelles. « Tu as écrit un roman ? s'étonna-t-il. Ah bon ? Un vrai roman ?... – Mais oui ! Deux cents pages, une histoire d'adolescent amoureux, incompris, qui finit par se suicider... Il aurait pu s'intituler “les souffrances du jeune Tobie”. – Et tu voudrais le faire lire, c'est ça ? » Il m'avait conseillé de confier mon manuscrit à Anna Langfus qui habitait Sarcelles. Elle m'avait donné rendez-vous dans un bistrot à proximité de la gare. Une petite femme fragile, les yeux noirs, immenses, profonds comme le Loch Ness et des rides sur le front, sillons où s'était gravée une conscience suraiguë du malheur. Je lui avais parlé de mon texte. Elle avait écouté, promis de lire, m'avait laissé son numéro de téléphone. Elle était repartie avec mon manuscrit. Je ne possédais évidemment pas de copie, seulement quelques brouillons épars. Effrayé par ma propre audace, j'avais mis des mois à l'appeler au téléphone, six mois, peut-être davantage. Un jour, j'avais franchi le pas. Oui, elle avait lu le texte, l'avait aimé, trouvé intéressant et émouvant. « C'est un début, avait-elle ajouté, il vous faut maintenant travailler, travailler beaucoup... » J'en avais tiré deux conclusions. La première était que je ne publierais jamais ce texte ; la seconde que j'étais un écrivain. Du coup, sur la première page de mon petit agenda, j'avais inscrit : « Tobie Nathan, écrivain ». Bien des fois, je m'étais dit que je lui téléphonerais à nouveau pour récupérer mon manuscrit, mais je repoussais sans cesse l'échéance. C'est durant ces périodes d'hésitation que j'ai lu son roman, celui qui avait obtenu le prix. Elle était sans doute la première femme à raconter la Shoah où ses parents avaient disparu, la Gestapo qui l'avait férocement torturée, son premier mari abattu devant ses yeux par les nazis… J'étais bouleversé. Je l'avais fait lire à ma mère qui avait apprécié *Le dernier des justes*, paru à peine trois ans auparavant, un autre livre sur la Shoah qui avait aussi obtenu le prix Goncourt. Et puis je m'étais finalement décidé. Je lui avais téléphoné et personne n'avait répondu. J'avais questionné ce même bibliothécaire pour apprendre qu'Anna Langfus était morte brutalement, d'une crise cardiaque. Disparu, le roman… J'avais fini par faire une croix dessus. Et voilà que sa fille, Maria, surgissait dans ma vie, par hasard, et que je me retrouvais dans son appartement, étalé sur son divan. Maria m'apprit que les affaires de sa mère étaient restées telles qu'elle les avait laissées, dans son bureau. Si mon manuscrit se trouvait dans l'appartement, ce ne pouvait être que là. Mais il y avait tant de désordre, tant de papiers… Elle me promit de le chercher.

*
* *

Retour en arrière. Gennevilliers aux temps de mon adolescence. En ces temps, en France, l'intelligence se devait communiste. Gennevilliers était communiste. En l'espace de quelques décennies, les villages de France s'étaient vidés, les enfants d'agriculteurs étaient devenus ouvriers, perdant la relation quasi charnelle qu'ils entretenaient avec l'Église, avec les traditions païennes, aussi, les fêtes des morts de novembre, les feux de la Saint-Jean à l'acmé de l'été… Je l'ignorais alors, mais, dans ces banlieues ouvrières, presque tout le monde était immigré – les uns d'une province, d'un village de France et les autres de Pologne, d'Italie, du Portugal et déjà beaucoup d'Algérie. Le parti communiste fournissait au peuple, ces immigrés de l'intérieur, des substituts à la culture qu'ils avaient abandonnée en quittant les campagnes. Succédanés composites de curés et d'instituteurs, les cadres du parti avaient hérité des uns et des autres. Ils étaient autoritaires, moralisateurs et prosélytes. À Gennevilliers, que la déstalinisation n'avait pas effleurée, on appliquait à la lettre les règles soviétiques. On enrôlait les enfants dès l'âge scolaire dans des colonies de vacances sur le modèle des komsomols. On les incitait à venir ensuite aux patronages communistes, les jeudis et les dimanches. Là, les animateurs faisaient leur possible pour qu'ils finissent par adhérer aux jeunesses communistes. Le chemin était tracé. Ensuite, c'était le syndicat, la CGT et au bout du chemin, l'apothéose, l'adhésion au parti. Il faut reconnaître que cette organisation, clairement conçue pour encadrer le peuple, lui fournissait une armature. L'art de bien vivre consistait à fréquenter les lieux communistes en évitant de se laisser embrigader l'esprit et dompter le corps. Les communistes étaient alors plus pudibonds que les curés. Mais à la « Maison pour tous », les filles étaient nombreuses et peu farouches. Alors, ça valait bien une messe marxiste... Je fréquentais la bibliothèque de Gennevilliers, une grande bibliothèque bien tenue et bourrée de livres, tous méticuleusement reliés. Je m'y prenais de manière systématique. Bertolt Brecht... et je lisais la totalité de son théâtre ; Anouilh, pièce après pièce ; Giraudoux... « Pourquoi veux-tu lire Giraudoux ? » et Montherlant ? Sartre, surtout le théâtre et les romans. « Tu veux vraiment lire Sartre, mon garçon ? C'est un auteur controversé, tu sais ? Pourquoi ne prendrais-tu pas un livre d'Aragon, plutôt ? » Comme tous les pauvres, je commençais par la fin, par les auteurs les plus récents. Céline... il n'y avait que *Voyage au bout de la nuit*... Et les autres livres de Céline ? « Ce n'est pas de ton âge » me tançait la bibliothécaire. Je m'étais pris d'une passion pour Oscar Wilde, dont j'aimais l'esprit caustique et l'art du paradoxe. « Si tu continues à lire Oscar Wilde, je vais être obligée de prévenir tes parents... » Il était bon que le peuple prenne conscience que la véritable science ne pouvait être faite que par des communistes, la bonne littérature aussi. Je percevais ce prosélytisme de tous les instants comme insultant. Il définissait ceux à qui il s'adressait comme des handicapés. « Vous avez perdu Dieu et les traditions de vos ancêtres. Vous accepterez sans discussion les succédanés que nous vous offrons. Et vous direz merci ! » Les communistes ont toujours considéré le peuple comme un ramassis d'orphelins.

À neuf ou dix ans, sur le chemin de l'école du quartier, toujours en retard, nous récitions en courant le *shema' Israël*, le credo juif, parce que nous n'avions pas eu le temps de dire notre prière. Je le sais encore par cœur. Je l'ai récité encore quelques fois, emporté par une force intérieure, au Brésil, dans un autocar qui dévalait une montagne à 100 à l'heure sous la pluie, au Burundi sous un déluge de roquettes, il y a encore seulement un an, en Guinée, au sein d'une gigantesque émeute lorsque Dadis Camara avait reçu une balle dans la tête tirée par Toumba Diakité, son aide de camp. Je m'en suis toujours tiré sans une égratignure. Je n'avais pas perdu Dieu ; je ne l'ai toujours pas perdu.

Un jour, mon frère est rentré de la bibliothèque avec deux livres qu'il a aussitôt cachés au fond d'un placard : *Le manuel du dragueur* (je ne me souviens plus du nom de l'auteur) et les *Trois essais sur la théorie de la sexualité* de Freud. Je les ai évidemment dévorés tous les deux. Le manuel du dragueur n'était pas très bon. Il fournissait des « trucs », des attitudes à adopter, des formules à employer, des manières de s'habiller, pour séduire les filles. Je les ai bien sûr aussitôt mis en pratique, sans aucun succès. Le livre de Freud, en revanche, s'est révélé plus fonctionnel. J'avais quinze ans et il parlait en détail de la seule question qui avait quelque intérêt, qui envahissait tous les instants de ma pensée d'adolescent : la sexualité. Et Freud en parlait en savant positif : « nous avons découvert… », « nous savons désormais que… », « la science a établi que… » Il fournissait toutes les réponses aux questions que je ne me posais pas. Nous étions agités par une sexualité exacerbée ; une sexualité sauvage, une sexualité de combat, aussi, contre l'idéologie des curés, contre la morale ridicule des enseignants, celle des militants du parti. Séduire ! Renouveler l'expérience ; séduire encore, une nouvelle fille, encore une, pour voir si la sensation éprouvée dépendait de la partenaire… encore une pour aller plus loin qu'avec la précédente… Inlassable poursuite d'une libération à venir, totale, définitive. Qui savait alors qu'à travers l'exploration systématique de ses excitations juvéniles, cette génération de l'après-guerre préparait la révolution de mai 68 ? Nous draguions les filles dans la rue, dans les cinémas, si nombreux alors, dans les surboums, dans les bals de campagne, partout, à chaque fois que c'était possible. Nous mettions un point d'honneur à ne jamais rater une occasion. Les filles semblaient moins avancées que les garçons dans cette longue marche vers la libération. Beaucoup fuyaient nos invitations, d'autres fréquentaient des endroits tristes, comme les bandes à Jésus, les après-midi chez le curé. Du coup, elles étaient moins nombreuses que les garçons à se prêter au jeu. La pénurie nous avait rendus démocrates. Nous les draguions toutes, celles que nous trouvions jolies et celles qui nous semblaient moins gracieuses. Flirts d'un après-midi, d'une soirée ou relation à éclipses, comme ces rencontres informelles dans l'obscurité du cinéma de quartier, qui restaient suspendues sur une promesse implicite de se retrouver au même endroit, le dimanche suivant. Je crois qu'aucun d'entre nous n'a oublié.

2010 – petite discussion sur un chat avec une condisciple du lycée retrouvée par hasard sur internet. J'écris : « Je ne sais pas si tu te souviens de moi, en classe de seconde, au lycée d'Asnières… – Je n'ai rien oublié, répond-elle. Nous nous sommes embrassés un après-midi à la Comédie-Française, tout au long du *Soulier de satin* de Claudel. Comment oublier ? »

Certaines relations étaient platoniques, se réduisant à un baiser plus ou moins prolongé, des promenades pudiques, main dans la main, d'autres, protégées par la nuit, l'obscurité des caves ou du cinéma, beaucoup plus entreprenantes. Truffaut mettra en scène, dans la saga d'Antoine Doinel, l'exploration de cette sexualité de tous les instants. C'était la nôtre ! C'est dans ce contexte que j'ai lu Freud pour la première fois et je l'ai aussitôt adopté. Pour moi, il exposait un choix philosophique. C'était le mien. Je glorifiais la sexualité, force incoercible, déposée en nous au service d'un but transcendant. J'avais retenu que sans cette force, nous serions des animaux idiots et égoïstes. Et la vie me montrait chaque jour que sans cette pression sexuelle, nous serions conformes à ce que nos éducateurs qui nous assaillaient de toutes parts – les instituteurs, les communistes et toutes sortes de curés – voulaient de nous : des tables rases. Cette tension tyrannique qui contraint à chercher toujours un autre, jamais apaisée par sa satisfaction, je la reconnaissais. Je la percevais chez chacun de mes amis d'alors, compagnons des errances dans les rues des cités à la recherche du consentement de l'objet. Nous étions obsédés par la sexualité, Freud aussi ! Il en avait fait le pivot central de sa pensée, elle s'était imposée à nous comme seul horizon mental. Dans son livre, je découvrais les descriptions des comportements sexuels dont j'avais eu l'intuition, sans les connaître vraiment, l'homosexualité, par exemple. J'ai lu dans les *Trois essais sur la théorie de la sexualité* la promesse faite aux homosexuels d'accéder à l'hétérosexualité après une cure. Tout le monde sait aujourd'hui que c'étaient foutaises. Ce que Freud nommait « déviations » ou « perversions » ne sont en vérité que le nuancier des expressions du désir. L'exhibitionnisme et le voyeurisme dans les nouvelles de Sartre, le masochisme, aussi, et le fétichisme de la chaussure aux excitations rétro du *Journal d'une femme de chambre* de Buñuel... Jusqu'à la fameuse *Psychopathia sexualis* de Krafft-Ebing que l'on trouvait alors dans les sex-shops, déçus de devoir déchiffrer du latin les passages les plus salaces. Je reste persuadé que Freud est une lecture pour adolescents. Il leur correspond si bien. Et je me suis comporté avec les ouvrages de Freud comme je l'avais fait avec les autres, avec ceux d'Oscar Wilde, de Brecht ou de Sartre. Je les ai tous lus, systématiquement, tous ceux qui figuraient dans ces bibliothèques municipales, du moins – les textes de Freud n'avaient pas encore été tous traduits en français, loin s'en faut.

Je lisais les ouvrages, relisais sans cesse les parties difficiles. Je faisais partager cette passion à mes amis. Si bien qu'à dix-huit ans, j'étais devenu une sorte d'expert. Ma décision était prise : j'en ferais ma profession, je serais psychanalyste – je l'étais déjà ! De mes amis d'alors, aucun n'avait été épargné par la furie pulsionnelle. Nous n'abordions pas le sujet de front ; Freud nous a permis de parcourir nos phobies pubertaires, masqués derrière la science. Plus nous pénétrions cette pensée rugueuse et arrogante, et plus nous étions pris du désir de l'expérimenter. Je m'interroge encore sur cette passion qui s'est emparée de jeunes enfants d'émigrés, eux-mêmes nés à l'étranger, soumis à l'urgence de s'adapter à un monde qu'ils ignoraient. Au fond, la psychanalyse a été pour notre petit groupe d'enfants d'émigrés ce que fut la boxe pour les Italiens des années 30 ; ce que sont aujourd'hui le rap ou le slam pour les enfants des banlieues : un moyen de plonger sans retard dans les profondeurs de la société. La psychanalyse démarrait à peine en France. Quelques philosophes l'évoquaient, tels Sartre et Beauvoir. Mais les communistes s'y opposaient farouchement et leur voix était prépondérante. La discipline n'était pas enseignée à l'université. On s'en moquait dans la presse populaire. On pouvait lire quelques ouvrages de psychanalystes français, aussi, de Laforgue ou d'Allendy, mais, pâles copies des textes freudiens, ils nous paraissaient insipides. Tout était à construire. Pour nous autres, migrants, nous spécialiser dans une pensée dont on percevait les premiers balbutiements, c'était être tout de suite dans le coup, rattraper en quelques années notre retard existentiel millénaire.

Sylvain avait un an de plus que moi. Lui aussi était né en Égypte, lui aussi avait atterri dans la cité Claude-Debussy ; lui aussi était passionné de psychanalyse. Les cheveux bouclés comme un mouton des Shetland, de grands yeux d'écureuil et des phrases qui lui venaient des tréfonds. Il était passé de rêves de physique nucléaire et de constructeur de fusées genre Werner von Braun à ceux de démiurge du fonctionnement mental. Je lisais Freud, lui se référait sans cesse à un auteur jungien, Pierre Daco, qui avait écrit *Les triomphes de la psychanalyse*, une sorte de manuel pour innocents des banlieues pauvres. Ensemble, nous avons commencé à fouiller les textes. À qui se donne la peine de lire, ils fournissaient la théorie et la façon de s'en servir. Nous ne savions pas alors que la plupart des « cas » de Freud étaient « bidonnés » – nous commencerons à le découvrir vingt ans plus tard. Appliquer les prescriptions techniques ne semblait pas au-dessus de nos moyens. Que fallait-il au juste ? Deux personnes volontaires, une pièce tranquille et un peu de temps. Nous avons commencé par les rêves. Mais comment savoir si nos interprétations étaient valides ? Pour expérimenter la psychanalyse, il fallait s'occuper d'un symptôme, appliquer les propositions techniques de Freud, et observer sa disparition. Nous décidâmes par conséquent, Sylvain et moi, de mettre en œuvre de véritables séances de psychanalyse. Dans un premier temps, il serait le patient et lorsque nous en aurions terminé avec lui, je prendrais sa place sur le divan. Et nous l'avons fait ! Il nous a fallu nous découvrir des symptômes ; nous les avons trouvés ! Il a fallu nous fixer des règles de travail et les respecter. Nous nous sommes tenus scrupuleusement aux principes fixés par notre protocole. Nous n'avions pas dix-neuf ans. Armés de notre toute jeune érudition, guidés par notre passion commune, nous avons inventé une « psychanalyse mutuelle ». Je ne saurais dire quel a été l'effet de cette première « tranche ». Mais il nous est resté, à l'un comme à l'autre, une familiarité avec la psychanalyse, comme ces personnes qui connaissent Dieu parce qu'elles se sont rendues à la messe durant leur enfance. Nous sommes par la suite tous deux devenus psychanalystes. Nous avons fait nos classes, comme on dit. Nous avons passé nos diplômes à l'université, suivi chacun une psychanalyse, avec un praticien, membre d'une société reconnue. Notre formation a été validée par nos instituts de psychanalyse respectifs. Je n'ai pas revu Sylvain depuis de très longues années. Nous n'avons pas fréquenté les mêmes écoles ; nos chemins ont divergé. Mais l'expérience que nous avons partagée est restée le moment initial, comme la première cigarette fumée en cachette.

Nous avions aussi organisé un séminaire. Quelquefois nous nous retrouvions à sept ou huit, mais le noyau était constitué de quatre garçons, sensiblement du même âge. Il y avait Sylvain et moi, bien sûr, et aussi Isaac, lui aussi un émigré d'Égypte atterri à la cité Claude-Debussy, et Philippe, un grand blond, un émigré de l'Oise. Sylvain et moi sommes tous deux devenus psychologues et psychanalystes ; Isaac et Philippe, psychiatres et psychanalystes. La plupart du temps, Isaac nous accueillait dans son petit deux-pièces d'une cité ouvrière, à Gennevilliers. À vingt ans, il était déjà marié – un mariage contraint, comme il en existait encore, lorsqu'on avait mis enceinte sa chérie du moment. Il lui était impossible de l'abandonner, d'autant que sa jeune épouse, la charmante Hélène aux yeux couleur de ciel, était aussi une réfugiée d'Égypte. Sa famille avait fait le détour par l'Amérique et le Canada avant d'aboutir là, dans notre cité de Gennevilliers. L'enfant qu'ils ont eu ensemble, le petit Michel, était beau comme un ange et il a par la suite réussi les plus brillantes études. Les enfants de l'amour incontrôlé, échappés aux règles et aux prudences, se révèlent parfois cadeaux de Dieu. Nous nous retrouvions tous les dimanches soir pour des séances de travail qui duraient rarement moins de six heures d'affilée. Nous réparions ensemble la pauvreté de l'enseignement universitaire. Je n'ai jamais étudié aussi sérieusement, avec autant d'assiduité et de passion, que durant ces années d'apprentissage mutuel. Patiemment, semaine après semaine, nous avons creusé le même sillon. Nous étions capables de réciter par cœur des passages entiers de Freud. Étant à nous-mêmes nos propres maîtres, nous n'étions pas objets du terrorisme des professeurs. Plus encore, ce qui nous tenait au ventre, c'était de trouver un débouché réel aux pensées que nous brassions. Nous sommes devenus des militants. Le monde, avions-nous décidé, souffrait de rétention sexuelle. Nous en étions d'autant plus convaincus que nous venions de faire l'expérience personnelle de la misère sexuelle des adolescents. La libération à venir serait sexuelle et produirait, par une sorte de mécanique nécessaire, le relâchement de la tension sociale et la révolution que nous appelions de nos vœux. Nous avions été conquis par un petit livre de Wilhelm Reich, un livre de combat qui circulait sous le manteau, intitulé *La lutte sexuelle des jeunes*. Livre étrange et fort, sorte de pamphlet politique à base de théorie psychanalytique, appelant les jeunes gens à se révolter contre la répression sexuelle imposée par les éducateurs, les religieux, les cadres politiques. Wilhelm Reich, savant fou des années 30, membre du parti communiste allemand au moment où il fallait faire le coup de poing contre les nervis nazis à Berlin, militant « vert » avant la lettre, qui se présentait aux séances de l'Association internationale de psychanalyse en tenue de scout, un poignard à la ceinture. Je m'amusais de la liberté qu'il avait prise avec les règles de la cure. Il déclarait à qui voulait l'entendre qu'il ne s'interdisait pas les relations sexuelles avec ses patientes. Il y allait même d'un commentaire peu respectueux : « Il vaut mieux coucher avec ses patientes, comme je le fais, disait-il, que de se masturber derrière leur dos, comme vous le faites ! » Reich nous fascinait, non par l'originalité de sa pensée, mais par sa passion de la liberté. Quant à Marx, nous nous y sommes plongés aussi… nous avons même failli nous y noyer. Les pamphlets, comme le *Manifeste du parti communiste*, ne posaient pas de problèmes de compréhension. Mais lorsque nous nous sommes attaqués aux textes de fond, à la *Contribution à la critique de l'économie politique* d'abord, puis au premier tome du *Capital*, une masse de questions techniques nous a sauté à la figure. Comment se faisait-il que la révolution sociale ne s'était jamais produite dans les pays qui avaient une industrie développée, avec un vrai prolétariat, organisé au sein de syndicats ? Elle n'avait pas eu lieu en Grande-Bretagne, pas plus en Allemagne, encore moins en France. À l'époque, nous n'évoquions même pas l'Amérique. Pourquoi voyait-on fleurir les révolutions précisément là où il n'existait aucun prolétariat ? En Russie autrefois, en Chine ensuite, dans les pays du tiers monde durant ces années 60, embarquées avec fracas dans une interminable décolonisation. Et puis Marx, je le connaissais personnellement, moi qui l'avais côtoyé au plus près dans les organisations du parti durant mon enfance à Gennevilliers. Ce n'est que plus tard, au début des années 70, que je me réconcilierais avec lui en lisant Althusser.

Nous nous sommes frayé une voie, par l'entremise de ce petit groupe informel d'étudiants spontanés. Nous n'étions pas, c'est le moins, de ces « héritiers » que décrivait Bourdieu. Nous n'avions pas été nourris dès le berceau au lait des préciosités qui vous ouvrent les portes des grandes écoles et les allées du pouvoir. Tous émigrés, nous ne disposions ni des codes, transmis comme partout, de génération en génération, au sein des familles, ni des guides pour les expliciter. Nos parents n'avaient aucune notion de la hiérarchie des études, des manières d'entrer dans telle ou telle profession. C'étaient nous, leurs enfants, qui leur expliquions le monde où ils vivaient. Si nous n'étions pas des héritiers, nous n'étions pas pour autant des « captifs », des êtres sans noms et sans familles. Notre héritage était fait de rites, de traditions et de mythes, mais ces richesses étaient désactivées. Nous nous amusions en remarquant que nous étudiions Freud comme nos anciens le Talmud, avec la même ferveur ; et cette façon de se faire mutuellement répéter les mêmes textes, entre condisciples ; et ces interminables discussions sophistiques sur des détails, sur des formulations ; et cette même excitation mentale à l'idée de découvrir enfin une vérité… Incontestablement, notre psychanalyse avait pris la forme du Talmud – ce Talmud que nous avions à peine effleuré. Et puis, nous nous étions constitués en classe d'âge, dans une société qui voulait gommer les appartenances, se débarrasser des rituels d'initiation, qui ne voulait plus aucun groupe, qui avait décidé de n'avoir affaire qu'à des individus, des contribuables, des numéros de sécurité sociale.

J'ai eu vingt ans en 68 et j'étais devenu de la graine de gauchiste. Je ne peux pas dire que j'étais « marxiste », quoique passant des heures à m'échiner sur les textes de Marx. J'étais freudien, à coup sûr, totalement imprégné de pensée psychanalytique, mais en recherche, très éloigné, comme on peut l'imaginer, des appareils institutionnels. La psychanalyse réelle, celle des instituts de formation et des praticiens reconnus, était alors un rêve lointain. Dans une revue – peut-être *Les Temps modernes* ? –, j'avais découvert le « mouvement situationniste », des militants de la métamorphose qui préfiguraient la révolution à venir. Au lycée, avec mes amis Gérard et Jean-Loup, nous étions situationnistes sans théorie. Nous abordions les passants en pleine rue. L'un de nous s'avançait alors que les deux autres observaient. « Bonjour monsieur !… Heu… Je voudrais vous poser une question… Mais c'est embarrassant… Peut-être pourrez-vous me renseigner… On me répète ça sans arrêt, je ne comprends pas… Pourquoi dit-on qu'un trou, c'est toujours un trou ? » La plupart riaient de nos facéties. Il fut naguère une France tolérante. Nous entrions dans la boutique pour demander au quincaillier si sa fille couchait. Nous avons traversé nus la place Saint-Michel. Une fois par an, depuis ma classe de seconde, nous participions au monôme du bac, défoulement le long des grandes avenues parisiennes contre des automobilistes coincés dans des embouteillages sans fin. Nous n'étions pas à l'âge du bac, mais prenions place dans le cortège, expérimentant à plus grande échelle les bouffonneries de nos quotidiens. Nous leur badigeonnions la frimousse de crème à raser ou de dentifrice. Ces pitreries nous avaient construit petit à petit une attitude face au monde, une sorte de morale du refus. Peut-être est-ce la raison pour laquelle je n'ai jamais réussi à adhérer. À vingt ans, mes amis commençaient à faire des choix. Franck et Pierre avaient tous deux fini par rejoindre le parti communiste ; Peewee était chaque jour plus attiré par les prochinois, tout comme Gilles ; Colette et son ami Jankel, par les trotskistes de Lutte ouvrière ; moi j'attendais la révolution. Il faut dire que le mot « révolution » avait pris un sens mystique. Il était ce point de lumière lointain, qui finirait par un grand soleil. À y réfléchir, ça aurait tout aussi bien pu être la mort. Le bouleversement attendu devait, nous en étions persuadés, transfigurer le monde. La métamorphose des personnes, c'était notre rayon, nous les psychanalystes en fusion dans les forges du monde à venir ! Et lorsqu'en 1967 parut le *Traité de savoir-vivre à l'usage des jeunes générations*, de Raoul Vaneigem, ce fut comme un cataclysme, une explosion mentale, la déchirure du rideau. Nous avons trouvé, tracés en lettres de feu, les énoncés de notre philosophie implicite. « Nous ne voulons pas d'un monde où la garantie de ne pas mourir de faim s'échange contre le risque de mourir d'ennui. » Au plus près des intuitions de notre ordinaire, les mots résonnaient d'une violence intelligente. Nous n'avons pas « étudié » Raoul Vaneigem ; nous l'avons lu et relu. Il n'y avait rien à comprendre, juste ressentir le flux qui s'écoulait de ses textes comme le sang qui coulait dans nos veines. « Jouir sans entraves »... C'est ainsi que pouvait se résumer son programme politique. Il nous offrait les mots de notre révolte, il résolvait les algorithmes de nos questionnements... sans doute trop vite et sans nuance. Mais nous n'avons pas boudé notre plaisir.

C'est cette même année 1967 que je suis, une nouvelle fois, passé à côté d'un destin possible. À Garges-lès-Gonesse, je m'étais fait de nouveaux amis, les R., des Français de France, émigrés de nulle part. Sans doute quatre ou cinq générations plus tôt avaient-ils été de la terre, de Champagne, d'Auvergne ou de Picardie, mais ils n'en avaient plus souvenir. Le parti avait tout gommé. Il y avait le grand frère, Richard, longiligne, puissant, persuasif. Il était ouvrier dans l'automobile. Sa sœur, Marie, la voix déjà voilée par la Gauloise filtre, jolie fille pleine de santé et de joie de vivre, la bonté même, devenue du coup fonctionnaire dans la commune. Elle sentait bon. Elle avait la sensualité joyeuse des femmes ouvertes, qui n'ont ni honte d'être femmes, ni peur des hommes. C'étaient mes amis, les deux aînés d'une fratrie de six. Modelée par le communisme, la famille était animée de solidarité militante, s'avançant vers les autres qu'ils voulaient découvrir, avec lesquels ils voulaient parler, parler encore, parler toujours. Interminables discussions politico-philosophiques qui nous menaient jusqu'au matin. Ce sont eux – peut-être Richard ? Ou bien sa sœur… – qui m'avaient averti de la conférence de « Manitou » à la maison des jeunes de Garges-lès-Gonesse. « Manitou », Léon Ashkenazi, un maître du Talmud, animateur inspiré des Éclaireurs israélites de France, rabbin et philosophe, qui venait expliquer le « message juif », dans cette ville tentaculaire où s'imbriquaient à l'infini les cités des exilés. Nous n'étions pas bien nombreux à cette conférence. Je crois bien que Richard s'est endormi. Manitou a longuement développé son idée. Les jeunes Juifs, aujourd'hui comme autrefois, étaient fascinés par des intelligences extérieures à leur monde. Ils ne réalisaient pas qu'ailleurs, dans les autres philosophies, il y avait bien moins à penser que dans la philosophie juive. J'ai été captivé par son discours. Je l'ai interrompu à plusieurs reprises, lui posant des questions précises. Il acceptait de venir sur mon terrain, d'argumenter les thèses psychanalytiques. La conférence s'est terminée sur un long dialogue entre nous. Il devait être minuit. Il m'a pris à part, m'a demandé dans quelles études j'étais engagé. Il hochait sans cesse la tête, avec un air de comprendre. Pour finir, il m'a proposé de rejoindre l'un de ses séminaires. J'ai répondu que je réfléchirais… Je ne l'ai jamais revu. Bien plus tard, en 2005 ou 2006, j'ai lu une partie de ses œuvres qui venaient d'être publiées. Il aurait pu être un maître pour moi. Dans les *Pirke avot*, les « maximes des pères », on peut lire que l'élève fabrique le maître et non l'inverse. Je n'en étais pas vraiment conscient, mais j'avais fait d'autres choix.

En 1966 et 1967, les cours à l'université étaient d'un ennui mortel. Je m'étais inscrit en sociologie, parce que j'étais intéressé par la révolution socialiste. Je n'avais pas choisi la psychologie, qui semblait réservée aux filles – au moins 80 % étaient des étudiantes. Dans le grand amphithéâtre de la Sorbonne, plus de mille étudiants étaient réunis pour écouter un professeur dont on apercevait à peine la silhouette au loin, lire péniblement les épreuves de son prochain livre. On l'entendait à peine balbutier dans un micro. Un tel mépris, une telle absence d'intérêt pour les étudiants devaient bien avoir une raison. Le ministère avait été surpris par l'afflux massif des jeunes gens issus du « baby-boom » de l'après-guerre, notre génération. Sans doute en avait-il pris conscience au dernier moment, en consultant les listes d'inscrits. L'administration avait aménagé les filières en catastrophe, parquant les étudiants par milliers en attendant qu'ils se lassent et partent « voir ailleurs ». Les statistiques indiquaient que pour cent étudiants inscrits en première année, un seul obtenait son doctorat en fin de cursus. Il ne faut pas laisser de grandes masses de jeunes gens intelligents s'ennuyer à l'université ; ils finissent par faire des révolutions. Notre seule consolation, les magnifiques bibliothèques universitaires, celle de la Sorbonne, somptueuse, que je préférais à Sainte-Geneviève, trop grande à mon goût. J'y passais bien plus de temps qu'en cours, parfois seulement pour ressentir l'ambiance, m'endormir la tête dans les bras au-dessus d'un livre de Leibniz. Je rêvais de rencontres amoureuses la tête contre les lettres. Le travail intellectuel réveille les sens. J'aurais tellement voulu rencontrer ici une étudiante, comme cette si jolie petite Indienne qui s'acharnait sur son code civil…

Je devais avoir l'air triste, ce soir-là, seul à la cafétéria du centre Censier, attendant le dernier cours devant un gobelet de café froid au goût de savon. Elle était inscrite en psychologie. Elle avait des yeux clairs comme un lac italien sous le soleil. Je l'avais croisée à plusieurs reprises dans les cours que nous avions en commun. C'est elle qui m'aborda : « Tu as l'air perdu. – Oui ! Je me suis égaré sur la route en venant du Caire. – Tu ne sais plus rentrer chez toi ? – Je ne sais plus où est “chez moi”. – Après le cours, tu repars en métro ? – Oui, bien sûr ! – Nous pouvons faire un bout de chemin ensemble… » Elle était passionnée par la psychanalyse et les voitures de course. Moi aussi ! Elle habitait la banlieue ouest, moi la banlieue nord. Nous avons passé des heures à la correspondance de Châtelet, ne parvenant à nous séparer. Le dimanche suivant, nous nous retrouvions à Montlhéry pour assister à une course de voitures. Nous nous sommes aimés pour la première fois sous une tente, dans l'enceinte du circuit des 24 heures du Mans, tout en reconnaissant les voitures que nous entendions passer au hurlement de leur moteur. Nous avons travaillé ensemble, décortiqué des théories, rêvé des projets impossibles… Elle était sérieuse et érudite ; j'étais comme un chien fou. Je ne saurais trop la remercier de m'avoir donné une raison de me rendre chaque jour à l'université cette année-là. Nous avons sans doute puisé l'un et l'autre, dans cet amour de quelques mois, la force de générer l'avenir. Elle est devenue professeur de psychologie ; moi aussi !

J'ai eu vingt ans en 68 et j'étais en seconde année de sociologie, comme Daniel Cohn-Bendit. Je l'avais croisé une première fois en mars 1967, à Nanterre, lors du déclenchement des révoltes étudiantes. Une grosse bouille rousse à peine sortie de l'enfance, des yeux illuminés d'intelligence, un don inné de la politique des grands groupes... il fut la force de notre génération ; un phénomène ! Il a essayé de le rester. Je reconnais souvent le génie de notre jeunesse dans ce qu'il est devenu aujourd'hui... pas toujours ! Personne n'a oublié que la révolution s'est mise en marche à l'occasion d'une question sexuelle. Le président de l'université de Nanterre avait interdit aux garçons de pénétrer dans le bâtiment des filles. C'était cocasse ; dans la cité universitaire, un grand nombre de chambres, à peine assez grandes pour héberger une personne, étaient habitées par des couples. Les étudiants organisaient des fêtes réunissant des dizaines de jeunes gens dans les chambres et dans les couloirs. Ce n'étaient pas des orgies ; on y brossait tout de même les brouillons de la libération des mœurs, en une sorte de thérapie généralisée. Nous étions déconcertés. Appel aux forces de police, premiers affrontements, poursuites échevelées au travers des ruelles, et jusqu'au bidonville voisin, arrestations, nuits au poste de police... Il y eut aussi des brimades. On chassait le gauchiste dans les rues de Nanterre. Policiers infiltrés, jeunes flics « banalisés » en jeans et tennis, pour avoir l'air d'étudiants. Ils abordaient les filles, réputées plus naïves, pour leur soutirer des informations. On voulait trouver les meneurs, les exclure de la vie étudiante, comme on détruirait un microbe ayant infesté un corps sain. David, l'un de mes amis de la cité Claude-Debussy, habitait la cité universitaire de Nanterre, dans le bâtiment des filles, dans la chambre d'une jolie blonde, la sosie de Mia Farrow, qui étudiait la littérature. Nous nous y retrouvions souvent pour rêver le monde à venir, pour faire parler les morts, aussi, en faisant danser un verre sur une nappe d'alphabets. Ces premiers événements de mars 67 avaient vigoureusement affermi notre conviction : la véritable révolution serait avant tout sexuelle. Problème le plus sensible, la sexualité concernait chacun de manière immédiate. Dans le tréfonds de ses fantasmes, chaque personne, chaque homme, chaque femme, était un révolutionnaire en puissance. Il suffisait de lui expliquer que la rétention de sa pulsion sexuelle produisait névroses et symptômes. Il suffisait de lui apprendre que ces symptômes étouffaient sa créativité, inhibaient son bonheur, et le voilà devenu militant de la révolution en marche. Nous détenions là un levier universel. C'est ainsi que nous pensions alors. C'est ainsi que la révolution de 68 a démarré.

3 mai 1968. Lorsque j'ai vu arriver les étudiants de Nanterre qui avaient déplacé le mouvement à Paris après la fermeture de leur université, j'ai pensé qu'il s'agissait d'un monôme. Je m'y suis immédiatement mêlé, sans avoir la moindre idée de la préparation politique qui avait précédé. Si j'étais totalement en phase avec les idées, je n'étais membre d'aucun parti, d'aucun groupe politique. Je n'aimais pas les foules – je les déteste aujourd'hui. Je pense comme Brassens qui chantait : « Sitôt qu'on est plus de quatre, on est une bande de cons. » Deux jours auparavant, le

1er mai, j'avais défilé avec les maos de l'UJCML. Si je m'engageais un jour, ce serait dans cette mouvance, parce que les maos parlaient de « révolution culturelle » et j'étais persuadé que la révolution ne pouvait être que « culturelle ». Parce qu'ils avaient développé une sorte de mystique du « peuple » et j'étais persuadé que les peuples « pensent »… Je pense toujours que les vraies idées, les innovations qui contribuent à fabriquer le monde, sont inventées par les peuples et non par les personnes… les langues, par exemple, ou bien les traditions, les façons d'enterrer les morts ou de prédire l'avenir… ce sont évidemment les peuples qui les ont inventées. Je suis peut-être le dernier des maos… Notre génération a eu du mal à se débarrasser de ses illusions – pour une part, elle y baigne encore. Durant le défilé, j'avais taquiné les malabars du service d'ordre de la CGT. Pour eux, militer était un travail ; pour nous, c'était une fête. À leurs sourcils froncés, à la façon brutale dont ils nous rappelaient à l'ordre et nous repoussaient en queue de cortège, je voyais qu'ils nous prenaient pour des plaisantins, des « fils de bourgeois ». Mes parents étaient pauvres, je l'étais plus encore, je vivais dans les mêmes cités qu'eux, mais je n'acceptais pas de rentrer dans le rang, ni dans ce cortège, ni pour ma vie. Les cortèges étaient faits pour exploser, pour se répandre à travers la ville, pour pénétrer les consciences, non pour défiler en rangs par quatre, en répétant des slogans soufflés par des cadres du parti. Je me suis fait bousculer ; j'ai bien failli me faire sérieusement rosser, ce 1er mai, par un gros bras de la CGT. C'était la première fois. Ça m'arrivera encore deux ou trois fois durant les « événements ».

Les manifestations de mai 68, je crois bien que je les ai toutes faites. On parle souvent des chefs, de Cohn-Bendit, de Sauvageot, de Geismar… On oublie qu'il y a eu jusqu'à un million de personnes dans les rues. Il n'y avait pas un million de chefs ! Moi, comme la plupart, je faisais partie de la piétaille, j'étais un fantassin. Ma méconnaissance des objectifs politiques m'a permis de traverser les événements comme une gigantesque fête situationniste. Place du Panthéon – c'était peut-être dans la nuit du 10 au 11 mai, aux alentours de minuit –, les CRS étaient alignés, la jugulaire du casque serrée, les mâchoires serrées, le poing serré sur leur matraque. Il y en avait des centaines. Nous les avons passés en revue. Nous leur ajustions le nœud de cravate, époussetions leur vareuse ; c'est tout juste si nous ne leur tirions pas la moustache. Ils fulminaient. Nous passions devant eux en chantant « Vous n'aurez pas l'Alsace et la Lorraine »… Et il y avait du monde ! Comme dans le métro aux heures de pointe, à ceci près que l'on croisait des visages connus. Jean-Michel, par exemple, un ami de l'université, avec qui j'avais préparé un exposé sur *Le suicide* de Durkheim. C'était un original, proche, lui aussi, des thèses de l'UJCML. « Ah, tu es venu, Tobie ? Est-ce que tu as pensé à te mettre une coquille ? » Une coquille ? Quelle coquille ? Il se prit alors les testicules à pleine main en insistant. « Oui, une coquille, comme au karaté. C'est toujours là qu'ils cognent. » C'était une nuit où tout pouvait arriver, n'importe où, avec n'importe qui... « La nuit du destin », à notre façon... Folle kermesse dans une brume d'inconscience ; état de transe sans maître de cérémonie. Nous avons descellé les pavés pour monter des barricades. Certains ont retourné les voitures. L'idée ne m'a pas traversé que nous démolissions des biens auxquels des personnes tenaient. C'est perché sur une barricade que j'ai eu une conversation avec un autre ami de l'université. Alain était aussi inscrit en socio. Lui aussi s'ennuyait durant ces cours insipides. Nous nous demandions où trouver de vrais professeurs, ayant vraiment quelque chose à nous apprendre.

— Tu ne t'intéresses pas à la psychanalyse, toi ? me demanda Alain.

— Si, bien sûr ! À la psychanalyse et à la révolution !

— Et à l'ethnologie, aussi ?

— À l'ethnologie, aussi. Je suis persuadé que l'ethnologie est l'avenir de la psychanalyse.

— Tu devrais suivre les cours de Georges Devereux...

C'était la première fois que j'entendais parler de Devereux. Il donnait ses cours à la sixième section de l'École pratique des hautes études. Tout le monde pouvait y assister.

Vers deux heures du matin, des incendies ont commencé à se déclarer. J'ai eu peur. Je suis reparti à pied par les ruelles qui descendaient vers la place

Saint-Michel. J'ai marché longtemps, empruntant les petites rues, évitant les barricades et les escadrons de CRS en tenue de légionnaires romains. J'ai traversé la Seine au Pont-Neuf. Il m'a fallu encore une heure pour rejoindre ma mobylette garée à l'Opéra. Parvenu chez moi, Europe 1 collée à l'oreille, j'ai compris que j'avais été Fabrice del Dongo à Waterloo, traversant un champ de bataille sans le savoir. Explosions d'anecdotes, discussions de stratégies subtiles… Si tout le monde parlait durant les événements de mai 68, ce n'était pas tant que « la parole s'était libérée », c'était surtout pour tenter d'inscrire le déroulement des faits dans une logique rationnelle. Nous parlions sans cesse, comme après une grande frayeur, pour intégrer la surprise en remâchant les détails. De Gaulle avait fui à Baden-Baden. Nul n'accordait crédit aux mines de tartuffe du Premier ministre. Les communistes et la CGT pédalaient à perdre haleine pour rattraper un mouvement qui avait toujours une étape d'avance. Les groupuscules gauchistes, sidérés par leur propre succès, se livraient à une interminable surenchère. Le mouvement populaire devrait emporter comme une déferlante les oripeaux du vieux monde. Ils exigeaient une république des soviets, l'autogestion, tout de suite… Théories folles de tables rases, fictions de phalanstères anarchistes qui tenaient du rêve et du cauchemar. Pris dans ce maelström de réalités qui couraient plus vite que la pensée, j'avais gardé un fil. La révolution devait changer les personnes, j'en étais certain, j'y réfléchissais depuis si longtemps au sein de mon petit groupe de penseurs sauvages de la psychanalyse ; et elle devait produire de la pensée, toujours plus de pensée. Les maos poursuivaient la réflexion commencée à l'École normale supérieure autour des *Cahiers pour l'analyse*. Paradoxe surréaliste de ces intellectuels du plus haut niveau, nourris à Kant, Hegel et Leibniz, qui envisageaient le plus sérieusement du monde de « s'établir », de se faire embaucher comme OS chez Citroën ou à Flins, chez Renault. Mon ami Gilles l'a fait ! Au lycée, il était tellement sérieux qu'il était devenu une tête de Turc. Il avait d'abord tout appris par cœur, puis il était devenu mao. Magie de la dialectique à laquelle je n'ai jamais rien compris. Qu'est-il devenu ? Je crois qu'il a trouvé le moyen d'enseigner la philosophie pour finir… Dieu soit loué !

Lorsque les étudiants ont occupé la Sorbonne, j'ai découvert ma passion pour la nuit. Certains, dit-on, sont « du matin », d'autres « du soir » ; moi, je suis « de la nuit ». La nuit, l'université devenait un univers multiple où l'on croisait des personnages louches, ceux qu'on appelait alors des « casseurs », ou des « Katangais ». Nous apportions nos jeux d'échecs et organisions d'interminables tournois de blitz. Le goût des échecs m'est resté longtemps. Avec Jean-François, qui étudiait alors les mathématiques, nous nous retrouvions après dîner et terminions la dernière partie en apercevant les premières lueurs du jour. Au petit matin, nous sortions prendre un dernier café au bistrot et les ouvriers leur premier café crème en attendant l'autobus. Et nous nous posions mutuellement la même question : « tu pars à l'université ? » et nous répondions souvent : « peut-être pas aujourd'hui ; nous verrons demain... » J'ai conservé le goût de la nuit et l'excitation du jour qui se lève.

J'ai eu vingt ans en 68 et je confonds les événements et mes vingt ans. Au lycée, ce devait être en 1964 ou 1965, un professeur de mathématiques au nom alsacien nous répétait : « Vous verrez, ils reviendront très bientôt. Ils reviennent tous les vingt ans. » Il parlait des Allemands. Ils ne sont pas revenus, mais il y a eu mai 68. C'était un accouchement. Dans un gigantesque cri de douleur, la société française a enfanté sa modernité. Aucune statistique n'est possible, mais je suis convaincu que la grande majorité des étudiants qui ont participé à ce mouvement étaient des non-héritiers, des nouveaux venus – enfants de pauvres, d'immigrés des campagnes ou des immigrés tout simplement, venus d'ailleurs, comme nous. Ceux-là ne tenaient pas plus que ça au monde d'avant, qu'ils ne connaissaient pas si bien. Ceux-là n'éprouvaient pas de véritable réticence à déchirer les voiles dont la réalité avait été revêtue. Lorsque nous avons défilé en criant « nous sommes tous des Juifs allemands » pour nous opposer à l'expulsion de Daniel Cohn-Bendit, nous voulions signifier que nous n'étions pas des héritiers. Ce sont les étudiants qui ont fait la révolution de 68. Tous les autres, les syndicalistes, les ouvriers, les fonctionnaires, étaient des « héritiers »... La révolution de 68 n'était pas destinée à prendre le pouvoir, mais à changer de monde. « Changer la vie », clamait-on en 68… et c'est ce qui est advenu, la vie a changé. Le problème avec les idées, c'est qu'elles se réalisent toujours. On ne s'en méfie pas assez.

Cette révolution, on le sait, a failli être confisquée par les appareils politiques. Plus encore, les services soviétiques, ceux d'Allemagne de l'Est, se préoccupaient – et semble-t-il de manière très active – des désordres en Europe occidentale. Je ne connaissais pas encore Georges Devereux, mais on m'a raconté qu'il a pris part à un gigantesque débat, au théâtre de l'Odéon, sur les rapports entre psychanalyse et révolution. On l'avait présenté au public révolutionnaire comme l'espoir d'une psychanalyse de gauche. Avant qu'il ait ouvert la bouche, les deux mille personnes qui s'entassaient dans la grande salle l'ont acclamé d'une immense ovation. Personne ne le connaissait, pourtant. Deux de ses élèves l'ont présenté, expliquant combien Devereux était la quintessence de la pensée révolutionnaire. Ce jour-là, il aurait pu devenir un gourou, un maître à penser comme le serait bientôt Lacan, comme l'étaient déjà Barthes ou Foucault. Mais il prit la parole pour mettre en garde les étudiants. « Vous êtes jeunes, leur dit-il, animés par des pensées généreuses. Vous êtes scandalisés par la pauvreté, par la faim et par le malheur. C'est votre audace et votre chance ! Arrêtez-vous maintenant. N'allez pas plus loin. Vous courez un grave danger. Vous n'en êtes pas conscients ; vous êtes manipulés. Vous croyez penser, mais ce sont les Soviétiques qui tirent les ficelles. Si vous renversez le pouvoir, ce sont les chars russes qui entreront dans Paris. » D'abord le silence, puis des cris : « fasciste ! » Certains ont commencé à monter sur la scène. Les élèves de Devereux ont craint pour sa vie. Ils l'ont évacué par une porte dérobée. Je sais qu'il était animé d'un désir sincère d'éviter à ces jeunes, parmi lesquels il comptait la plupart de ses élèves, les horreurs du système soviétique. Il était viscéralement anticommuniste, comme la plupart des intellectuels originaires des pays de l'Est. Au club d'échecs de Gennevilliers, que j'ai fréquenté jusqu'en 1972 au moins, je jouais très souvent avec Boris, un vieux Russe échappé d'Union soviétique à la fin de la guerre. Il avait beau habiter Gennevilliers, il était animé de cette même fureur passionnée contre les communistes. Devereux était persuadé que les Soviétiques finiraient par étendre leur empire à l'Ouest. Il se demandait par quel pays commencerait l'invasion : l'Allemagne, la France ou l'Italie. Il pensait son séjour en Europe provisoire ; il s'attendait à être chassé une nouvelle fois par l'invasion des chars russes dont il guettait les moindres mouvements.

2

S'asseoir par terre

D'aussi loin que je me souviens, je n'ai jamais rien appris à l'école. J'exagère peut-être un peu, mais très peu. J'y suis pourtant entré tôt, à trois ans et demi, au jardin d'enfants du lycée français de Bab el-Louk, au Caire. Cadre somptueux, nombreux enseignants venus de France, élèves triés sur le volet à cause du prix des études… tout était réuni pour rendre fluide le processus d'enseignement. Il faut croire que je porte en moi une sorte de réticence première. J'ai appris à lire avant qu'on me l'enseigne en classe ; j'ai appris à compter seul, sur mes doigts. Je ne peux même pas attribuer cette réticence à un éventuel malaise que j'aurais pu ressentir à l'école. J'étais amoureux de ma première maîtresse d'école, la gracieuse Florence Sanua – on ne prête pas suffisamment d'attention aux intérêts esthétiques des enfants –, sa coquetterie enchantait mes journées. Je suis resté fasciné par la fantaisie de ses foulards et par leur parfum ; j'y pense encore. Elle en changeait chaque jour, si bien que c'était devenu une sorte de ritournelle. « Quelle était la couleur du foulard de Mademoiselle Florence aujourd'hui ? » me demandait-on au retour de l'école. J'ai si peu appris dans mon école primaire en Égypte que le seul souvenir qui me reste est celui du cours d'arabe que nous ne commencions qu'en classe de dixième ; c'était l'année de notre expulsion. J'étais attiré par la langue arabe comme un papillon par la lampe, sans doute parce que c'était celle de ma grand-mère, qui semblait détenir les secrets du monde. L'arabe était aussi la langue que nous parlions avec « les gens », *el näss*, ceux qui n'étaient pas de la famille, « les vraies personnes », autrement dit. Nous parlions l'arabe avec Abdou, le chauffeur de la fabrique de mon père, avec Ali, le portier, et surtout avec les bonnes, Ouahiba et Baheya, deux sœurs âgées de seize et dix-huit ans, qui étaient aussi nos nourrices. L'arabe était la langue dans laquelle nous parvenaient les nouvelles de la vraie vie, celle qu'on entendait s'agiter jour et nuit, au travers des fenêtres ouvertes sur la rue. Les familles juives d'Égypte n'avaient pas, à proprement parler, de « langue maternelle », si on l'entend comme celle dans laquelle les parents apprennent à parler à leurs enfants. Si je remonte à mon grand-père, Zaki le pharmacien, il va sans dire que sa langue maternelle était l'arabe. Il a néanmoins entrepris des études supérieures en anglais, à l'université américaine de Beyrouth. L'anglais restera sa langue privilégiée, celle dans laquelle il aimera lire et s'informer, abonné au *Sunday Telegraph* jusqu'à la fin de sa vie. Mais il avait fait son service militaire en Italie, pendant la guerre de 14. Il lui en était resté un goût pour l'italien, langue de ses blagues et sans doute de ses plaisanteries grivoises de militaire. Il a pourtant élevé son troisième enfant, né de son second mariage, mon oncle Félix, de deux ans mon aîné, en français. La langue maternelle de Félix, celle dans laquelle il a appris à parler, n'était pas la même que celle de ses parents. Quant à mes parents, leur langue maternelle était aussi l'arabe. C'est dans cette langue qu'ils ont grandi – au moins jusqu'à leur entrée à l'école, à l'âge de six ou sept ans. Ils le parlaient et l'écrivaient à la perfection. Ils ont surtout appris le français à l'école, mais ils ont décidé d'en faire leur « langue familiale », comme la plupart. Après l'exode, notre sortie d'Égypte, beaucoup se sont installés en Israël, probablement la majorité. Mes cousins devenus israéliens parlent encore le français, mais ont souvent perdu leur aisance dans cette langue qu'ils ne pratiquent plus qu'épisodiquement. Leurs enfants ont grandi en hébreu, leur nouvelle « langue maternelle », même s'ils conservent une sensibilité pour la langue française. Leurs petits-enfants, en revanche, ne parlent plus que l'hébreu et étudient l'anglais à l'école. Ainsi, les « Israéliens », mais aussi les « Australiens », les « Canadiens » ou les « Colombiens » de ma famille, ont-ils changé au moins trois fois de langue maternelle en quatre générations. Non ! Les Juifs d'Égypte n'ont pas de langue maternelle.

Peut-être est-ce du fait que l'on ne m'enseignait pas l'arabe au lycée français du Caire, ou si peu, que je garde cette sensation de n'y avoir rien appris – rien de ce qui me concernait, autrement dit. Je ne sais pourquoi on cherche à infantiliser les enfants. Je suis persuadé qu'ils vibrent aux atmosphères politiques. Lorsque la communauté juive d'Égypte a choisi la langue française, c'était dans l'air du temps, un temps où l'Égypte se voulait européenne, où Alexandrie était l'un des grands ports d'Europe. Les Juifs d'Égypte, à la présence deux fois millénaire, ne se sont pas rendu compte que leur choix de la langue française signait leur inévitable expulsion. Octobre 1956. Déclenchement de l'affaire de Suez. Les adultes étaient terrifiés ; nous autres, jeunes enfants, recevions cette inquiétude dans le silence de nos yeux écarquillés. À l'acmé de la crise, lorsqu'on parlait du bombardement imminent du Caire, lorsqu'il nous fallait tous les soirs tirer de lourds rideaux bleus pour voiler la lumière, sitôt seul, je branchais la radio pour écouter les communiqués de victoire de Nasser. L'arabe de la radio ne ressemblait pas à celui de la maison ; c'était un arabe précieux, littéraire, que peu d'Égyptiens maîtrisaient parfaitement. Je me souviens d'avoir écouté cette radio de longs moments, cherchant à saisir la tournure des événements. J'avais huit ans. Je ne comprenais pas tout, mais j'étais aimanté par ces voix. Il m'est resté, je crois, un goût pour l'arabe, que je parle encore correctement, même si je n'ai jamais étudié cette langue, et la certitude que l'âme des événements est toujours politique.

Je n'ai jamais rien appris à l'école ; je veux dire : rien que je ne savais déjà. Une légende de la Kabbale raconte que Dieu présente à chaque enfant, avant sa naissance, la totalité de la connaissance, puis lui met un doigt sur les lèvres qui lui fait aussitôt oublier ce qu'il vient d'apprendre. C'est de là, dit la légende, que nous portons un vallon sur la lèvre supérieure, marque du doigt de Dieu nous imposant le silence initial. Par la suite, tout apprentissage vient seulement réactiver les souvenirs oubliés de ce temps ayant précédé la naissance.

Ma mère m'enseignait sans cesse ; elle était substantiellement professeur ; je veux dire que l'intentionnalité de son être était l'enseignement. À l'âge de treize ans, elle enseignait à ses cousines, à dix-huit aux enfants pauvres, à l'école Moïse de Cattaoui Pacha, au Caire, puis dans les autres écoles de la communauté. En France elle a enseigné aux gamins de la cité Claude-Debussy, puis à ceux qui venaient d'ailleurs. Dans ses vieux jours, les familles venaient de partout lui réclamer des cours particuliers. Elle a enseigné jusqu'à son dernier jour. L'enseignement était plus qu'une passion, une sorte d'addiction. Elle déambulait dans l'appartement avec son livre de mathématiques usé jusqu'à la corde, truffé de centaines de petits papiers où elle inscrivait les résultats des problèmes qu'elle avait résolus. Elle a tout naturellement enseigné ses enfants. Edwin, mon grand frère, plus fier que moi, était réticent. Il a profité de la tourmente de l'émigration pour s'affranchir des poursuites pédagogiques de notre mère. Du coup, j'ai eu droit à un traitement spécial ; elle s'est rattrapée de la stase de sa pulsion avec l'aîné en multipliant les matières enseignées avec le cadet. Elle m'enseignait les mathématiques, mais aussi la littérature, les sciences physiques, la géographie. Elle m'a même enseigné le latin qu'elle ne connaissait pas. Jusqu'à l'âge de onze ou douze ans, j'avais donc une sorte de répétiteur personnel, si bien qu'en arrivant en classe, je savais déjà, au moins ce que j'avais appris avec ma mère. Elle était ce Dieu de la légende kabbalistique qui donne la connaissance avant de l'acquérir. Avec ma mère, l'amour que nous nous donnions était exclusivement fait d'échanges de connaissances, et il était réciproque. Car par la suite, je lui ai raconté par le menu ce que j'apprenais dans mes livres. J'espère avoir été aussi généreux qu'elle. Aimer et connaître me sont superposables. C'est une chance et une infirmité ; la chance de connaître à la folie certains secteurs de la connaissance, l'incapacité radicale d'étudier ce que l'on m'impose. Autant dire que durant mes années de lycée, j'étais un élève malheureux. Incapable de me contraindre, me répandant dans des connaissances inutiles, parfois malvenues. Un adulte – s'il en avait existé un en harmonie avec son monde – aurait immédiatement identifié la cause de mon infirmité : j'étais en manque d'initiation. De fait, j'ai réussi à apprendre les rudiments de tradition juive préparant l'accès à la majorité religieuse, la *bar-mitzva*. Les cours étaient donnés par un professeur du consistoire, un jeune rabbin d'origine tunisienne, qui avait baigné dans les prières et les rites depuis le berceau. Il avait la foi vrillée au corps et les théories simples de ceux qui n'ont jamais douté. Il est vrai qu'en ce domaine, tout ce que j'apprenais, je le savais déjà.

L'Étang-Salé-Les Hauts 1986

En 1986, j'animais à l'île de la Réunion un séminaire d'ethnopsychiatrie pour le personnel de l'hôpital psychiatrique. La Réunion est ce petit morceau de France où des communautés provenant des quatre coins du monde se côtoient, se connaissent et vivent ensemble – du moins l'était-elle encore il y a de cela plus de vingt-cinq ans. Là-bas, des guérisseurs, il y en a de toutes sortes, et il y en a beaucoup ! Des guérisseurs « malbars », d'obédience tamoule, des guérisseurs malgaches, émigrés de l'île voisine, depuis vingt, cinquante ou deux cents ans, des guérisseurs créoles, souvent descendants des petits-Blancs laissés-pour-compte… J'ai découvert l'île, ses habitants et cette façon d'être. Pour moi, elle était la réactualisation de l'Égypte de mon enfance, cosmopolite et intense. Sitôt que j'avais terminé mes conférences, je demandais aux infirmiers de me conduire chez des guérisseurs. J'en demandais toujours un autre, encore un… À la fin de mon séjour, ils m'avaient indiqué un guérisseur réputé, qui consultait dans les hauts de Saint-Pierre. « C'est un Africain, m'avaient-ils annoncé, pas un "cafre", un descendant d'esclave, un vrai Africain d'Afrique. » Le dimanche matin, je m'étais rendu dans cette petite maison juchée sur les hauteurs, en plein milieu des champs de canne. Le chemin s'arrêtait brusquement ; il fallait poursuivre à pied. Il faisait une chaleur torride. Je suis arrivé en nage. Il m'avait sans doute repéré de loin, escaladant sa colline.

— Tu es enfin arrivé. Je t'attends depuis si longtemps ! me déclara-t-il en m'accueillant.

Petit bonhomme de guingois, un grand sourire sur des dents blanches.

— Parce que tu sais qui je suis ? lui ai-je demandé, interloqué.

Il me désigna d'autorité une petite case faite de branchages, installée dans sa cour, haute de moins d'un mètre.

— Entre là-dedans ! ordonna-t-il.

Je l'ai interrogé du regard.

— Entre là-dedans ! répéta le guérisseur. Tu en sortiras lorsque tu pourras me réciter une prière.

Et j'ai pénétré dans la case, si petite qu'elle avait dû être conçue pour des nains ou des esprits de la forêt. Pour quelle raison ? J'aurais certes pu refuser, lui annoncer que je venais seulement discuter avec lui de sa pratique, de sa conception de la maladie... Non ! J'y suis entré à quatre pattes, me suis assis par terre, recherchant dans ma mémoire une prière de mon enfance. Je transpirais à grosses gouttes. Ce fut d'abord seulement une musique qui émergea lentement, puis quelques paroles, puis d'autres. Au bout d'une vingtaine de minutes, un fragment des bénédictions réservées aux soirs de fête chantait dans ma tête. Mo'adim lesim'ha, hagim ouzmanim lessassone... *« des rendez-vous pour la joie, des fêtes pour les temps de bonheur »...*

Sur l'île de la Réunion, je me suis lié avec la guérisseuse la plus célèbre à l'époque. Elle s'appelait Visnelda.

J'étais alors tout jeune professeur et découvrais cet univers de la guérison, si éloigné du nôtre… La différence est évidente ; l'exigence est ici celle du résultat alors que la nôtre est celle de la compétence et de l'effort. Elle était secrétaire de mairie le jour, guérisseuse la nuit et les week-ends. Son mari et ses enfants géraient les samedis soir et les dimanches un grand dancing dans un hangar de L'Étang-Salé-Les Hauts. C'est dans cette salle de danse qu'elle recevait les patients les soirs de semaine, après ses heures de bureau et, certains soirs, il y en avait tant que la salle était pleine. Une grande femme, mulâtre, une créole, concentrant dans son corps une nonchalance étudiée. Mais à y regarder de près, lorsqu'elle avançait en traînant les pantoufles, certaines parties de ce corps restaient figées, comme endolories, ses reins, ses genoux. Elle semblait flotter en marchant. Son regard, en revanche, singulièrement mobile, alternait un kaléidoscope d'expressions, étonnement, sévérité, malice, et parfois aussi une sorte de naïveté.

— Où m'avez-vous dit que vous enseigniez ? me demanda-t-elle.

— À Paris VIII, c'est-à-dire à Saint-Denis, enfin… Saint-Denis en banlieue parisienne, pas Saint-Denis de la Réunion.

Elle fronça les sourcils :

— Est-ce que ce ne serait pas à Bobigny par hasard ?

Impressionné, je gardai le silence. C'est en effet à Bobigny que j'avais ouvert la première consultation d'ethnopsychiatrie. Peut-être avait-elle pris ses renseignements, après tout…

Dans la salle de danse, des photographies de playmates aux larges décolletés et à une extrémité, un bar ; dans un coin, un bureau en bois de pin ressemblant à celui d'un médecin ; sur les étagères, des plantes médicinales, en sachets industriels. Elle m'a installé sur l'une des chaises réservées aux patients. Le long du mur, des dizaines de chaises, habituellement occupées par ceux qui font tapisserie au dancing, destinées à la foule de malades lorsqu'elle consultait... Je n'ai posé aucune question ; elle s'est racontée dès notre première rencontre.

Autrefois, elle souffrait de règles douloureuses. Tous les mois, elle s'enfonçait progressivement dans une sorte d'état comateux qu'elle ne savait endiguer. Vers l'âge de trente ans, un petit matin, dans un demi-sommeil, elle entendit une voix qui lui ordonnait de cueillir un bouquet de matricaires, d'en fabriquer une tisane, de la boire... ainsi serait-elle définitivement guérie de ses dysménorrhées. Et c'était comme si la voix lui désignait du doigt l'emplacement de la haie où se trouvait la plante. Du fond de son rêve, elle répliqua qu'après le cyclone de la nuit et les torrents qui avaient dévasté la végétation, elle ne retrouverait jamais les fleurs. Elle les découvrit le lendemain, à l'emplacement précis qui lui avait été indiqué. Quelque temps plus tard apparut la vocation. Une voisine souffrait d'une mauvaise blessure. Sa jambe qui ne parvenait pas à cicatriser était devenue énorme, si bien que la pauvre femme la maintenait immobile sur une chaise. Poussée par une impulsion irrésistible, Visnelda s'agenouilla à son chevet, lui frotta la jambe, murmurant des prières, et voici qu'aussitôt la jambe se dégonfla. Il ne fallut pas plus d'une heure pour que la malade recommence à marcher. Elle comprit alors qu'elle possédait un don pour guérir. Dès lors, elle commença à pratiquer.

Année après année, au gré de mes visites à la Réunion, je suis revenu m'asseoir auprès de Visnelda. Elle déclenchait des transes en jetant du sel, en faisant absorber de l'eau par les narines, en questionnant de manière abrupte les esprits qui s'étaient réfugiés au cœur des malades.

— Qui es-tu ? demandait-elle sévèrement au diable, à la « bébête ». Esprit malbar, esprit tamoul, mort dérangé ?

Et les malades partaient en transe, gesticulant, criant, grognant. Parfois il fallait trois ou quatre gaillards pour maintenir la malheureuse assaillie par ses invisibles. Quelquefois, elle me proposait avec malice de prendre le relais.

— Eh bien, professeur… Saurez-vous faire sortir la « bébête » ? Ou bien avez-vous trop peur quand ça bouge ?

— Pour l'heure, j'apprends, Visnelda. Peut-être dans quelque temps ?

Comme tous les guérisseurs, elle était encensée par ses malades et vilipendée par les médecins et les journalistes. La dernière année où je l'ai rencontrée, elle fit venir un photographe et je me suis vu le lendemain dans l'un des plus importants quotidiens locaux. « Un grand professeur parisien vient apprendre auprès de Mme Visnelda ». Je n'étais pas un « grand professeur » mais, attaquée de toutes parts, elle avait besoin d'une caution intellectuelle. Lorsque je suis revenu l'année suivante, elle était morte. Je me suis rendu sur sa tombe, au cimetière de L'Étang-Salé. Je m'attendais à trouver un véritable mausolée, une chapelle, tout au moins. C'était une tombe modeste, dans un coin du cimetière, avec un ou deux bouquets fanés. Il arrive que les guérisseurs appréciés durant leur vie deviennent des êtres maléfiques après leur mort. Certains à la Réunion m'ont appris que Visnelda hantait maintenant les cauchemars, venant réclamer le prix des traitements qui n'avaient pas été acquittés. Nous étions quatre ou cinq visiteurs, au cimetière, des médecins et des psychologues. C'était un dimanche. Nous sommes ensuite montés jusqu'au cirque de Cilaos. En route, nous avons bu quelques verres de ce vin qui a la réputation de rendre fou. Je me suis baigné dans une cascade. Il faisait chaud, l'eau était fraîche et d'une limpidité féerique. Et j'ai eu un malaise ; je me suis évanoui. Effrayés, mes camarades m'ont transporté aussi vite qu'ils ont pu jusqu'à l'hôpital de Saint-Denis. Deux heures de routes de montagne durant lesquelles ils m'ont cru mourant. Diagnostic, « malaise vagal » – autant dire : rien ! Je reste persuadé que Visnelda a voulu m'emporter avec elle.

*
* *

Toute nourriture est a priori un poison, tant que le corps ne s'en est pas suffisamment imprégné jusqu'à la considérer comme une part de lui-même. Le corps humain ne peut intégrer que les ingrédients de sa propre nature. C'est une médecine très ancienne, remontant à l'Antiquité, que celle des aliments, qui explique les maladies par le déséquilibre des absorptions.

Ses traitements consistent invariablement en diètes et en régimes. Cette conception devrait prévaloir en pédagogie. Un enfant qui n'étudie pas devrait d'abord être mis à la diète scolaire. On devrait dans un premier temps suspendre toute transmission de connaissances, pour identifier ensuite progressivement le savoir qui agit en lui comme poison. Il faudra ensuite l'accoutumer petit à petit à ce toxique, en augmentant lentement les doses.

Je n'ai rien appris à l'université ; mais en ces temps, l'université n'avait à offrir que des professeurs. Il existait en effet quelques maîtres, souvent réputés, qui avaient écrit des ouvrages de référence. Ils considéraient l'enseignement comme une obligation assommante. On les payait pour transmettre leur pensée au plus grand nombre en publiant leurs travaux. Les étudiants n'avaient qu'à lire leurs ouvrages et, s'ils voulaient penser à leur tour, les prendre pour exemples, voilà tout. Dans cette université qui me semble si lointaine aujourd'hui, lorsque le système fonctionnait, c'était avec panache. Le professeur arrivait comme un acteur entrant en scène pour un one man show, accueilli par un appariteur qui lui essuyait le tableau. Il se préparait, se raclait la gorge. Il mettait un temps infini pour sortir le livre – le dernier qu'il avait écrit – de sa sacoche de cuir. Il ne dispensait jamais un cours ; il prononçait une conférence, en fonction de ses préoccupations théoriques du moment, de l'état de ses recherches. Au bout d'une heure, il repartait sans un mot de plus, parfois sans même un regard vers son public. En règle générale, nul ne connaissait le programme détaillé du cours de l'année. Les professeurs exposaient leurs recherches, rien de plus ! On pourrait considérer que c'était une façon de faire confiance à l'intelligence de l'étudiant à qui revenait la charge de saisir les motifs de ces enseignants qui se livraient devant lui à des exercices de virtuosité intellectuelle. Alors, lorsqu'il s'agissait de Michel Foucault, de Raymond Aron, de Vladimir Jankélévitch ou de Gilles Deleuze, la machinerie fonctionnait comme par magie. Une fluorescence circulait du professeur aux étudiants, un courant chargé de vitalité, de tensions, de désirs. Mais avec les autres, ce système engendrait, par une sorte de nécessité intrinsèque, quelques « maîtres à penser » de seconde catégorie et une majorité de fonctionnaires de la pensée banale. Il ne faut à aucun prix offrir des pensées banales aux jeunes gens ; ça les rend méchants – « enragés », comme on nous appelait alors. En mai 68, nous avons fait des farces de potaches aux simplificateurs du monde. Je me souviens d'un professeur – je tairai son nom, c'était un homme sérieux et travailleur et je ne suis pas fier d'avoir participé au canular. « Monsieur, nous ne pouvons pas faire cours aujourd'hui. – Et pourquoi donc, messieurs ? – Vous savez bien que les Comités Vietnam ont décidé une journée de grève pour soutenir la contre-offensive du peuple vietnamien… » Il a refusé. Nous l'avons ligoté dans le drapeau du Viêt-công et sommes sortis de l'amphithéâtre après avoir inscrit au tableau les mots d'ordre de la manifestation. En 67 et en 68, l'enseignement de la sociologie était proprement surréaliste. Un mouvement social était en train de se dérouler sous les yeux des chercheurs et nul ne s'en saisissait. Dans les rues du Quartier latin circulait une nouvelle « ethnie », celle des « enragés » et son influence gagnait la province, s'étendait aux campagnes. Peu de sociologues s'intéressaient aux groupuscules gauchistes qui surgissaient de partout, aux idées qui bouillonnaient dans le cerveau des jeunes gens, à l'irruption des comportements nouveaux. Ne se consacraient à une réflexion sur les événements en train d'agiter la France et une partie du monde occidental que les philosophes qui militaient avec les étudiants, les Deleuze, Lyotard, Foucault, Henri Lefebvre, François Châtelet... Dans ce qu'ils décrivaient, cependant, il n'était guère possible de distinguer le désir de l'analyse, la participation au rêve et le « regard éloigné ». Sartre et Beauvoir faisaient plus encore ; ils s'étaient engloutis dans le mouvement. Et pendant ce temps, dans les cours en Sorbonne, Georges Gurvitch déroulait sans fin des classifications sans fondement ; Jean Stoetzel présentait, semaine après semaine, de gigantesques tableaux de chiffres et Yvon Belaval nous exposait, une nouvelle fois, son « Que sais-je » sur l'histoire de la philosophie. Je garde l'impression qu'il aurait fallu inscrire au fronton de la Sorbonne : « Jeunes gens de bonne composition, de chair et de sang, d'idées et d'humeurs, n'entrez pas dans ce lieu, vous n'y apprendrez que la colère. »

La situation en psychologie n'était guère meilleure. Ils n'étaient pas nombreux, les lieux où l'on pouvait entendre parler de psychanalyse. Il y avait bien Daniel Lagache qui occupait la chaire de psychologie pathologique, mais sa pensée était artificielle et pédante. Un jour, pour illustrer la nécessaire neutralité du psychanalyste, il raconta cette parabole : « L'idéal serait que le patient ne voie jamais son analyste. Il pénétrerait par une porte, s'installerait sur le divan. Le psychanalyste entrerait par une autre porte, placée derrière le divan, et prendrait place dans son fauteuil. Et cela de séance en séance, sans que le patient ait même jamais aperçu son analyste, pas même une seule fois... C'est cela l'idéal de la psychanalyse ! » Je me suis étonné à voix haute : « Ça existe déjà, monsieur, n'est-ce pas ? Ça s'appelle un confessionnal... » Avec notre seule expérience de psychanalyse mutuelle improvisée, nous ne nous permettions pas encore de juger, mais ce discours précieux qui débouchait sur des propositions banales nous paraissait bien loin de l'empoignade avec la réalité que nous attendions. À l'inverse, Maurice Benassy donnait des conférences d'introduction à la psychanalyse à la faculté de médecine. Elles étaient ouvertes au public et attiraient des foules. « Introduction à la psychanalyse » était le bon intitulé ; on aurait même pu préciser « introduction à l'introduction »... Le contenu était d'une pauvreté à pleurer. Nous y courions pourtant comme de jeunes chiots affamés. Les livres de Freud étaient récités tels quels, sans exemples personnels, sans commentaires particuliers. On avait envie de s'exclamer : « Monsieur, nous savons lire ! » Je n'avais pas encore compris qu'en matière de psychanalyse, comme en matière de marxisme, s'il y avait bien un premier niveau, il n'en existait pas de second.

En juin 68, la disparition presque totale de l'essence nous avait mis en joie. La ville nous appartenait. Je parvenais à dénicher un ou deux litres pour ma mobylette et circulais au Quartier latin. La société s'était soudain simplifiée, prenant forme humaine. Le printemps 68 nous aura légué un bel été. La France commençait à ressembler à mon monde intérieur. Tous mes amis d'alors rêvaient comme moi d'expérimenter de nouvelles formes d'existence. Jean-Loup avait rejoint le mouvement, côté maos ; Sylvain approfondissait avec moi les rapports de la psychanalyse et de l'ethnologie et nous lisions Geza Róheim et n'y comprenions toujours rien ; Philippe s'intéressait aux formes de vie communautaire, nous en discutions pendant des heures. *Libres enfants de Summerhill* de Alexandre Sutherland Neil venait de paraître en français. Nous en étions restés interloqués. Il était donc possible de mettre en œuvre une pédagogie de la liberté totale – non une liberté surveillée, dirigée par les enseignants, hypocrite et malsaine, comme celle qu'on voit aujourd'hui dans les écoles. L'anarchie était possible ; Neil l'avait fait ! Une liberté où les enseignants et les enfants se traitaient mutuellement en égaux. Et cette liberté devait commencer par une liberté sexuelle totale laissée aux enfants, et cela dès la maternelle. Une telle pédagogie libertaire avait déjà été évoquée au début de la révolution russe, dans *Les poèmes pédagogiques* de Makarenko, par exemple, dans les premières expériences de Vera Schmidt en Russie, aussi. On sait que ces idées n'ont jamais vraiment été appliquées, même aux tout débuts de la révolution de 1917. Avec David, nous mettions ces idées en pratique – si peu, mais tout de même ! – dans les centres aérés et les colonies de vacances qui nous permettaient de gagner notre pitance. Cet été, j'ai rencontré Nietzsche pour la première fois. Nous passions une semaine au centre du pays, dans la maison de campagne d'un ami de David, un philosophe. Le bonhomme était volumineux, grand et large, ne se lavait pas, laissait pousser une moustache énorme, identique à celle de Nietzsche et gobait les araignées qu'il avalait toutes crues, dans les coins sales de son immense maison de famille. En rentrant, je me suis empressé de lire *Humain, trop humain*, curieux de l'effet qu'un tel auteur pouvait produire des dizaines d'années après sa mort. Nous partions quelquefois dans la maison de campagne des parents de l'un ou de l'autre. Nous lisions des poèmes surréalistes en buvant des litres de mauvais vin rouge et finissions parfois nos nuits, ivres, presque comateux, en plein champ. Nous chantions faux, à tue-tête et à tout bout de champ *L'internationale* et les chansons paillardes du *Bréviaire du carabin*. J'écrivais des poèmes et des chansons tristes où je racontais ma nostalgie de l'Égypte. Un soir, je ne sais plus qui était cet ami qui m'a proposé de rencontrer quelqu'un qui devait m'intéresser… Nous avons fini la soirée chez Moustaki. Sa guitare n'était plus très fraîche et son humeur bien plus nostalgique que la mienne, presque mélancolique. Quarante ans plus tard, en Israël où il était venu chanter, je lui ai rappelé cette visite inopinée, comme il s'en passait tant en 68. Il avait oublié. Lorsque l'un de nous disposait d'une voiture, nous faisions l'aller-retour Paris-Deauville dans la nuit pour tremper des doigts de pied frileux dans la mer. Cet été de la liberté fut celui de tous les possibles. Nous l'avons passé à lire, à parler, à expérimenter les idées, à les soumettre à la critique des personnes et aux leçons de l'histoire. Nos amours étaient multiples et passagères, souvent tumultueuses. Nous avons échangé nos femmes ; nos femmes ont échangé leurs amants. Cette année, le printemps se termina à la fin de l'été. En août 68, les chars russes entraient dans Prague et mettaient fin à la parenthèse du socialisme sans barbarie. Mes lectures, multiples et désordonnées, me ramenaient pourtant toujours à Freud. Ce petit groupe de jeunes gens qui se croisaient et déambulaient à travers Paris comme des rentiers, tous mes amis d'alors, a été ma véritable université. Nous avons appris et nous avons désappris. Nous avons déconstruit et construit. Nous avons aimé, beaucoup aimé et très peu haï.

À la rentrée d'automne, qui eut lieu bien tard cette année-là, presque en hiver, les étudiants ne savaient que faire de l'université, comme vidée de sa substance. Elle avait perdu son aura ; ils avaient perdu leurs illusions. Dès les premiers jours d'automne, nous avions commencé à ressentir le véritable effet de mai 68 et ce fut d'abord dans la publicité. Si les politiques n'avaient pas su que faire de ce mouvement, les publicitaires en avaient récupéré les slogans. Mai 68 devait déboucher sur la liberté et le désir, alors ce serait le désir des marchandises et la liberté de consommer. Peut-être même que mai 68 avait été inventé par un démiurge de la société de consommation ? C'était le temps où les professeurs aussi s'étaient mis à la surenchère. On raconte qu'à Vincennes, à l'université Paris 8, ils avaient délivré un diplôme à un cheval, histoire de démontrer l'inconsistance des fétiches universitaires. Du coup, les étudiants la fréquentaient le moins possible, ne s'y rendant que pour obtenir leurs diplômes. Ils n'étaient pas plus idiots que le cheval.

J'ai pris le parti d'apprendre ailleurs. Je me donnais l'impression d'un clochard à la recherche d'un gîte. J'ai été saisi par les cours de Jankélévitch, qui avait pour seules notes quelques mots griffonnés sur un ticket de métro et nous embarquait dans une réflexion à tiroirs mêlant les idées, la musique et la mort. J'ai senti un danger durant ces cours, celui d'être happé là, par un objet fascinant et inutile, à l'exemple de mon addiction pour le jeu d'échecs. En 1969, je me suis souvenu du conseil que mon ami Alain m'avait adressé sur une barricade. Je me suis inscrit à l'École pratique des hautes études pour suivre les cours de Georges Devereux en auditeur libre. À cette époque, il tenait son séminaire dans une petite salle du Collège de France, rue des Écoles.

*
* *

Le premier contact a été brutal. Je me souviens ; c'était un samedi de novembre. Le ciel était bas, promettant la neige, le vent glacial. Une cinquantaine d'étudiants étaient entassés dans cette petite salle au mobilier de vieux bois, qui paraissait ne pas avoir été rénovée depuis un siècle. Il avait alors soixante et un ans, mais déjà l'air d'un vieil homme. Plutôt grand, il marchait courbé sur sa canne. En avait-il vraiment besoin, sinon pour menacer les importuns en l'agitant, comme je le verrais faire ? Il racontait qu'il s'était abîmé le genou en sautant en parachute pendant la guerre. Même pour un néophyte qui débarquait là pour la première fois, il était manifeste qu'il existait plusieurs cercles. Les tout proches, au premier rang, auxquels il adressait son discours truffé d'allusions, qui l'entouraient d'attentions, comme un être fragile ; un peu plus éloignés, ceux qui écoutaient avec une certaine distance, parfois amusés, parfois critiques, et les nouveaux, comme moi, qui se demandaient dans quel cénacle d'hyperspécialistes ils venaient d'échouer. Cette année-là, le cours était consacré à l'étude des rêves dans la tragédie grecque. Devereux venait d'y consacrer une série de conférences à Oxford. Le livre paraîtra des années plus tard, en 1976, en anglais et seulement en 2006 en français. La salle était saturée de fumée de tabac. Devereux posait un cendrier sur la table et entreprenait d'allumer la cigarette suivante à l'extrémité incandescente de la précédente. Il devait bien en fumer une dizaine à l'heure. Il avait une voix nasillarde et grave, assez plaisante, et un fort accent que je n'arrivais pas à identifier – un peu américain, un peu allemand, ai-je pensé. Je ne savais pas encore qu'il était hongrois. Il écrivit au tableau, en grec, quatre vers des *Perses* d'Eschyle et commença par disséquer chaque mot. Il s'agissait du rêve de la reine perse Atossa. C'est peu dire que je me suis senti perdu, pris d'un sentiment de vertige, aussi, avec l'idée soudain évidente que j'avais gaspillé mon temps jusqu'à ce jour. Pourquoi n'avais-je pas étudié le grec ? Comment se faisait-il que je n'avais pas encore lu *Les Perses* ? J'ignorais jusqu'au nom des personnages dont Devereux parcourait la psychologie. Il commençait par des remarques philologiques, s'avançait dans des commentaires sur la syntaxe et la construction du texte, puis fournissait des aperçus plus proprement psychanalytiques. Atossa, Cambyse, Xerxès devenaient alors ses patients. Devereux leur conférait avec autorité une vie intérieure, des désirs, des haines, des rêves, aussi, bien sûr ! Un temps, si on excluait le début du cours où il avait situé l'époque, parlé de l'écrivain et de sa personnalité, on pouvait imaginer que la reine-mère de la Perse antique avait été l'une de ses analysantes à New York. Il la décrivait avec un tel luxe de détails et sur un ton, surtout, un ton cassant, qui interdisait toute critique. Il savait par exemple que les veuves devenaient incestueuses avec leur garçon. Il le savait parce qu'une de ses patientes, justement, incitait son fils, pourtant en âge de se marier, à dormir dans son lit. Comme il savait que lorsqu'elles atteignent la ménopause, les femmes deviennent d'une jalousie féroce à l'égard de leur fille aînée qui, souvent, à la même période, voit sa poitrine s'épanouir. Comment le savait-il ? Parce qu'une patiente, justement… et il relatait un nouveau cas clinique new-yorkais. Les inventait-il, ces cas cliniques ? Sans doute empruntait-il les anecdotes à des amies, des connaissances croisées en Amérique et déguisées pour l'occasion en « patientes ». Cela ne suffisait pas à asseoir sa démonstration, néanmoins. Il allait ensuite chercher une coutume, un rite ou un mythe d'une société éloignée. La femme mûre new-yorkaise avait raison d'être jalouse de sa fille puisque les Bagas d'Ouganda interdisent qu'une mère et sa fille aient toutes deux une vie sexuelle dans la même période de temps. Et nous parcourions ainsi une sorte de chemin tortueux, de mythe grec en cas clinique américain, en rituel indien, africain ou australien… À quelqu'un qui débarquait sans y avoir été préparé, l'exercice était étourdissant. Du récit, nous remontions aux personnages qui devenaient des personnes de chair et de sang (c'était le moment que je préférais). Nous ne faisions pas un travail d'historien, non ! Ne cherchions pas à reconstituer leur cadre de vie, leurs manières de se vêtir, leurs habitudes alimentaires, pas davantage à établir des faits s'étant déroulés à l'époque. Nous nous escrimions sur leur « inconscient ». Atossa, la mère de Xerxès, éprouvait des désirs incestueux pour son fils. J'en reste encore sidéré. Et si c'était vrai ? La belle affaire ! Pour lui, c'était essentiel. S'il était impossible de connaître les préoccupations réelles de personnes ayant vécu dans des périodes éloignées, nous pouvions inférer leurs désirs inconscients. Il avait transformé la formule cartésienne ; il prétendait que l'inconscient était la chose au monde la mieux partagée. Cette première rencontre avec Devereux a agi sur moi comme un coup de fouet. Non pas l'aboutissement de ses idées, mais le raisonnement qu'il développait, la méthode, aussi, et le personnage, surtout, bien sûr ! Si je mets de côté les conclusions – qui tiennent de l'acte de foi (au Ve siècle avant J.-C., Atossa avait un inconscient, et il était identique au mien) –, ce séminaire m'a ébranlé. J'en ai tiré l'exigence absolue, immédiate, une exigence d'érudition. Aucune discussion n'était possible si l'on n'était pas familier des tragédies grecques, de Sophocle, qu'il n'aimait pas trop, d'Euripide, qu'il considérait trop « théorique », trop « de gauche », aussi, et d'Eschyle, qu'il préférait par-dessus tout. Une autre sentence résultait de son discours : la psychanalyse, telle qu'on peut la découvrir dans les livres des psychanalystes, y compris ceux de Freud, est une science sans objet, comme un moteur qui n'aurait pas de roues. L'urgence, pour qui voulait explorer le domaine, était de se doter d'un point d'application, de se spécialiser dans une discipline où l'acte de connaissance est, comme dans les véritables sciences, infini. Autrement dit, il n'était de psychanalyse qu'appliquée. La leçon m'est restée ! Lui avait été ethnologue, en Malaisie, en Indochine, chez les Indiens d'Amérique. Mais il avait appris, aussi, lu, fouillé. Il connaissait par leur nom toutes les tribus d'Indiens et était capable d'évoquer, à la volée, leurs caractéristiques culturelles, leurs rites, les noms de leurs chefs. Son directeur de thèse, Alfred Kroeber, était l'auteur du livre de référence, *Le manuel des Indiens d'Amérique*. Lorsqu'il avait été privé de terrain ethnologique, lorsqu'il s'était retrouvé professeur à Paris, avec l'obligation de se cantonner à la recherche et à l'enseignement, il s'était créé, à l'âge de cinquante-cinq ans, un nouveau point d'application, les études grecques. Les Grecs anciens étaient devenus ses tribus, ses Indochinois, ses Indiens. Et puis, j'ai dès le premier contact perçu chez lui une sorte de décision farouche de ne jamais avancer une idée banale. Cela ne se percevait pas dans ce qu'il disait, plutôt dans ce qu'il ne disait pas. Nous sortions à peine de mai 68. Tous ses élèves étaient marxistes, d'autant plus révolutionnaires qu'ils n'étaient pas insérés dans la société active ; certains étaient profondément engagés dans des groupements politiques. Leurs interventions à son séminaire gardaient la marque de leurs positions. Il y répondait par son anticommunisme viscéral. Il n'utilisait jamais d'arguments d'autorité. Il ferraillait, plutôt, à partir de son expérience d'homme. Il racontait comment son père, militant socialiste, s'était fait déborder et mettre au rebut après avoir ouvert la voie aux communistes. C'était toujours ainsi, les socialistes, les anarchistes, aujourd'hui les gauchistes, séduisent par des idées généreuses. Ils rendent les thèses des communistes pensables, bientôt acceptables. Les communistes prennent ensuite le pouvoir et finissent par établir leur dictature. Pour lui, les gauchistes étaient le ventre mou d'un monde en ordre ; la faille par laquelle s'infiltrerait inexorablement la terreur – et elle était rouge. Mais ce n'était pas seulement en matière politique que Devereux ne pensait pas dans l'air du temps. Lorsque ses élèves citaient les vedettes intellectuelles de l'époque, Herbert Marcuse, David Cooper, Ronald Laing, Jacques Lacan, ses diatribes étaient plus violentes encore. Cooper était un psychotique, Marcuse un idiot et Lacan, qu'il avait rencontré en 46 à Paris, un mondain et un faiseur. « Il m'a poursuivi pour que j'accepte de lire sa thèse sur la paranoïa. Quatre cents pages de pensée autosatisfaite. Elle doit pourrir au fond de ma cave. » Un jour, un étudiant, un gauchiste, à considérer son accoutrement, était entré dans la salle de séminaire et allait pour s'installer. Devereux ne le connaissait pas. « Qui êtes-vous ? » lui demanda-t-il. « Un étudiant ! » répondit l'autre, sans même se retourner. « C'est un séminaire fermé, monsieur. Il faut avoir été inscrit pour y participer », dit Devereux en le fixant d'un œil sévère. Et l'autre d'insister : « La culture est ouverte à tous ! » Devereux s'est alors dressé, saisi de cette fameuse canne qu'il a brandie en se précipitant sur l'intrus. L'étudiant s'est alors retourné. Il avait une bonne tête de plus que lui. Aucun des élèves ne réagit. Je suis persuadé qu'ils pensaient tous de la même façon que l'étudiant qui tentait de s'infiltrer. La détermination de Devereux dut impressionner l'étudiant qui sortit de la salle en haussant les épaules. Brouhaha. Moment de détente après une vive tension. Devereux conclut ainsi l'incident : « Ce jeune homme ignore ce qu'est un Hongrois. J'ai vu Geza Róheim défier un homme en duel parce qu'il avait regardé sa femme d'une manière qu'il jugeait insistante. Et ça s'est passé à New York, au début des années 50. » Devereux n'était pas de gauche, c'est certain ! C'était plutôt un anarchiste fondamental, mais un anarchiste de droite.

Décidément, Georges Devereux ne pensait pas comme tout le monde ! En ce qui concernait la psychanalyse, il avait une idée originale sur chaque concept. Les psychanalystes – Freud en premier – s'échinaient à démontrer que le « complexe d'Œdipe » apparaissait inéluctablement à l'âge de quatre-cinq ans, comme les enfants font leur première dent à six mois et marchent à un an. Pour Devereux, au contraire, ce qu'il appelait les pulsions contre-œdipiennes en étaient le véritable moteur. Il considérait que tous les enfants étaient nécessairement séduits par un de leurs parents. Et c'est en réaction à cette séduction originaire que les enfants développaient ce que Freud appelait « complexe d'Œdipe ». Pour lui, pas de fantasme originaire, rien que des réactions normales au comportement nécessairement anormal de tous les parents, de n'importe quel parent. Être né de deux parents était la tragédie essentielle de l'être humain. Devereux n'a jamais eu d'enfant alors qu'il a été marié au moins à six reprises. Lorsqu'on lui posait la question, il répondait : « Il est criminel de donner naissance à un enfant dans un tel monde ! » De même pour les pulsions parricides des garçons. Dans la théorie freudienne, comme on sait, le garçon éprouverait, de manière tout aussi spontanée, des désirs de meurtre envers son père. Et Devereux de remarquer : « Allons, il faut être sérieux ! Combien de parricides ? Très peu… alors que les cas d'infanticides sont légion. Combien de parents se débarrassent de leurs enfants, hein ? Combien s'en débarrasseraient si la société les y autorisait ? » Pour lui, les désirs meurtriers du garçon ne pouvaient être qu'une réaction normale aux tentations infanticides de ses parents. Il aimait par-dessus tout confondre les grandes théories par des remarques de bon sens. Ainsi parlait-il de Mélanie Klein en ces termes : « C'est une folle ! Il n'y a pas d'autre mot, une folle ! Attribuer des pulsions cannibaliques à des bébés de six mois… Comment cela serait-il Dieu possible ? Un enfant de six mois est incapable de distinguer la chair animale de la chair humaine. Comment pourrait-il être cannibale ? » À chaque fois que Devereux s'emparait d'un concept, c'était pour le tordre, lui faire dégoutter son jus, jusqu'à le rendre impossible à consommer de manière banale. Pour moi, au bout de trois séances de séminaire, la leçon était claire, on ne pouvait pas se contenter du prêt-à-penser.

Après le séminaire, Devereux entraînait ses étudiants au café, au *Balzar*, me semble-t-il à l'époque où ses cours avaient lieu au Collège de France. Je revois le groupe entourant le professeur en manteau, canne et chapeau descendre du Collège vers la rue des Écoles. Là, la discussion se poursuivait durant des heures, mais sur un ton plus personnel. Je me tenais un peu à l'écart, ne connaissant personne. Je regardais avec avidité cette grappe de jeunes gens autour du vieux professeur. Moi qui fréquentais Freud assidûment depuis l'âge de quatorze ans, à la vue de ce rescapé de l'Autriche-Hongrie d'avant guerre entouré avec tant de passion par ses élèves, je m'y suis cru – Vienne 1915, j'y étais ! Peut-être était-ce à la première séance de séminaire ; peut-être la seconde ? Je lui ai demandé s'il avait rencontré Freud. « Freud, répondit-il avec un sourire narquois, certainement pas ! J'ai refusé. L'occasion s'est présentée à plusieurs reprises, à Vienne, à Budapest. J'ai toujours évité Zigmund Frrroïd. Je savais parfaitement que c'était un tyran ! »

On a beau prétendre que Devereux était un psychanalyste classique, moi qui l'ai côtoyé durant dix ans, je sais qu'il ne croyait ni à Freud ni à Diable. Il s'intéressait exclusivement à la pensée en marche. Après quatre séances de séminaire, suivies de débats au café encore plus intenses, j'avais le sentiment d'avoir séjourné dans une lessiveuse. Je n'étais pas prêt, pas assez savant, je ne disposais pas de point d'application, je n'avais accès à aucun matériel de recherche. J'ai pensé qu'il me fallait encore faire mes classes. J'ai décidé de revenir plus tard, une fois ma maîtrise obtenue, avec un sujet de thèse à lui proposer. Je ne voulais plus être un « auditeur libre ». Je reviendrais pour être son élève, rien d'autre. Je ne lui ai rien dit ; je ne l'ai pas prévenu. J'ai quitté le séminaire et n'y suis plus revenu de l'année.

3

Weissmuller

Deux ans plus tard, à la rentrée de 1971, j'étais comme une bombe à retardement prête à exploser. J'avais accompli ce qui me semblait exigé de moi, mais a minima. J'avais obtenu licence et maîtrise en ne mettant presque jamais les pieds à l'université. À force de nuits blanches avec Jean-François, je jouais correctement aux échecs. Je m'étais marié, j'avais une très vieille auto, qui tombait constamment en panne, une 2CV de 1956, et rêvais toujours de voitures de course. Je me sentais gros d'actes grandioses, sans trouver le chemin de leur réalisation. Je venais de terminer d'écrire une petite nouvelle qui mettait en scène la déréliction d'un monde qui perdait à la fois le sens et le non-sens, une sorte de dissolution progressive de l'être, au point qu'il ne restait plus que deux mots à ce monde : « oui » et « non » – et ils avaient la même signification. Je me dis aujourd'hui que j'ai eu de la chance de ne pas glisser dans la toxicomanie. Beaucoup parmi mes camarades d'université n'y ont pas échappé. Durant cette année de maîtrise, le seul cours que j'avais réussi à suivre avec une certaine assiduité était celui de Rémy Chauvin, qui enseignait l'éthologie animale. J'avais du respect pour ce vieux professeur qui avait consacré sa vie à l'étude des abeilles et des termites. Dans son sillage, j'avais lu l'entomologie de Jean Henri Fabre, poète des insectes, philosophe des êtres à six pattes. Tout au début de son cours, Rémy Chauvin avait demandé aux étudiants de se livrer à un exercice singulier. Il nous fallait nous mettre en scène quarante ans plus tard et raconter notre carrière a posteriori. Dans ma copie, j'étais devenu un vieux professeur d'université connu pour avoir démontré l'existence du complexe d'Œdipe chez les orangs-outangs. Et comme ces singes descendent très rarement à terre, il m'avait fallu inventer un dispositif permettant de se tenir sans risque sur la cime des arbres. Il est vrai qu'on venait de publier en français le livre de Jane Van Lawick-Goodall sur les chimpanzés. Elle relatait sa vie seule avec les singes, dans le parc du Gombe Stream, en Tanzanie. Elle décrivait les chimpanzés un par un, comme des individus, des « sujets », auxquels elle avait attribué des noms. Elle exposait en détail le caractère de chacun, les amours, les jalousies, les disputes. J'étais certain qu'elle avait raison ; les singes étaient quasiment des humains, puisque les humains étaient tout à fait des singes. En ces temps, on n'avait pas encore publié les études sur l'évitement de l'inceste chez les primates non humains, dont les premières arriveraient une dizaine d'années plus tard. La fantaisie que j'avais développée s'est révélée prémonitoire. On sait aujourd'hui que la plupart des espèces de singes évitent l'inceste, qui est infiniment plus fréquent chez les hommes. Après avoir passé avec lui l'oral qui me permettait de valider le dernier certificat nécessaire à l'obtention de ma maîtrise, Rémy Chauvin m'a demandé si je voulais le rejoindre dans son laboratoire. « Puisque vous vous intéressez tant à ce domaine, pourquoi ne pas y consacrer votre thèse de doctorat ? » J'ai répondu que j'y réfléchirais ; la même phrase qu'à Manitou. Je ne l'ai plus revu qu'à la télévision. Je repense souvent à lui, surtout, une confidence, lors d'un cours… « Méfiez-vous des démonstrations scientifiques, nous avait-il prévenus, elles peuvent être aussi tordues qu'un tour de prestidigitateur. J'ai moi-même fait un montage censé démontrer une hypothèse sur le comportement des termites. J'avais triché volontairement, construit un dispositif qui était une supercherie. Nul ne pouvait s'en rendre compte, du moins côté face. J'ai présenté mon hypothèse à mes collègues, qui m'ont félicité. Puis, j'ai retourné le dispositif pour leur montrer comment ils avaient été dupés. Je leur ai montré le côté pile en leur expliquant que leur science ne leur permettait pas de savoir que j'avais menti. C'est depuis lors qu'ils se répandent en calomnies à mon sujet. » La leçon a été reçue ; et elle m'est restée ! Les savants mentent et trichent tout autant que n'importe qui. Toute proposition d'un chercheur doit être vérifiée personnellement.

J'étais donc comme une bombe à retardement. Mai 68 était cette fois bien terminé. Sartre venait d'être inculpé pour diffamation contre la police et Mitterrand prenait le contrôle du parti socialiste au congrès d'Épinay. Je me demandais pour quelle raison j'avais entrepris de telles études qui n'en étaient pas ; je me demandais ce que je pourrais faire pour naître enfin au monde. Gallimard venait de sortir les *Essais d'ethnopsychiatrie générale* de Georges Devereux, un recueil de ses meilleurs articles, dans la belle collection d'essais de la NRF. J'ai acheté le livre, l'ai lu et relu, annoté, corné. Je me suis finalement décidé à demander une inscription en thèse. Je lui ai téléphoné, à son domicile, ai pris rendez-vous. Octobre 1971. Lundi matin – 10 heures. Cette fois, ma 2CV n'est heureusement pas tombée en panne. Il habitait Antony, un appartement dans une cité comme il y en a des milliers, « la cité des musiciens » – lui, c'était square Gabriel-Fauré, un trois-pièces modeste, conçu pour une famille. Il avait entassé dans son séjour-salle à manger une table, six chaises, un immense piano à queue et trois fauteuils en cuir. Les murs étaient couverts de rayonnages de livres ; il y en avait des milliers, dans les bibliothèques, par terre, sur le piano, sur la table. Et sur cette table, qui avait sans doute accueilli des dîners en d'autres lieux, à d'autres époques, trônait une vieille machine à écrire au milieu de papiers amoncelés et de thèses par dizaines, en équilibre instable. J'ai sonné à dix heures pile. Il m'a invité à entrer, m'a proposé le fauteuil face à lui. J'ai parcouru la pièce du regard, me suis attardé un instant sur la photo qui trônait sur le piano. C'était lui, beaucoup plus jeune, en uniforme de lieutenant de marine, beau comme un héros de cinéma. « J'ai fait la guerre dans l'armée américaine », m'assena-t-il d'emblée. Je n'ai pas relevé. J'avais beau être gauchiste, j'aimais l'Amérique et les Américains. Il me demanda de me présenter. Je le fis en quelques phrases. Qu'y avait-il à dire ? Je n'étais personne et n'avais pour toute richesse que cette envie qui me tenait au ventre de naître enfin. Je me souviens de lui avoir parlé de mon émigration, de ma passion pour les échecs, de mon investissement politique et notamment de cette préoccupation pour une révolution des mœurs. Il a dressé l'oreille.

— Comment vous situez-vous sur le spectre politique ? me demanda-t-il alors.

Je répondis sans hésiter :

— Le plus à gauche de la gauche.

Il a éclaté de rire.

— Comme je suis à droite de la droite, nous allons sans doute nous rencontrer.

J'allai pour lui exposer mon sujet de thèse ; j'étais venu le voir dans ce but, après tout. Il m'interrompit aussitôt.

— Il vous faut d'abord passer une petite épreuve.

Une épreuve ? Je n'ai osé aucun commentaire. Après tout, je m'étais placé entre ses mains.

— Oui, un test psychologique que j'ai inventé. Vous connaissez sans doute les tests projectifs. Vous avez dû étudier tout ça à l'université. Celui-là, c'est moi qui l'ai créé. Il me permet d'écarter les psychotiques de mon séminaire.

Les psychotiques, c'étaient les fous, les « vrais fous », pas les « névrosés » qui ont des petits problèmes de culpabilité. C'était ainsi qu'on pensait. Ces fous-là, pris dans leurs délires, pouvaient déstabiliser un groupe, une classe. Il régnait même à l'époque une théorie de la « psychose blanche » (*blank psychosis* en anglais). D'après cette théorie, certains psychotiques, atteints du trouble, n'en présentaient pas les symptômes – des fous sans folie, indétectables par conséquent. C'étaient sans doute ceux-là que visait son test. Il lui fallait identifier les psychotiques dormants pour les écarter de son séminaire. Et si son test montrait que j'en faisais partie, allait-il me l'annoncer ? « Cher monsieur, vous êtes psychotique. Je regrette de ne pouvoir vous inscrire à mon cours… » Il n'oserait jamais. Peut-être que si, après tout. Il me semblait si étrange, ce professeur… Je n'ai jamais cru aux tests ; encore moins aux tests qu'on appelle « projectifs », c'est-à-dire ceux où l'examinateur, le psychologue, vous propose des actes absurdes, irréels, que vous ne feriez jamais dans « la vraie vie », comme par exemple regarder des taches d'encre sur une planche et dire ce qu'elles vous évoquent, ou bien écouter le début d'histoires naïves, comme celles qu'on raconte aux enfants et en imaginer l'issue. Lorsque nous avions étudié le test de Rorschach, celui des taches d'encre, précisément, en cours de psycho, avec mon amie F., nous devions travailler en binômes. L'un présentait les planches et l'autre répondait. Puis, on devait interpréter les résultats et ensuite alterner. Lorsque ce fut mon tour de passer le test, je n'y ai vu que des représentations sexuelles, par dizaines. À chaque planche, je voyais des pénis, des sexes de femmes, des couples s'adonnant à des danses érotiques, des accouplements au coin d'un feu de camp. Ce n'était manifestement pas conforme à ce qui était attendu – trop de réponses, beaucoup trop, et trop de sexe, surtout ! L'enseignante a prétendu que je ne m'étais pas prêté au jeu ; que je la tournais en dérision. Mais c'était faux ! J'avais décrit les images au fur et à mesure et telles qu'elles se présentaient. Du vif échange que nous eûmes alors, j'avais tiré la conclusion que les tests étaient une sorte de piège mental, qui exigeait l'ignorance et la naïveté du sujet. La consigne implicite exigeait : « Sois idiot ! » Et voilà que ça recommençait.

— Vous allez voir, c'est très simple. Il vous suffit de répondre, de la manière la plus spontanée possible, aux trois questions que je vais vous poser. D'accord ?

Sur le fond, pas d'accord. Mais puisqu'il l'exigeait pour m'inscrire…

— D'accord ! Allons-y !

La première question était brutale, directe. On la devinait conçue pour explorer les éventuelles pensées persécutives, quelque chose comme : « Il y a quelqu'un qui vous poursuit. Qui est-ce ? » J'avais envie de lui dire « Monsieur, si j'étais paranoïaque, si je souffrais d'idées de persécution, votre question est si manifestement dirigée pour que je me dévoile, que je vous fournirais la réponse la plus banale qui soit. » Mais, cette fois encore, j'ai joué le jeu, honnêtement. J'ai dû lui répondre que c'était un CRS, ou un flic, je ne sais plus. Réponse assez naturelle pour un étudiant de l'époque. La seconde était du même acabit. Quant à la troisième, elle était plus transparente que les deux premières. « Quelqu'un est caché dans le placard derrière moi. Qui est-ce ? » J'ai immédiatement reconnu les théories psychanalytiques du transfert... Quelle que soit la réponse que j'allais lui fournir, il allait prétendre que ce personnage caché qu'il me demandait d'imaginer le représentait lui, et se livrer à de subtiles interprétations pour finalement révéler ce qu'il pensait de moi. Comment un professeur sérieux, un érudit, un savant authentique, pouvait-il se livrer à de tels enfantillages ? À l'issue du test, l'intensité de ma psychose a dû lui paraître acceptable. Il m'annonça que j'étais admis. Avec le recul, je pense aujourd'hui que ce test avait une qualité, malgré tout, pas celle qu'il lui attribuait. Survenant aux tout premiers instants de l'entretien, avant que Devereux n'ait été assailli et leurré de paroles, le test le contraignait à livrer la première impression, brusque, sauvage, que lui avait évoquée la personne qu'il avait face à lui. Comme dit Louis Jouvet dans le film *Les amoureux sont seuls au monde* : « La première impression est toujours la bonne, surtout quand elle est mauvaise. » Bref, ce test ne mesurait rien chez l'étudiant, seulement le niveau d'antipathie que Devereux éprouvait de manière immédiate. J'observerai bien plus tard le même type de technique chez Visnelda, la guérisseuse réunionnaise, qui assaillait le patient sitôt franchi la porte de son cabinet. « Sors d'ici, malheureux ! lui hurlait-elle alors qu'il se tenait encore sur le seuil. Crois-tu que j'accueillerais chez moi, dans ma maison, un drogué complètement perdu comme toi ? » Il n'avait pas encore ouvert la bouche ; elle ne savait rien de lui – du moins rien qu'il ne lui aurait lui-même confié. Parce que, naturellement, faute de tests projectifs, Visnelda regardait ses oracles dans le sel.

— Heu… Me donnerez-vous le résultat du test que je viens de passer ? Que pensez-vous des réponses que je vous ai fournies, monsieur ?

— D'abord, maintenant que tu es admis, je te demande de m'appeler Georges et de me tutoyer. Et moi, je ferai de même avec toi.

J'ai évidemment répondu : « Oui, monsieur ! Comme vous voulez… » Par la suite, je l'ai toujours appelé « Georges ».

— Viens donc avec moi dans la cuisine ; je vais nous faire deux bons cafés.

En guise de bon café, j'eus droit à un nescafé presque translucide. J'ai ajouté deux morceaux de sucre pour le faire passer.

— Vois-tu, Tobie, tu es un garçon très intelligent. Tu as bien quelques angoisses, des incertitudes sur ta propre valeur…

Pourquoi un test ? Il n'avait qu'à me demander, je lui aurais répondu bien volontiers. Je lui aurais avoué que je doutais de tout, jusqu'à mon existence et que ma quête était pétrie d'angoisse. J'avais choisi un sujet de thèse… « Attends, nous aurons bien le temps d'en parler. Raconte-moi donc plutôt tes options politiques. Tu me disais tout à l'heure que tu te situais à la gauche de la gauche. »

C'est que, justement, mon sujet de thèse touchait à mes options politiques, et de très près. L'idée avait commencé à poindre lorsque, en 1969, Guy Sitbon, un journaliste du *Nouvel Observateur*, avait publié un article qui avait eu quelque retentissement sur un « mariage de groupe ». En Suède, une quinzaine de jeunes gens avaient entrepris de vivre ensemble, en une communauté totale, y compris sexuelle. Les biens étaient possédés en commun, les enfants élevés en commun et chacun pouvait avoir des relations sexuelles avec qui bon lui semblait à l'intérieur de la communauté. Dans notre petit groupe informel de révolutionnaires de la civilisation, nous nous étions emparés de l'idée et nous en parlions sans cesse. Nous avions trouvé d'illustres prédécesseurs chez Proudhon et surtout Charles Fourier. Ces lectures nous rassuraient. D'autres l'avaient prônée avant nous. Et voilà que, depuis la publication de l'article du *Nouvel Obs*, l'actualité nous amenait chaque jour les confirmations de l'existence d'un véritable mouvement. Des communautés sexuelles fleurissaient en France, dans la région parisienne, mais aussi dans des provinces, dans les Cévennes, au Larzac, en Normandie… L'idée nous taraudait l'esprit. À l'époque, nous nous étions presque tous mariés ; certains avaient déjà des enfants. Philippe avait épousé la douce Marie-Blanche qu'il connaissait du lycée, Isaac, la charmante Hélène, de l'avenue Claude-Debussy, Jean-Loup, Marie-France, qu'il connaissait de l'enfance, Jean-François, la très belle Michèle, qui le faisait courir depuis le lycée, comme le loup de Tex Avery et moi, la sœur de David, elle aussi née en Égypte, elle aussi émigrée à « la cité ». Notre vie réelle semblait à l'opposé. Nous étions mariés avec nos semblables, presque nos sœurs ; mariés pour prendre la vie sociale à bras le corps. Si nous rêvions d'un « mariage de groupe », il allait falloir sérieusement bouleverser nos vies. L'idée correspondait si parfaitement à nos théories que nous ne cessions d'y revenir. Nous souhaitions faire advenir une génération d'enfants d'un type nouveau, futurs citoyens d'une société d'anarchistes. Nous ressentions la contradiction entre nos idéaux communautaires – de communistes intégraux – et les choix réels dans lesquels nous nous étions engagés. Nous n'étions pas les seuls à vivre des contradictions. Les autres, ceux qui réalisaient l'expérience communautaire, semblaient en vivre d'autres tout aussi douloureuses. Cette année-là, nous avions fait la connaissance d'une communauté sexuelle de la banlieue parisienne, mais sa réalité ne nous enchantait guère. Les membres étaient en conflit permanent, la liberté sexuelle était surtout théorique. Plutôt qu'un exercice joyeux de la liberté, nous regardions, perplexes, le règne de la rivalité et de la jalousie. Je pensais aussi – je pensais déjà – que l'anthropologie des peuples éloignés n'était plus de notre temps.

Lévi-Strauss en avait annoncé la disparition à la fin de *Tristes tropiques*. S'il y avait encore une anthropologie, ce devait être celle des groupes de notre modernité. Bref, j'ai proposé à Devereux de m'engager dans une recherche de doctorat sur les communes sexuelles. J'envisageais de partir à leur rencontre, de parcourir avec eux leurs conceptions, leurs théories, leurs références et leurs rêves. J'envisageais aussi, bien sûr, d'explorer l'histoire des personnes, de montrer par quels chemins ils étaient parvenus à cette forme inédite de vie personnelle, qui remettait en cause les constituants fondamentaux d'une société : la parenté, la propriété, l'éducation des enfants, l'identité personnelle et familiale. J'ai bien dû parler deux heures, présentant la façon d'accéder à ces communautés et les méthodes de travail que j'envisageais. J'ai raconté ma pensée, ma façon de vivre. J'ai aussi évoqué mon parcours, les idées que je brassais depuis l'adolescence. Il écoutait, attentif, comprenait de manière immédiate, jusqu'aux nuances non exprimés, reformulant parfois une idée ou une autre, l'illustrant d'un exemple personnel. Tout semblait parfaitement huilé. Une fois terminé mon exposé – il devait être plus de 13 heures, je me levai, amorçant poliment mon départ.

— Pourquoi ne resterais-tu pas déjeuner ? me proposa-t-il.

Je dois reconnaître que l'idée ne m'enchantait pas. J'avais tiré toutes mes cartouches. Pour l'heure, mon sujet de thèse était encore à l'état d'ébauche. Je n'aurais su en parler davantage. J'ai accepté.

— Laissons la thèse de côté ; nous aurons bien des occasions d'y revenir. Parlons plutôt de la vie et du monde, comme des amis, que nous sommes.

Des amis ? Qu'est-ce qu'il racontait ? Je le connaissais de trois heures et j'étais loin de me sentir détendu. Il avait près du triple de mon âge ; son érudition était profonde, assise, mes connaissances balbutiantes ; son expérience me semblait infinie, la mienne surtout imaginaire – il avait fait le tour du monde et moi plusieurs fois celui de ma chambre. De plus, ses idées politiques me semblaient à mille lieues des miennes. À y réfléchir, c'est ce dernier point qui me dérangeait le moins. Si en politique sa parole était franchement réactionnaire, sa vie, son appartement, sa façon d'être, tout transpirait une douce anarchie. Il sortit deux côtelettes d'agneau et une boîte de pommes dauphine du freezer et entreprit de les réchauffer dans une poêle. Tout en s'activant, il commença à parler de lui.

— Tu vois, à mon âge, je suis obligé de faire ma tambouille…

Sa femme venait de le quitter ; il n'en comprenait pas la raison. Ils s'entendaient à merveille, pourtant. Elle travaillait avec lui, l'aidait à faire ses recherches sur les Grecs anciens, dactylographiait ses textes, les relisait, les corrigeait avec lui. Et soudain, sans aucune explication, elle a fait sa valise et a disparu.

— Comment est-ce possible ? me suis-je poliment étonné.

— C'était un samedi. Comme toutes les semaines, j'étais parti faire mon séminaire. Elle avait dû préméditer son affaire, tu comprends ? Parce que vers 19 heures, lorsque je suis rentré, non seulement elle était partie, mais elle avait emporté toutes ses affaires. Toutes ses affaires – peux-tu seulement imaginer une chose pareille ? Elle n'avait rien laissé, pas même une brosse à dents. Tu te rends compte ? Elle s'y préparait sans doute depuis des semaines. On ne s'en va pas comme ça du jour au lendemain…

Notre repas se passa à évoquer le départ de sa femme. Je n'étais pas très à l'aise, pris entre l'obligation de ponctuer son discours, de témoigner ma compréhension, et celle de rester en retrait. Après tout, ce n'étaient pas mes affaires.

— Je crois que je suis un peu déprimé depuis son départ, dit-il le plus sérieusement du monde pour clore le chapitre. Nous pouvons bien parler de ce genre de choses entre amis.

Binyamina 1998

Longtemps après – ce devait être en 1998 – j'ai rencontré un guérisseur juif yéménite près de Binyamina, dans le nord d'Israël. L'une de mes étudiantes d'alors, Henny, consacrait sa thèse de doctorat à l'étude de ses techniques de soin. Arrivés au portail, alors que nous nous apprêtions à entrer, une furie se jeta sur nous en déversant un flot d'injures. Elle désignait mon étudiante du doigt. « Tu veux coucher avec lui, hein ? C'est ce que tu veux, raclure, putain ? » Je doute que Henny ait eu la moindre velléité sexuelle à l'adresse du vieil homme, maigre et sec, comme le sont souvent les vieux Africains. Sa bouche édentée, verte du khat qu'il broutait sans discontinuer, se tordit dans un rictus d'impuissance. Il haussa les épaules :

— Que veux-tu ? Ma femme est folle ! C'est Dieu qui l'a voulu ainsi.

Il nous expliqua alors qu'un esprit, en hébreu un ched, *était entré dans sa femme le jour de son mariage. Malgré son savoir et son expérience, il n'était jamais parvenu à la soigner. Et ce n'était pas faute d'avoir essayé… les prières, les amulettes, les bains dans les endroits secrets, les bouteilles de noms enterrés… sans résultat. « On ne peut soigner sa propre famille. Un couteau pourrait-il se couper lui-même ? »*

C'était un jour ébloui de lumière – une lumière comme on n'en voit que là-bas. Il brailla à l'adresse de sa femme une injure en arabe yéménite. Elle courut se cacher au fond du jardinet envahi d'herbes folles et on ne l'entendit plus de la matinée. Nous sommes rentrés avec lui. Dans son cabinet une jeune femme, yéménite comme lui, abandonnée par son mari parti courir l'Ukrainienne, pleurait la tête dans les mains. Elle l'attendait. Et Haïm qui poursuivait pour nous, devant sa patiente éplorée, le récit de la maladie de sa femme.

— Pour la guérir, j'ai appris dans les livres de mon oncle, j'ai versé sur moi l'eau d'un grand seau, puis j'ai changé mes vêtements ; j'ai même utilisé le Saint-Nom, avec toutes ses lettres, mais tout cela en vain...

Il revint enfin vers sa patiente. Il lui tendit l'amulette qu'il avait confectionnée, lui recommandant de la porter trois jours sur son corps.…

— Après, accroche-la avec une épingle dans ton porte-monnaie. Garde-la toujours sur toi. Va maintenant et apporte-moi un peu d'eau...

Elle versa un peu d'eau de la bouteille de eïn gedi *dans la tasse de terre qu'il lui tendait et retourna s'asseoir face à lui, sur le petit tabouret de bois. Haïm chuchota silencieusement dans la tasse, faisant frémir la surface de l'eau comme le souffle de Dieu au premier jour de la création. Puis il se leva d'un mouvement brusque et demanda à la femme désertée par son mari de fermer les yeux. Méfiante, elle tentait d'entrevoir entre ses doigts. « Ferme tes yeux ! » tonna Haïm... Elle finit par obéir. C'est alors qu'il lui lança brutalement le contenu de la tasse au visage. Elle resta un moment en silence, les mains sur les yeux. Haïm lui tendait une serviette pour essuyer le ruissellement.... « Tiens,* ya tamanya *(ô, la Yéménite), essuie-toi le visage. » En cette fin de matinée ensoleillée, il s'en alla dans le jardin, vieux diable sautillant, en répétant joyeusement :* « ya tamanya, ya tamanya »*, s'amusant à répéter ces mots en arabe yéménite, devenus par la magie de l'instant une sorte de mantra... Il était certain d'avoir réussi à atteindre le mari là où il se trouvait.*

Dans son cabinet, sur les étagères de métal rouillé, s'étalait une modernité hétéroclite, bouteilles de Coca-Cola pleines de l'encre sacrée qui permet aux lettres de révéler leur action sur les choses, sur les êtres et sur les humains ; petites pièces de parchemin usé contenant le nom de Dieu dans des Tupperware de plastique, livres de kabbale centenaires, griffonnés, cornés, aux feuilles volatiles. J'ai été saisi par l'atmosphère de vérité qui se dégageait de l'endroit. Si Dieu se glisse parmi les humains, ce ne peut être que dans de tels lieux, composites. Car le monde est ainsi fait lorsqu'il est vivant, en désordre. J'ai repensé à Devereux, ce jour-là, qui m'avait assiégé dès les premières minutes avec le récit de l'incompréhensible comportement de sa femme. J'avais éprouvé cette même perplexité devant le paradoxe brutal de celui qui sait, à qui la providence a fait don de clairvoyance, qui se présente pourtant assailli par le destin. Pour Haïm, le vieux guérisseur yéménite, accompagné de jour comme de nuit par un diable, installé dans son intimité, l'explication était limpide ; sa femme folle était la preuve de sa puissance. On pouvait penser qu'il sollicitait son ched *à volonté, pour savoir ce qui est caché aux humains, pour agir dans l'invisible, à l'insu du commun. Pour Devereux, peut-être en était-il de même ? Peut-être l'évasion de ses épouses était-elle la preuve de sa puissance ?*

Nous avons laissé Haïm en train de copier une Torah, qui ne peut être écrite qu'à la main, sur du parchemin fabriqué selon un rituel précis, avec une encre consacrée, par un sofer, *un scribe, connaissant les textes à la perfection. J'ai quitté à regret la petite bicoque dans ce quartier populaire du nord d'Israël, abandonnant le vieux Yéménite à son travail millénaire de réparateur de destins.*

*

* *

Antony, 1971

Après déjeuner, Devereux se plaignit d'être fatigué. Il avait besoin de se reposer. Il m'invita à le suivre dans sa chambre et s'étendit sur le lit. La chambre, très petite, me parut à l'image du reste de l'appartement, chaotique. Un lit, une table de nuit et encore des livres, des livres partout. Il prétendit qu'il était capable de retrouver n'importe lequel, les yeux fermés. L'une des bibliothèques contenait ses propres ouvrages, parus dans plusieurs éditions et dans différentes langues, les tirés à part de ses articles, aussi, une autre, la collection complète de SAS et les œuvres complètes de Karl May. Il surprit mon regard.

— Tu connais son Altesse Sérénissime le prince Malko Linge ?

J'avais lu SAS comme tout le monde.

— Cette lecture me détend, vois-tu ? J'apaise mon esprit en lisant des romans faciles, s'excusa Devereux, des romans d'aventure, aussi, comme ceux de Karl May, par exemple.

Karl May est le romancier allemand le plus connu des Allemands. Il a écrit des dizaines de romans de gare sur les Indiens d'Amérique, mais aussi sur le Proche et le Moyen-Orient, où son héros, toujours allemand, rencontre les Indiens, les Arabes et les Bédouins du désert. Aventures simples, elles ont permis aux Allemands du début du siècle de se représenter, à la première personne, des mondes éloignés quasi mythiques. Karl May a pourtant écrit ses récits du Far West sans jamais aller en Amérique et ses récits orientaux sans quasiment quitter l'Allemagne. Il eut un immense succès, seulement comparable à celui de Tintin. Des personnages célèbres ont déclaré publiquement leur passion pour Karl May, Einstein, Fritz Lang, Helmut Kohl et… Adolf Hitler. Mais c'était un personnage mystérieux et fantasque. Je crois aujourd'hui que ce qui fascinait Devereux chez Karl May, plus que cette ethnologie de bazar, était la multitude d'identités sous lesquelles écrivait cet auteur. Quant à sa collection complète de SAS, elle aurait disparu. Dans le fonds de livres qu'il légua au laboratoire d'anthropologie sociale du Collège de France et qui se sont finalement retrouvés à l'IMEC (Institut Mémoires de l'édition contemporaine), on ne trouva plus trace de SAS.

Coincé dans cette petite pièce du fond de l'appartement, avec un savant anarchiste qui déroulait devant moi une vie plus extraordinaire à mes yeux que celle de tous les romans, je ne pensais à rien. Les yeux hagards, je laissais pénétrer le flux ininterrompu. Étendu sur son lit, débraillé, la chemise ouverte jusqu'au nombril, il me parlait de lui, simplement de lui. Il se décrivait aussi comme un émigrant perpétuel. Sa première émigration fut une émigration forcée, intérieure, pour ainsi dire, d'une langue à une autre. Né en 1908 dans le Banat, une région de la Transylvanie, alors hongroise, il grandit d'abord dans sa langue maternelle, le hongrois. Mais à l'issue de la Première Guerre mondiale, la plus grande partie du

Banat fut rattachée à la Roumanie. L'administration s'est alors métamorphosée du jour au lendemain, la langue d'apprentissage scolaire, aussi.

— Bien que j'aie eu d'excellentes notes en roumain, je me refusais à parler la langue de l'occupant. Si bien que sitôt que j'en ai eu la possibilité, je me suis échappé du pays. C'est ainsi qu'à dix-huit ans je suis parti faire des études en France.

C'était la première version de son départ de Hongrie ; j'en apprendrais bien d'autres. Il me raconta les vicissitudes de ses études en France. Il revenait sans cesse sur le sort qui s'acharnait contre lui, venant sans cesse contrarier ses désirs. Il se destinait à la musique, était un remarquable pianiste et portait les cheveux longs à l'image des artistes. Et voilà qu'une fracture du pouce se compliqua bientôt en contractures qui évoluèrent finalement en une maladie de Dupuytren – et fini le piano ! Il étudia ensuite la physique, mais abandonna après deux années. J'ai appris bien plus tard qu'il fréquenta un temps l'aristocratie française, les grandes familles. Quel roman s'était-il alors inventé ? Je sais qu'il rêva de fortune et de mariages princiers. Il finit par s'inscrire, à l'âge de vingt-deux ou vingt-trois ans, dans cette licence d'ethnologie qui venait d'être créée, à l'Institut d'ethnologie de Paris, avec les professeurs exceptionnels qu'étaient Lucien Lévy-Bruhl, Marcel Mauss ou Paul Rivet. Il obtint sa licence, commença à faire du terrain, en Indochine, pour le musée de l'Homme. Il me montra, accrochés au mur derrière lui, une lance et un bouclier sedang du Vietnam. « Des objets comme ceux-là, j'en ai ramené des centaines de mes expéditions en Indochine. Ils doivent pourrir dans les caves du musée de l'Homme. » Mais l'ambiance devenait en France de jour en jour plus xénophobe. Et lorsque éclata l'affaire Stavisky, en décembre 1933, il se sentit en danger. Seconde émigration, il saisit la première occasion pour partir aux États-Unis, à l'université de Californie, à Berkeley, pour préparer sa thèse de doctorat.

— J'ai toujours été pauvre ; jamais reconnu pour mon travail. Le jour de ma soutenance de thèse, je crevais littéralement de faim. Je n'avais rien mangé depuis deux jours, simplement par manque d'argent. Une secrétaire, prise de pitié, m'a offert un sandwich pour me permettre d'affronter l'épreuve.

L'homme était douloureux ; il paraissait vieux – faisait-il le vieux ? Depuis notre première rencontre, deux ans plus tôt, il avait semble-t-il décidé de réduire sa consommation de nicotine. Il glissait maintenant ses cigarettes dans un fume-cigarettes Denicotea. Du coup, il tirait dessus comme un forcené et en consommait deux fois plus. L'atmosphère était devenue irrespirable. Il débordait de récriminations, contre sa femme qui l'avait quitté, contre ses maîtres qui ne l'avaient pas reconnu, contre ses collègues, contre la vie, contre le destin… Suspendu, ne sachant que penser, je ne savais répondre. À certains moments, je me suis même demandé si ce n'était pas son fameux test qu'il poursuivait d'une autre manière. La nuit était tombée depuis longtemps. Il se leva soudain.

— Reste donc dîner ? Tu partiras le ventre plein.

Je n'eus pas la force de protester. Il sortit de son freezer deux nouvelles côtelettes et le reste de pommes dauphine. Il parlait encore de ses études, de son doctorat, de son maître, Alfred Kroeber, qui l'avait maltraité.

— Kroeber était un peu obtus. Et puis, les professeurs sont parfois victimes de leur propre idéologie. Je lui avais fait remarquer que ce qu'il écrivait au sujet des rituels de purification après les règles chez les Indiens Hopis était impossible. Obsédé par le symbolisme du chiffre « 40 » chez les Indiens, il avait écrit que les femmes se purifiaient tous les quarante jours. Tu te rends compte ? Il n'avait pas réalisé l'absurdité de ce qu'il avait écrit. Comment auraient-elles pu se purifier tous les quarante jours en ayant leurs règles tous les vingt-huit jours, comme toutes les femmes ?

Après le repas, nous avions repris notre place dans les fauteuils du salon. Je tentais de le ramener vers ce qui m'intéressait, la psychanalyse, l'ethnopsychiatrie, mon sujet de thèse… Il continuait à se raconter, à se plaindre.

— Durant ma formation psychanalytique, je travaillais à la clinique du docteur Karl Menninger, à Topeka. J'y travaillais comme chercheur, produisant les rapports de recherche, les demandes de subvention. En échange, Menninger m'avait admis en formation psychanalytique. À cette époque, aux États-Unis, on n'autorisait pas un non-médecin à suivre une formation psychanalytique sauf s'il était inscrit dans l'un des deux ou trois centres de recherche reconnus. Menninger m'avait confié un patient en analyse supervisée. Mais il faisait traîner la supervision alors que le patient allait parfaitement bien, et cela pour ne pas me confier un second patient. Il ne voulait pas me voir terminer mon cursus. Il savait que, sitôt ma formation terminée, je foutrais le camp. J'y suis resté près de huit ans. Topeka, tu vois, il n'y a rien. C'est au bout du monde, en plein désert et il n'y a rien ; rien que cette clinique psychiatrique en plein milieu du désert. Quand tu te promènes en ville, tu rencontres les psychiatres, les infirmiers et les patients. C'est tout ! Tiens, je vais te montrer les photos.

D'une boîte à chaussures coincée entre deux livres, sur un rayon de bibliothèque, il sortit deux photos défraîchies. J'y voyais un homme jeune, tenant en laisse un magnifique colley. Il avait les cheveux bruns et portait une petite moustache. Le bonhomme était décidément beau. Et de l'allure ! Clark Gable dans *Autant en emporte le vent*.

— Tu es beau ! lui ai-je fait remarquer.

— J'étais beau, oui, se plaignit-il encore, mais pauvre, très pauvre. Avec le maigre salaire que je recevais de la clinique, je m'étais acheté une vieille voiture, une Cadillac 452 de 1932.

Alors là, j'étais incollable…

— Une 16 cylindres ! me suis-je extasié.

— Oui ! confirma Devereux. Tu veux la voir ?

Et il partit chercher une nouvelle photographie dans sa boîte à chaussures. On distinguait en effet la Cadillac, une limousine d'avant guerre, qui avait dû être une très belle voiture à sa sortie d'usine. À la date de la photo (environ 1955), la voiture devait avoir vingt ans. Il se tenait debout, une main sur la portière, auprès d'une femme dont il manquait la tête. Il l'avait découpée. J'ai pensé que ce ne devait pas être la première fois que son épouse disparaissait.

— Je n'ai commencé à gagner quelque argent, poursuivit-il, que lorsque je me suis installé psychanalyste à New York. C'est de cette époque que datent ces fauteuils où nous sommes assis et les quelques meubles qui sont dans l'appartement. Les gens qui pensent sont ainsi (on aurait dit qu'il me prévenait). Le monde entier se dresse contre eux.

Il me décrivit encore longuement sa formation psychanalytique. Aucun de ses maîtres en ce domaine ne trouvait grâce à ses yeux. Menninger ne pensait qu'à s'enrichir, Jökl, son psychanalyste, était un homme banal (« gentil, mais sans intérêt »), quant à Róheim qui l'avait pris en cure au début, durant six mois ou peut-être davantage, c'était sans doute un génie, mais ce qu'il écrivait était si tarabiscoté qu'il ne se comprenait pas lui-même. Il devait être 23 heures lorsqu'il m'autorisa enfin à partir. J'étais debout, en train d'enfiler mon manteau, quand il me retint encore :

— Attends, assieds-toi un instant, j'ai quelque chose d'important à te dire.

Je revins m'asseoir face à lui.

— Tobie, écoute-moi bien ! Tu as pu te rendre compte que je ne parle pas à tort et à travers… Eh bien, je peux t'annoncer, Tobie, que tu seras mon successeur…

Je ne savais que répondre. J'ouvris de grands yeux étonnés.

— Allons, Georges, tu plaisantes…

Il me jeta un regard sévère.

— Je ne plaisante ni ne cherche à te faire plaisir. Je t'annonce simplement un fait qui sera. C'est toi qui poursuivras mon œuvre. Tu seras mon successeur.

Il me raccompagna à la porte et me serra la main avec cette salutation d'anarchiste :

— Salut et fraternité !

Il faisait froid et humide. Ma vieille guimbarde n'aimait pas ce temps. Je dus la démarrer à la manivelle. J'eus le temps de réfléchir durant la bonne heure que prit le chemin du retour. La méthode de ce directeur de thèse avait de quoi surprendre. Je ne me suis pas dit qu'il était cinglé, ou déprimé, ou animé de je ne sais quelle intention perverse. Je ne comprenais pas, voilà tout ! S'il avait voulu brouiller les repères, entraver mon jugement, il n'aurait pas agi différemment. Les informations qu'il m'avait communiquées portaient pour la plupart sur les relations entre un maître et son élève. Lui, manifestement, n'avait pas su « trouver un maître », comme dit le Talmud. Il avait erré de musique en physique, d'ethnologie en psychanalyse, de littératures en études grecques… Je venais dans l'illusion que j'en rencontrerais un ; il a passé des heures à m'expliquer qu'aucun de ceux qu'il avait connus n'avait pu assumer ce rôle. Pourquoi m'avait-il annoncé que je serais son successeur, sinon pour briser le charme, casser l'illusion… Une chose était certaine, cependant, ce qu'il m'avait appris ce jour-là, je savais que je ne l'oublierais jamais. Et pourtant il ne m'avait rien révélé. Une partie des anecdotes figuraient dans le livre que je venais de lire, ses *Essais d'ethnopsychiatrie générale.* Quant aux autres, lorsque je connaîtrais la totalité de son œuvre, je les retrouverais toutes, consignées, avec les mêmes mots, les mêmes expressions. Même ce qui aurait pu ressembler à des confidences, le départ de sa femme, par exemple, ses démêlés avec l'institution psychanalytique, tout cela était de notoriété publique. Lorsque je fréquenterais régulièrement le séminaire, je me rendrais compte qu'il servait le même discours à chacun. Alors, qu'est-ce que je n'oublierais pas ? Ces récits étaient devenus les miens ; ils s'étaient métamorphosés en expérience personnelle. C'est cela que je n'oublierais pas ! Et puis, il avait réussi une sorte de tour de magie. Je venais vers lui avec une demande (qu'il m'inscrive en thèse), avec une question qui me concernait (mon sujet de thèse) et bien d'autres problèmes quant à mon avenir. Je suis reparti la tête pleine de questions sur lui. Il avait réussi une sorte de translation de mon univers mental, focalisé sur moi en entrant chez lui, aimanté par lui en repartant.

Mon ami Abdelhamid, qui lui aussi connut fort bien Devereux, m'a un jour raconté la parabole soufie de l'élève qui cherche un maître. On lui en indique un, habitant une masure, seul dans une vallée perdue.

Il grimpe la montagne durant des jours et parvient à la porte du vieil homme. « Qui est-ce ? » demande une voix à l'intérieur. « C'est moi », répond l'élève. Puis le silence. Il frappe encore. Personne ne répond. Personne ne vient ouvrir. L'élève repart comme il est venu. Dix ans plus tard, il a grandi, mûri, acquis de l'expérience et se sent maintenant capable de partir à la rencontre du maître. Voici donc l'élève qui grimpe à nouveau cette même montagne. Il parvient à la porte de cette même bicoque perdue seule dans la vallée lointaine. Il frappe. La même voix à l'intérieur demande : « Qui est-ce ? »… « C'est moi ! » répond à nouveau l'élève. Et à nouveau le même silence, la même absence. Vingt années se passent encore et ce même homme, qui est maintenant presque un vieillard, entreprend une nouvelle fois l'ascension de la montagne. Il parvient dans la vallée, il retrouve la vieille masure, il frappe à cette même porte. « Qui est-ce ? » demande encore la voix. « C'est toi ! » répond l'élève. Et la porte s'ouvre enfin. Cette parabole décrit parfaitement la sensation que j'ai éprouvée lors de cette première rencontre avec Devereux. J'étais venu, j'étais moi ; je suis reparti, j'étais lui. Et je ne me sentais plus une bombe prête à exploser.

Hiver 1972. David m'avait déniché une communauté sexuelle à Londres. Nous décidâmes d'y séjourner une semaine, pour enrichir mon matériel de recherche. Nous grimpâmes dans sa 2CV, qui était plus vaillante que la mienne et nous voilà partis. Le tuyau n'était pas parfaitement exact. Personne n'habitait à l'adresse qu'on nous avait indiquée. De contact en contact, nous avons erré une nuit entière, de pub en café, à travers les banlieues de Londres. Au petit matin, nous avions finalement obtenu la bonne adresse. Nous sonnâmes. Une jeune femme ensommeillée vint nous ouvrir. Les Anglais avaient alors l'habitude de ne pas chauffer leurs maisons. À l'intérieur, les vitres des fenêtres étaient couvertes de givre. Il devait faire aux alentours de 0° ce matin-là. Nous expliquâmes les motifs de notre visite. Oui ! Pamela était la cheville ouvrière de cette communauté. Nous pouvions la réveiller, si nous le souhaitions. Nous entrâmes dans sa chambre. Plusieurs lits dans la pénombre. Nous approchâmes du premier. Dépassant de la couverture chauffante, une touffe de cheveux roux. La jeune femme sortit la tête. Quelques instants plus tard, un petit diable surgit à son tour, de sous la même couverture dans laquelle il était entièrement enfoui.

— Hello ! demandai-je au gamin, What's your name ?

— Hello ! My name is Tobias ! répondit le petit diable qui n'avait pas plus de quatre ans. And you ?

— Me ? Tobias, too !

Tobie, Tobias en anglais, Tobías en espagnol, Tevieh en yiddish, Toviah dans la Bible, qui signifie : « Dieu a fait le bien ». C'était un nom qui venait de loin…

4

Jour de fête

C'était une grande maison à l'ancienne au fond d'une ruelle tortueuse, dans le vieux quartier du Caire. La façade donnant sur la rue était presque aveugle ; quelques minuscules fenêtres cachaient leurs visages derrière de subtils moucharabiés de bois d'olivier. Dans ces maisons, le monde s'ouvrait à l'intérieur ; ici sur un jardin et, luxe inouï, un petit jet d'eau déversait en continu dans une vasque de pierre. L'homme de petite taille au visage serein était vêtu à la mode turque d'un caftan aux étoffes luxueuses. Il était coiffé d'un turban qui lui donnait l'air d'un marchand arabe du XVe siècle. Une longue barbe, soyeuse et blanche, lui descendait jusqu'à la poitrine. En l'observant, des étincelles attiraient le regard. Sur son ventre un peu rebondi, une étoile d'or, à huit branches, percée d'un gros rubis en son centre, bringuebalait au bout d'une chaîne. Il en imposait ! Homme de pouvoir, sans doute, et de tradition à coup sûr !

5 h 30 du matin. Il arrangea sa mise devant le miroir de l'entrée et sortit du pavillon d'habitation. Il évita la pelouse, empruntant le détour de l'allée pavée et pénétra dans son petit bureau, de l'autre côté du jardin. Dans le ciel du Caire, les milans, redoutables petits aigles, sont aussi nombreux que les pigeons à Paris. C'était le 15 septembre 1866, un samedi matin. Une ambiance inhabituelle planait sur la ville. Ce jour-là, Ferdinand de Lesseps faisait visiter le chantier du canal de Suez aux souverains de passage et, de si bon matin, on entendait déjà le brouhaha des préparatifs. Lui, le rabbi, s'était levé tôt, comme à son habitude, une heure avant le soleil. Il savourait ces moments où la ville n'était troublée que par le chant des coqs parodiant les appels à la prière des muezzins. C'était aussi un moment de solitude, celui où il pouvait consulter les livres qu'il n'aurait à aucun prix laissés entre les mains du premier venu. Certains n'existaient qu'en un seul exemplaire manuscrit, comme celui qu'il était en train de compulser, justement. Il avait été rédigé à Saragosse en 1485 par Ya'akov Ibn Habib, l'auteur fameux du *'eïn Ya'akov*, « la source de Jakob », sorte de best of du Talmud que chaque Juif pieux se devait de posséder. Le rabbi lisait en silence le texte intitulé « La beauté du saphir ». L'auteur, Ya'akov Ibn Habib, était son arrière, arrière, arrière… grand-père – son ancêtre le plus célèbre, un de ces maîtres du passé, du temps de la splendeur arabe en Espagne. On disait que Ya'akov Ibn Habib était l'égal de Maïmonide ; qu'aucune des trois langues,

l'hébreu, l'arabe et l'araméen, n'avait de secret pour lui. Le rabbi scrutait le texte tracé avec le sang du caméléon, dont la seule vue faisait trembler la main qui le tenait. Il regardait cette même page, la parcourait, la lisait encore. Il savait que le sultan déciderait le lendemain de sa nomination au poste de grand rabbin d'Égypte. Il scrutait les Écritures, tentait d'en pénétrer le sens caché, attendant d'elles à la fois prédiction et protection. Son esprit s'abîmait dans la contemplation des lettres et il ne parvenait à décider de l'augure. L'horizon se mit à rougir ; le soleil s'annonçait déjà. Le rabbi ajusta son châle de prière sur ses épaules et prononça la première bénédiction à voix haute. La *robissa* Marième, son épouse, entra sans faire de bruit dans le petit cabinet, portant le plateau du petit déjeuner, café, galettes de pain arabe et quelques olives noires. Elle le déposa sur le rebord de la fenêtre, là où il aimait s'installer chaque matin, seul, attentif aux voix du silence. Elle se retira sans bruit, laissant le vieil homme à sa prière. C'est alors qu'on entendit un grand bruit dans le ciel, un hurlement strident, comme le cri d'un enfant. Le rabbi ne broncha pas, debout face aux premières lueurs du soleil levant, psalmodiant le *shema' Israël*, les mots d'amour à son Dieu. Un deuxième cri hérissa les poils des chats qui se précipitèrent dans les trous des murs. Puis l'on entendit distinctement un puissant battement d'ailes. Du haut du ciel, rapide comme un rayon de soleil, le milan plongea vers la fenêtre, s'emparant d'un seul mouvement des galettes de pain. Durant un moment, ce fut le silence ;

on n'entendait même plus le murmure du credo. Une fois sa prière achevée, Yom-Tov s'approcha de la fenêtre, regarda vers le ciel, cherchant l'oiseau qui avait disparu. Il n'aperçut qu'une plume noire qui voleta lentement jusqu'au plateau. Il se saisit de la *kanaka*, la petite cafetière encore fumante, et versa son café, *sokar zyada*, « avec beaucoup de sucre ». Il prononça une nouvelle bénédiction avant de porter la tasse à ses lèvres. C'est alors qu'il examina les traces de griffes laissées sur la pierre. Elles formaient une sorte d'écriture. Alors, il ramassa délicatement la plume abandonnée par l'oiseau, la trempa dans une encre brune faite d'un mélange de terres et recopia sur un fragment de papier le mot qui avait attiré son regard lors de sa lecture du grimoire, *dan*, en hébreu : « le juge ». Il plia soigneusement le papier et le glissa à même sa peau, sur sa poitrine, sous la flanelle de son petit châle de corps. Et il s'assit sur la chaise, fermant les yeux un long moment. Ses proches assistants entrèrent sans frapper. Ils le pensèrent endormi.

Ce jour-là, il y eut une discussion animée. Était-on autorisé à porter son mouchoir pour se rendre à la synagogue, étant entendu qu'à *shabbat* l'on ne pouvait rien transporter ? Levi Tantaoui, l'assistant préféré du rabbi, prétendait que oui, qu'il était permis d'emporter son mouchoir ; que le mouchoir était assimilable à un vêtement. Allait-on se rendre nu à la synagogue pour respecter l'interdiction ? Le rabbi, au contraire, affirmait que non, que le mouchoir devait être considéré, non comme un vêtement mais comme un bagage et son transport équivalait à un travail. La discussion se prolongeait. Bientôt l'heure de l'office fut dépassée. Le rabbi se pressa vers la synagogue, à quelques minutes de sa maison, suivi de ses deux assistants, du bedeau et de quelques élèves. Là, les fidèles s'impatientaient. Les autres rabbins avaient entamé des psaumes en attendant le maître.

— Qu'arrive-t-il, rabbi ? Aurais-tu oublié de te lever ? lui demanda Yehezquel Pardo, l'un des notables de la communauté, qui ne perdait jamais une occasion de critiquer le rabbin.

Ils étaient impertinents, les Juifs d'Égypte, impertinents comme du temps de l'Exode, lorsqu'ils apostrophaient Moïse. Peut-être ces Juifs n'avaient-ils jamais quitté l'Égypte, d'ailleurs ? Même pas du temps de Moïse ? Le rabbi resta silencieux, ouvrant de grands yeux étonnés, comme s'il ne comprenait pas la question qui lui était posée.

— Mais rabbi, voilà au moins trente minutes que nous t'attendons pour la prière du shabbat ? insistait Pardo.

— Trente minutes ? s'étonna Yom-Tov, comment pouvez-vous dire une chose pareille ? Le soleil pointe à peine ses premiers rayons. Vous êtes-vous tous levés en pleine nuit ?

— C'est vrai ! s'étonna le bedeau, qui était resté près de la grande porte. Il ne fait pas encore jour.

Les fidèles se précipitèrent aux fenêtres, à la porte. Ils durent se rendre à l'évidence. Le jour pointait à peine… Le temps ne revient tout de même pas en arrière. Voilà une demi-heure, le soleil brillait comme un lumignon et l'on sentait déjà la chaleur envahir les nuques. Yom-Tov souriait, narquois.

— Il est un peu tôt pour la prière, déclara-t-il, nous allons commencer par un psaume…

Par la suite, les fidèles qui avaient assisté à la prière de ce shabbat, le 15 Elul de l'année hébraïque 5647, juraient à qui voulait l'entendre que le vieil homme avait inversé la course du soleil, juste pour ne pas admettre qu'il était en retard. Ils le comparaient à Moïse ou à Josué – à ceci près que Josué arrêtait le temps pour gagner la guerre. Le rabbi Yom-Tov était ainsi – peut-être ne savait-il pas inverser le parcours du soleil, peut-être seulement brouiller le regard des fidèles. Le lendemain, le dimanche 16 septembre 1866, le sultan signa le firman désignant Yom-Tov Israël Sherezli grand rabbin d'Égypte. Il succédait à son père Eliahou Israël Sherezli, d'abord grand rabbin d'Alexandrie, puis d'Égypte. Comme il est dit, le rabbi Yom-Tov Israël Sherezli jugea Israël en Égypte de 1867 à 1891. Je porte le prénom de cet homme, venu visiter ma mère durant sa grossesse pour goûter ses confitures et boire son café. Il était moi vivant cent vingt ans plus tôt ; j'étais lui, apparu cinquante-sept ans après sa mort. J'aimerais l'être resté.

Je m'appelle Tobie parce que mon nom est Yom-Tov, comme lui. Je suis né au Caire, en Égypte, en 1948, l'année de la création de l'État d'Israël. Deuxième enfant, second garçon, mon frère portant le prénom du père de mon père, j'aurais dû, selon la tradition, porter celui du père de ma mère. J'aurais dû me nommer Isaac ou, à la rigueur, Zaki, prénom plus ambigu, mais qui avait l'avantage, en ces périodes troublées, de passer pour arabe. Mais ma mère s'était disputée avec son père et n'aurait accepté à aucun prix de donner son prénom à son fils – une dispute comme celles qui marquent une famille, laissant des cicatrices pour des générations. Elle venait de perdre sa mère et Zaki avait décidé de se remarier au bout d'à peine six mois, sans attendre la traditionnelle année de veuvage.

— Que veux-tu ? disait-il pour s'excuser, je mange de la viande. Je ne peux pas rester veuf.

Mon grand-père, qui avait suivi de longues études scientifiques dont il tirait la légitimité d'expliquer le monde, exposait alors sa théorie à ses amis. La viande déclenchait le désir sexuel – la chair n'appelait-elle pas la chair ? – et rien n'était pire que de perdre son sperme dans son sommeil. On pouvait voir ainsi disparaître son énergie et sombrer dans la neurasthénie. Mais aux yeux de ma mère, il avait fait pire encore ; il ne s'était pas contenté d'imposer ce mariage, il était venu chez sa fille, ma mère, réclamer le smoking qu'il avait porté lors de son premier mariage. Il voulait le retailler pour le second. Cette fois, c'en était trop ! Elle demanda conseil à la tante Engela qui lui répondit sans hésiter :

— Fais une scène ! Tu dois faire une scène…

— Faire une scène, demanda ma mère, mais comment ?

— Jette-toi par terre, pleure, déchire tes vêtements, frappe-toi le visage, déchire-toi la peau…

C'est ce qu'elle fit. Un midi, alors que son père s'était invité pour manger le *foul oué ta'meya*, le traditionnel plat de fèves et de beignets, sitôt qu'il avait ouvert la porte, elle s'était jetée au sol, avait déchiré sa robe, là, à même le sol, dans l'entrée de l'appartement de Abasseya. Elle avait hurlé, se giflant des deux mains, avait pleuré, suffoqué de rage, s'était presque évanouie. Mon grand-père, *Zaki el agzagui*, « Zaki le pharmacien », avait levé les yeux au ciel et prononcé une parole en latin où l'on reconnaissait quelque chose comme *« globus hystericus »*… « Hystérie ? » Ma mère avait reçu le mot pour ce qu'il était : une insulte. Elle s'était relevée comme une furie, précipitée sur son père, l'avait bousculé, lui tambourinant des poings sur la poitrine et l'avait flanqué à la porte. Depuis, cela faisait bien deux ans qu'elle ne lui avait plus adressé la parole. Alors, aujourd'hui qu'elle était enceinte, allait-elle l'honorer en donnant son nom à son petit dernier ?… À cet enfant qu'elle sentait remuer dans son ventre et qui était, elle en était certaine, un garçon. C'est ainsi que se passèrent mes premiers mois au monde, au sein d'une mère qui ne savait comment éviter le nom de son père. Au cinquième mois de grossesse, elle fit heureusement un rêve. Le grand-père de son père, le rabbi Yom-Tov Israël Sherezli, le fameux grand rabbin d'Égypte, son ancêtre, lui était apparu dans ce rêve. Il se tenait debout devant elle, dans une longue *gallabeya* blanche. Il lui avait d'abord réclamé une tasse de café, comme n'importe quel visiteur l'aurait fait. Elle lui servit le café, mais il ne semblait pas satisfait. Que veux-tu encore, *ya geddi*, « ô grand-père » ? Qu'est-ce qui te ferait plaisir ? Il lui demanda alors de goûter ses confitures. Et lorsqu'elle lui présenta les trois dernières qu'elle venait de confectionner, sa confiture de dattes, sa confiture de noix de coco, sa confiture d'oranges amères acidulées, l'ancêtre ajouta alors : « C'est que je vais m'installer dans ta maison. » Et ma mère s'était réveillée avec ce rêve qui depuis obstruait sa pensée, ce rêve qu'elle ne cessait de raconter à ses tantes, à Engela, à Sarina...

— Tu vois, Ranou, ma chérie (Ranou, c'était ma mère), tu vois, il n'y a aucun doute...

— Aucun doute ?

— Cent pour cent, chérie...

— Aucun doute, reprit l'autre.

Les vieilles n'avaient en effet eu aucun mal à interpréter le rêve. Le rabbi était venu annoncer qu'il allait s'installer dans notre famille. C'était pour cette raison qu'il goûtait d'abord le café – le café... substance quasi sacrée dans une maison égyptienne, liquide de vie. La première bénédiction que l'on souhaite à l'hôte qui vous l'offre, *ah'oua daymane*, signifie : « Qu'il y ait toujours du café en cette maison ! » Et puis il avait réclamé les confitures. Il annonçait qu'il allait amener douceur et plaisir avec lui. C'est ainsi que bien avant l'accouchement, ma mère apprit que le garçon qu'elle attendait serait une réincarnation du rabbi Yom-Tov Israël Sherezli. Et lorsque je naquis, quelques mois plus tard, nul n'hésita pour le choix de mon prénom ; on décida de me donner le sien. Yom-Tov, c'était ainsi que je me prénommerais.

Je doute de la véracité de cette histoire, cependant. Ma mère l'a-t-elle inventée ? Ou, plus vraisemblablement, a-t-elle seulement refait le rêve annonçant la naissance du rabbi Yom-Tov Levi Tantawi, qui fut longtemps le secrétaire du rabbi Yom-Tov Israël ?

La légende familiale raconte que mon père portait mon grand frère sur les épaules lorsqu'il partit me déclarer à l'état civil. Pris dans une émeute dans Le Caire en furie, la foule le poursuivit aux cris de *dabba'h el yahoud*, « égorge le Juif »... Nous étions en 1948. Le Moyen-Orient est né cette année-là, avec une cicatrice en plein milieu : Israël. À moins que ce ne soit un sexe béant, engloutissant les fantasmes des générations. Dans l'ambiance qui régnait alors, devant l'officier d'état civil, mon père n'eut pas le courage de prononcer un nom juif. Comment aurait-il pu déclarer ce nom, mon nom, Yom-Tov ? Autant se suicider tout de suite... Et « Tobie », son diminutif, encore moins, qui sonnait à la fois juif et européen. Alors, il a décida de traduire mon nom en arabe. *Yom-tov*, « jour de fête » en hébreu, ce qui signifie bien sûr « fête juive », une fête religieuse, comme Kippour ou Pessah, plutôt... Au fond, s'il fallait traduire, j'aurais dû me prénommer « Pascal ». En arabe, ça donnait *'Eïd*, diminutif de *'Eïd el Kébir*, littéralement « la grande fête », « la fête du mouton ». C'était décidé ! Pour l'état civil, je ne me nommerais pas

Yom-Tov mais ‘Eïd. J’étais passé, au gré de la politique, du bouc émissaire du Yom Kippour à l’agneau de sacrifice de l’*‘Eïd el Kébir*. Sur mes papiers, je me suis donc appelé ‘Eïd, évidemment imprononçable en français. À la maison, tout le monde m’appelait « Tobie » ; c’était mon nom, celui auquel je répondais. C’est resté mon nom. Mais je n’ai jamais pu l’inscrire sur mes papiers d’identité. 1969, vingt et un ans plus tard, à Paris, naturalisation, j’ai demandé à changer de prénom. J’espérais régulariser mon identité.

— Tobie ? s’étonna le commissaire de police, qu’est-ce que c’est que ce prénom ? Allez…

J’ai insisté :

— Tobie, enfin, Tobie… c’est dans la Bible…

— La Bible on s’en fiche, répondit sévèrement le commissaire, il faut choisir un prénom du calendrier. (En ce temps-là, Tobie ne figurait pas dans le calendrier.) Vous ne pouvez pas choisir un prénom comme tout le monde, s’est alors renfrogné le fonctionnaire… Maurice ou Marcel ?

J’ai cherché une semaine. Je voulais au moins conserver l’initiale… Théophile ! Voilà le prénom que j’ai choisi ! Je m’appellerai Théophile…

— Bah, soupira le commissaire, vous ne voulez décidément pas faire comme tout le monde…

Je m’appelle Yom-Tov pour ne pas m’appeler du prénom de mon grand-père, Isaac ou Zaki ; je m’appelle Tobie, pour ne pas m’appeler Yom-Tov, peut-être du fait que l’on ne prononce pas en vain le nom d’un saint. Je me suis longtemps appelé ‘Eïd, pour ne pas porter un nom juif dans un pays en guerre contre les Juifs. Je m'appelle maintenant Théophile, parce qu'un commissaire de police un peu trop républicain ignorait la Bible. Théophile, au fond, j'aime ce prénom que j'ai moi-même choisi, que je traduis comme « celui qui aime Dieu ». Ce qui est mon cas. J'aurais préféré être « l'aimé de Dieu », bien sûr, mais on ne peut décider de tout.

Le rabbi Yom-Tov Israël Sherezli, grand-père de mon grand-père, a été grand rabbin d'Égypte, aux meilleurs temps de l'empire ottoman, les derniers. Il était le dernier d'une longue lignée de grands rabbins qui avaient fui l'Espagne à la toute fin du XVe siècle. D'abord réfugiés à Sherez, à côté de Salonique, d'où ils ont tiré leur second nom, « Sherezli », ils avaient tenté Jérusalem avant d'aboutir là. Que faisaient les Juifs en Égypte malgré l'interdiction talmudique d'y séjourner ? Parmi les recommandations réunies par Maïmonide, l'une, fondamentale, revient sans cesse : « Il est permis de résider dans le monde entier, à l'exception de l'Égypte »… Peu de temps après avoir formulé la règle, après une tentative avortée à Jérusalem, Maïmonide s'était installé en Égypte, au Caire, où il a passé une grande partie de sa vie et a fini par mourir. Tout comme lui, mes ancêtres ont tenté à plusieurs reprises de s'installer à Jérusalem, mais la pauvreté de ce pays désertique les ramenait toujours vers l'Égypte. Ainsi firent les descendants de Ya'akov Ibn Habib, le talmudiste. Eliahou Israël Sherezli naquit à Sherez. Il émigra à Jérusalem où il vécut une partie de son enfance et où il étudia. Mais il vécut à Alexandrie, puis au Caire. Yom-Tov, son fils, naquit à Jérusalem, vécut et travailla en Égypte et mourut à Jérusalem où il fut enterré au cimetière du mont des Oliviers, comme il convient à un homme qui fréquentait Dieu de son vivant.

Jérusalem 2005

Je recherche partout à travers le cimetière la tombe de Yom-Tov, grand-père de mon grand-père. Un improbable gardien déniche un vieux registre. Oui, il est bien enterré ici, mais sa tombe se trouvait à l'emplacement exact de la route qui a été tracée après 1967, cette route qui sépare maintenant Jérusalem ouest et est. « La tombe doit se trouver dessous. Peut-être l'avez-vous piétinée ?... » Avec l'amie qui m'accompagnait ce jour-là dans mes démarches au cimetière, nous nous installons sur une pierre pour souffler un moment. Le soleil décline rapidement et une brise fraîche, comme souvent à Jérusalem, nous fait trembloter de froid. Et soudain mon amie pousse un cri. Des tombes alentour, des vers de terre, grands comme de petits serpents, épais comme le doigt, s'échappent des sépultures. Décidément, lorsqu'on invoque les morts, ils finissent par se présenter. Il est temps de quitter l'endroit.

*

* *

Les Israël Sherezli étaient rabbins depuis la nuit des temps. Une branche l'avait été en Espagne avant 1492, l'autre était de là, de « par là », de cette partie de l'empire ottoman : Jérusalem, Salonique, Le Caire, Alexandrie, les îles de Rhodes ou de Corfou. Témoins de ses parcours et de ses errances, ils étaient la mémoire du peuple. C'était de cela, sans doute, que nous tenions cette impression d'avoir été contemporains de l'histoire millénaire des Juifs. Je me souviens, enfant, d'avoir pleuré au récit des souffrances des Juifs durant l'Inquisition. Je ne savais d'où me venait cette tristesse brute, lorsqu'on me racontait les persécutions, les fuites éperdues des marranes accusés de « judaïser », la pratique des rites en secret, dans des caves ou des greniers. Du plaisir, aussi, à ces récits des fidélités secrètes et surtout – l'histoire que je préférais ! – celle d'un jeune marrane tombant fou amoureux d'une jeune marrane, chacun ignorant que l'autre était juif. Ma famille se souvenait des Juifs d'Espagne, l'histoire était inscrite dans son être en lettres amères ; notre expulsion d'Espagne, c'était hier – le souvenir de cet exode était peut-être plus vif que celui de la Shoah. Des membres de la famille restés en Grèce faisaient pourtant partie des 55 000 Juifs assassinés par les Allemands en 44 à Sherez.

Yom-Tov fut le dernier des grands rabbins de la famille. La dynastie s'éteignit avec lui, un peu avant la fin de l'empire ottoman. Sa sœur, Bida, épousa un richissime banquier, le pacha Yaakov Cattaoui, Juif anobli à la turque, fait bey par le sultan. On peut penser qu'ainsi le rabbi contrôlait la communauté par ses deux bouts, par la mystique et par l'argent, tant par l'aura religieuse qui émanait de lui que par la place qu'il occupait du fait du mariage de sa sœur, auprès des riches et des puissants. Il fut le dernier de cette lignée de personnages multiples, à la fois patriarche, chef de famille, guide religieux, chef politique et magicien. Après lui, ses trois garçons se mirent aux affaires, avec plus ou moins de bonheur, à la banque, à la Bourse, au coton. Ils gagnèrent beaucoup d'argent, en perdirent plus encore. Mayer, le père de mon grand-père, bâtit une immense fortune en introduisant la machine à vapeur dans l'exploitation du coton. Son fils aîné, Samuel, en dilapida la quasi-totalité. Une toute petite part fut sauvée qui permit à mon grand-père Zaki, le père de ma mère, d'entreprendre des études de médecine à l'Université américaine de Beyrouth. Ma mère avait une mémoire encyclopédique. Elle connaissait la généalogie de chaque membre de cette immense famille traditionnelle. Qui voulait connaître le nom d'un grand-père, identifier un degré de cousinage ou s'enquérir de la destinée de tel membre s'adressait à elle – une griotte égyptienne, pour ainsi dire. Mais en plus de cette connaissance des vivants, elle était habitée par le destin de cette famille, elle avait conscience d'appartenir à une lignée. C'est la raison pour laquelle, durant notre enfance en Égypte, elle nous tint, mon frère et moi, à l'écart du commun. Elle se pressentait héritière. Mais l'histoire véritable du rabbi Yom-Tov, elle n'en connaissait que des bribes.

Lorsque le rabbi passait dans la rue, les gens s'écartaient sur son chemin, les vendeurs en carriole s'échappaient hors de sa vue, les femmes couraient se cacher dans les cours. Non pas qu'il était sévère, mais il émanait de lui une sorte de puissance inquiétante. Son visage était doux, pourtant, presque féminin, et il n'élevait jamais la voix. Il agissait du dedans des êtres humains ; il savait qu'il est impossible de les diriger par la violence.

Dans ces années, il y avait un couple qui se disputait sans cesse. Un jour, Yom-Tov les surprit à se chamailler en pleine rue. Il marcha vivement vers eux et lorsqu'il parvint à leur hauteur, il prit littéralement l'homme dans ses bras en s'écriant :

— Ah, mon ami ! Mon cher ami ! C'est Dieu qui t'envoie…

Le couple, interloqué, interrompit sa dispute sur-le-champ.

— Depuis le temps que je souhaitais te rencontrer, ajouta le rabbin, ah ! C'est vraiment Dieu qui t'envoie !

— Mais, rabbi, balbutia l'homme, ne me confondriez-vous pas avec quelqu'un d'autre ? Je vous connais, bien sûr, comme chacun ici, mais que vous souhaitiez me rencontrer à ce point…

— Absolument ! Quel jour sommes-nous ? Jeudi, n'est-ce pas ? Tiens ! Invitez-moi donc à dîner demain soir, pour shabbat. Votre épouse préparera à coup sûr un excellent repas…

Le couple dut bien se rabibocher dans la perspective de recevoir le grand rabbin. Les voilà donc réunis à nouveau, ne fût-ce que pour faire bonne figure devant ce grand homme – l'homme le plus influent de la communauté, en tout cas. Quant à Yom-Tov, il pensa qu'il n'avait menti en rien en cette affaire. Car pourquoi les hommes et les femmes, êtres à la nature si différente, se rapprocheraient-ils l'un de l'autre, sinon pour accueillir Dieu un soir de shabbat ? Le Dieu des Juifs, tel ses cousins germains, les Baals, s'accouplait aussi avec les humains qui l'adoraient, mais pour lui, un homme seul, ou une femme seule, ne pouvait en aucune manière être un partenaire. Seul un couple, un homme et une femme assemblés, intriqués, jusqu'à constituer un composite, était susceptible de l'intéresser. Les Juifs ont incontestablement inventé l'amour-passion, et cela pour des raisons strictement religieuses. Yom-Tov savait que Dieu, son dieu, était attiré par ce type d'hybrides. Il se rendit donc chez eux le lendemain soir, prononça les bénédictions, discuta de religion, de politique, des questions de la vie et repartit après dîner en les remerciant :

— Je suis béni de Dieu, mes amis, qui m'a permis de passer ce merveilleux shabbat en votre compagnie. J'espère que vous m'inviterez à nouveau… Oh ! Mais pourquoi ai-je dit que je l'espérais ? Non ! Je vous le demande ! S'il vous plaît, invitez-moi encore… Tiens, sans même que vous me le demandiez, je reviendrai dîner à nouveau vendredi soir prochain…

Et il laissa le couple interloqué sur le pas de leur porte. Ils firent l'amour cette nuit-là. Et c'était bien. Le rabbi revint la semaine suivante, et encore une fois une semaine plus tard. Et chaque nuit de shabbat, après sa visite, le couple faisait l'amour. Mais malgré la présence du rabbi, malgré ses prières et les chants qu'il avait joyeusement entonnés avec eux, Dieu ne vint pas les visiter car la femme ne tomba pas enceinte. Le rabbi espaça ses visites et bientôt il ne vint plus passer le soir de shabbat avec eux. Leur entente dura encore deux années entières. Puis, ils recommencèrent à se disputer. La femme avait pris l'habitude d'insulter son mari. Un soir, hors de lui, il l'avait battue. Elle lui avait craché au visage. Excédé, l'homme avait chassé son épouse de la maison. La loi égyptienne, conformément à la coutume musulmane, considérait que si un homme prononçait à trois reprises la formule de répudiation, le couple était divorcé de fait. Le mari venait de prononcer à deux reprises la phrase redoutée : *netala'gki*, « je te répudie »… avait-il dit et il l'avait répété.

— Dis-le-moi encore une fois, menaça la femme, et tu m'auras perdue. Il sera inutile de venir pleurer chez mes parents, je ne reviendrai plus. Nous serons cette fois divorcés pour de bon, tu entends ? Di… vor… cés !

— Hors de ma vue, traînée, je ne veux plus jamais entendre parler de toi, hurla le mari. Et il répéta pour la troisième fois : je te répudie !

Mais le lendemain, la colère dissipée, l'homme se morfondait en se demandant comment il pourrait récupérer son épouse aussitôt repartie chez ses parents. C'est alors qu'il demanda une audience au rabbi.

— Tu es divorcé, lui confirma Yom-Tov. Je vais dresser l'acte légal, c'est fini. Il te faut trouver une nouvelle épouse.

L'homme pleura, se lamenta, supplia le rabbi de lui trouver une solution.

— Rien à faire ! répéta le rabbin, aucune solution n'est possible. Tu devras officiellement la libérer. Il te faudra lui donner le *get* (l'autorisation de partir).

L'homme se calma d'un seul coup. Il s'effondra sur la chaise que lui présentait le rabbi et se mit à pleurer.

— Mon pauvre ami ! Nous vivons en Égypte. Tu le sais, nous devons nous conformer à la loi de ceux qui nous accueillent. Tu as prononcé trois fois la formule « je te répudie ». Tu l'as fait devant deux témoins. Il n'est plus possible de revenir en arrière. Tu l'as perdue.

L'homme resta prostré un long moment, puis il leva lentement la tête. Une idée venait de lui traverser l'esprit : s'il lui fallait divorcer, d'accord… Pourquoi ne pourrait-il pas l'épouser à nouveau ? Il acceptait de divorcer si le rabbi s'engageait à le marier aussitôt avec la même femme, sa femme…

— Notre loi dit que tu ne peux épouser la femme dont tu as divorcé, répondit Yom-Tov l'air sévère. Si tu veux à nouveau l'avoir pour épouse, il lui faudra d'abord prendre un autre mari. Elle ne pourra te revenir qu'après avoir divorcé de son nouveau mari. Autrement dit, cette femme t'est désormais interdite, comme l'est par exemple ta sœur ou ta mère…

L'homme s'effondra à nouveau en pleurant. Il pleura longtemps, une heure, deux heures. Il refusait de quitter la synagogue. Il était si accablé que le rabbi finit par le prendre en pitié.

— J'ai peut-être une solution, proposa Yom-Tov…

— Oui ? s'exclama le malheureux, dis-moi laquelle, rabbi ! Je t'en supplie. Je te promets que je serai à l'avenir le plus dévoué des maris. Je n'élèverai jamais plus la voix contre elle. Elle sera la lumière de mes yeux, mon souffle, mon âme…

— J'ai une solution, mais si je fais cela pour toi, tu ne pourras plus jamais te séparer de cette femme ; et d'aucune manière.

— Je suis d'accord ! répétait l'homme en hochant la tête.

— Tu ne m'as peut-être pas compris, insista Yom-Tov, j'ai bien dit « d'aucune manière »…

— Je ne souhaite pas m'en séparer, rabbi, je veux vivre avec elle, le comptant de mes jours, dans ce monde et dans le monde à venir…

— Et dans le monde à venir ? demanda Yom-Tov.

— Dans le monde à venir, je te l'ai dit !

— Ici et là-bas ? insista le rabbin.

— Jusque dans la tombe et même lorsque nos os seront une nouvelle fois devenus poussière.

— Et dans les deux Égyptes ?

— Dans la Haute-Égypte, confirma l'homme, et jusqu'aux méandres du delta.

— Bien, proposa, le rabbin, reviens me voir demain avec une poupée faite de mie de pain.

— Que dis-tu, rabbi ? Une poupée ?

— Je te l'ai dit ! Vas-tu me forcer à le répéter ?

— Une poupée faite de quoi ?

— Une poupée, répéta le rabbi, une poupée de pain, que tu auras revêtue d'un fragment d'étoffe provenant d'un linge de ta femme.

L'homme sortit du cabinet du rabbi la tête basse, avec le sentiment d'avoir franchi la porte d'un lieu interdit. Le lendemain, ils partirent tous deux sur le pont de Kasr el-Nil. Et là, le rabbi fit une cérémonie en bonne et due forme, mariant l'épouse, représentée par la poupée de pain, avec le Nil, le plus puissant des êtres de l'Égypte. Et le rabbin s'adressa au fleuve, lui présenta sa nouvelle épouse, la nommant du nom de son père et lui demanda de l'accueillir auprès de lui.

— Ô Nil, dit lentement le rabbi en arabe, toi le plus fécond des êtres, qui nourris les hommes par le travail de la terre et enrichis la terre par le travail des hommes, je te présente ta nouvelle épouse, elle s'appelle Henriette, mais tout le monde ici l'appelle Richetta. Accueille-la comme il se doit auprès de toi !

Il demanda à l'homme de jeter la poupée par-dessus le parapet. Comment imaginer que cet homme de religion, celui-là même qui expliquait à longueur de sermons que les Juifs avaient abandonné l'idolâtrie voilà des millénaires pour se consacrer à Dieu, leur seul Dieu, Dieu l'Unique... Comment comprendre que cet homme allait se livrer à une sorte de sorcellerie barbare ? L'homme hésita :

— Tu crois, rabbi ? Tu crois que je peux le faire ?

— Puisque je te le dis ! Fais-le ! ordonna le rabbin.

Et l'homme lança la poupée dans le fleuve. Ils restèrent un moment à observer le petit personnage de pain tournoyer dans un tourbillon avant de se désagréger. Le rabbi dit alors :

— Le nouveau mari de Richetta la traite plus mal encore que le précédent. Regarde comme il la fait tournoyer, comme il la violente à peine épousée. Voilà qui n'est pas acceptable ! Tu le vois comme moi, mon garçon. Je te prends à témoin.

L'homme restait sans voix.

— L'as-tu vu ? demanda encore Yom-Tov à l'homme pétrifié qui ne savait répondre.

Yom-Tov insista encore.

— Je l'ai vu, oui ! Je l'ai vu ! finit par lâcher l'homme.

— J'ai vu aussi, appuya le rabbin. J'ai vu comme toi la violence du nouveau mari de Richetta. Nous voilà donc deux témoins.

— Deux témoins, en effet, balbutia l'homme.

Il se gratta un moment la barbe.

— Je vais prononcer le divorce, conclut le rabbi.

Sur le pont de Kasr el-Nil, un attroupement s'était formé. Il y avait peu de Juifs ce matin, pour accompagner le rabbin, mais une masse de plus en plus compacte de curieux. Et, comme toujours en Égypte, les plaisanteries fusaient :

— Tu as raison, le vieux, ce fleuve n'abrite que des diables. Tu voulais lui donner une femme ? Le fleuve ne mérite que des crocodiles…

Il sépara donc la « nouvelle épousée » de son mari, le Nil. Devant l'attroupement, il prononça les formules rituelles. Et l'homme put épouser une nouvelle fois cette femme qu'il avait répudiée.

Yom-Tov était réputé pour son intérêt pour les petites gens de la communauté, mais aussi pour son franc-parler, notamment avec les notables. Il passait l'essentiel de son temps à soutirer de l'argent aux riches pour le donner aux pauvres. En ce temps de creusement du canal de Suez et de développement de l'industrie du coton, les Juifs riches se précipitaient nombreux auprès des Européens. Mais ils oubliaient les obligations d'aide aux démunis et négligeaient celles du culte. Yom-Tov les a menacés bien des fois. S'ils continuaient à se prendre pour des *khawagatt* (« des messieurs »), eux qui étaient tout droit sortis de *'haret el Yahoud*, « la ruelle aux Juifs », il les planterait tous là et partirait finir ses jours chez lui, à Jérusalem. Il leur prédit bien des déboires s'ils pensaient qu'ils deviendraient ainsi les maîtres de l'Égypte. Ils deviendraient d'abord esclaves, puis chassés par la grâce de Dieu, comme il était écrit dans le texte. Mais rien n'y faisait. Comme toujours, les riches passaient leur temps en querelles de pouvoir à la tête de la communauté ; il ne restait plus aux pauvres qu'à traire la poussière et les pierres. Yom-Tov exigeait, tempêtait, usait de mille ruses pour contraindre les riches à donner. Et puis, il finit par en avoir assez de quémander. Sans prévenir quiconque, il enfourcha son âne blanc comme la neige un bon matin de 1884 et disparut du Caire. Ce matin, la communauté se leva pour constater qu'elle avait perdu son guide. Quelque temps plus tard, ils apprirent qu'il se trouvait à Jérusalem, installé dans sa maison de Ma'haneh Yehuda. Mais il demeurait grand rabbin d'Égypte. Les notables s'activèrent pour trouver au moins un suppléant susceptible de gérer les affaires courantes en son absence. Ils mandèrent des émissaires jusqu'aux confins de l'Orient, en Iraq, en Iran et finirent par convaincre le rabbi Mercado Tarragan de venir de la lointaine Chiraz pour s'occuper de la communauté juive d'Égypte. Mais pour les actes d'état civil importants, les mariages, les divorces, il fallait toujours le sceau du rabbi Yom-Tov. Alors, les riches durent s'exécuter. Il les contraignait au pèlerinage de Jérusalem s'ils voulaient obtenir les documents dont ils avaient besoin. Le rabbi Tarragan prit sa retraite sept ans plus tard et le rabbi Yom-Tov, quoique absent du Caire, restait toujours le grand rabbin d'Égypte. C'est alors qu'au printemps de 1891, il revint quelques mois en Égypte pour assumer à nouveau sa fonction. Il mourut le 17 août 1891, à Jérusalem, quatre jours après la fête de *tisha be Av*, la commémoration de la destruction du Temple. Cette période a toujours été pour les Juifs celle des plus grands malheurs, la destruction des deux temples et la mort du grand-père de mon grand-père.

Juriste et magicien, érudit et près du peuple, à la fois transparent et énigmatique, il s'appelait Yom-Tov, « jour de fête ». Je m'appelle comme lui, Yom-Tov en hébreu et 'Eïd en arabe, doublement « jour de fête ». Jour de fête ?… peut-être parce que ma naissance annonçait la tourmente ?

5

Dóbó et Ayató

Durant les années 70, chacun essayait de ramasser quelque reste abandonné par les étudiants sur les pavés de 68. Mitterrand avait eu l'intuition que les idées de mai finiraient par se réaliser, par prendre corps dans la société. Il avait raison… et même les plus folles ! Je me souviens de l'avoir aperçu, lors d'une des manifs de mai, au balcon d'un appartement, boulevard Magenta, qui saluait les cortèges d'étudiants, comme un chef d'État salue les militaires durant les défilés. Il y voyait peut-être déjà son armée. Serge July, dans l'ivresse du moment, concoctait avec Sartre un quotidien qui reprendrait le titre d'un journal clandestin qui sonnait durant la guerre comme un mot d'ordre : *Libération* ! Bingo ! C'était exactement ce que nous attendions de la révolution, d'être libérés – mais de quoi ? Mai 68 avait enfanté des sciences humaines. La vente des livres avait explosé. *Les mots et les choses* de Michel Foucault, *Pour Marx* de Louis Althusser, les

Écrits de Jacques Lacan, ouvrages difficiles, parfois incompréhensibles, furent de véritables best-sellers. Des collections de psychanalyse fleurissaient comme des coquelicots chez tous les éditeurs. L'œuvre de Freud commençait à être systématiquement traduite en français. Nous attendions avec impatience la sortie des livres annoncés dans les catalogues. N'importe quel analyste de la société d'alors pouvait prédire que ces idées qui diffusaient par une multitude de canaux allaient bientôt constituer le courant dominant. Je me souviens de ces années comme celles de mouvements browniens, comme si la société avait été une fourmilière fracassée par un géant, les fourmis courant en tous sens pour reconstituer leur univers. Certains d'entre nous, plus pressés, voulaient forcer l'accouchement, contraindre « la révolution ». Mes amis maos avaient commencé une dérive qui leur ferait bientôt frôler la catastrophe. Ils discutaient (j'ai quelquefois participé à de telles discussions) d'attaques de commissariats, de cambriolages de banques pour financer les dépenses révolutionnaires, d'enlèvements d'hommes politiques ou de magnats de l'industrie... Des bandits anarchistes se multipliaient sur les écrans de cinéma. En 1967, Warren Beatty et Faye Dunaway avaient été *Bonnie & Clyde*. En 1969, Paul Newman et Robert Redford incarnaient *Butch Cassidy et le Kid* dans le film de George Roy Hill ; et ce n'est pas un hasard si, dans ce film, ils finissaient abattus par l'armée bolivienne, là même où le Che avait été tué le 8 octobre 1967. Et en 1972, l'apothéose, Steve McQueen et Ali

Mac Graw crevaient l'écran en gangsters intelligents, humains et efficaces dans *The Getaway* de Sam Peckinpah. D'immenses acteurs charismatiques, des scénarios léchés, des images comme on n'en avait jamais vu jusqu'alors, tout convergeait vers la reconnaissance d'une sorte de violence nécessaire, dont les maîtres, les philosophes, les Sartre et Althusser, avaient de longue date dessiné les contours. Des mouvements gauchistes extrêmes ont fini par basculer dans la violence terroriste en Allemagne, en Italie, au Japon. La France n'est pas passée loin. Certains trotskistes français sont partis soutenir des guérillas révolutionnaires en Amérique du Sud et ailleurs, en Afrique ; certains maos de la Gauche prolétarienne ont commencé à constituer des groupes semblables à ceux des Italiens et des Allemands. Benny Lévy, dirigeant de la Gauche prolétarienne, érudit aux yeux de braise, a sans doute été pour beaucoup dans la relative modération des maos de France. Il avait été élève d'Althusser à l'École normale supérieure, avait appris de lui qu'il était possible d'avoir une théorie parfaite, épousant les contours de la société jusqu'aux moindres détails. Il avait entraîné derrière lui les maos de l'UJCML d'abord, de la Gauche prolétarienne, ensuite. Il avait le verbe précis, la philosophie sur le bout de la langue, citant de mémoire Platon, Spinoza et Leibnitz. Lorsqu'il avait parlé, tout le monde se taisait ensuite, comme si la substance des choses venait d'être dévoilée. Il a pensé avec la Gauche prolétarienne jusqu'aux extrêmes limites d'une théorie de la révolution. Après cela, l'action s'imposait d'évidence – « le passage à l'acte », devrait-on dire… Il s'est arrêté juste avant de basculer, aux confins du négatif. Je l'ai revu en Israël à deux reprises, en 1998 lors d'un congrès de psychiatrie sociale auquel je participais à Jérusalem, et en 2004. Il était devenu juif religieux, entièrement vêtu de noir, la tête recouverte d'un chapeau à larges bords. Il ne parlait plus que de points de doctrine. Il priait, respectait à la lettre les préceptes, les *mitzvot*, et étudiait les textes, le Talmud, la Kabbale. Il était toujours aussi intelligent, mais son érudition s'appliquait désormais à la pensée juive qu'il analysait sans cesse. J'ai néanmoins reconnu la même préoccupation qu'il avait du temps de la Gauche prolétarienne, de légiférer au sujet de la vie quotidienne, de répondre toujours plus près de la question : pourquoi ceci et pas cela… et pourquoi pas rien ? En 68, il parvenait à justifier chaque action, chaque pensée en référence à la morale révolutionnaire. Après son « tournement » – son propre mot, qui évoque à la fois le « retournement » et le « contournement » –, après cette métamorphose radicale et soudaine, il le faisait à partir des obligations du rituel juif. Pour ma part, je préférais ! Je le trouvais plus convaincant dans cette nouvelle posture. Devenu religieux, sa pensée était plus étayée, plus précise, aussi. Les maoïstes de Normale sup' entendaient faire du marxisme une science exacte, permettant tant l'explication – ce qui est toujours aisé – que la prévision. Bref, une théorie aussi scientifique que l'était à leurs yeux la physique des particules. Dans sa période juive orthodoxe, Benny Lévy attendait autre chose du respect de cette morale de l'action, l'arrivée du Messie et non plus celle de la Révolution. Né en Égypte, en 1945, lui aussi était de ces « Juifs du Nil », comme aimait les appeler Jacques Hassoun, mais il ne ressemblait à aucun autre Juif d'Égypte que j'ai connu. Il avait quelque chose d'un ashkénaze – je ne sais d'où lui venait cette irrépressible passion de convaincre… À chaque rencontre, il déclenchait chez moi une excitation intellectuelle intense, une envie d'approfondir plus loin, de ne pas en rester là. J'en sortais avec un besoin de dispute. Je n'ai jamais imaginé, en revanche, m'engager dans le même processus religieux que lui. Il y avait dans sa pensée une recherche d'absolu qui flirtait avec l'extrême, comme ces adeptes du saut à l'élastique ou ces marcheurs sur les rebords des toits de gratte-ciel. J'ai toujours souffert du vertige. Et puis j'avais compris de longue date que, pour un Juif, croire en Dieu était un résultat, certainement pas un postulat de départ. C'est pourquoi je n'ai jamais voulu forcer ma croyance. J'ai aimé Dieu – j'aime Dieu – comme mon père m'en a donné l'exemple, par tradition familiale, pourrait-on dire. Je prends plaisir à prier, je m'intéresse à l'étude des textes, mais je ne me force pas à croire. Chaque jour, je me répète qu'il est trop tôt pour croire ! J'admets, puisque tel est l'enjeu de tous les kabbalistes depuis l'origine, que l'on cherche les moyens de contraindre Dieu à se prononcer. Je sais qu'une telle activité peut mobiliser la totalité de l'être, sa pensée et sa vie quotidienne, ses jours et ses nuits. Mais chez Benny, il y avait quelque chose de plus, quelque chose qui gardait l'empreinte de la philosophie universitaire, une sorte d'abandon du souci du monde. En 2004, lors de notre dernière rencontre, il m'a raconté cet événement inouï qui remonte sans cesse à ma mémoire comme une suspension, comme s'il ne pouvait être dilué dans le flux des pensées… ce jour où il est revenu vers la religion de ses ancêtres. C'était en 1978 ; il accompagnait Sartre qui avait entrepris un voyage en Israël et en Égypte. Ce jour-là, Benny Lévy se rendait au *Kotel*, au mur des Lamentations, à Jérusalem. À l'entrée de l'espace réservé aux hommes, les Loubavitch, ces Juifs orthodoxes qui travaillent au « retour » des Juifs « égarés », proposent à celui qui leur paraît éloigné de Dieu de porter quelques minutes les téfilines. Le rituel ordonne d'enrouler chaque jour (excepté le shabbat) autour de son bras gauche et de porter sur son front, durant sa prière du matin, les phylactères de cuir renfermant quelques versets de la Torah. Pour les Loubavitch, l'éparpillement des Juifs à travers le monde a fragmenté la lumière de Dieu en une myriade d'étincelles. Et eux, les Loubavitch, se sont fixés pour tâche de ramener chacune de ces étincelles vers la flamme centrale. Chaque Juif de retour dans le peuple augmente d'autant l'éclat du message divin. Aussi vont-ils rechercher les « égarés » partout dans le monde. Ils ont commencé ce travail après guerre, rattrapant ceux qui, pensant que la Shoah signait l'absence de Dieu, avaient abandonné le judaïsme. Pourquoi ne pense-t-on pas que la Shoah signe plutôt la désertion de Dieu ? Dans ce cas, il faudrait plutôt se donner les moyens de le contraindre à revenir. Pourquoi ne pense-t-on pas qu'elle démontre au contraire sa présence ? Il faudrait en ce cas redoubler de dévotion. Je n'ai jamais compris tous ces procès intentés à Dieu. Le temps passant, les Loubavitch ont étendu leur action aux Juifs qui glissent vers les dieux étrangers, les dieux de l'Inde, par exemple, ou ceux des paradis artificiels – et évidemment ceux qui sont séduits par la philosophie grecque. Que s'est-il passé ce jour-là pour que Benny Lévy accepte que les Loubavitch lui imposent le port des lanières ? Il ne m'a rien expliqué, seulement raconté qu'il les avait enroulées selon la prescription rituelle et récité les bénédictions à la suite du religieux qui l'avait accroché. Après cela, m'a-t-il déclaré, plus un seul jour ne s'est passé sans qu'il ne respectât le rituel. Élie Ben Gal, qui l'accompagnait ce jour-là, m'a raconté que Benny n'avait même jamais fait sa bar-mitzva. Apprenant que c'était la première fois, les Loubavitch se seraient alors écrié « *Bar mitzva, bar mitzva* », rameutant un groupe qui manifestait sa joie de convertir un Juif à sa propre foi. Tout cela me paraît encore inouï. Non pas le fait que de tels événements se produisent ; j'ai été plusieurs fois témoin de tels « revirements ». Mais que cela arrive à Benny… J'ai souvent croisé des Loubavitch, à l'entrée du mur des Lamentations et ailleurs, à Jérusalem, comme à Tel-Aviv ou à Paris. Ils m'ont invité, moi aussi, à mettre les téfilines. Je n'ai jamais accepté, jamais même été tenté. Pour moi, cela aurait été signer l'errance, admettre que l'on s'est éloigné au point de ne plus connaître son propre nom. Je ne condamne ni ne tourne en dérision ; je m'étonne seulement que Benny se soit senti à un moment si éloigné de son Dieu qu'il lui était devenu possible de répondre à la sollicitation d'un prosélyte. Chacun suit le parcours que lui réserve sa destinée, au hasard des rencontres qui l'émeuvent et des événements qui le prennent et le surprennent, le long d'un fil si ténu qu'il ne saura identifier qu'aux tout derniers instants. À l'issue de mai 68, j'imagine que lui aussi était comme une bombe prête à exploser.

J'ai évité les dérives les plus violentes qui ont succédé à mai 68, les violences politiques et la toxicomanie, parce que Georges Devereux m'a capturé, kidnappé, fait disparaître de la circulation des idées. Durant mes années de formation, j'en ai connu beaucoup qui avaient pour fonction de transmettre la connaissance, des instituteurs, des professeurs, des éducateurs de toutes sortes... Il m'était déjà arrivé de ressentir de l'admiration, comme pour Louis Vincent Thomas, homme d'intelligence et de cœur, qui nous enseignait l'anthropologie à la Sorbonne, qui connaissait si bien l'Afrique et si parfaitement la littérature de science-fiction. Doux, joyeux, affectueux, compétent, il était de ces professeurs qui prenaient leur métier au sérieux, sans forfanterie ni goût du spectacle. Je me souviens de sa première parole à l'ouverture de son cours, en octobre 1969 : « Certains roulent pour vous (c'était une publicité pour une marque de camions, je crois), moi, je lis pour vous ! » Et c'était vrai ! Chaque semaine, il nous exposait les livres qu'il avait lus dans la perspective de son cours hebdomadaire. Il m'était aussi arrivé d'éprouver de la colère, comme envers cette enseignante de psychologie qui m'avait maudit, m'annonçant que toutes mes options théoriques étaient vouées à l'échec. La plupart du temps, j'éprouvais de l'indifférence. Mes professeurs, vivaient loin de moi ; ils n'étaient pas de mon monde. De plus, leurs préoccupations signaient l'autobiographie qu'ils n'osaient pas. Ces enseignants m'ont quelquefois gratifié ; ils m'ont souvent tancé. J'ai toujours été un trublion ; ils auraient seulement pu en rire. Ils m'ont parfois humilié, c'était un temps où ce n'était pas interdit par la loi. Mais je dois reconnaître que la plupart d'entre eux m'ont ignoré – et c'était bien ainsi ! Il n'est pas bon que les professeurs se mêlent de la vie de leurs élèves. Comme je suis persuadé qu'il n'est pas bon que les adultes se mêlent de la vie des enfants. Ce que j'ai éprouvé pour Georges Devereux est d'une autre nature. Je n'ai ni aimé ni détesté Devereux ; ne l'ai ni adulé ni méprisé. Il était devenu pour moi comme une fonction intérieure, un contenant, la grammaire implicite de mes paroles. C'est sans doute cela qu'on éprouve en présence d'un maître. Durant toutes ces années auprès de lui, je me suis senti suspendu, comme si toute pensée personnelle s'était trouvée figée. Position confortable, permettant l'économie du doute, infantile, au sens propre. Je me suis senti petit, peut-être pour la première fois un enfant, moi qui étais né grand-père. Cette expérience ressemble un peu à une entrée au couvent, ou au séminaire. J'ai d'ailleurs longtemps été cloîtré dans l'enceinte de sa pensée. Je ne m'étais fixé aucun interdit. Je parcourais les espaces, les théories, je fréquentais les cours et les séminaires, de ceux qu'il recommandait comme de ceux qu'il abhorrait ; je rencontrais des personnes, des rites et des êtres. Tout me ramenait cependant au périmètre de sa pensée. J'ai mis longtemps à admettre qu'il s'agissait d'un mécanisme, une sorte de machinerie, qui s'était déclenchée lors de cette première rencontre et qui ne parviendrait à son terme que le jour de la soutenance de ma thèse de doctorat. J'éprouvais une réticence à le rencontrer. Ma gêne était persistante, comme s'il était impudique de le regarder vivre, comme si je découvrais la nudité d'un parent. Je prenais plaisir à participer à ses cours, en revanche, que je suivais avec une assiduité parfaite – une assiduité à laquelle je ne m'étais jamais tenu jusque-là. Mais je redoutais les rendez-vous privés auxquels il convoquait ses élèves. Chaque fois que c'était possible, j'évitais ces moments de face à face où il continuait à exposer imperturbablement son être, à travers l'évocation de ses souvenirs, l'énoncé de phrases qu'il voulait profondes et définitives, les conseils qu'il prodiguait sans compter et les condamnations, perpétuelles… des communistes, de ses collègues, et de ses anciens élèves, aussi. Le séminaire était régulièrement traversé de crises. Voilà que celui-ci trahissait sa pensée. Il fallait désormais le tenir à l'écart, le mettre en quarantaine, faire en sorte qu'il quitte le groupe. Quelque temps plus tard, c'était un autre qui s'était mis en tête de le contrecarrer à chaque fois que c'était possible. Et je lui demandais : « Mais Georges, pourquoi diable veut-il ainsi s'opposer à toi ? » Il répondait l'air le plus sérieux du monde : « Le meurtre du père, que veux-tu ? Beaucoup sont trop fragiles pour supporter la différence de génération »... Je me disais bien que je finirais un jour comme eux, désavoué, rejeté à mon tour. Car là aussi, comme pour bien des questions, la psychanalyse pense à l'envers. Il est très rare qu'un élève rejette la pensée de son maître, mais si fréquent que le maître finisse par être jaloux de la créativité de son élève. Devereux en était conscient. Il avait attiré notre attention sur ce phénomène, lui qui citait volontiers Dédale, le premier ingénieur, qui assassina Talos, son trop brillant disciple. Les rendez-vous de travail – il fallait bien présenter mes recherches ! – duraient longtemps, quatre heures, douze heures, parfois. J'en sortais broyé, hébété. Il m'a désarticulé, comme un pantin, jusqu'au moment où je n'ai plus été capable de distinguer ma pensée de la sienne. Mes travaux d'alors en portent la marque ; à les lire, on ne saurait dire qui les a écrits, lui ou moi. Je restais médusé par sa présence. C'est peu dire qu'il était intelligent. Son esprit crépitait comme un feu d'artifice ; il avait l'intelligence aiguë, agile, qui abandonne à celui qui écoute le pénible détour des explications. Il avait l'intelligence qui ouvre, qui trouve, qui découvre, non pas celle qui répète, qui déclare, qui thésaurise.

Lorsqu'il s'emparait d'un problème, une sorte de flair le conduisait tout droit là où personne ne s'était aventuré avant lui. C'était un découvreur, un décapsuleur, un maniaque de l'eurêka. S'il a longtemps capturé ma pensée, il a en revanche (faut-il dire en échange ?) apaisé la brûlure de mon âme. Ses paroles, ses pensées, sa théorie, agissaient sur moi comme un baume. Je me dis aujourd'hui que cette rencontre s'articulait si parfaitement avec mes préoccupations d'alors, avec mon histoire et celle de ma famille, qu'elle ne pouvait être due au hasard. À l'époque, je dois le reconnaître, je n'en avais pas conscience. Et pourtant… Il parlait de psychanalyse, cette discipline que je voulais pénétrer à tout prix depuis l'adolescence. Et puis, la plupart de ses interrogations concernaient les identités, les affiliations, les langues et les cultures, moi qui en avais traversé trois, sans savoir identifier la mienne. Aujourd'hui encore, je reste persuadé que ce n'est ni sa formation psychanalytique ni les thèmes de ses enseignements qui m'ont retenu là, mais lui. Rien d'autre que lui !

Son enseignement n'était pas de très haute tenue. Devereux n'était ni un conférencier ni véritablement un professeur. Il n'avait pas le brio d'un Deleuze ou d'un Foucault ; il n'avait pas la gouaille et la violence d'un Lacan ou d'un Sollers, il n'avait pas la séduction précieuse d'un Barthes, pas davantage cette bonhomie qui rend le savoir digeste, celle d'un Rémy Chauvin, par exemple, mais il avait quelque chose qui transcendait toutes ces qualités : il était ! Il pensait à haute voix, en notre présence, se mettant en risque à chaque parole. Il avançait une idée – toujours à contre-courant, s'attendant à ce qu'on le contredise. Je ne l'ai jamais entendu prononcer une banalité. On avait la sensation qu'il misait sa vie à chaque nouvelle pensée. Et puis, une certaine beauté se dégageait de lui. S'il avait été acteur de cinéma, on aurait dit qu'il « accrochait la lumière ». Les séminaires, hebdomadaires, trois heures tous les samedis après-midi, de 14 à 17 heures, étaient essentiellement consacrés à la lecture et au commentaire de ses textes. C'était une sorte de mise en abyme – Devereux commentant Devereux qui, dans son texte, commentait Devereux… Kaléidoscope sans fin d'où il ressortait simplement l'obligation d'intégrer, d'enregistrer les connaissances jusqu'à ce qu'elles deviennent partie intégrante de nous-mêmes. Je ne peux comparer cet apprentissage qu'à celui des textes sacrés où, au moins dans un premier temps, il n'est pas nécessaire de comprendre – seulement de répéter, indéfiniment. Un jour vient où l'on sait que c'est là, inscrit pour toujours, gravé. Je n'ai jamais rien appris à l'université, alors que durant les deux premières années du séminaire de Devereux, je n'ai fait qu'apprendre. En deux ans, j'ai comblé cinq ans de vacuité universitaire. C'est de là, sans doute, que j'ai acquis la conviction que pour former les étudiants, il n'est besoin d'aucun programme, d'aucun plan, d'aucun cursus de formation – seulement de professeurs, des vrais, de ceux qu'on appelait autrefois des « maîtres ». Allez ! Je ne suis pas si naïf. Je sais que le temps des maîtres est révolu. Je reste persuadé que ce n'est pas une très bonne affaire, néanmoins. En les privant de maîtres, nous avons condamné nos jeunes à s'en fabriquer dans l'errance ; à se heurter à des événements de vie qui s'emparent nécessairement d'eux un jour jusqu'à leur faire l'effet du maître.

Il n'était pas non plus besoin de dizaines d'heures de cours pour apprendre. Le séminaire occupait notre samedi après-midi, rien de plus – auquel s'ajoutaient une infinité d'intenses échanges téléphoniques. Georges nous avait tous mis en fiches, de minuscules feuilles de papier, grandes comme des cartes de visite, qu'il classait par ordre alphabétique. Lorsqu'il s'ennuyait ou qu'il était angoissé – ce qui lui arrivait presque tous les jours –, il passait ses fiches en revue et appelait l'un ou l'autre pour parler... Il nous surprenait ainsi en plein cœur d'une activité, au travail, avec des amis, tard le soir, et il parlait, de tout, de rien, d'un point de théorie, d'une dispute au séminaire, des singularités psychologiques de l'un ou de l'autre d'entre nous. J'avais bien l'intuition de quelque chose d'indécent. Cette relation était trop proche pour une relation pédagogique, presque incestueuse, mais aussi trop distante pour une relation amicale. Elle était inadaptée, en un mot ; et elle sentait l'artifice. Je me protégeais en pensant que tout cela n'était pas très sérieux, que la vérité de Georges Devereux se trouvait ailleurs. J'ai toujours été convaincu, depuis le premier instant, qu'il nous cachait l'essentiel.

En ces années, je cherchais seulement à entrer dans mon être, à vivre ce que je vivais, à penser ce que je pensais, comme si, jusque-là, je n'avais pas encore habité ma personne. J'étais maigre, portais des costumes de velours, les vestes serrées à la taille et les pantalons pattes d'éléphant. Innocent et inconnu, je rêvais de prendre part à la fabrication du monde. Après le bouleversement de mai 68, le monde s'était ouvert. Mais j'avais plus de mal encore que naguère à y trouver ma place. Je sillonnais le Quartier latin à la recherche de livres bon marché et de disques de jazz et guettais le regard des filles, espérant un sourire. Les femmes m'obsédaient. Je m'étais marié à vingt ans, sans doute pour être libre, et me sentais prisonnier de ma vie. Je tombais amoureux à la première occasion, parfois deux fois dans la même semaine. Je multipliais les rencontres, sans doute pour rattraper le temps perdu. J'aimais toutes les femmes. J'aimais les femmes mûres, âgées d'une quarantaine d'années, dont j'appréciais la liberté, comme cette directrice de bibliothèque, avec qui j'ai eu une relation d'une nuit et dont l'image a bercé mes endormissements des années durant. J'aimais les jeunes filles farouches, les femmes coincées, comme cette professeure de mathématiques, aux lunettes sévères, qui avait fini par se révéler aussi passionnée qu'une midinette de dancing. J'aimais les femmes libérées, comme cette Mirabelle, que j'appelais ainsi parce qu'elle habitait tout près du pont Mirabeau. Elle m'avait sidéré la première fois que je l'avais rencontrée, en me demandant, après cinq minutes de conversation banale, si je souhaitais coucher avec elle, ici, tout de suite, sur le tapis… Et qu'est-ce que j'attendais ? J'aimais les intellectuelles raffinées, comme la « duchesse de Guise », nommée du nom de sa rue, ou comme Madame de Staël, parce qu'elle m'écrivait des lettres interminables. Cette Madame de Staël était si intelligente, si libre, que j'éprouvais une sorte d'élan mystique à la pensée de nos rencontres. J'ai passé quelques nuits avec elle, partageant les heures entre l'amour et la littérature. Je repartais au petit matin, sans avoir dormi, et mesurais ma liberté en traversant à rebours la foule des travailleurs. J'ai voulu rattraper les occasions perdues, aussi, recherchant les filles croisées autrefois au lycée ou même à l'école primaire, celles à qui je n'avais jamais osé avouer mon attirance, comme Jeanine, magnifique danseuse, fleurie à l'ombre de notre bidonville de Gennevilliers. Je l'ai assiégée des semaines durant jusqu'à ce qu'elle accepte mes avances ; je l'ai ensuite entourée, accompagnée. Je l'ai décrite, dédiée, écrite. Elle hantait le moindre mot que je couchais sur le papier. J'ai vécu avec elle une passion échevelée.

Je pourrais dire que durant les deux premières années du séminaire de Devereux, j'ai expérimenté de toutes mes forces les métamorphoses qu'imposent les sentiments aux êtres humains. J'écrivais des poésies romantiques encensant les femmes et lisais avec passion les textes fondamentaux que j'aurais dû connaître depuis mes années de lycée. J'ai découvert Flaubert, lu entièrement, d'une traite, Stendhal, l'écrivain parfait,

Céline, l'inventeur de tout, et Homère – Homère, surtout ! Je relisais l'*Iliade* sans cesse, partout, dans le métro, dans l'autobus, au lit... partageant la vie des divinités grecques qui m'étaient devenues des compagnons de tous les instants. Et j'ai été saisi par l'*Odyssée*, ce récit mystique racontant l'attachement viscéral à la mère patrie. J'étais fasciné par ce texte, sans m'interroger sur la signification qu'il revêtait à l'évidence pour moi. J'avais quitté le pays où j'étais né. Comme Ulysse, je ne savais pas si j'y retournerais un jour. Le héros m'était sans doute un exemple, lui qui avait su résister à toutes les tentations, lié comme il l'était à son noyau, son île, son royaume, Ithaque. Exilé, je l'étais sans doute ; mon Ithaque, je ne la connaissais pas ; je me vivais seulement Ulysse en errance.

Première année du séminaire de Devereux. Il m'était revenu la tâche d'exposer « Normal et anormal », l'article princeps des *Essais d'ethnopsychiatrie générale*. Il était difficile au débutant que j'étais de saisir les nuances de ce texte bâti en patchwork, bourré de contradictions. Je me suis attaché à la notion la plus surprenante, l'idée que certains désordres psychiques étaient fournis, « prêts à l'usage », par la culture. Lorsqu'ils deviennent fous, les Malais « courent l'amok », les Algonquins voient des spectres spécifiques qu'ils appellent « Windigo », les Chinois du Sud ont une étrange maladie, appelée « koro », réputée faire disparaître leurs organes sexuels dans l'abdomen. Autrement dit, la forme de certaines maladies mentales, conforme à des modèles cueillis dans l'ambiance, n'avait rien à voir avec la personnalité du sujet. Devereux les appelait des « désordres ethniques ». On aurait pu allonger la liste – et nous le faisions dans nos discussions : quand ils deviennent fous, les Français sombrent dans l'alcoolisme, les femmes maghrébines sont possédées par des *djinns*, les Indiens de la Cordillère des Andes développent une étrange dépression, le *susto*, due à la capture de leur âme par la terre, les Congolais sont victimes d'attaques de sorcellerie... Pour nous autres, qui avions été nourris à la psychanalyse, pour ainsi dire au biberon, les symptômes ne pouvaient être que l'élaboration complexe d'une pulsion inconsciente, le long de lignes de défense constituées au cours de l'histoire de l'individu, autrement dit, son « caractère ». La psychanalyse nous avait convaincus que la forme des symptômes *était la personne*. Lacan n'avait-il pas affirmé avec force, reprenant une formule de Buffon, que « le style, c'est l'homme » ? Et voilà que Devereux venait tout bouleverser, fournissant, qui plus est, des exemples par dizaines. Il nous enseignait que le *style* des symptômes pouvait ne pas être l'homme ; pouvait même être ce qui, dans la personne, lui appartenait le moins. Aucun d'entre nous, qui entendions ce mot pour la première fois, n'avait jamais rencontré un *coureur d'amok*, n'avait jamais vu un chaman indien, malais ou indonésien ; n'avait aucune idée de ce que pouvaient être des transes de possession ou des attaques de sorcellerie. Quant à moi, qui n'étais guère plus informé que mes condisciples, j'avais néanmoins défendu l'idée de Devereux avec ferveur. Les plus anciens, tels Richard, Édith ou Jean-Claude, s'opposaient farouchement à cette hypothèse qui heurtait de front leurs convictions. Les lacaniens du séminaire s'engageaient dans d'interminables diatribes, expliquant doctement que ce n'était pas possible et qu'un fait qui contredisait la théorie n'existait pas. Entre Devereux et ses élèves régnait un malentendu – on aurait presque pu penser qu'il s'agissait d'une question de traduction, comme s'il parlait une autre langue. Outre que sa longue expérience lui constituait un univers fait d'une multitude de faits que nous ignorions, ses concepts n'étaient pas les nôtres. Lorsqu'il parlait de psychanalyse, il avait en tête celle qu'il avait connue aux États-Unis, cette psychanalyse « de l'adaptation » si décriée en France. Il appréciait (à juste raison) les théories sophistiquées de l'*ego-psychology* de Hartman et de Kriss qu'il connaissait tous deux personnellement. Alors que, nous autres, ses élèves, faisions essentiellement référence au corpus français. Nous lisions Serge Leclaire, les deux Mannoni, Didier Anzieu ou François Perrier. Lorsque nous nous référions à des auteurs étrangers traduits en français, c'étaient plutôt des anglais comme Winnicott, Masud Khan ou Balint. Plus que cela, les « autres » de Devereux, ses étrangers, les populations qu'il avait rencontrées et parfois étudiées, appartenaient toutes à « l'aire asiatique ». Il s'agissait des peuples d'Indochine, où il avait vécu durant trois ans, des Indonésiens et des Malais, dont il avait étudié la langue qu'il parlait encore parfaitement, des Indiens d'Amérique, qu'il avait rencontrés sous la direction de son maître Kroeber, des Mohaves d'Arizona, qu'il partait visiter pour de courts séjours, le temps d'un week-end ou durant des vacances, lorsqu'il rédigeait sa thèse. Il disposait d'une connaissance approfondie de ces cultures, personnelle, empirique. Son monde intérieur était peuplé de leurs pensées. Leurs coutumes, leurs chants, l'ambiance de leur monde, constituaient sa référence sensible. Il s'amusait quelquefois à psalmodier les chants des chamans mohaves, musique qui ne ressemblait à aucune autre. Nos étrangers provenaient d'une tout autre aire géographique et culturelle. Nous connaissions les populations d'Europe du Sud, les Italiens et les Portugais, qui étaient encore très nombreux en France ; les Maghrébins, surtout algériens, qui partageaient nos banlieues et les Africains du Sénégal et du Mali qui commençaient tout juste à émigrer. Devereux n'était assurément pas un Africain ; je l'étais avant tout, gardant encore sur la surface de ma peau le souvenir des sensations laissées par mes nourrices arabes et les parfums des serviteurs soudanais qui s'occupaient de moi enfant. Malgré cela, tout le monde faisait semblant de parler de la même chose. Le malentendu éclatait lorsque nous rencontrions un problème de doctrine. Et dire que nous prenions cela pour des divergences théoriques, alors qu'il s'agissait simplement de différences de cultures…

Devereux établissait des liens passionnels avec tous ses élèves. Beaucoup ne s'éternisaient pas au séminaire, quelques mois, un an tout au plus, et poursuivaient leur parcours ailleurs. Peu sont restés une longue période, deux ans, trois ou davantage. Ils ont peut-être été une quinzaine, vingt tout au plus, à avoir régulièrement suivi son enseignement, ceux qu'on peut appeler ses « élèves », en somme. Tous ceux-là restent marqués, comme au fer rouge, chacun étant certain de détenir la vérité sur le maître, de le connaître dans son intimité. Personne ne le connaît ! Il se cachait. Il mentait sur tout ce qui touchait à sa vie personnelle. Il se comportait comme un gangster en cavale. Il mentait sur son nom, sur le nombre de ses épouses successives, sur sa religion, sur les endroits où il avait vécu. S'il avait pu le faire, il se serait grimé ou livré à une opération de chirurgie esthétique pour modifier les traits de son visage. Cette façon de dissimuler son identité, de se fabriquer un personnage imaginaire et de s'y tenir en défiant l'évidence, ne cessait de nous questionner. Car rien ne l'y contraignait. Il aurait pu, comme la très grande majorité des professeurs, rester à distance de ses élèves, ne rien leur révéler de lui-même. Qu'avait-il ainsi besoin de nous raconter des fables ? Au cours du temps, plusieurs explications se sont imposées à notre esprit. Il avait peut-être, comme beaucoup d'immigrés d'Europe de l'Est, développé une sorte de syndrome de persécution – sentiment qui, il faut le reconnaître, n'aurait pas totalement été dénué de fondement. Les polices politiques des États du bloc communiste poursuivaient quelquefois les opposants réfugiés à l'Ouest. Les attentats commis par les services secrets soviétiques, bulgares ou roumains émergeaient régulièrement dans la presse. Se sentait-il poursuivi par les services communistes ? Mais il était une explication beaucoup plus simple que m'a glissée un jour Michel Sapir, psychanalyste d'origine russe auprès duquel j'apprenais les techniques de relaxation psychanalytique. Sapir était un merveilleux thérapeute un homme à l'élégance raffinée ; un accent russe prononcé ajoutait encore à son charme. Il avait le regard acéré et l'intelligence moqueuse. Un jour il me demanda à brûle-pourpoint :

— Alors, votre maître, là, il se cache toujours ? En Amérique tout le monde dit qu'il s'est réfugié en France pour fuir ses pensions alimentaires…

Il rencontrait régulièrement Balint, autre Juif hongrois émigré, et avait sans doute été informé par ce canal. J'ai dressé l'oreille.

— Vous parlez de Georges Devereux ? lui ai-je demandé.

— Bien sûr que je parle de Georges Devereux ; et de qui d'autre ? Quoique Devereux ne s'appelle pas Devereux, n'est-ce pas ? Et il ne veut même pas avouer qu'il est juif.

— Il est juif ? ai-je fait mine de m'étonner.

— Vous ne le saviez pas ? Il prétend qu'il est quoi alors ? Bouddhiste ? En Amérique, il fréquentait la communauté des Juifs hongrois. Tout le monde le sait, là-bas, qu'il est juif.

Lorsque j'ai revu Devereux, je lui ai posé la question, le plus naturellement du monde, au détour d'une conversation.

— Georges, sais-tu qu'on dit de toi que tu es juif…

Il s'est un peu fâché.

— Juif ? Mais quoi ? Si j'étais juif, pourquoi diable irais-je le cacher ?

Discussion entre nous, au café, après le séminaire, avec Dina, psychanalyste israélienne, d'origine hongroise, finalement installée en France. « Comment pourrait-il ne pas être juif ? Il nous parle sans cesse de son cousin germain, Edward Teller, le fils de la sœur de sa mère. Tout le monde sait que Teller est juif… Si Teller est juif, la mère de Georges est juive aussi. Il est donc juif. Il paraît qu'il ne s'appelle pas Devereux… Ah bon ? Et s'il ne s'appelle pas Devereux, comment s'appelle-t-il alors ? »

Nouveau questionnement, lors de discussions avec lui à bâtons rompus. Je lui demandai :

— Devereux, c'est un nom d'origine française, non ?

— Oui ! répondit Devereux, mon ancêtre était un soldat de l'armée napoléonienne établi en Hongrie après la conquête de l'Europe…

J'interrompis la conversation. Ce n'était pas très élégant de le laisser s'enliser dans ses mensonges. Dès la révélation de Sapir, mon opinion était établie. Devereux était juif. Mais je ne comprenais pas les motifs des récits imaginaires qu'il nous servait. Il y avait quelque chose de singulier dans cette attitude. L'évidence s'est imposée à moi avec toute sa force en octobre 1973, lors de la guerre du Kippour. Les premiers jours du conflit, alors que les défenses israéliennes avaient été enfoncées et que les armées égyptiennes et syriennes déferlaient sur deux fronts ; alors qu'on commençait à imaginer possible une défaite militaire israélienne, Devereux était devenu fou d'inquiétude. Il me téléphonait toutes les heures pour comparer les informations que j'avais pu entendre à la radio et celles dont il disposait. Il téléphonait à chacun d'entre nous en posant indéfiniment les mêmes questions. Je crois bien qu'il a passé deux semaines entières, pendu au téléphone, s'informant sans cesse du développement du conflit. Je saurais par la suite qu'il crevait d'inquiétude au sujet de sa sœur et de son neveu – sa seule famille vivante, après tout – qui habitaient tous deux Tel-Aviv. Comme souvent, comme dans la fameuse *Lettre volée* d'Edgar Poe, ce que Devereux cachait avec tant de force était exhibé à la vue de tous à l'endroit où on ne le cherchait pas. Le faux nom qu'il s'était inventé, « Devereux », pouvait se décomposer en D… *evreu – evreu* qui, en roumain, signifie tout simplement « juif ». En 1967, il avait publié un article clinique dans la *Revue française de psychanalyse* intitulé « La renonciation à l'identité, défense contre l'anéantissement ». À la seule lecture du titre, on aurait dû comprendre qu'il s'agissait d'un aveu. Devereux avait renoncé un jour à son identité juive pour échapper au danger de mort qu'il pensait courir. Le premier exemple sur lequel débute l'article est celui d'Ulysse déclarant au géant Polyphème sur le point de le dévorer qu'il s'appelait « Personne ». Mais si, pour échapper à la mort, Ulysse se fait passer pour « personne », une fois dans son bateau, lorsqu'il se sait tiré d'affaire, il hurle au cyclope cannibale : « Je suis Ulysse, fils de Laërte, roi d'Ithaque. » Ulysse aussi ne put résister à l'impulsion de clamer son identité. Le choix du nom D... evreu était sa façon de hurler sa véritable identité. Je suis convaincu que cet article de Devereux est le plus autobiographique de ses textes, une sorte de proclamation d'identité, mais à sa manière, bizarre, codée.

Notre maître était un homme singulier, dissimulant des secrets. Je me demande jusqu'à quel point ce comportement était commun à cette génération de Juifs hongrois. Il y avait au moins une explication historique. Aux alentours des années 1890, le gouvernement hongrois, préparant les festivités du millénaire de la naissance de la Hongrie qui devaient avoir lieu en 1896, avait en effet décidé la « magyarisation » des minorités. Les Juifs, pris dans un processus d'assimilation plus ou moins contraint, changeaient de nom par centaines. Weiss était devenu Fehér, Klein s'était changé en Kis, Ferenczi s'appelait originairement Frankel et Bergsmann s'était transformé en Bálint. On ne connaît pas avec certitude le nom d'origine de la famille paternelle de Devereux – d'aucuns m'ont dit qu'ils s'appelaient Weissmuller, comme l'acteur qui immortalisa « Tarzan », qui, lui aussi, provenait de la région du Banat. Ce que l'on sait, c'est qu'Eugène, son père, troqua le patronyme originaire contre celui de Dobó, nom d'un chevalier hongrois qui avait combattu valeureusement les Turcs au XVIe siècle. Devereux est donc né Georghe Dobó. C'est lui-même qui demanda à changer de nom, sans doute au moment de sa conversion au christianisme, en 1933 (peut-être 1934 ?). Il vivait à Paris, fréquentait les milieux de l'aristocratie, s'imaginait des destinées grandioses lorsque éclata l'affaire Stavisky. L'escroquerie du Crédit municipal de Bayonne, orchestrée par Stavisky, a été un immense scandale, ébranlant la IIIe République jusqu'aux fondements. Suite à cette affaire, une fièvre xénophobe et antiparlementaire s'était saisie de la France, qui avait abouti aux émeutes du 6 février 1934. Léon Daudet, l'écrivain d'extrême droite, appelait au lynchage des « stavisqueux ». Et parmi les faux bons de caisse émis par Stavisky figuraient des créances hongroises. Stavisky était un Juif ukrainien, émigré en France suite aux terribles pogroms de la fin du XIXe siècle. Lui aussi avait un faux nom, se faisant appeler Monsieur Alexandre. Devereux a sans doute été effrayé par cette affaire. C'est à cette époque qu'il se convertit et changea de nom. Il m'a d'ailleurs confié un jour que c'était le scandale Stavisky et la crise qui en avait résulté qui l'avaient poussé à quitter la France pour partir préparer sa thèse de doctorat aux États-Unis.

J'ai rencontré bien des Hongrois qui avaient cette même tendance à dissimuler leur identité, et toujours dans une espèce de terreur d'être anéantis. Certains ont fait partie de mes amis, j'en ai rencontré dans ma clientèle, dans ma vie universitaire. J'ai aussi lu des récits. La destinée la plus extraordinaire est sans doute celle d'Imré Kovacs, rapportée dans son livre posthume intitulé *Le vengeur.* Jeune Juif hongrois, engagé dans les Waffen SS pour se dissimuler durant la guerre, capturé par les Soviétiques, évadé de Russie pour rejoindre la Palestine et participer à la guerre d'indépendance d'Israël, puis entré à la Légion étrangère française, démobilisé après les guerres d'Indochine et d'Algérie, il s'installa à Paris et travailla durant trente ans comme serveur à la brasserie Lip. Il ne redevint lui-même qu'à l'âge de sa retraite qu'il finit par prendre en Hongrie où il mourut en 2003.

Après tout, qu'est-ce que cela pouvait bien me faire (nous faire) que Devereux fût juif ? En vérité, rien ! Sinon que, durant ses cours, il passait des heures à identifier les personnages de la littérature, les patients et les hommes, ses collègues, ses élèves, à partir de leurs attachements. Il insistait avec force sur l'idée que l'arrière-fond culturel d'une personne était déterminant pour le comprendre. Et voilà que nous apprenions qu'il mentait au sujet du sien propre. Et ces mensonges respiraient une sorte de bizarrerie inquiétante. Nous savions qu'aux États-Unis, et notamment à New York, lorsqu'il y résidait, le fait d'être juif ne posait aucun problème. En France, au début des années 70, l'antisémitisme, qui avait été chassé après la guerre, n'était pas encore réapparu. Qu'est-ce donc qui l'incitait à cacher sa judéité ? J'ai mis des années, bien après sa mort, à élucider les énigmes qu'il nous avait laissées en héritage. Mais n'est-ce pas de l'essence d'un maître que d'être opaque au regard de ses élèves ? Je ne le critiquais pas ; ne l'apostrophais pas. J'avais adopté une règle intérieure : je ne savais rien ; il savait tout. Je comprendrais plus tard les motifs qui le poussaient à agir. Puisque je l'avais désigné comme maître, je n'avais d'autre choix que de prendre tout ce qui émanait de lui comme éléments de mon apprentissage. Ses raisons étaient la Raison ; m'incombait la charge de les décrypter, ne fût-ce que pour mon seul usage. Encore fallait-il saisir les questions. Si la première était sa judéité, la seconde concernait sa pratique de la psychanalyse et la troisième ses relations avec les femmes. Il parlait tellement de psychanalyse, et de manière si originale, que nous étions tous avides de connaître la réalité de sa pratique. Avait-il terminé sa formation de psychanalyste ? Avait-il réellement pratiqué la psychanalyse à New York, comme il le prétendait, et si c'était vrai, durant combien de temps ? D'après de rapides calculs, ce ne pouvait être durant bien longtemps, quelques années tout au plus. Des indications laissent supposer qu'il a rencontré de nombreux problèmes avec l'institution psychanalytique, qui n'appréciait ni ses théories trop novatrices ni sa personnalité pour le moins singulière. En définitive, Devereux, qui pratiquait à New York, n'a été admis que dans une société psychanalytique de province, en Pennsylvanie, ce qui lui a finalement permis d'adhérer à la Société psychanalytique de Paris, mais seulement en 1965. Il n'a jamais pratiqué la psychanalyse en France.

Durant les quinze années passées aux États-Unis entre 1947 et 1962, Devereux s'est marié à six reprises. Lorsqu'il est arrivé en France, il venait d'épouser la dernière, Jane, celle-là même qui le quitta si brutalement en 1971. Il répétait à qui voulait l'entendre que pour coucher avec une Américaine, il fallait d'abord l'épouser. C'était sans doute sa façon de s'expliquer le nombre important de ses mariages. Mais il y avait peut-être une autre raison. Devereux aimait passionnément les femmes ; il les aimait compulsivement. Il ne pouvait s'empêcher de leur proposer une relation sexuelle. Il y avait une fraîcheur farouche chez cet homme âgé, manifestement marqué par la vie, comme une sorte d'espérance perpétuelle. On aurait dit qu'il était prêt à tout recommencer, à tout moment, avec une autre, ici même, chez lui, au café, dans la rue, à n'importe quelle occasion. Il gardait sur le monde, sur les gens, sur les femmes surtout, de grands yeux ouverts, comme un nourrisson affamé. Ce qu'il aimait par-dessus tout chez les Indiens Mohaves qui l'avaient adopté comme un des leurs, c'était précisément leur liberté sexuelle. Les couples mohaves, racontait-il, étaient particulièrement instables. Une femme s'installait avec un homme. On la considérait alors mariée, même s'il n'y avait eu aucune cérémonie. Alors qu'elle était enceinte de son mari, elle tombait amoureuse d'un autre homme et décidait de partir vivre avec lui. L'homme allait devenir le père de son enfant. Pour rendre compte de ces changements si courants, les Mohaves avaient développé une théorie. Le père, prétendaient-ils, aide le fœtus à grandir grâce au sperme qui le nourrit. Ainsi, le nouveau compagnon de cette femme était-il considéré comme le père de l'enfant qu'il avait nourri dans le sein de sa mère en ayant une relation sexuelle régulière durant sa grossesse. Cette inconstance des Mohaves le ravissait, leur grivoiserie aussi. Devereux ne souffrait pas d'une « addiction sexuelle », comme on dirait aujourd'hui. C'était plutôt une addiction à l'amour. C'était un amoureux compulsif ; un amoureux en attente, aussi, guettant perpétuellement l'objet d'amour qui pourrait à nouveau métamorphoser son existence. On peut comprendre que ses épouses aient mal supporté… On peut aussi comprendre qu'il ait immédiatement été intéressé par le sujet de doctorat que je lui proposais, sur ces communautés sexuelles qui avaient décidé d'abolir la jalousie. Ne se considérait-il pas victime de la jalousie de ses femmes qui l'avaient si souvent abandonné ?

En 1972, j'ai mené des dizaines d'entretiens pour ma recherche sur les communautés sexuelles. J'ai rencontré des groupes, parlé, discuté. Ma thèse avançait à grandes guides. C'est là tout l'avantage d'avoir un maître. Il ouvre les portes, donne les motifs d'entrer ; il soutient les premiers pas, insécures, dans la pénombre. Jusqu'alors, j'étais un amateur ; en quelques mois, j'étais devenu un spécialiste. On a beau apprendre, accumuler les connaissances d'ici et de là, un moment vient où il faut modifier radicalement le contenant. C'est à cela que sert un maître. Il était évidemment friand des récits que je lui rapportais de ce qu'il est convenu d'appeler « mon terrain ». Il piaffait d'impatience, voulait en savoir davantage, se proposait de m'accompagner lors de mes visites aux groupes vivant en communauté. C'est cette année-là que Nicole, une étudiante de Devereux, par ailleurs professeur dans une école de service social, me proposa de prononcer une conférence devant ses élèves, sur les premières données recueillies sur le terrain. Je crois bien que j'ai passé trois mois, à plein temps, à préparer cette conférence. J'ai pesé chaque mot, vérifié chaque fait, redéfini chaque concept. L'enseignement du maître s'était infiltré dans mes veines. Si Devereux était un maître, s'il s'est comporté avec moi en initiateur, je sais qu'il l'a fait de manière inconsciente, sans vraiment savoir ce qu'il produisait.

Cotonou 1996

En 1996, je suis parti au Bénin avec Lucien Hounkpatin, qui préparait sa thèse de doctorat sur le système traditionnel de prise en charge de la folie. Nous nous sommes rendus ensemble chez les guérisseurs, dans des villages reculés, en brousse, là où ceux de « la tradition » poursuivent leurs recherches profuses, à l'abri des regards et des anathèmes. Nous avons rencontré ces gens qu'on appelle là-bas, en yoruba, les babalawos, *les « maîtres du secret ». Là, initier quelqu'un n'est pas un accident de parcours, toujours le résultat d'une action délibérée.*

Lorsque nous sommes arrivés chez Ayato, le bokonón, *qui habite une petite case de torchis dans un minuscule village qui ne devait pas compter plus de trois cents habitants, la nuit était tombée depuis deux heures. Après avoir franchi le seuil, il nous a tendu la casserole d'eau claire, qui apaise l'humeur et permet de partager l'existence. Lucien en a avalé une gorgée, moi ensuite. Nous nous sommes assis par terre. Ayato, quant à lui, nous surplombait, affalé sur un transat d'un autre âge. Il semblait un roi et nous ses captifs. Sur les murs deux ou trois photographies plantées de travers, son grand-père, le président de la République, une jeune fille, gracieuse et souriante. La pièce était faiblement éclairée à l'aide d'une vieille lampe à pétrole qui déformait nos silhouettes et faisait danser nos ombres. Il était vêtu d'un simple short qui comprimait un gros ventre rond à la courbe parfaite d'où résonnait une voix profonde. Il scandait ses phrases de grandes claques sur son ventre, pour marquer sa satisfaction et pour se débarrasser d'un moustique en maraude. Avec Lucien, ils échangeaient des salutations, tantôt en langue fon, tantôt en nagô. De temps à autre, Lucien traduisait.*

— Il dit qu'il est honoré que nous venions de si loin, seulement pour le voir…

Tous les quarts d'heure environ, il nous servait un godet de sodabi, *l'alcool de palme du pays, une sorte de gin artisanal, en plus parfumé et plus fort. Nous l'avalions cul sec, de concert. Régulièrement, il en versait une goutte sur une petite statuette qu'on pouvait apercevoir dans la pénombre, derrière lui, son* legba. *Vers 22 heures, il a sorti les fioles de sciures de racines et de poudres de plantes. Il en déposait une traînée sur la paume de notre main, s'en servait à son tour, puis remplissait nos godets à ras bord. Nous léchions la poudre et l'avalions à l'aide du* sodabi. *Vers minuit, nous étions complètement faits.*

— Vous êtes venus pour vous laver. Allons-y !

Nous l'avons suivi en pleine nuit sur un chemin de terre qui serpentait à travers la campagne. Une mince lueur filtrait des étoiles. Nous avons glissé sur la boue de la rive. Je n'avais même pas vu le marigot. Il nous a demandé de nous déshabiller. Je n'ai pensé à rien, ni aux animaux qui auraient pu s'y trouver ni aux moustiques, encore moins aux bactéries. Je me suis immergé, nu comme un ver, à trois reprises en répétant après lui des phrases en nagô que je ne comprenais pas. Puis, il nous a confié une bouteille à chacun renfermant de l'eau puisée dans l'étang en nous recommandant de ne pas nous laver jusqu'au lendemain matin.

— Et la bouteille ? lui a demandé Lucien.

— C'est pour le shampoing… a répondu Ayato.

Nous sommes rentrés à Cotonou, joyeux et trempés. Cette nuit, j'ai dormi d'un sommeil très profond, sans rêve. Le lendemain, quand j'ai pris ma douche, j'ai regardé la bouteille. La surface de l'eau était noire. Je l'ai secouée et j'ai vu des dizaines de larves de moustiques s'égayer, des noires, des rouges, des vertes. Les moustiques passent la plus grande partie de leur vie sous l'eau d'où ils sortent après une métamorphose. C'est ce qui devait aussi nous arriver. À n'en pas douter, le marigot du village était plein d'êtres à ras bord.

*
* *

Dans ces mondes, apprendre, c'est toucher aux choses de l'origine, être initié à soi-même. Lucien venait de là, était de là. Son grand-père était aussi un *babalawo*, semblable à Ayato. Durant son enfance, il lui avait montré les objets, l'avait emmené avec lui, juste avant l'aube, lorsque le vent se lève pour chasser la lune, cueillir les plantes qui s'ouvrent à la première goutte de rosée. Il l'avait assis par terre, dans sa case, alors qu'il interrogeait le destin à l'aide des chapelets de noix. Il avait fabriqué devant lui les copeaux de savon noir, les bouteilles, les « passeports », les amulettes… Apprendre, c'est s'imprégner des objets, des substances, des paroles, des lieux qui nous ont vu naître ; absorber un à un les éléments de notre substance.

6

Tyrone Power

Je n'ai trouvé qu'un seul guide en ces moments d'immigration qui me paraissaient souvent si tristes : mon nom ! Quelles qu'aient été les souffrances et les menaces ; quels que soient les temps qui grondent, quel que soit le monde qui s'annonce, je me suis efforcé, je m'efforce de ne pas renier mon nom !

Mon père, c'était Tyrone Power ! D'abord, une vraie ressemblance physique et puis des signes… celui-ci, par exemple : Tyrone Power est mort à Madrid en 1958, durant le tournage de *Salomon et la reine de Saba*. C'est sans doute en 1958, à notre arrivée en France, que mon père est mort pour la première fois.

Mon nom, le nom de mon père, je ne le connais pas vraiment. Je veux dire que je n'en comprends pas toutes les implications. Je sais bien sûr que je me trouve à l'issue de lignées. Le nom de mon père, « Nathan », est un prénom et non pas un nom. Sa famille doit provenir de ces pays où les hommes ont seulement un prénom. Abraham fils d'Isaac, ou Daoud, fils de Benyamin. Je me souviens qu'en Égypte, on le raillait en lui rappelant que ses parents mangeaient les sauterelles. C'est que l'on disait que les « Nathan » arrivaient du Yémen. Ces remarques de l'enfance s'impriment profondément, traçant le lit d'émotions à venir. La beauté de Noa, la chanteuse israélienne d'origine yéménite, rencontrée un soir au bar d'un hôtel en Sicile et ce sentiment d'amour immédiat, antique, surgi des entrailles. Je ne lui en ai rien dit, sinon que sa voix me faisait rêver… Nous passons devant nos ancêtres sans même connaître le chemin.

En hébreu, « Nathan », que l'on doit prononcer « Natane », signifie : « il a donné ». Il s'agit de Dieu, bien sûr ! « Natane » comme dans la phrase de la Bible, *natane lanou et hatorah* – « il nous a donné la Torah ». Dans la famille, nous nous appelons « Dieu a donné » (la Torah ?), « Dieudonné », si on veut, à moins que cela ne signifie « Donnadieu ». Mon père s'appelait Joseph – Joseph Nathan – et son père David. Ce grand-père que je n'ai jamais connu, disparu avant l'accession de son fils à la sexualité, a inscrit sa marque dans l'histoire de la famille. Mon père avait seize ans. Ce jour-là, il ne s'était pas rendu à l'école, sans doute pour aider sa mère débordée. Le grand-père, un homme sévère, à la moustache de Garibaldi, voulut lui demander des comptes. Il éleva la voix. On ne pouvait élever la voix sur mon père. Il ne le supportait pas. Il ne l'a jamais supporté, lui qui n'a, de toute sa vie, jamais élevé la voix sur personne. Plutôt que d'affronter son père, il s'échappa par la fenêtre. Mon père a toujours été un insoumis. Non pas un révolté, encore moins un révolutionnaire... Un insoumis fondamental, silencieux et souriant, moqueur et taquin, farouchement lui-même – un autonome !

En Égypte, nous avions tous des surnoms. Joseph, mon père, Youssef en arabe, c'était Soussou ; mon grand-père David, c'était Doudou, comme la plupart des David. Doudou Nathan avait épousé l'une des deux sœurs Cohen, ma grand-mère, Berthe, que l'on appelait « Bonna », la bien nommée. Bonna et Esther vivaient ensemble, en plein cœur de *'haret el yahoud*, « la ruelle aux Juifs », dans cette maison de maître de plusieurs dizaines de pièces. *Beit el Cohen*, « la maison des Cohen », c'est ainsi que tout le monde l'appelait. C'était une gigantesque demeure traditionnelle, avec un patio sur une face, un jardin sur l'autre. Des animaux d'apparat circulaient librement sur les pelouses : un poney, un paon, un singe et des chats – non pas de ces chats efflanqués et hurlants que l'on croisait dans les rues du Caire, mais des chats à poils longs, que l'on prétendait « angoras » et qui ronronnaient. C'était là, dans cette maison de famille, que vivaient les deux sœurs, Berthe et Esther, depuis l'enfance ; c'était là qu'elles continuaient à vivre après leur mariage. Elles étaient comme deux jumelles, inséparables. Elles avaient imposé aux deux maris cette cohabitation familiale, presque tribale. La maison devait bien contenir une quinzaine de familles, près d'une centaine de personnes – une *concession*, comme on l'aurait appelée en Afrique. Mon grand-père, homme réservé et taciturne, modeste employé de banque nourrissant des aspirations petites-bourgeoises, voulait s'affranchir de cette contrainte familiale à l'ancienne, d'autant que ce n'était pas là sa véritable famille. Il dénicha un appartement en ville, hors de la *'hara*, de la « ruelle », et finit par convaincre sa femme de déménager. Ils avaient déjà six enfants. Ils ne profitèrent guère de leur nouvel appartement. Quinze jours plus tard, Doudou Nathan rentra du bureau, s'affala dans un fauteuil, perdit connaissance. Crise cardiaque ! On appela le médecin qui arriva trop tard. Dès le lendemain, les deux sœurs s'installaient à nouveau ensemble dans la grande maison des Cohen et la vie reprenait ce cours éternel, comme du temps de Maïmonide, comme du temps du rabbi Yom-Tov. De quoi mon grand-père David est-il mort ? D'avoir injustement tancé mon père ? D'avoir voulu séparer deux jumelles liées par une relation antique et indissoluble ? De s'être introduit, Yéménite sans nom, dans une famille de propriétaires de la terre ?

Car les deux sœurs étaient de la famille Cohen – on les appelait les *Cohen Mé'éli*, les « Cohen élevés ». Dans cette famille, la piété n'était pas une vertu, Dieu était un partenaire naturel. Prophètes, rois et maîtres du Talmud ne surgissaient pas du passé, ils étaient compagnons du quotidien. Maïmonide était un proche,

Joseph Caro, de la famille. Les Juifs d'Égypte étaient ainsi pour la plupart ; contemporains des fondateurs. Ils avaient cette judéité au naturel, à mille lieues de la mystique, que je ne retrouverai jamais plus. Ils n'avaient rien de ces ashkénazes que l'on croisait quelquefois dans les ruelles du vieux Caire, tout vêtus de noir, le visage dévoré de barbe sale et les grands yeux fous qui vous scrutaient le visage. On aurait dit que s'étant trop écartés de Dieu un temps, ils s'en étaient approchés trop près ensuite, comme pour s'assurer qu'il n'avait pas définitivement détourné d'eux son visage. Très peu parmi les Juifs d'Égypte partageaient les illusions de ces autres ashkénazes, ceux qui étaient devenus communistes et entendaient coller aux autres peuples leur manie de la libération. Il y en avait bien quelques-uns, comme mon cousin Jacques Hassoun, Léon Castro, Joseph Hazan ou les Curiel… Mais on murmurait que ceux-là avaient abandonné leur Dieu. Les Juifs d'Égypte ne ressemblaient pas davantage aux Marocains ou aux Algériens que je rencontrerais des années plus tard, dont la foi m'apparaîtra celle qu'on dit « des charbonniers ». Ceux-là croyaient en Dieu. Les Juifs égyptiens savaient que l'on ne peut commencer par croire en Dieu, non ! Je suis des leurs ; je suis comme eux. Je sais que croire à l'existence de Dieu résulte d'une longue réflexion qui peut occuper une vie entière.

De génération en génération, les *Cohen Mé'éli* étaient rabbins ou joailliers. Ils étaient joailliers pour nourrir les rabbins ; rabbins pour autoriser les joailliers, qui fabriquaient les *rimonim* d'argent, grenades à clochettes décorant les axes des rouleaux de Torah. Le père de Berthe Cohen, le grand-père maternel de mon père, s'appelait Mess'oud – Mess'oud Cohen Mé'éli. Il était joaillier, donc, et tenait une échoppe au souk des orfèvres, dans le vieux Caire. Je me prends parfois à me rêver son apprenti, l'accompagnant dans cette boutique de deux ou trois mètres carrés, l'aidant à ciseler les bijoux magiques. J'aime prononcer ce nom qui sonne à ma mémoire comme un mantra protecteur : « Mess'oud Cohen-Mé'éli »… Son frère, Élie, que l'on appelait Lieto, aveugle depuis l'âge de cinq ans, était naturellement rabbin. N'ayant eu le temps d'apprendre à lire, il connaissait par cœur la totalité des textes utiles, prières et versets de la Torah. Référence, il détenait la réponse à toute question sur le rituel. Lui aussi eut une fille ; lui aussi la nomma Berthe, puisqu'elles étaient toutes deux homonymes d'une même grand-mère. Cette seconde Berthe Cohen se maria en 1914 ou 15. Son premier enfant lui naquit en 1917, le 18 avril. Ce fut une fille. C'était ma mère. Mes deux parents avaient chacun une mère nommée Berthe Cohen. Ces deux mères étaient cousines, homonymes puisque homonymes d'une même aïeule. Consternation des fonctionnaires français chargés d'établir un extrait d'acte de naissance ou peut-être une fiche d'état civil dans les années 70, à Paris.

— Joseph Nathan, fils de David Nathan et de Berthe Cohen, son épouse ; Rena Israël, épouse Nathan, fille de Zaki Israël et de Berthe Cohen, son épouse… Ce n'est pas possible ! Il doit y avoir une erreur. Vos parents ne peuvent être frère et sœur…

Aucune erreur, mes parents étaient cousins, de seconde génération, et d'une certaine façon frère et sœur, comme Abraham et Sarah, comme recommandé par les textes, comme du temps des fondateurs.

Mon père a donc perdu son père en sortant de l'adolescence. Il ne s'en plaignait pas vraiment. Il le décrivait honnête et droit, respectueux de la religion, mais distant et sévère. Il avait hérité de lui deux principes : l'un positif, celui de la prière quotidienne, au lever et au coucher, à laquelle il ne dérogea jamais, jusqu'aux tout derniers instants, et l'autre négatif, la dérision envers le commun. Fils d'étranger déjà là-bas, pour lui, aucune loi ne méritait l'asservissement. Mais l'insoumission de mon père ne découlait pas du seul exemple paternel, elle lui était plus personnelle, inscrite dans sa chair. Car mon père n'avait pas été circoncis. Le premier enfant mâle de David et Berthe mourut des suites de la circoncision, le second aussi. Selon la règle, lorsqu'on a perdu deux enfants mâles, on est autorisé à ne pas circoncire le troisième, ni le quatrième. Le quatrième survint en 1912, le jour de Rosh Hashanah, le nouvel an juif qui, cette année, tomba le 16 septembre. C'était mon père, le second des vivants de ma grand-mère. Il grandit ainsi, non entamé, jusqu'à l'âge du mariage. On pourrait dire que, tel Abraham, mon père se circoncit lui-même, à la veille de son mariage, à l'âge de trente ans. Non pas qu'il ait réellement pratiqué l'opération ; je veux dire que sa circoncision survint de sa propre volonté. Mon père n'a pas subi la loi, il l'a devancée. Pour lui, elle n'était pas arbitraire, mais désirée. Il fut ainsi, sa vie durant, insoumis et intègre, tributaire de sa seule volonté, qui ne valait que pour lui seul.

Mais un autre récit, plus sensuel, explique la survie des troisième et quatrième enfants de ma grand-mère. Lorsqu'elle perdit ses deux premiers, ma grand-mère, la belle Bonna aux yeux verts, lasse des prières inefficaces des rabbins, se laissa convaincre d'aller consulter une guérisseuse arabe. J'imagine volontiers ce que lui dit la matrone. « Malheureuse, tes enfants s'en sont allés rejoindre leur père... » Leur père ? N'était-ce donc pas mon grand-père ? « Je ne te parle pas de leur père dans ce monde, mais de l'autre, l'invisible... » On ne savait prononcer son nom, on n'osait évoquer sa nature, mais tout le monde savait qu'il s'agissait d'un esprit, d'un *'afrit*. Jamais formulée, l'explication était que cette belle femme aux yeux trop clairs avait sans doute déclenché l'amour d'un diable, de ceux qui sont constitués de la substance fondamentale, du limon tiré du grand fleuve. Le diable qui l'avait visitée durant son sommeil et l'avait engrossée était venu récupérer ses enfants à leur naissance. Ses deux aînés n'étaient pas morts ; ils étaient partis rejoindre leur père dans les entrailles du fleuve. La guérisseuse donna des fumigations pour purifier les orifices de la jeune mère endeuillée, prescrivit des rituels de séparation, fixant à certains jours les rencontres avec le mari légitime, et emprisonna la cheville de ma grand-mère dans un *kholkhal* de cuivre, un anneau scellé pour la vie. J'ai toujours connu ma grand-mère le pied lourd de cette alliance.

Je proviens de là, de cet étrange amalgame, une part de raison biblique – « si tu as perdu deux enfants mâles des suites de la circoncision, ne circoncis pas le troisième » – et l'autre de recherche de l'inconnu : « les événements sont produits d'une volonté. Recherche sans relâche celle qui agit à ton insu »...

Bonna, que nous autres enfants appelions Nonna, « grand-mère », vécut avec nous, à la maison, jusqu'à sa mort en 1955. L'exil lui fut ainsi épargné. Combien j'en ai vu de ces grands-mères égyptiennes, isolées dans leur langue, s'étioler lentement en France, dans des HLM de banlieue, répandues dans le lit de la chambre du fond ? Comme elles, ma grand-mère Bonna ne parlait que l'arabe. Nous lui répondions en français qu'elle comprenait parfois. De sa fréquentation des esprits, elle avait gardé de grands yeux absents et une inquiétude de la nuit. Éthérée, silencieuse, elle promenait dans la maison ses senteurs d'eau de Cologne et d'encens. Elle était vêtue à l'ancienne, drapant ses genoux et recouvrant ses avant-bras, la tête enveloppée de jolis *mandils* à breloques dorées. Je n'ai aperçu ses cheveux qu'une seule fois, surprise après son bain, de longs cheveux totalement blancs, en avalanche jusque dans le bas de son dos. Érotisme quasi divin, que je comprendrai des siècles plus tard, à la lecture des récits de Diane surprise au bain, dans Ovide ou dans Klossowski... Elle avait une sorte de connaissance intuitive de l'invisible. Mais elle entretenait cette connaissance. Quelquefois, elle partait sur la terrasse, là où les femmes et les servantes se retrouvaient pour étendre le linge et négocier les affaires de femmes. Et quelquefois, je parvenais à me glisser près d'elle. Je ne comprenais pas tous les mots qu'elles échangeaient, seulement qu'elles discutaient des mouvements des êtres.

Une histoire que me racontait ma mère, une histoire que je ne me lassais pas d'écouter, au fond si semblable à celle de ma grand-mère Bonna. Il était une jeune fille, Salwa, l'héritière d'une immense maison. Elle aimait tant son père qu'elle ne se lassait de le regarder. Un jour, le père mourut. Soudain orpheline, on la confia à l'attention d'un précepteur, un *fe'ih*, un répétiteur du Coran. En présence de la famille, le religieux lui enseignait le Coran, mais sitôt seul avec elle, il lui montrait ses tours de magie, comme sa capacité à disparaître dans le mur, par la seule force d'une prière secrète, et à réapparaître à volonté. Elle grandit ainsi, instruite dans la religion et dans les secrets païens, littéralement « ravie ». Lorsqu'elle atteignit sa seizième année, on maria la jeune orpheline au fils du nouveau propriétaire de la maison qu'elle n'aimait pas. Elle perdit d'un seul coup son maître, le *fe'ih*, et le souvenir de son père. Elle passait ses jours à pleurer et ses nuits à penser. Pour la consoler le *fe'ih*, qui apparaissait immanquablement toutes les nuits de jeudi et aussi certaines nuits de lundi, lui offrit une « pierre de patience », cette pierre que l'on pose sous les travaux de broderie et qui permet d'oublier sa tristesse. Lorsqu'elle mit au monde pour la première fois, à peine remise des douleurs de l'accouchement, réapparut le *fe'ïh*, qui s'empara de l'enfant et disparut dans une fente du mur. Survint le mari qui réclama son fils. Ne pouvant évoquer sa liaison secrète avec le *fe'ïh*, elle n'osa raconter les circonstances de la disparition de son enfant. Elle prétendit que sa grossesse s'était interrompue. On s'étonna, discuta, argumenta et on oublia. Bientôt la vie reprit comme auparavant, le même ennui, la même tristesse. Un an plus tard, elle accoucha d'un nouveau garçon et voilà que le jour même de l'accouchement, le *fe'ïh* surgit d'une fente du mur, s'empara de l'enfant et disparut par le même chemin. Survint la belle-mère, folle de colère, qui reprocha à la jeune femme de lui dérober ses descendants. Cette fois, à l'issue d'un long conciliabule, on décida de la punir. On la boucla dans une remise obscure, là-haut sur la terrasse, là où les servantes montaient faire leur lessive, une chaîne au pied et les larmes pour compagnes. Sans rire : en me racontant cette histoire, ma mère ne faisait aucun lien avec celle de ma grand-mère. En ces temps, le monde était en ordre. Les récits des contes venaient rejoindre la vie des personnes… Sa belle-mère enleva le troisième enfant de Salwa, sitôt sorti des entrailles, et l'éleva elle-même, au loin. Cet enfant grandit animé d'une seule idée : rétablir sa mère à la tête de la maison. Devenu adulte, il revint. On essaya de lui barrer le passage. Il brandit son épée en s'écriant : *el beit beit abouna oué nass yetrodouna ?* « Cette maison est la maison de mon père et ces gens voudraient m'en chasser ? » Phrase clé, philosophie de ma mère qui refusait les velléités matrimoniales de son père ; phrase qui me revient souvent à l'esprit lorsqu'il me vient l'idée de partir en Égypte un jour, revoir la maison de mon enfance. Je ne suis jamais retourné en Égypte.

Enfants, lorsque nous attrapions une grippe ou même un simple coup de soleil, ma mère nous administrait les drogues du pharmacien et ma grand-mère la magie, si bien que nul ne pouvait décider quelle médecine avait agi. Lorsqu'un bébé pleurait, ma grand-mère décidait de le masser. *'Han issou*, disait-elle d'un air savant, « je vais le mesurer ». Alors, elle l'installait sur ses genoux, les fesses en l'air. Et elle ramenait une jambe vers un bras, en diagonale, la droite avec le gauche ; la gauche avec le droit. Elle comparait, faisait la moue, recommençait et finissait toujours par conclure : *ma'woug*, « il est tordu ». Sourire entendu des autres vieilles, de Sarina, la tante de ma mère ou de Rachel, sa cousine, qui hochaient la tête. *'Han e'delou*, « je vais le redresser ». « Donne-moi de l'huile de sésame », ordonnait-elle à ma mère, qui s'exécutait avec une grimace. Elle lui apportait un peu d'huile dans une soucoupe et ma grand-mère massait vigoureusement l'enfant. Au bout d'une bonne demi-heure, elle le mesurait à nouveau, ramenant la jambe droite sur le bras gauche et la gauche sur le droit.

Et'adal el oualad, « il s'est remis d'aplomb, l'enfant ». « Regarde, ajoutait-elle, ils sont maintenant de la même longueur, ça tombe pile. » Après un tel traitement, le bébé s'endormait et ma grand-mère s'éloignait, fière, avec un brin de mépris pour ces modernes qui ne savaient plus s'occuper de leurs enfants.

Mon père, c'était Tyrone Power… de l'allure, une élégance naturelle, une beauté un peu sauvage, des yeux étrangement clairs, couleur de miel, qui devinrent presque transparents avec l'âge. J'étais fasciné par les yeux de mon père, depuis qu'une vieille de la famille, une grand-mère, une grand-tante, avait lancé l'expression : « Crois-tu que je le ferais pour les beaux yeux de ton père ? » Je l'avais prise au mot. Il marchait en agitant amplement les bras, le journal plié dans la main droite. Il se moquait de tout et de tout le monde. Pour lui, rien n'était banal, rien n'était sérieux, tout prêtait à moquerie. Je n'ai jamais su ce qui intéressait réellement mon père. Au-delà des plaisanteries, des banalités de circonstance, je ne saurais dire ce qui occupait son esprit. La famille l'ennuyait, il n'entendait rien à l'argent, les enfants étaient l'affaire des femmes, la politique ne valait pas un regard. Il n'existait que par-devers lui. Au fond, il était d'un autre monde ; il a toujours été d'un autre monde. Mais il était garant de l'essentiel.

Nanterre 1983

Le 1er octobre 1983, dans une grande salle sinistre de l'université de Nanterre, je soutenais mon doctorat d'État intitulé « Apports de l'ethnopsychiatrie à la théorie et à la pratique de la clinique psychanalytique ». Au jury, des psychanalystes et des psychiatres de renom, Didier Anzieu, Serge Lebovici, Colette Chiland, Claude Veil, et le spirituel Louis Vincent Thomas. La soutenance, à l'ancienne, méticuleuse, argumentée, disséquant le texte à la virgule, s'engageant dans les grands débats théoriques, dura cinq heures et demie. Une annonce avait paru dans Le Monde *– à l'époque, le journal annonçait les soutenances des thèses d'État –, du coup la salle était comble, cent cinquante, deux cents personnes, des collègues, des amis, des étudiants, des curieux. J'étais mort de trouille. Je ne savais pas alors qu'il suffisait de se taire. Une soutenance de thèse est le contraire de ce qu'elle prétend. Ce n'est certainement pas le jugement des connaissances du candidat. La soutenance de thèse est dédiée à la seule parole des professeurs, comme s'il fallait signifier au futur initié que, pour la dernière fois, il allait admettre que seuls ses maîtres savaient. Au bout de trois heures, sorte de mi-temps ; nous errons dans les couloirs à la recherche des toilettes. Improbable rencontre, celle de Serge Lebovici, président de la Société internationale de psychanalyse, conseiller des princes, l'homme qui restructurait alors les études de psychiatrie en France et mon père, petit immigré à l'accent qui traînait la rocaille d'Égypte. Il l'apostropha en prononçant son nom à l'italienne : « Vous êtes Lebovitchi ? » Serge Lebovici* *leva un sourcil, étonné. Et il ajouta : « Je suis son père »... J'assistais silencieux à la scène, les yeux écarquillés, comme lorsqu'on sait que le sens n'en sera pas immédiat. Deux mondes s'entrechoquaient, se malentendaient. Lebovici répondit : « Vous pouvez en être fier » et devant l'air perplexe de mon père, il ajouta : « De votre fils, je veux dire... vous pouvez en être fier. » Lebovici lui avait attribué d'emblée une psychologie de petit-bourgeois banal, celle d'un père voulant bénéficier de sa part de gloriole. Si Soussou Hantoussou (l'un des surnoms de mon père que l'on pourrait traduire par « Soussou le blagueur ») avait éprouvé de la fierté, ce dont je doute, ce ne pouvait être du doctorat de son fils. Il avait simplement voulu signifier au Juif savant qu'était à l'évidence Lebovici qu'il était le père de l'impétrant. Sans doute considérait-il que c'était là son devoir, comme lorsqu'un garçon, lors de sa bar-mitzva, de son initiation religieuse, « monte à la Torah », se saisissant pour la première fois des textes sacrés. Il est impossible qu'à cette occasion on ne prononce pas le nom de son père. Quelque chose d'évident, une sorte de pulsion viscérale, l'avait poussé à réagir, à rappeler les règles antiques. Quel était donc ce monde où l'initiation d'un jeune homme devant la communauté réunie se déroulait sans mentionner le nom de son père ? Un monde de singes ou de chiens ?*

*

* *

Mon père avait la connaissance sereine – non pas l'érudition ! –, cette connaissance qui va de soi, comme ses prières qu'il connaissait par cœur sans en connaître le sens, et qu'il lisait pourtant, parcourant les mêmes pages, jour après jour, jusqu'à sa mort, à l'âge de quatre-vingt-treize ans. J'ai conservé son livre de prière. Toutes les pages en sont détachées, qui ont été tournées, manipulées des milliers de fois. Mais un homme ainsi fabriqué, sans aucune forfanterie, assuré de sa nature profonde, est traversé par des énoncés qui le dépassent. J'en conserve quelques-uns, comme des lettres non ouvertes, attendant le jour où leur sens s'épandra. Dans ma maison de Montmorency, après la mort de ma mère, un soir de Pessah, durant la lecture de ce texte extraordinaire qu'est la Haggadah, fait d'extraits de Bible et de Talmud, il était assis le regard dans le vide. Mes deux enfants étaient là aussi ; j'avais invité des amis. Nous étions une vingtaine autour de la table pour fêter une nouvelle fois « la sortie d'Égypte ». Il devait avoir quatre-vingt-onze ou quatre-vingt-douze ans. Le texte, lu chaque année depuis son enfance, surgissait fluide de sa mémoire. Il suffisait de prononcer le premier mot et ça repartait… Conscient que je vivais l'une des dernières soirées de Pessah en sa présence, je me tenais tout contre lui, ne perdant pas une occasion de le toucher, de lui caresser les mains. À un moment, il se retourna vers moi pour me dire : « L'essentiel, c'est d'être ensemble… » Ce n'était pas une phrase banale. Mon père ne parlait pas si souvent pour énoncer une banalité. Il fallait la décoder ; charge à celui qui l'entendait d'en restituer le contexte. Voici la phrase telle que je l'ai reconstituée : « Tu peux partir à la découverte du monde, des choses, des êtres et des hommes, mais tu ne peux quitter ton peuple. L'essentiel, c'est d'être ensemble. » Elle me rappelle un dicton africain que j'ai entendu au Mali, au Bénin… « Regarde l'oiseau voler. Tu le vois aller et venir. Tu penses qu'il peut se déplacer à sa guise. Mais regarde-le bien, il viendra toujours se poser sur la même branche. »

Mon père, c'était Johnny Weissmuller. Il entrait dans l'eau comme une torpille et traversait la piscine en un éclair sans déranger l'ordre des éléments. Je ne saurai jamais nager comme lui. L'été le rendait joyeux. Des photos du Tarzan en costume de bain du début du siècle, des poses en athlète des plages, à Ras el-Bar, à Alexandrie, où il nous déposait pour l'été et courait au Caire vivre sa vraie vie. Je sais que là-bas, il pouvait à nouveau retrouver ses amis, jouer aux cartes… J'imagine qu'il s'en allait retrouver des filles aussi, ses amantes. Je sais qu'il en avait beaucoup. Mademoiselle Léonie, par exemple, qui travailla un temps à la fabrique… Comme moi, mon père aimait explorer le monde, même si c'était le plus souvent sous des draps.

La « fabrique », c'était la parfumerie Nessler que mon père avait reprise et gérait avec un associé. Lui qui n'avait aucun diplôme supérieur, seulement une sorte de passion des chiffres quasi autistique lui permettant de calculer de tête des multiplications infinies, s'était lancé dans la fabrication des parfums. Le Soudan, terre des senteurs, était son principal client. Il mélangeait lui même les essences dans d'énormes dames-jeannes. Notait-il les formules de ses créations ? Je sais seulement qu'il lui était difficile de retrouver les parfums dont il avait popularisé le nom. On parlait encore dans les années 2000 de *Bett el-Soudan*, « la fille du Soudan », l'une de ses plus célèbres créations. Je l'évoquais avec un haut fonctionnaire international soudanais rencontré à Bujumbura en 2004. Il se souvenait de l'étiquette d'une sensualité désormais interdite au Soudan ; de l'insistance magique de l'empreinte qu'il laissait sur le corps des femmes. Pour lui, c'était resté l'odeur de la volupté.

Les parfums sont des esprits. Bien plus tard, j'ai écrit un texte sur l'utilisation des parfums par les maîtres des *zars* au Soudan, en Éthiopie. Chaque *zar* a une odeur, *est* une odeur. Avec les esprits, il est difficile de distinguer l'être de l'avoir. Le principal problème d'un maître des *zars* est d'identifier l'esprit – non pour le fixer dans son signifiant, comme on l'a parfois naïvement prétendu, mais pour trouver le moyen de le contraindre. Et l'on identifie l'esprit par une procédure et non par une acte de connaissance, en mélangeant les essences jusqu'à déclencher la présence. Lorsque le spécialiste a finalement trouvé la senteur, lorsqu'il a réussi à la mélanger au sang de l'animal de sacrifice, lorsqu'il est parvenu à faire absorber le mélange à l'humain désigné, c'est alors qu'apparaît l'esprit, le *zar*. Mon père a-t-il jamais eu conscience que son travail quotidien, auquel il prenait un véritable plaisir, était très précisément ce qui aurait pu un jour délivrer sa mère de son *'afrit*, de son diable, libérer sa cheville de son *kholkhal* de cuivre ? Je ne sais pas. Il n'était pas possible d'évoquer avec lui de telles questions avec sérieux.

En Égypte, mon père, qui ne savait ni le monde dans lequel il vivait ni s'il en existait un autre ailleurs, avait commencé à gagner de l'argent avec sa fabrique de parfums. De l'avis de ma mère, c'était bien contre son gré, lui qui avait une propension à le distribuer aussitôt entré dans ses poches, à ses parents en premier lieu, ses amis aussi, bien sûr, ses amantes, à ce que l'on racontait et à toute personne qui le lui demandait. Deux de ses frères qui n'avaient pas trouvé d'emploi émargeaient aux comptes de la fabrique, et bien d'autres, sans doute. Mais de l'argent, il en restait malgré tout pour la maison. Il avait acheté une Morris de 1948, vert anglais, aux garde-boue noirs, sièges en cuir vert. Je reste amoureux de ce volant à trois branches de lames de métal, avec en son centre un avertisseur rond de bakélite noire cerclée d'argent. Aujourd'hui encore, un tel volant dans une ambiance de cuir usé et j'éprouve une sensation de bonheur. On peut encore en trouver au tableau de bord de certaines Austin Healey réhabilitées. La Morris 48 était sa voiture. Pour ma mère, il avait trouvé une occasion, moins pimpante, mais tout de même avec une certaine tenue, une Hillman de 46, bleu nuit, dont il avait fait tapisser les sièges en cuir bleu. Mais la plus belle à mes yeux était la gigantesque Ford Mercury 49 grise, voiture de service de la fabrique, qu'il empruntait quelquefois pour nos longs voyages d'été – Le Caire-Alexandrie, par la route du désert, deux cents kilomètres qui nous prenaient une journée. J'adorais les voitures ; j'adore toujours les voitures ! Un jour mon père me fit une confidence : « Nous ne serons plus jamais pauvres. J'ai réussi à mettre de l'argent de côté : 5 000 livres. » C'était une véritable fortune… J'avais huit ans. Peut-être aurait-il mieux fait de se taire. L'année suivante, nous nous retrouvions pauvres comme jamais auparavant, expulsés, émigrés en terre inconnue, sans travail, sans famille, sans perspective, des riens jetés au gré des éléments. De là, une sorte de règle implicite qui guide ma vie silencieusement, de ne jamais défier les dieux.

J'ai été un enfant riche, puis un enfant pauvre, puis un adolescent ni riche ni pauvre, si bien que l'argent, je sais qu'il va et vient. Prolétaire de toujours, je n'en ai jamais vraiment gagné, seulement assez pour régénérer ma force de travail de mois en mois.

Au temps de ma prise de conscience politique, j'ai adressé des reproches à mon père, le soir attablés autour d'un tilleul. « Mais enfin, tu devais bien lire les journaux, écouter les informations à la radio… tes amis devaient en parler, non ? La révolution égyptienne a bien duré trois ans… Comment as-tu pu te laisser surprendre ? Comment as-tu fait pour te laisser déposséder ? Pourquoi n'étais-tu pas déjà parti, déjà ailleurs ? » Levant les yeux au ciel, il m'a répondu : « En ce temps, j'étais idiot… » À question absurde, réponse absurde ! Il n'était évidemment pas idiot ; il vivait ailleurs, dans ce monde où les hommes ne décident pas de leur destin ; où ce qui leur arrive n'est pas de leur ressort mais constitue un message venu d'ailleurs, un texte sibyllin qu'il leur faut décoder. Les événements surviennent par la décision de forces extérieures ; les événements sont une occasion pour identifier les forces, pour révéler leurs intentions. Les événements du monde ne sont pas du ressort des hommes.

Octobre 1956, on pourchassait à nouveau le Juif dans les rues du Caire, comme en 48 et en 49. Notre bonne, Ouahiba, rentrait des courses la tête pleine de mots d'ordre révolutionnaires. Les Russes étaient dans les rues, les Chinois aussi et, disait-on, des Allemands, des nazis, réfugiés là depuis la fin de la guerre. J'étais un enfant, mais je me souviens parfaitement de ces angoisses quotidiennes sur fond d'apocalypse. J'écoutais la radio qui émettait en arabe classique. Je ne comprenais qu'un mot sur deux, mais je savais qu'il fallait savoir ; je cherchais à entendre ce qu'il y avait à entendre. Nous vivions un moment hors du commun. Pourtant, nous connaissions l'histoire, par avance. C'était la même que nous racontions depuis toujours. La phrase en était consignée dans le texte biblique : « Il se leva un nouveau pharaon en Égypte, qui n'avait pas connu Joseph »… Joseph, c'était mon père, le pharaon s'appelait Nasser. En 56, les Juifs ont été emprisonnés, humiliés, poursuivis, quelques-uns assassinés et tous spoliés. Le nouveau pharaon, nationaliste et socialiste, plaça un séquestre dans chaque usine juive, dans chaque commerce juif, dans chaque échoppe juive, dans chaque appartement juif. Le nôtre était un militaire, un capitaine, je crois. Il entra dans la fabrique, s'approcha de mon père, sortit son revolver qu'il posa sur le bureau et lui demanda d'ouvrir le coffre. Mon père s'exécuta. Le coffre était vide. L'associé avait filé au Soudan avec toutes les liquidités. Le militaire égyptien n'en crut pas ses yeux. Certain qu'on lui dissimulait la vérité, il s'installa dans la fabrique à demeure, attendant que l'argent revienne. Il l'attend toujours, peut-être… Trois mois plus tard, nous embarquions à Alexandrie à destination de l'Italie. Sur nos passeports un tampon : « départ sans retour ».

Nous autres, Juifs d'Égypte, petite communauté de soixante-dix mille âmes à la présence millénaire, serons chassés jusqu'au dernier. Il n'en reste plus un seul aujourd'hui ! J'exagère peut-être un peu. Il reste quelques vieilles femmes, croupissant dans des asiles de vieillards, une vingtaine, peut-être…

Tel-Aviv 2006

En 2006 à Tel-Aviv, conversation avec le chargé d'affaires de l'ambassade d'Égypte. Étonné de mon arabe, il me questionne :

— Vous parlez parfaitement l'arabe de chez nous. Vous avez vécu en Égypte ?

— Je suis égyptien. Je suis même un très vieil Égyptien.

— Vous ne pouvez pas être égyptien, me répond le diplomate. Il n'y a jamais eu de Juifs en Égypte.

Cet homme jeune, une petite quarantaine, instruit, parlant un anglais raffiné, parfaitement amical par ailleurs, ne pouvait imaginer un seul instant qu'une communauté juive avait séjourné en Égypte. Nous avons été les premières victimes de ce que l'on n'appelait pas encore un « nettoyage ethnique ». L'Égypte de mon enfance était multiple : musulmans, bien sûr, une petite majorité, Coptes, une grosse minorité, et tous les autres, Juifs, Grecs, Arméniens, Turcs… Aujourd'hui, le pays est presque totalement constitué de musulmans. Par quel miracle ? Par quelle volonté politique ? Ou plutôt quelle est la volonté obscure à laquelle les politiques ont été contraints de se soumettre ?

*

* *

Mon père ne m'a jamais énoncé la loi – quelque loi ! Il n'était pas la loi. Il assumait avec bonheur sa non-participation à la loi. Il priait Dieu non par devoir mais parce que Dieu était là, auprès de lui. Deux fois par jour, durant une vingtaine de minutes, il lui susurrait en hébreu des mots qu'il comprenait à peine, sur lesquels il ne réfléchissait jamais, des mots qui lui étaient une musique du cœur. Deux fois par jour, immanquablement, au lever et au coucher, encadrant ces moments de nuit, féconds et dangereux, il se tenait debout – le matin revêtu de son châle de prière, avec ses phylactères sur le bras et le front, et le soir avec ce même livre de prière usé, jauni. C'était son seul message. Aucun prosélytisme, aucune injonction. Mon père ne m'a jamais reproché de ne pas prier – encore moins à mon frère. Il ne nous a jamais expliqué la prière, ni sa nécessité. Il ne s'est justifié ni glorifié. Il nous démontrait seulement, par ses deux rendez-vous quotidiens, en toute humilité, retiré dans un coin de la maison, son amour personnel de Dieu. Il ne le partageait ni ne s'en vantait. Il ne s'en plaignait ni ne s'en réjouissait. Ce n'était ni une obligation ni une fierté. C'était comme l'air qu'il respirait. Hors ces deux moments où il était impossible de le déranger, où il ne répondait à aucune sollicitation, même les plus insistantes, il était joyeux, toujours prêt à s'amuser de ceci ou de celui-ci. Ce n'était pas un homme religieux, ce n'était pas un croyant au sens courant du mot. Les sages nous disent que nous devons adopter deux attitudes vis-à-vis de Dieu : le craindre et l'aimer. Mon père l'aimait seulement. Je suis comme lui. Du coup, ses deux garçons n'ont jamais prié. Mon frère, me semble-t-il, ne s'est jamais intéressé à la prière. Quant à moi, la prière m'est restée une énigme. J'ai seulement appris de mon père que l'on ne peut prier contraint, que Dieu est seulement une présence et la prière, quelquefois, la chance d'une visite.

Je ne sais d'où venait à mon père cette intelligence des choses et des êtres. Il savait que l'on transmet aux enfants pour la vie, non pour les cinq ou les dix années à venir ! Leur expliquer les amène nécessairement à discuter, à s'opposer, peut-être. Il ne nous a jamais expliqué la prière, peut-être pour nous interdire d'en discuter. Il est des choses – peu de choses, il est vrai – qu'on ne discute pas.

Grandi à l'air du temps, dans la rue, pour ainsi dire, il avait fait peu d'études. Sorti de la *'hara*, du ghetto juif du Caire, il s'était hissé, par la seule force de son intelligence du monde, jusqu'à une position de petit-bourgeois aisé. En 1956, il était âgé de quarante-quatre ans. C'était un bel homme, élégant, sportif, qui avait de l'allure. On lui attribuait succès avec les femmes et réussite en affaires. Il était un guide et un soutien pour sa famille, apprécié de ses amis égyptiens pour sa gentillesse et sa bonne humeur. Du jour au lendemain, il s'était retrouvé jeté sur le port de Naples, immigrant fauché, avec une femme angoissée et deux enfants à nourrir, sans diplômes, sans véritable métier, sans références, sans connaissances. Il n'a pas pleuré, n'a accusé ni Dieu ni les hommes. Il s'est reconstruit une vie, petit à petit, jour après jour. Lorsque je pense à lui, une tristesse m'envahit inexorablement. Il n'a jamais retrouvé les splendeurs de l'Égypte – ce temps passé là-bas resterait à jamais son paradis perdu. J'ai souvent rencontré des vieux. Plus approche l'heure du départ et plus ils se blottissent contre leur passé. Ce ne fut jamais le cas de mon père. Les dernières années de sa vie, j'essayais de lui parler en arabe, sa langue maternelle, en vérité. Il me répondait toujours en français. Il répugnait à regarder en arrière.

J'imagine sans cesse que ce qui lui est arrivé pourrait m'arriver à mon tour. J'avoue y penser chaque jour de ma vie. Je me vois chassé, contraint à tout reconstruire dans un nouveau pays, à changer de langue, de métier… Je crois même que c'est le sens de ce rêve récurrent de chute que je fais régulièrement, plusieurs fois chaque année. Et je repense à mon père la gorge serrée. Comment a-t-il fait pour ne pas sombrer ? Comment a-t-il fait pour tenir droit face aux événements, au point qu'à la fin de sa vie, il en était devenu raide. Je crois avoir deviné son secret : les petites jouissances. Même aux pires moments, il savait s'éclipser, retrouver sa bande d'Égyptiens exilés dans l'arrière-salle du *Monte-Carle*, un petit bistrot de la rue Cadet, et taper le carton entre cinq et sept.

Mon père, c'était Humphrey Bogart ! Il ne pensait comme personne d'autre – d'ailleurs, nul ne savait ce qu'il pensait. Il faisait ce qu'il convenait de faire, avec facilité, comme en se jouant. Mais il laissait l'impression que la vraie vie se trouvait ailleurs, bien au-delà des apparences. Mon père n'a jamais été comme les autres. Certains étaient sionistes – déjà ! Son beau-frère, Chababo, le mari de sa sœur Adèle, avait décidé de rejoindre Israël avec ses cinq garçons, dès la création de l'État, en 1949. Pour mon père, le sionisme était une évidence – pourquoi s'en prévaloir ? Il aimait les Israéliens comme il aimait sa famille, voilà tout ! Il ne parlait pas l'hébreu, sauf avec son Dieu – et c'était un hébreu prononcé à l'arabe, sans doute très proche de celui qu'on avait dû parler dans l'Antiquité, qui laissait rugir les consonnes et pleurer les gutturales. Il parlait et écrivait l'arabe comme un lettré. Il connaissait les dieux des autres, aussi. Il était capable de réciter par cœur des sourates du Coran ou un Notre Père en français, sans une seule faute. Il en riait. Il avait attrapé ça à coups de règle chez les frères de Lassalle. D'autres étaient nationalistes ou communistes. Ces adhésions le rendaient moqueur. Il les considérait comme des sortes d'addictions, comme le haschich ou l'alcool. Il contemplait de loin, comme s'il les plaignait, ces *'haschachins*, ces « toxicos », épaves répandus sur les trottoirs du vieux Caire. Il y avait aussi des dévots, vêtus d'habits noirs, la tête couverte de chapeaux à large bord, qui passaient comme des ombres en rasant les murs. Il ne crachait pas derrière leur dos comme certains ; il se détournait seulement. Il considérait que cette religiosité exacerbée ne convenait pas à la chaleur brûlante du Caire. Et puis c'étaient des ashkénazes, pour la plupart, des *schlekht*, des étrangers, pour ainsi dire, qui n'avaient pas saisi les subtilités de cette religion si particulière des Juifs du Caire, l'amour de Dieu, bien tempéré – un amour qui ne saurait corrompre l'harmonie du quotidien. Et puis, on ne pouvait être juif sans cette part de moquerie, de dérision de soi. Les dévots n'en avaient pas ; ils semblaient avoir clôturé leur regard.

Mon père n'a jamais fait le voyage d'Israël. Cela me paraît aujourd'hui incroyable pour un Juif croyant qui a vécu dans la seconde moitié du XXe siècle ! Il a quitté l'Égypte en février 1957, a vécu plus d'une année à

Rome avant de rejoindre Paris où il a séjourné jusqu'à sa mort. Pourquoi mes parents n'ont-ils pas choisi Israël en quittant l'Égypte ? Pour ma mère, nourrie de littérature classique, passionnée de Hugo, de Musset, de Barbey d'Aurevilly, la France était un rêve de jeunesse. Puisqu'il fallait partir, alors c'était pour davantage, pour apprendre d'autres choses, apprendre encore… Il fallait corriger le malheur par un coup de dés. Peut-être était-ce pour le mieux ? La France ? Celle de Monsieur Moline, son professeur de français au lycée, celle des universités et des châteaux de la Loire. Contre toute attente, mon père ne s'y était pas opposé. Là-bas, en Israël, il aurait retrouvé ses frères, ses sœurs, ses cousins. Il n'avait sans doute aucune envie d'assumer encore son rôle de soutien de famille. Tant qu'à consentir à la rupture, il l'avait voulue radicale. Car, pour les Juifs d'Égypte, émigrer en Israël, ce n'était pas vraiment une émigration, à peine plus qu'un déménagement. En Égypte, avant le grand départ, ils discutaient : Tel-Aviv, en bord de mer, avec sa longue plage et sa corniche, c'était Alexandrie, et Haïfa ? Peut-être Haïfa ressemblait-elle davantage au Caire ? Et puis ma mère détestait la chaleur. Lorsque débutait la canicule, dans les premiers jours du mois de mai, elle s'étendait quasi nue sur le carrelage de la cuisine. « J'étouffe », gémissait-elle… En France, il ne faisait pas aussi chaud. Dans ses livres de géographie, il était écrit « La France est un pays tempéré ». « Tempéré »… un mot que j'ai eu tellement de mal à comprendre, tout comme « mesuré », « raisonnable »… Nous avons renoncé à Israël parce que ma mère avait trop chaud l'été ; pour Victor Hugo et le pays tempéré. Le premier hiver, à Paris, nous grelottions. Nous n'avions jamais imaginé que l'on pouvait avoir si froid. Et puis les années ont passé… Tous les ans revenait la fameuse question : partirons-nous en Israël pour l'été ? Mais il fait si chaud là-bas. Et l'hiver, on n'a pas envie de bouger. Et le printemps ? Il n'y a pas de vacances… En vérité, quelque chose s'était rompu. Ni l'un ni l'autre ne savait, sans doute, quelle attitude adopter avec les cousins autrefois si proches, aujourd'hui si lointains. Des années ont encore passé. Les Israéliens sont venus, eux, malgré les difficultés économiques. Mon cousin Yossi est venu, le neveu de mon père, l'aîné de sa sœur Adèle. Yossi, diminutif de Yossef, qui portait le nom de mon père, en son hommage. Il avait peut-être vingt-huit ans, déjà lieutenant-colonel dans l'armée israélienne. Il apportait les images, les récits, les humeurs de la tante Adèle, sa mère. La cousine Édith est venue, l'alter ego de ma mère, et même sa mère, que l'on appelait Mama Nina, la vieille tante de ma mère. Albert Heifetz est venu, ingénieur dans l'aéronautique israélienne, il a fait un long stage en France chez Sud-Aviation. Ils sont presque tous venus à Paris. À chaque fois, c'était promesse d'une visite en retour. Elle n'eut jamais lieu. Mes parents n'ont jamais fait le voyage. Pour quelle raison n'ont-ils jamais atteint la terre promise ? Dans les premiers temps, il n'était pas encore temps ; plus tard, ils n'en avaient pas envie, après, dans leur vieillesse, il était trop tard… Mon père, cet intime de Dieu, n'y mit jamais les pieds. Sorti d'Égypte, il erra quarante ans dans le désert parisien… Quarante ans ? Je compte : 1956-1996… Puis le temps s'est arrêté. Quarante ans durant lesquels il a regardé la terre de loin. Moi-même, je n'y ai consenti que dans ma cinquantième année. Il est là un mystère sur lequel je n'ai pas fini de me pencher.

Dieu a recommandé aux Juifs de toujours choisir la vie contre la mort. Mon père avait choisi la vie, par un acte de volonté personnel. Il a vécu quatre-vingt-treize ans de sa seule décision. J'avais l'impression qu'il pouvait vivre encore, éternellement… L'âge n'avait aucune prise sur son esprit, seulement sur la clarté de son regard qui devenait plus translucide avec le temps. Il s'est éteint tranquillement à Paris, sans faire d'histoires, sans souffrir, sans alerter personne, un shabbat, comme il sied à un homme proche de Dieu. J'aime à penser qu'il est parti comme les patriarches, simplement parce qu'une nuit, il s'est trouvé rassasié de jours.

Le temps l'a entamé une fois, en 1996, justement, à la mort de sa sœur Adèle qui vivait en Israël et qu'il n'avait plus revue depuis 1949. La mort de la tante Adèle le laissait seul survivant de sa fratrie. Il aimait cette sœur, si belle, qui ressemblait à s'y méprendre à un portrait du Fayoum ; elle était sa préférée. Amie intime de ma mère avant le mariage de mes parents, il s'est sans doute allié à elle en choisissant son épouse. Il est resté triste très longtemps, bien plus qu'il n'est nécessaire après un deuil. Puis il ne laissa plus rien paraître sinon que lorsque je lui demandais en quelle année nous nous trouvions, il répondait invariablement : 1996. 1996 ? En 2000, nous étions en 1996 ; en 2003, aussi, en 2005, l'année de sa mort, nous étions toujours en 1996. Le temps s'était interrompu en 1996, à cet instant qui l'avait injustement laissé seul au monde, lui qui était le second, presque l'aîné, qui aurait dû partir avant les autres…

J'aperçois souvent mon père dans la glace ; son visage apparaît derrière mes traits. Nous avions été familiers au plus profond, du tréfonds des gènes jusqu'à l'apparence, des paroles aux expériences… Nous étions si différents, pourtant. Il était aussi secret que je suis transparent, aussi sûr de lui que je suis hésitant. Arrivés en Italie, il ne parlait pas un mot d'italien. J'avais neuf ans. Inscrit à l'école du quartier, j'ai parlé la langue en quelques semaines. Ce passage en Italie, où il s'est figé une année durant dans l'espoir que le monde se rétablirait par miracle, est resté comme une parenthèse dans sa vie, un moment qu'il n'aimait pas évoquer. Quant à moi, j'ai aimé l'Italie, Rome, son école communale, détendue, joyeuse, ses fontaines et les jeux dans les ruelles de l'après-guerre. En Égypte, j'étais un enfant protégé, qui ne sortait jamais sans le chauffeur, la bonne, le domestique et la plupart du temps avec toute la famille. En Italie, un monde de liberté s'était soudain ouvert. Je jouais dans les rues avec les gamins. L'Italie avait du mal à se remettre du désordre. Dans les terrains vagues, nous trouvions encore d'immenses cratères creusés par les bombes. Nous allions fouiller les décharges publiques à la recherche des armes abandonnées par les soldats. Au sommet de la via Sorrate habitait Antonio, un garçonnet dodu et coléreux. Nous habitions au bas de la rue, un entresol au n° 4. Je passais devant sa maison et je criais : Antonio ! Il apparaissait à la fenêtre. *Cicione, Cicia-Bomba*... « Gros lard »... Et le voilà qui dévalait la ruelle à ma poursuite. En quelques mois, j'étais devenu un petit Italien turbulent, expert en italianité. Je servais de guide à mon père resté suspendu, pas encore parti d'Égypte, ne sachant s'il resterait là, qui regardait de l'autre côté de la mer une terre qu'il n'atteindrait jamais... Tel est si souvent le destin des enfants dans les familles migrantes, guides de leurs propres parents dont l'âme parasitée est hypnotisée par ce monde trop nouveau.

Déjà en Égypte, nous étions italiens. Je veux dire, de nationalité italienne, sans doute depuis deux ou trois générations. Les aïeux avaient acheté cette nationalité pour jouir des privilèges consentis aux étrangers par l'administration ottomane. On pouvait alors acheter une nationalité. Ce n'était certainement pas tout à fait honnête, mais c'était possible. Avant les guerres mondiales, les nationalités n'étaient pas encore auréolées de ce mysticisme sacré que leur conféreront le feu, le sang et les larmes. Les Français attribuaient la nationalité française à des minorités sélectionnées dans leurs colonies, les Britanniques faisaient de même pour s'infiltrer au cœur des communautés indigènes – diviser pour régner, en somme. Les Italiens, qui n'avaient pas les moyens de s'offrir des colonies, vendaient des nationalités à des individus. Ainsi les puissances européennes aux appétits impérialistes bénéficiaient-elles de la présence de ressortissants et pouvaient-elles, à peu de frais, étoffer leurs représentations dans ces contrées lointaines et prometteuses. L'hôtel de ville de Livourne ayant brûlé en 1873, l'état civil disparu dans l'incendie, les Juifs égyptiens, devenus du jour au lendemain italiens, se retrouvaient du coup originaires de Livourne. Cette origine n'était d'ailleurs pas dénuée d'une certaine logique, Livourne ayant abrité aux XVIe et XVIIe siècles une importante communauté juive. Du temps du grand-père de mon grand-père, les Juifs qui commençaient à avoir quelques moyens devenaient ainsi étrangers sur une terre que, pour beaucoup d'entre eux, ils n'avaient pas quittée depuis au moins un millénaire. Les petits privilèges dont ils bénéficiaient alors en tant que ressortissants étrangers, pour les contraventions, pour les petits tracas quotidiens, creusaient le lit des vexations à venir. Ainsi les puissances européennes fabriquaient-elles des « étrangers » sur place en adoptant des autochtones. Les Juifs, habitués à l'étrangeté, polyglottes par tradition, avaient foncé tête baissée à la poursuite du mirage. Embauchés par les banques, les grosses sociétés d'exploitation du canal ou les nouvelles entreprises créées autour de l'industrie du coton, ils s'extirpaient du ghetto, éblouis par les lumières d'Occident, offrant aux intérêts étrangers la possibilité de s'implanter dans une terre dont ils ignoraient tout. Concurremment, l'Égypte, terre originelle du christianisme d'Orient, basculait résolument vers une identité musulmane toujours plus affirmée. Bientôt, il ne serait plus possible d'être égyptien sans être aussi musulman. Nous provenions de là, de cette faille centenaire qui ne cessait de se creuser, fracturant la population d'Égypte en autant de communautés inconciliables. Aujourd'hui la plupart des Égyptiens ignorent qu'il existait autrefois dans leur pays des autochtones, des Égyptiens, qui étaient aussi juifs. Quant à mon père, il savait seulement que nous avions acheté notre nationalité. Il mesurait la singularité de cette identité à l'étonnement des fonctionnaires italiens qui ne pouvaient comprendre ces réfugiés italiens qui ne savaient pas l'italien et rien de l'Italie. Égyptiens sans l'avoir été administrativement, italiens sur de vrais-faux papiers, israéliens sans avoir jamais mis les pieds en Israël, nous devenions seulement ce que nous étions de toujours, juifs, juifs au naturel…

Mon père, c'était Marcello Mastroianni – la même mèche de cheveux récalcitrante qui résistait à toutes les brillantines, la même désinvolture dans la démarche… en arabe, on disait de lui : *bi hantache*… intraduisible ! On pourrait dire « qui avance dégingandé, sûr de sa présence au monde… heureux de sa vie et capable de tout ». Octobre 1956. Les parachutistes français investissent Port-Saïd. On parle de bombardements du Caire. Le soir, des veilleurs passent dans les rues exigeant l'extinction des feux. *Tafou l'nour ya ged'an !* « Éteignez vos lumières, jeunes gens ! » Dans la ville, une atmosphère insurrectionnelle ; il ne fait pas bon être juif en ces périodes troublées. Nous sommes inquiets, bien sûr ! Ma mère a alors l'idée d'une excursion au sud, dans une ville de Moyenne-Égypte, Minieh, à deux cent cinquante kilomètres de là. C'est la guerre ! Les Égyptiens se battent sur deux fronts. Au nord, contre les Européens, Français et Britanniques, qui débarquent, au sud contre les Israéliens qui investissent le Sinaï. En toute innocence, nous arrivons donc à Minieh, ville de garnison, avec nos allures d'Occidentaux et nos appareils photo en bandoulière. Nous sommes immédiatement repérés par les Moukhabarat, les services de renseignement, appréhendés, conduits au poste de police. Nous prétendons être des touristes, vouloir visiter la ville… Les policiers sont certains que nous sommes des espions cherchant à photographier les installations militaires. Mon père parlemente, explique… Nous sommes relâchés à condition de reprendre le premier train pour la capitale. Train de nuit. Les jeunes soldats rentrent du front, exténués. Avant le départ, un bataillon entier s'engouffre dans les wagons surchauffés, s'affalant sur le sol, jetant leurs fusils au travers de l'allée centrale. Ils viennent de subir une humiliante défaite contre les Israéliens. S'ils apprennent que nous sommes juifs, notre compte est bon. Mon père ordonne aux femmes de se taire. Je reste auprès de lui. Il m'interdit de prononcer un seul mot de français. Et je l'écoute expliquer des heures durant, en arabe, qu'il s'appelle Monsieur Georges, qu'il est copte et professeur d'université. Il annonce aux jeunes soldats que pour récompenser leur vaillance au combat, le gouvernement a décidé de leur octroyer le bénéfice de leur année, sans passer d'examen. Au bout d'une heure, le wagon entier est rassemblé autour de lui, l'écoutant expliquer ce qu'il n'a jamais étudié, la philosophie, le Coran, l'histoire, la politique… Il avait fait naître, par la magie de sa parole, une Égypte humaine, sensible à la souffrance de ses soldats, une Égypte de lumière qui n'existait pas. Mon père, c'était Marcello Mastroianni ! Le cinéma, ça le connaissait !

Je suis devenu universitaire alors que mon père n'a jamais fréquenté l'université. Le faux nom dont il s'est prévalu, « Monsieur Georges », sera le prénom de mon maître près de vingt ans plus tard – Georges Devereux. J'ai toujours pensé qu'il n'existait pas de mensonges, rien que des divinations !

7
Natacha et Louisa

Dans un texte incroyable, « Analyse terminée, analyse interminable », où il explique que, tout compte fait, la psychanalyse est inefficace, Freud écrit qu'il est trois métiers impossibles : gouverner, soigner et éduquer. J'en ai pratiqué deux. Je n'ai jamais gouverné, jamais pris part au pouvoir de quelque manière. Mais les deux autres métiers, celui de soigner et d'éduquer, je ne les ai pas trouvés impossibles, seulement très anxiogènes. Permettre la maturation d'un être, creuser les sillons qui l'irrigueront peut-être la vie durant, me paraît une responsabilité à la limite de l'insupportable. Je n'ai jamais pu endiguer cette inquiétude fondamentale : … et si je m'étais fourvoyé, et si j'avais embarqué l'innocent, l'élève, le patient, dans une impasse d'où il ne saurait plus jamais sortir… Qui suis-je pour imprimer aux êtres vivants une direction qu'ils n'auraient pas prise s'ils ne m'avaient croisé ? Cette angoisse, je l'ai rencontrée au détour d'une cure avec un patient ; dans la direction d'une thèse de doctorat, et même lorsque je délivrais un cours ou prononçais une conférence. Mais en 1972, avec les illusions de mon âge et de mon époque, j'aspirais de tout mon être à devenir psychanalyste et professeur. Mon entrée dans la vie active s'est présentée sous les meilleurs auspices, par hasard, comme il se doit. En ces temps, pour occuper un poste de psychologue, il suffisait d'être titulaire d'une maîtrise. Il y avait à peine six mois que j'avais obtenu la mienne et je m'étais inscrit en première année de doctorat sous la direction de Georges Devereux. Mon ami, Isaac, qui participait activement à nos séminaires sauvages de psychanalyse, avait terminé sa médecine et s'était engagé dans sa spécialisation. Il était alors interne en psychiatrie. Il m'informa qu'un poste de psychologue venait d'être créé dans le service où il travaillait. Pourquoi n'irais-je pas rencontrer le médecin-chef pour lui proposer ma candidature ?

Il s'appelait Georges Ostaptzeff. Il mesurait près de deux mètres (peut-être 1,96 ou 1,97 m). Il avait des yeux de Mongol, plissés derrière d'épais hublots de myope, une pipe perpétuelle plantée au coin des lèvres et l'air le plus nonchalant que j'aie jamais rencontré chez personne. Il devait bien peser cent vingt kilos, mais paraissait frêle tant il était grand. Il s'est machinalement courbé en franchissant la porte de son bureau. Je l'ai suivi en me prenant les pieds dans le tapis. Je n'avais pas vingt-quatre ans, la tête pleine de théories et piaffant d'impatience. Je brûlais de toucher à la matière. Il parlait peu, laissait filer une phrase de temps à autre, une phrase sibylline qui vous plongeait à chaque fois dans une insécurité perplexe. « Qu'avez-vous envie de faire dans mon service ? » me demanda-t-il presque aussitôt… Oh ! Attendez ! Ce que j'ai envie de faire ? Je ferai ce que vous me demanderez de faire, plutôt… n'est-ce pas ? Voilà ce que j'ai pensé… Mais je n'ai pas osé le dire. J'ai joué le jeu ; je lui ai répondu. J'ai livré le résultat d'années de réflexions. De la psychanalyse ! C'est ce que j'avais envie de faire. De la psychanalyse en dispensaire ; de la psychanalyse gratuite et destinée au tout-venant. Je ne me souviens plus des formules que j'ai employées, quelque chose comme « apporter la psychanalyse la plus avancée aux populations les plus défavorisées, aux habitants des quartiers populaires, aux malades démunis hospitalisés en psychiatrie ». Au fond, c'est à cela que j'ai consacré ma carrière, mais à l'époque, c'était seulement une idée. Il n'a pas bronché, pas souri, pas fait la moue, pas critiqué. J'ai poursuivi. J'ai expliqué que je préparais une thèse, que je m'intéressais aux pathologies des personnes venant de loin, d'un autre pays, d'une autre culture, d'un autre monde. Il me semblait que dans le quartier où était situé le dispensaire, il pouvait avoir besoin de mes compétences et de celles que j'étais en train d'acquérir en ethnopsychiatrie. L'entretien avait à peine duré une demi-heure.

— Bien ! conclut-il.

— Bien ?

Il se leva. Je demandai encore :

— Heu… Vous voulez dire…

— Pour moi, c'est bon ! Si vous arrivez à vous débrouiller avec la préfecture pour les papiers administratifs.

— Je commence quand ?

— Lundi prochain. Mais si vous le souhaitez, vous pouvez venir vendredi, pour rencontrer l'équipe.

Nous étions mercredi… Jusque-là, j'avais mené une vie d'étudiant. Je travaillais un peu, des petits boulots, juste assez pour me loger et me nourrir. Le reste du temps, je trouvais des occasions de penser. Je parlais, je discutais, j'écrivais, j'écoutais des cours et des conférences… Et voilà qu'en quelques minutes ma vie venait de basculer. À la réunion de service, Ostaptzeff a parlé d'un signalement qui venait d'arriver du commissariat de police. Un homme était enfermé avec sa mère dans une chambre sous les toits. Il était armé d'une carabine. Il menaçait de la tuer et de tirer sur toute personne qui tenterait de pénétrer chez lui. Le chef de service y alla d'abord de son petit couplet. « Nous sommes l'équipe de psychiatrie du secteur, n'est-ce pas ? Si nous ne savons pas intervenir en amont de l'hospitalisation, il ne faudra pas ensuite nous étonner que des grands malades débarquent dans notre service dans un état catastrophique… » Il nous regarda successivement avant de poursuivre : « Si vous préférez que Monsieur Vladimir nous arrive en "placement d'office"… si vous préférez passer un mois à traiter le traumatisme de l'intervention de la police, du passage à l'infirmerie spéciale… » Il nous regarda à nouveau.

— Qui se rend au domicile de Monsieur Vladimir ? insista encore Ostaptzeff.

Nous n'étions pas très nombreux. Il y avait le chef de service, deux internes, quatre infirmiers psychiatriques, l'assistante sociale et le dernier arrivé, le tout nouveau : moi. Tout le monde tenait la tête baissée.

— Je veux bien y aller ! finis-je par balbutier.

— Je t'accompagne, proposa immédiatement mon ami Isaac, qui participait à la réunion, en tant qu'interne.

Six étages sans ascenseur… Couloir sans lumière qui sentait la moisissure. Sur la porte, un nom russe. Isaac se tenait derrière moi. Nous n'en menions pas large. Que quelqu'un vienne nous consulter dans notre bureau, notre cabinet, nous y avions été préparés, mais arriver comme ça chez un inconnu pour proposer des soins psychiatriques… Je nous entendais penser : « Nous ne sommes pas des flics, tout de même ! » Nous appliquions la toute jeune politique de secteur ; nous nous sentions des sortes de pionniers. Mais nous n'avions pas imaginé un instant que cette idée nous conduirait là. Encore haletants d'avoir grimpé les six étages, nous nous regardions devant la porte, un peu ballots. Je frappai. Rien. Pas un bruit. Je frappai à nouveau. Nous avons attendu quelques minutes. La porte s'entrouvrit enfin. Un jeune homme, de petite taille, obèse, en caleçon et tricot de corps, passa une grosse tête hirsute.

— Qui êtes-vous ? Que voulez-vous ?

Nous lui expliquâmes que nous étions envoyés par le dispensaire de secteur (nous n'avons pas osé préciser « dispensaire d'hygiène mentale »)… Et nous nous nous sommes présentés, le Dr Isaac, psychiatre, et moi, psychologue.

— Vous avez une preuve ?

— Une preuve ?

— Quelque chose qui atteste votre identité, une carte professionnelle, je ne sais pas…

Nous nous sommes regardés. Non ! Nous n'avions rien de ce genre…

— Alors, je ne vous autoriserai pas à pénétrer chez moi…

Il avait raison, après tout. J'ai glissé un pied dans la porte. Nous avons parlementé… Nous avions entendu dire qu'il avait des problèmes. Peut-être pourrait-il nous en parler… Il finit par nous inviter à entrer. Une chambre minuscule, la peinture écaillée sur les murs ; par terre, un lino sans couleur se décollait aux quatre coins. Un poêle à charbon brûlait en plein milieu de la pièce. Il régnait une chaleur étouffante. Une vieille femme, aussi dépenaillée que le jeune homme, obèse comme lui, était étendue sur le seul lit ; sa mère. Une seule chaise ; il ne nous la proposa pas. Nous avons entamé la conversation, tous trois debout, la mère étendue sur son lit, ponctuant de mots en russe. Il nous expliqua. Il était âgé de vingt-cinq ans. Ses problèmes remontaient à quelques années alors qu'il était encore au lycée. Il fréquentait un groupe de néonazis, se rendait à leurs réunions, regardait des films de guerre avec eux. Rien de plus… Et puis, un jour, il a remarqué qu'on le suivait dans la rue. D'abord des hommes, puis des voitures, des DS noires. Il a fini par comprendre… Il s'était fait repérer par un commando de vengeurs juifs qui, depuis, ne le lâchaient plus. Sitôt qu'il mettait le nez dehors, ils étaient immédiatement après lui. Ils lui glissaient des mots sous la porte. Ils l'appelaient parfois de la rue. Il entendait : « Vladimir !… Vladimir !… » La mère attestait de la tête ; elle aussi entendait son nom appelé de la rue. La stratégie de ce commando était claire. Ils voulaient le pousser à bout, le rendre fou… Pour qu'il se suicide, ou quelque chose comme ça… « C'est un crime parfait, affirma-t-il en hochant la tête, ni vu ni connu. » Il répétait comme un leitmotiv : « Ni vu ni connu… Pas de coupable, ils ne seront pas inquiétés. Un fou s'est suicidé, voilà tout ! » C'est pourquoi il s'était armé. Il nous montra sa carabine, une 22 long rifle. Il la tenait le canon en avant, un doigt sur la détente. Elle était chargée. Il se sentait prêt. Plus que cela, il les attendait. Il voulait que ça se termine. Si cette histoire devait finir dans un bain de sang, il était finalement d'accord. Parfois, il les entendait parler « en juif » (il voulait sans doute dire « en yiddish ») derrière la porte. Parfois il les entendait marcher sur le toit. Ils arrivaient par là, aussi. Il nous désigna du doigt la petite lucarne sale, presque opaque… Nous devrions maintenant comprendre pourquoi il ne voulait pas nous ouvrir…

Nous parlions de ses problèmes ; c'est vrai qu'il en avait !

Nous contemplions la scène, éberlués. Je m'appelle Nathan ; le nom de mon ami Isaac, le psychiatre, sonne encore plus juif que le mien. Si Monsieur Vladimir se mettait à penser que nous faisions partie du commando de vengeurs juifs, l'espoir d'une relation de confiance s'échapperait aussitôt en fumée. Nous lui proposâmes de venir nous consulter, au dispensaire. Nous pourrions sans doute l'aider.

— Pourrez-vous convaincre la police de me protéger ?

— Venez nous voir, rue de Belfort, lui répondit Isaac, nous trouverons le moyen de vous aider…

— Vous avez compris de quel type d'aide j'ai besoin, insistait Monsieur Vladimir, de gardes du corps, d'intermédiaires aussi, qui iraient expliquer au commando que j'ai changé d'avis, que je ne suis plus néonazi…

J'ai souvent remarqué par la suite que ces patients gravement atteints qu'on appelait « psychotiques » ou « schizophrènes » mettaient en œuvre une prescience de ce qui allait leur arriver. Dans son délire, il avait aperçu et entendu des Juifs qui le poursuivaient… et, d'une certaine façon, c'est ce qui était en train de se produire. Deux Juifs avaient bien débarqué chez lui un jour sans crier gare… Notre médiation n'a finalement pas réussi. Il ne s'est pas rendu au dispensaire. Il a continué à entendre les voix qui l'appelaient et le menaçaient. Un jour, il a aperçu ses vengeurs sur le toit, essayant de pénétrer chez lui. Il a fini par tirer avec sa carabine sur les cheminées qui fumaient. Les voisins ont pris peur, appelé les secours. La police est arrivée, l'a maîtrisé, lui a passé la camisole et il est finalement arrivé à l'hôpital psychiatrique, entravé.

Quelques mois plus tard, durant une réunion de service. Discussion avec le médecin-chef au cours de l'hospitalisation de Vladimir.

— Il délire, c'est clair, dit mon ami Isaac ; et il est halluciné. Il entend toujours ces voix ; ce qui l'inquiète beaucoup. C'est peu dire ; il est littéralement terrorisé.

L'équipe médicale était perplexe. Le patient avait reçu un « traitement de cheval », de fortes doses de neuroleptiques, qui étaient restées sans effet. Les voix l'appelaient, toujours plus insistantes. Il répétait que sa dernière heure était arrivée. Il passait d'un état de prostration à une agitation frénétique.

— Une entrée dans la schizophrénie, commenta le plus sérieusement Isaac. Et compliquée du fait que la mère confirme le délire. C'est ce qu'on appelle une « folie à deux », n'est-ce pas ?

— Mais non, dit à voix basse le médecin-chef, le Dr Ostaptzeff, il est russe, voilà tout !

Isaac s'interrompit, interloqué.

— Russe ? demanda-t-il, sincèrement étonné.

— Oui, russe, poursuivit Ostaptzeff. Son délire n'est pas fou ; il est russe.

Isaac ne savait comment réagir aux remarques de son patron. Il resta silencieux.

— Il est normal qu'un Russe entende des voix, ajouta encore Ostaptzeff, même sans boire de vodka. Il arrive même qu'un Russe dialogue avec la lune, les nuages ou les étoiles.

Isaac haussa les épaules. Tout cela était à l'opposé de tout ce qu'il avait appris. Qu'est-ce que ces affaires de « Russes » venaient faire ici ?

Voilà ce qui fut ma première fois, mon premier jour au dispensaire, mon entrée dans le monde de la psychiatrie. J'avais du pain sur la planche… Si je voulais réaliser mes rêves de psychanalyse en dispensaire, il allait falloir créer des conditions appropriées. Ma rencontre avec le Dr Ostaptzeff a été une chance inouïe. Homme d'expérience, personnalité originale et profonde, il a été mon véritable initiateur en clinique. Il avait été formé une vingtaine d'années avant nous. Il avait connu les asiles psychiatriques d'après guerre, les fous avant les médicaments modernes, le grand enfermement, comme l'appelait Michel Foucault. Avant 68, les psychiatres des hôpitaux vivaient au sein de l'asile, avec les malades. La plus grande partie de leur temps, ils ne rencontraient que des malades et quelques soignants avec lesquels ils parlaient encore des malades et lorsqu'ils se rendaient à des séminaires ou des rencontres professionnelles, ils parlaient encore des malades. Ils les rencontraient dans le service, dans la cour, dans les jardins, le soir au dîner ou aux séances de ciné-club. Ils s'étaient frotté la peau des années durant avec la maladie mentale. Ostaptzeff était de ceux-là. La part spectaculaire de la maladie ne l'impressionnait guère. Il réagissait devant les délires, les sentiments de persécution, les crises de fureur ou d'angoisse, comme un chirurgien devant une appendicite, de manière tranquille, mesurée, en professionnel. Pour lui, la folie n'était ni un scandale ni une distorsion de l'ordre du monde. Je pourrais résumer sa conception de la psychiatrie en une phrase : « Les raisons de la maladie sont plus fortes que la Raison. » Il ne m'a jamais dissuadé, pourtant, n'a pas pris des airs condescendants devant mes illusions et mes rêves d'innovation. Je lui garde une reconnaissance infinie. Lorsque je l'ai mieux connu, alors que nous étions devenus complices dans bien des projets, alors que nous nous étions liés d'amitié – ce devait être trois ou quatre ans plus tard –, il m'a un jour confié qu'il était émigrant comme moi, qu'il avait vécu les mêmes premiers temps en France. Notre seule différence était géographique. Il venait de Russie, moi d'Égypte ; il avait grandi près du bidonville d'Asnières et moi à trois kilomètres de là, près de celui de Gennevilliers. J'ai marché dans toutes ses propositions, il a accepté toutes mes audaces. Il ne croyait pas aux vertus de la psychanalyse en un temps où tous les praticiens de la psychiatrie la brandissaient comme fétiche. Il avait une conception du soin plus sociale. Il considérait qu'un atelier, un accompagnement quotidien du malade dans les tâches matérielles ou triviales, telles que la cuisine ou le ménage, étaient bien plus efficaces que des séances de psychanalyse. Avec le recul, je pense aujourd'hui qu'il n'avait pas tort.

Certaines atteintes psychiatriques graves ne sont accessibles à aucun traitement connu, ni chimique ni psychothérapique. La tâche du psychiatre est dans ce cas de rééduquer le malade, de l'adapter à la singularité de son être. Et lorsque nous parlions ensemble de psychanalyse, il se moquait des théories. Il me laissait faire cependant. Je lui avais plusieurs fois posé la question. N'avait-il jamais songé à entreprendre lui-même une psychanalyse ? Il mordillait sa pipe en maugréant quelque chose comme : « Pour quoi faire ? » Un jour, pourtant, il disparut. Il ne vint pas travailler, ni le lendemain, ni de toute la semaine, ni la semaine suivante. Nous autres, ses collaborateurs, avions téléphoné, inquiets, à sa secrétaire, à l'hôpital. Personne ne l'avait vu. Il n'y avait pas mis les pieds, pas plus qu'au dispensaire. Il est ainsi resté absent deux semaines entières. Puis, il réapparut à la réunion du service du lundi, sans donner d'explication. Le soir, après le départ du dernier patient, sur les banquettes de la salle d'attente, là où nous avions l'habitude de nous détendre quelques minutes avant de repartir chez nous, je lui ai posé la question :

— Mais où étais-tu donc passé ?

— À la chasse au lion, répondit-il, l'air ailleurs.

— Allez… sans plaisanter… Où étais-tu ?

— À la chasse aux lions, répéta Ostaptzeff, au Kenya.

Il m'expliqua que las de m'entendre lui vanter les bienfaits de la psychanalyse, il avait mis de l'argent de côté pour en entreprendre une à son tour. Quand il s'était trouvé à la tête d'une somme conséquente, qui aurait dû lui suffire pour payer son traitement quatre, ou peut-être six mois, il trouva ridicule d'aller donner tout cet argent à un psy. C'est alors qu'il résolut de partir faire un safari, un vrai, avec la possibilité de chasser réellement les animaux sauvages. Il conclut avec un grand sourire :

— C'est fou ce que ça fait du bien... Pour moi, c'est bien supérieur à une psychanalyse.

Je ne saurais jamais s'il s'était véritablement payé cette chasse au lion, mais pour lui, c'était certain, la tête d'un lion valait mieux qu'une psychanalyse.

Lorsque j'ai pris mon poste, le lieu venait de changer de dénomination, depuis la réforme instituant la psychiatrie de secteur. Auparavant, il s'appelait « dispensaire d'hygiène sociale », un héritage de l'immédiat après-guerre, où la politique avait été de soigner gratuitement les « maladies à incidence sociale ». Et elles relevaient de trois grandes catégories : la tuberculose, les maladies sexuellement transmissibles, surtout la syphilis, et les maladies mentales. Ces trois types de maladie représentant un danger pour la communauté, soit du fait de leur contagiosité, soit du désordre qu'elles généraient, il fallait inciter les malades à se faire soigner. C'est pourquoi, le traitement étant quasiment obligatoire, il était aussi totalement gratuit. Pas de ticket modérateur, pas de papiers administratifs à remplir, le malade rencontrait son médecin de manière immédiate. Il faut dire que le dispositif s'était révélé efficace puisqu'à la fin des années 60, tuberculose et syphilis avaient été quasiment éradiquées. C'est pourquoi, signe des temps, les dispensaires avaient troqué « l'hygiène sociale » contre « l'hygiène mentale ». Si les équipes de psychiatrie avaient investi les lieux, si l'on avait changé la dénomination administrative, personne n'avait pris la responsabilité de changer la plaque qui surplombait l'entrée. J'ai bataillé aussi longtemps que j'ai travaillé là – près de dix ans – pour qu'on installe une plaque conforme aux activités qui s'y déroulaient, sans succès, je dois l'avouer. On rechignait à inscrire explicitement « hygiène mentale »... ça sentait trop la folie. Ce n'est qu'avec les années 80, qui ont tant aimé les euphémismes, qu'on a commencé à appeler ces lieux « CMP », n'osant même pas dire « centres médico-psychologiques ». J'étais déjà parti à l'université.

Au dispensaire, j'avais pris au sérieux la mise en œuvre de la nouvelle politique de secteur. Il fallait que l'équipe de psychiatrie s'insère dans son environnement, soit connue et acceptée pour qu'en cas de crise on fasse appel à elle, avant les pompiers, avant Police secours. Étant l'un des tout premiers « psychologues de secteur », j'ai mis en place des espaces de rencontre avec la population. Je dirigeais des groupes de discussion avec les malades et leurs familles pour préparer leur sortie de l'hôpital, je me rendais dans les immeubles où un malade avait été hospitalisé et rencontrais sa famille et ses voisins pour expliquer nos stratégies de traitement ; j'ai même organisé un ciné-club à la maison des jeunes, pour discuter des problèmes posés par la maladie mentale autour d'un film. J'y croyais ! Les liens commençaient à se tisser, l'équipe à être identifiée, les institutions à nous faire confiance. Un an après mon arrivée, j'allais pouvoir évaluer l'effet de tout ce travail dans une situation clinique réelle. La concierge de l'immeuble situé juste face au dispensaire a commencé à poser des problèmes psychiatriques. Ce fut d'abord sa famille qui se présenta pour nous demander de l'hospitaliser. J'ai expliqué aux parents que c'était précisément ce que nous souhaitions éviter. Ils étaient dubitatifs. Ce n'était pas sa première crise et, à chaque fois, elle s'était retrouvée internée à l'hôpital psychiatrique. Pourquoi perdre du temps ? Non ! Nous allions la prendre en charge chez elle. Les soignants iraient la visiter chaque jour et si le psychiatre jugeait qu'elle devait bénéficier d'un traitement chimique, les infirmiers le lui administreraient à domicile. Avec l'aide de chacun, nous allions lui éviter la violence d'une hospitalisation, la perte de repères et la désinsertion qui en résulteraient. Mais l'inquiétude commençait à enfler dans l'immeuble. J'ai reçu la fille de cette femme, puis son fils. J'ai ensuite reçu le propriétaire de l'immeuble et, un par un, presque tous les locataires. À chacun, j'expliquais que la crise serait passagère, que nous ferions tout notre possible pour la juguler au plus vite. Chaque jour, je passais près d'une heure chez la patiente, à discuter de sa vie, de ses soucis, de son délire… de son délire, surtout ! Mitterrand, qui était son amant, venait la visiter toutes les nuits. Certes, ils étaient un peu bruyants, mais que pouvait-on attendre d'un couple d'amoureux ? On lui reprochait de faire du bruit ?… du bruit, bien sûr qu'elle en faisait ! Mais c'étaient des bruits agréables, des cris de plaisir. Ce n'étaient pas comme le couple du troisième, deux pochtrons qui s'administraient des roustes sitôt qu'ils avaient picolé… Une fois, alors qu'il sortait de chez elle, des voisins avaient surpris son amant. Mitterrand avait voulu se cacher dans une poubelle. Dans sa hâte à se dissimuler, il avait fait un faux pas et toutes les poubelles avaient dégringolé. Les locataires le lui reprochaient, mais ce n'était rien que de la jalousie… La version des locataires était différente. Eux prétendaient qu'en pleine nuit elle partait uriner sur les ordures pour se venger d'eux. Ils l'avaient vue, perchée à califourchon sur une poubelle, comme une sorcière. Elle était touchante, cette grand-mère, dans sa robe de chambre molletonnée et ses charentaises qui avaient sillonné ces mêmes escaliers des milliers de fois durant des décennies. Elle avait deviné, au travers de sa folie, certains comportements que l'on reprocherait bien plus tard à celui qui serait élu président… On parlait alors partout de la candidature de François Mitterrand. Beaucoup le donnaient gagnant contre Giscard. Dans cette commune qui votait à droite depuis la Libération, les habitants de l'immeuble n'avaient peut-être pas apprécié les passions socialistes et nocturnes de la concierge. Allez ! Elle savait bien ce qu'on racontait… Oui, le psychiatre était venu la voir, mais ce n'était pas comme moi ! Il était seulement resté quelques minutes et lui avait prescrit ces gouttes terribles qui sentaient la mort. Elle n'était pas dupe : « à l'eau, péris et dors » (Halopéridol était le nom du neuroleptique que les infirmières passaient lui donner à boire, une trentaine de gouttes, trois fois par jour, dans un verre d'eau). Nous attendions l'amélioration qui permettrait de calmer le jeu, d'apaiser la tension dans le quartier. Mais nos efforts, comme souvent dans ce genre de cas, n'ont pas été récompensés. C'était un dimanche matin. Le dispensaire était fermé. J'étais passé la voir la veille, samedi, et l'avais trouvée particulièrement inquiète, comme souvent avant les week-ends. Elle m'avait prévenu. « Ils vont m'avoir, petit psychologue (c'était ainsi qu'elle m'appelait), ils vont profiter de votre absence pour me coffrer. Je le sais ! » Et elle avait ajouté en clignant de l'œil : « J'en sais trop… » Le dimanche, elle était allée acheter son pain, au coin de la rue. Impatiente, elle avait un peu bousculé une cliente. La boulangère lui avait fait une remarque. Elle avait menacé d'appeler son amant, le grand chef des socialistes de France. La boulangère avait appelé Police secours. La brave concierge, empêtrée dans ses idées de grandeur, s'était retrouvée hospitalisée en placement d'office.

J'ai aimé les séances de psychothérapie à domicile. J'en ai fait beaucoup. J'étais toujours volontaire pour me rendre chez ces gens, les « vraies personnes », parler de leur monde, examiner avec eux les objets qu'ils aimaient, les photographies qu'ils avaient élues, qu'ils avaient accrochées aux murs, discuter de leurs voisins, de leur quartier. Si les gens simples ont bien du mal à raconter leur vie et leurs problèmes dans un cabinet, ils deviennent intarissables lorsqu'ils vous reçoivent chez eux. Lorsque j'y songe, c'était la méthode de mon arrière-grand-père, le rabbi Yom-Tov, qui se rendait le shabbat chez ses fidèles en difficulté. C'est ce soir, en écrivant ces lignes que j'en prends conscience.

Je gagnais donc ma vie – Oh pas des mille et des cents !... 1 500 F par mois ; à l'époque le salaire d'un instituteur ou d'un agent de la paix débutant. J'avais un métier qui me passionnait, qui occupait mon temps et mes pensées. Mais je me savais au tout début de mon apprentissage. Il allait bien falloir m'engager dans cette formation psychanalytique vers laquelle tendaient toutes les fibres de mon être depuis l'adolescence. Je me suis tout naturellement adressé à Devereux. Lui qui figurait sur la liste de la Société psychanalytique de Paris, lui qui les connaissait, sans doute saurait-il m'indiquer parmi les psychanalystes celui qui me conviendrait. Il me conseilla deux personnes, qu'il considérait compétentes et humaines (« pas des bouts de bois avec la main sur la couture du pantalon ! »), Sacha Nacht et Nata Minor. J'ai rencontré Nacht une seule fois. C'était alors le grand patron de l'Institut de psychanalyse, le président de la Société psychanalytique de Paris. Il me considéra avec amusement lorsque je lui fis part de mon désir de m'engager dans une formation psychanalytique, moi le jeune homme venant de nulle part et lui, la sommité.

— Mais vous ne pourrez jamais me payer ! me prévint-il d'emblée.

Le tarif minimum d'une séance chez Nacht était de 250 F. Le compte était vite fait : un mois de psychanalyse à trois séances par semaine et j'atteignais le double de mon salaire. Il m'avait bien plu, pourtant, ce petit bonhomme rigolard à l'élégance un peu désuète, avec ses sourcils broussailleux et ses yeux pétillants. J'aimais aussi son nom, *nacht*, « la nuit »... J'y ai vu un signe ; je trouvais que cela me correspondait. Lorsqu'il m'a demandé pour quelle raison je voulais entamer une psychanalyse, si je souffrais de troubles psychologiques, j'ai été désemparé. Je n'allais pas mal ; je n'allais pas bien non plus ! Je déambulais dans une sorte d'intermonde, pas tout à fait moi ; pas vraiment un autre non plus, pas tout à fait dans mon corps. Je n'arrivais pas à savoir pourquoi j'étais au monde. Étrange sensation, comme si l'environnement était décor de théâtre, que la vie était ailleurs. Je n'avais aucun symptôme à présenter, sinon des singularités d'existant. Je préférais la nuit au jour – je préfère toujours la nuit ! Je me sens tranquille lorsque le monde se retire, comme si je veillais sur lui. Ce sont les moments où je peux écrire, presque les seuls, dans le fourmillement ininterrompu du silence. Je n'étais pas insomniaque, non plus. Je dormais le jour, longtemps, tout mon saoul. J'aimais me réveiller aux alentours de midi. Et je commençais à avoir des problèmes depuis que j'avais pris mon poste au dispensaire. Il fallait se lever, arriver au bureau à 9 heures. Et puis, il y avait cette incessante recherche des femmes – était-ce un symptôme ? Des femmes, je voulais en connaître, en connaître encore… Pour moi, ce n'était pas un comportement de don juan, bien plus une curiosité fondamentale, comme si sexualité et connaissance intellectuelle avaient fusionné. Je ne peux prétendre non plus qu'une frustration me poussait à chercher ailleurs. Je n'ai jamais été déçu par une femme. Je vivais la relation amoureuse dans toute son intensité. Certaines duraient quelques mois, d'autres pas plus d'une nuit. C'était comme si je lisais un nouveau roman à chaque fois. Je restais fasciné par ce rapprochement immédiat que seul le lien amoureux peut procurer. Et j'aimais au matin assister au déploiement de la complexité de leur être. En ces temps, l'ambiance qui régnait en France permettait ces rencontres au seul motif de se connaître au plus profond. Nous étions tous communistes, alors, mais c'était un communisme des affects et de la chair. Au fond, je ne collectionnais pas les femmes, mais les récits et les rêves, et j'avais appris que ces récits ne pouvaient se cueillir qu'au décours d'une nuit d'amour. Est-ce là un symptôme, docteur ? Des remarques que j'avais entendues ici ou là, parfois par certaines de ces femmes, précisément, dans les moments de rupture, me le laissaient craindre. Alors, si c'était le symptôme d'une maladie, elle devait être héréditaire. Je soupçonne que mon père était ainsi. Je n'en ai pas la certitude, mais des bribes de conversations avec telle tante ou tel cousin me l'ont laissé supposer. Le métier d'homme n'est rien d'autre que la tentative toujours répétée de percevoir ses propres singularités et de les apprivoiser. Je mettrai longtemps à comprendre celle-ci, et encore, pas totalement. Les Juifs ont une relation avec la divinité marquée de sexualité. En cela ils sont semblables aux autres sémites et aux peuples au sud de la Méditerranée. Les divinités du Proche-Orient ancien, de Babylone, de Mésopotamie, d'Assyrie, d'Égypte étaient habituées au commerce sexuel avec les mortels… Le Proche-Orient a enfanté Adonis, Cybèle, Aphrodite, Astarté… toutes des divinités de l'amour, sans oublier Agdistis et Osiris. Ces peuples ont disparu. Seuls les Juifs ont survécu en tant que peuple. Non pas que les populations des autres peuples aient disparu ; elles ont eu une descendance. Elles se sont mélangées, ont changé de nom, de lieux et de dieux. Quelle relation les Grecs actuels ont-ils encore avec les divinités de l'Antiquité ? Ils se contentent de gérer un patrimoine de pierre. Encore, les Grecs ont-ils sauvegardé la langue… Ce qui n'est évidemment pas le cas de la multitude de peuples qui occupaient cette région dans l'Antiquité et qui ont dégringolé dans les poubelles de l'histoire, les Akkadiens, les Ammonites, les Araméens, les Babyloniens, les Cananéens, les Chaldéens, les Hittites, les Mèdes, les Nabatéens, les Phéniciens… pour ne citer que les plus connus. Ceux-là qui, pour la plupart, parlaient des langues sémitiques ont sans doute été victimes du succès planétaire de la langue arabe, qui a intégré dans son corpus les vocabulaires des langues cousines.

Aujourd'hui, je ne vois guère que trois langues encore parlées, l'amharique, l'hébreu et l'araméen. Les peuples ne survivent que de leur projet. Il est absurde d'opposer l'identité que Devereux qualifiait d'« ethnique » à la multitude des attachements qui lient un individu. Elle ne leur est pas comparable. L'identité qui lie la personne à son peuple n'a d'existence que si le peuple a un projet politique. Les autres attachements de la personne relèvent de sa seule décision. Je ne suis pas juif par ma propre volonté, mais du fait que les Juifs ont décidé d'exister en tant que peuple. Et cette volonté impalpable, collective, se déroule sur la scène publique. Elle n'est jamais une donnée, mais une conquête, contre l'adversité, contre les aléas de l'histoire. *L'identité n'est pas une nature, mais une volonté*. Il est donc une caractéristique commune à ces peuples du Proche-Orient ancien, la relation sexuelle qui liait les hommes à leurs dieux. La mythologie grecque est bourrée des passions amoureuses des dieux pour les mortelles, quelquefois même des déesses pour des hommes, telle Aphrodite avec Anchise, le père d'Énée, ou avec Adonis. Quant aux Sémites du Proche-Orient, ils ne se sont pas contentés de raconter des mythes, ils ont mis en œuvre de manière rituelle l'accouplement des dieux avec les mortelles. On sait que dans la Babylone ancienne, comme dans un très grand nombre de civilisations sémitiques de l'Antiquité, existait l'étrange obligation de la prostitution sacrée. Les vierges, raconte Hérodote, étaient conduites au temple de la divinité et là, offertes, pour leur première relation sexuelle, à un étranger de passage – cet étranger étant l'incarnation du dieu. En hébreu, la langue a conservé le souvenir de cette coutume, qui désigne le mari par le mot *baal*, qui signifie aussi le « maître » et le « propriétaire », par exemple d'un immeuble. Baal est aussi le nom, on s'en souvient, du dieu de ces antiques habitants de Babylone. Ainsi, ces peuples de l'Antiquité ont-ils été profondément marqués par le prélèvement sexuel, le « droit de cuissage », que se permettaient leurs dieux, leurs *baals*. On devine les excès auxquels une telle coutume a pu conduire, les abus des prêtres et des puissants. Et comme souvent, de tels débordements ont, avec le temps, laissé place à une sorte de sursaut moral. Le judaïsme est probablement en partie né de cette rébellion. Il a conservé néanmoins la notion d'une relation sexuelle du Dieu avec les humains, mais en la transformant. Ce n'est plus avec un individu mais avec un couple que le Dieu juif manifeste sa « splendeur ». Dieu vient visiter le couple et Sarah, qui a alors quatre-vingt-dix ans, tombe enceinte de son mari, Abraham, âgé de quatre-vingt-dix-neuf ans. L'enfant survient parce que Dieu honore le couple de sa présence. Depuis, pour un homme juif, sa femme est nécessairement son chemin vers son Dieu. J'imagine que c'est ce qui bouillonnait, à mon insu, dans mes profondeurs, durant mon adolescence et mes jeunes années. Je me croyais à la recherche d'une femme, j'errais sur le chemin de mon Dieu. J'ignore comment Sacha Nacht, qui était un Juif roumain, a accueilli le récit de mes frasques amoureuses ; il m'a seulement conseillé de trouver d'autres symptômes si je voulais m'engager dans une formation psychanalytique. Peu de temps auparavant, l'Institut de psychanalyse avait renoncé, sans doute sous l'influence des lacaniens, qui devenait de jour en jour plus grande, à la fameuse « psychanalyse didactique », la psychanalyse de formation. Désormais, si l'on souhaitait devenir psychanalyste, il fallait s'engager dans une psychanalyse « tout court », une cure « thérapeutique ». J'avais bonne mine avec mes préoccupations qui avaient dû lui apparaître, comme des maniérismes d'intellectuel. Autrement dit, si l'agitation sexuelle pouvait se révéler un chemin vers Dieu, elle n'était pas un chemin vers la psychanalyse institutionnelle. Quoi qu'il en soit, les raisins étant trop verts, je n'avais pas les moyens de me payer une cure chez Nacht. Je résolus donc de tenter ma chance chez Nata Minor. À l'époque, j'habitais à nouveau Gennevilliers et me déplaçais dans mon antique 2 CV. Elle recevait ses patients dans son appartement, boulevard Saint-Germain. Il m'a fallu une bonne heure pour parvenir jusque-là. Nous avions fait le chemin, je m'en souviens, avec François, un camarade de l'université, qui se rendait à sa séance de psychanalyse chez Lacan, rue de Lille, à deux pâtés de maisons de chez elle. Je l'ai déposé au carrefour de la rue du Bac. Le temps de trouver une place de parking, j'ai aperçu François qui venait à ma rencontre.

— Tu ne m'as pas dit que tu te rendais chez ton psy ?

— J'en sors ! me répondit François.

— Tu en sors ? Mais… tu as à peine eu le temps d'arriver…

Il n'était pas resté plus de cinq minutes à sa séance chez Lacan… Il m'expliquait que la « scansion », l'arrêt intempestif d'une séance après quelques minutes, avait un effet de révélation irremplaçable. Caustique, je lui demandai si durant le temps gagné par la « scansion », son psychanalyste prenait un autre patient ou bien s'il s'installait calmement dans son fauteuil pour penser à lui. Pour lui, je n'y connaissais rien, confondant la psychanalyse avec d'autres métiers, comme l'épicerie ou la plomberie. J'ignorais alors que cette pratique des séances courtes avait été l'une des raisons de l'exclusion de Lacan et de ses disciples de l'Association internationale de psychanalyse. J'ai planté François sur le trottoir et j'ai filé à mon rendez-vous. En entrant dans l'immeuble, j'ai croisé Didier, étudiant en thèse chez Devereux, tout comme moi.

— Que fais-tu là ? me demanda-t-il.

— La même chose que toi, j'imagine.

Je me suis retrouvé dans une minuscule salle d'attente, une petite pièce dans un appartement bourgeois, meublé avec goût, qui respirait l'aisance. Nous devions être au mois de novembre ou de décembre. Dehors, il faisait un froid humide qui pénétrait sous les vêtements. Et dans cette salle d'attente, il ne faisait pas chaud non plus. Emmitouflé dans mon manteau, je feuilletais des revues d'art contemporain en laissant glisser de temps à autre un œil distrait sur des tableaux sombres qui ressemblaient à des Rembrandt. Je trouvais tout cela vieillot, pas très joyeux, mais classieux. De l'autre côté du mur, j'entendis la porte s'ouvrir, des pas dans le couloir, un échange à voix basse, claquer la porte d'entrée, puis plus rien. Durant quelques minutes, je l'avoue, j'ai songé à fuir. Je pressentais que mon destin allait se jouer là, dans ce cabinet, et je m'amusais avec l'idée d'en modifier le cours. Disparaître ainsi, sans même lui parler… Qu'avais-je à faire, en vérité d'une psychanalyse ? Après mon premier entretien avec Nacht, je savais qu'elle attendrait des symptômes, de vrais symptômes psychopathologiques, des obsessions, des compulsions, des hallucinations, peut-être… Non, pas des hallucinations ! Ils souhaitaient des malades, bien sûr, *ma non troppo*… des malades solvables en premier lieu. Et moi je voulais une formation. Curieux paradoxe. Il me fallait être malade pour devenir psychanalyste, mais suffisamment en bonne santé pour gagner ma vie et les payer… ou bien alors être héritier, tiens ! C'était sans doute ces patients qu'ils préféraient, les héritiers ! On parlait alors de situations extravagantes. La rumeur disait que Laplanche, l'un des deux auteurs du fameux *Vocabulaire de la psychanalyse*, qui était propriétaire de cépages prestigieux et à la tête d'une véritable fortune, en avait laissé une bonne part chez Lacan. Moi, je gagnais modestement ma vie et n'avais hérité de ma famille que des souvenirs. À cette époque, les psychanalystes pouvaient tout se permettre. La théorie avait le vent en poupe et était devenue la principale référence, non seulement en psychiatrie et en psychologie, mais aussi en littérature, en anthropologie, dans les médias et même en politique. Les demandes de cure étaient pléthoriques et les praticiens peu nombreux. Leurs conditions étaient draconiennes, le tarif des séances atteignait des sommes invraisemblables et elles devaient être réglées en liquide, de la main à la main, sans chèque ni reçu. Et si l'on s'avisait de contester, on n'avait qu'à s'en aller voir ailleurs, en remerciant le ciel que le psychanalyste n'appelle pas la police par-dessus le marché. La publication de « l'homme au magnétophone » par Jean-Paul Sartre, dans *Les Temps modernes*, avait créé le scandale en 1969. La lecture de ce papier m'avait laissé un goût amer. Le patient était venu demander des comptes à son psychanalyste. Armé d'un magnétophone, il exigeait d'enregistrer la séance. Le psychanalyste s'y était refusé. Ils s'étaient expliqués vigoureusement. Les arguments du psychanalyste étaient tellement pauvres ; ceux du patient tellement évidents. Le psychanalyste avait fini par appeler la police. Certains disaient que ce patient avait fait une crise psychotique aiguë. Trop facile de dédouaner encore une fois le clinicien en incriminant le patient. On racontait aussi que Pontalis, l'autre auteur du *Vocabulaire de la psychanalyse*, avait démissionné du comité de rédaction des *Temps modernes* après cette publication. Le domaine était miné ; et je n'en détenais pas les clés.

Nata Minor était – j'imagine qu'elle est toujours – une petite femme à l'élégance raffinée, enveloppée de larges écharpes orientales. Petit visage gracieux et sympathique, elle souriait – ce qui était rare chez les psychanalystes. La tête penchée sur le côté, comme si elle allaitait un enfant, elle truffait son écoute d'une multitude de petits « oui ! » encourageants.

— Oui ?

— Eh bien, que vous dire ? Je veux m'engager dans une psychanalyse…

— Oui, oui…

Eh bien quoi, « oui » ? C'est facile de pratiquer ainsi ce métier. À celui qui vient de dire tout et d'inventer aussi la façon de le dire… Ma mère avait l'habitude de qualifier ainsi ces personnes avares en paroles : « Celle-là, elle achète seulement ; elle ne vend rien ! » Nata Minor achetait seulement… Devant cette petite bonne femme énergique lovée dans son fauteuil, comme un chat frileux, je me souviens d'avoir éprouvé un sentiment confus de révolte. La dissymétrie radicale de la relation me paraissait absurde. Un professeur est nommé, désigné, un prêtre aussi, un prophète élu par le peuple… mais un psychanalyste ? Par qui est-il investi ? Il ne serait détenteur que du seul pouvoir que vous lui octroyez ? Allons ! Je comprenais naturellement l'implicite théorique. Sans rien en face, sans contrepoint, sans répondant, j'étais contraint de rechercher mes motifs au fond de moi. En avais-je seulement ? Après l'exercice obligé de la présentation de soi, le récit de mon émigration, de la nostalgie du monde perdu de mon enfance en Égypte et le sentiment d'irréalité que j'éprouvais dans ce monde-ci, je me suis interrompu et j'ai regardé autour de moi. Un étrange tableau était accroché au mur. Je ne suis pas certain qu'il était comme je vais le décrire maintenant – je l'ai pourtant vu trois fois par semaine durant cinq ans. Une sorte de carapace habitée, comme si un homme, ou peut-être un enfant, habitait une armure de bois, avançait sur une route. « Je suis ainsi, lui ai-je confié, comme ce petit bonhomme dans sa carapace, ce bonhomme qu'on aperçoit dans votre tableau… » Elle a eu l'air surpris. « Quel bonhomme ? me demanda-t-elle, je ne vois pas de bonhomme dans ce tableau. » Peut-être n'y en avait-il pas, du reste. Peut-être était-ce seulement un personnage de bois qui déambulait dans la campagne… Autrefois, j'avais beaucoup plus d'imagination qu'aujourd'hui. Mais c'était bien le sentiment que j'éprouvais, celui d'être contraint à dissimuler mon être véritable, comme l'homme de la carapace de bois, de peur d'être agressé, poursuivi, détruit… Je sais aujourd'hui que c'est un sentiment très commun chez les migrants, qui doivent dissimuler leurs façons d'être et de faire, s'ils veulent paraître semblables aux autres. Je lui ai aussi parlé de mon amour de la littérature, des poésies et des nouvelles que j'écrivais… J'apprendrais des années plus tard, peut-être vingt ans après la fin de ma psychanalyse avec elle, qu'elle avait émigré, elle aussi, de Russie, à l'âge de quatre ans, et qu'elle était habitée par une nostalgie infinie de sa ville natale d'Odessa. Elle aussi avait une véritable passion pour la littérature et a publié bien plus tard quatre ou cinq romans, écrits dans un style limpide, dans lesquels elle mettait en scène les petits problèmes de l'existence. C'est pour moi l'impression générale qui se dégage aujourd'hui encore de la psychanalyse, de sa théorie comme de son expérience vécue : l'intérêt lancinant pour les petits problèmes. C'est ce qui la rend fascinante et dérisoire. Nata Minor, ma psychanalyste… Je ne l'ai pas vraiment connue ; je l'ai devinée. J'ai senti son parfum, épié ses mouvements, ses soupirs et ses raclements de gorge durant des années. Ça permet de construire mois après mois, année après année, une image détaillée, approfondie, de la personne. Je ne l'ai pas connue et je sais tant sur elle, à croire qu'en psychanalyse, c'est le patient qui découvre son psychanalyste et non l'inverse. Je reste pourtant incapable de la décrire, comme si elle restait enveloppée de vapeurs mythiques. Elle ne s'adressait jamais à moi, mais à une sorte d'instance supérieure qui nous aurait surplombés – elle appelait ça *l'inconscient*… Je n'ai jamais eu avec elle de commerce d'aucune sorte, hormis ma cure… mais j'aurais voulu la connaître. De ces contacts subtils et silencieux, j'ai gardé le souvenir d'une femme profonde, avec une propension à l'imaginaire qu'elle avait du mal à juguler. Dans la pratique de son métier, elle était comme possédée par son « être-au-monde psychanalytique ». Elle passait du reste son temps à un travail impossible, répétitif et opiniâtre, une sorte de tâche absurde, comme si elle devait reconstituer un carré de sucre fondu dans un verre de thé chaud ou enfermer un parfum, une odeur, dans un flacon. Les remarques qu'il lui est arrivé de prononcer durant ces années avaient toutes la même fonction, celle de rentrer l'une de mes perceptions à l'intérieur de moi-même, de la transformer en une fantaisie singulière, une pensée intérieure. Son cabinet, c'était la caverne du train fantôme ; tout ce qu'on prétendait y voir n'était qu'illusion.

J'ai terminé mon premier entretien avec elle en lui exposant mon souhait de devenir psychanalyste. Elle a ouvert de grands yeux étonnés.

— Mais… me répondit-elle, vous savez bien que la règle pour obtenir que sa psychanalyse soit considérée comme didactique est de faire une psychanalyse avec un membre titulaire… Et je ne le suis pas. Vous le savez, bien sûr !

— Oui, ai-je répliqué, mais il est bien stipulé dans la brochure de l'Institut de psychanalyse que, *en règle générale*, l'étudiant entreprend une psychanalyse avec un membre titulaire… « En règle générale », cela signifie bien qu'il existe des exceptions, n'est-ce pas ?

— Pourquoi voulez-vous à tout prix que l'on vous considère comme une exception ?

Ce fut son commentaire. Il présageait tous ceux qui suivront, qui ramèneront chacune de mes paroles à mon monde intérieur. À la croire, je me prenais pour quelqu'un d'exceptionnel. La vérité était bien plus simple. Je l'avais choisie parce qu'elle était plus conciliante que les membres titulaires ; parce qu'elle avait accepté de baisser son tarif. Elle consentait à me prendre quatre fois moins cher que ce que demandait Nacht. Je ne voulais pas être considéré comme une exception ; je cherchais au contraire un moyen de faire comme les autres, avec les moyens dont je disposais. J'ai fait mine d'accepter son commentaire comme une sorte de vérité sur moi-même. En réalité, nous étions tous deux dans le faux-semblant. Ainsi va la psychanalyse, tout comme la vie ! Chacun adresse une parole à l'autre ; chacun fait mine de participer à un dialogue, mais l'un comme l'autre chante sa propre chanson par-devers lui.

Je me suis rendu à mes séances de psychanalyse trois fois par semaine durant cinq années. C'étaient mes années tranquilles. J'avançais dans mon métier et progressais dans mes recherches. Mon univers s'élargissait et se peuplait. Je découvrais la vie professionnelle, ses contraintes et ses plaisirs. Je recevais des patients au dispensaire d'hygiène mentale, qui m'apprenaient le métier bien plus sûrement que les cours à l'université. Pour ma thèse, je conduisais des entretiens de recherche complexes. J'ai publié mes premiers articles dans des revues spécialisées. La vie prenait soin de compléter ma formation. Mais trois fois par semaine, je consacrais trois heures à cet étrange retour sur moi-même. Je rejoignais Saint-Germain-des-Prés depuis ma banlieue, ce qui me prenait une heure à l'aller et une autre au retour et les séances duraient, comme dans le ricanement de François, mon ami lacanien, quarante-cinq minutes, pas une de moins, pas une de plus. Durant le chemin pour m'y rendre, je ruminais ce que j'allais raconter, ou bien j'essayais de me remémorer le plus précisément possible mon rêve de la nuit. Sur le retour, je tournais sans cesse la formule qu'avait utilisée ma psychanalyste, la décortiquant, la disséquant, la reprenant, en imaginant une autre… Les séances duraient bien trois heures ! Et elles se poursuivaient dans mon esprit des heures encore… Nata Minor demeurait immuable, année après année, tel un sphynx, me faisant accepter sa posture de pierre par la chaleur authentique de son accueil. Elle s'imaginait persévérante, sans doute, avec le patient indiscipliné que j'étais, avec qui il était si difficile de maintenir le cap. Et moi, je pensais que je m'étais soumis sans réserve. J'avais accepté toutes les contraintes qu'exigeait la cure, le paiement des séances manquées, le départ en vacances durant le même mois que celui de ma psychanalyste, l'acceptation a priori de ses paroles. C'est l'une des caractéristiques de la psychanalyse, une sorte de blanc-seing accordé au praticien, une offrande au temps qui passe. En échange, la psychanalyse vous offre l'espoir. Vous ne comprenez rien à vos symptômes, rien aux problèmes qui vous paralysent, mais vous comprendrez un jour… Une fois, néanmoins, au cours d'une séance, elle voulut me persuader que la femme qui était apparue dans mon rêve, une des mes condisciples, une jolie blonde avec de longs cheveux qui lui descendaient jusqu'à la cambrure des fesses, la représentait elle. Je ne voyais pas la raison de cette substitution, d'autant que cette jolie blonde était bien réelle, comme était réelle l'attirance que j'éprouvais pour elle. À la fin, excédé par son insistance, je lui lançai :

— Comment voulez-vous que j'éprouve la moindre attirance pour vous, je ne sais même pas à quoi vous ressemblez…

Il faut dire que je la voyais à peine, quelques instants à l'entrée et à la sortie de son cabinet au moment de la saluer ; un peu plus longuement en fin de semaine, au moment de la payer. Encore aujourd'hui, j'ai le plus grand mal à me la représenter.

— C'est justement, répliqua-t-elle, justement parce que vous ne savez pas à quoi je ressemble, que vous me représentez ainsi dans vos rêves…

J'ai considéré que c'était de la sophistication gratuite, tout comme les jeux de mots qu'elle affectionnait. Une autre fois, j'avais rêvé de voiture – j'en rêve souvent. Ça me paraît naturel, je suis un passionné ! Je conduisais une Autobianchi, une petite A 112 rouge, et je fonçais sur une route en lacets. Elle répéta « autobianchi »… Sur le coup, je ne compris pas ce qu'elle voulait me signifier.

— Oui, une Autobianchi, c'est une marque de voiture, une petite italienne, agile et puissante…

— Autobianchi… reprit à nouveau Nata Minor.

Elle dut s'y reprendre à trois fois avant que je comprenne son calembour : « Ô, Tobie en qui ? » Cette fois, je n'ai pas contesté ; j'ai seulement ri. J'ai considéré que son mot d'esprit exprimait assez bien l'impression que je devais donner, à courir ainsi après tous les jupons. Mais à quoi cela pouvait-il bien servir ? Je mettrai longtemps à comprendre, des années, me semble-t-il, d'abord sur le divan, ensuite en tant que psychanalyste, dans le fauteuil. La psychanalyse pratiquée de cette manière, orthodoxe et rigoureuse, ne véhicule aucun contenu. Elle ne révèle rien des pensées intérieures de la personne sur le divan, ne conduit à aucune vérité. C'est une expérience intérieure, une sorte d'ascèse, une « réduction phénoménologique », comme si l'on faisait le pari de penser : « Et si le monde n'était qu'une illusion… et si toutes mes perceptions ne surgissaient que de ma propre volonté… »

Et puis, j'étais tenu par mon projet. Devenir psychanalyste… Avec la distance, je pourrais me dire aujourd'hui que tout cela était vain. Sans doute ! Mais la psychanalyse était entrée dans ma tête, s'était installée dans tous les recoins de ma vie et de ma pensée.

Les hauts de Saint-Pierre 1990

En 1990, j'ai assisté, sur l'île de la Réunion, aux guérisons de Louisa, petite bonne femme à la poigne de fer. De bonne heure ce matin, nous avions filé entre les cannes jusqu'au petit village qu'annonçaient les bougainvillées en fleur. C'était un dimanche. La ruelle était encombrée d'automobiles et, devant la maison, régnait une agitation inhabituelle. C'était jour de consultation. Une quinzaine de malades attendaient leur tour, accompagnés qui de son époux, qui de ses parents, qui de ses enfants. Dans de grandes caisses en carton caquetaient des poulets, des blancs, surtout, et quelques roux. Mamie Louisa commençait par des entretiens individuels, dans une cabane de son jardin. Là, les malades lui confiaient leurs douleurs en quelques mots. Elle n'avait guère la patience de les écouter longtemps. Pour connaître l'origine de leur mal, elle faisait confiance à quelques outils hétéroclites. Elle scrutait la paume de leurs mains avec un couteau de cuisine, leur tirait les tarots, examinait d'un air inquisiteur le fond de leur iris. Puis, elle leur ordonnait d'attendre dans la cour avec les autres et, avant de les laisser sortir, les enduisait de graisse de mouton à l'odeur insupportable, sans doute pour les protéger. Les mauvaises odeurs ont toujours éloigné les esprits malins. Celle-là était terrible et vous enveloppait ensuite durant des semaines.

Ce jour-là, j'étais resté dans la cour, bavardant avec les malades qui patientaient. Il y avait une robuste matrone qui venait demander le retour de son mari, une femme tamoule à la jambe amputée, qui souffrait d'insupportables douleurs à son membre fantôme, un jeune homme épileptique, conduit par sa famille, et un couple âgé. En aparté, la vieille m'expliqua que son mari ne voulait plus rien avaler depuis le suicide de leur fille, qui s'était précipitée du haut d'une falaise. Je jetai un regard vers l'homme, effectivement très amaigri, qui tenait la tête baissée. Une larme coulait lentement sur sa joue. J'essayai un timide « ça ne va pas, monsieur ? ».

— Inutile, me prévint sa femme, il ne desserre pas les dents. Voilà deux ans qu'il n'a pas ouvert la bouche, même pas pour dire bonjour ou bonsoir.

Elle ne parvenait plus à dormir. Toute la nuit, elle le surveillait qui rôdait à travers la maison, se tordant les mains d'anxiété.

Onze heures. Louisa frappa dans ses mains pour rassembler son monde qu'elle installa face à elle sur des bancs de bois. Je pris place avec eux. Elle commença par une rapide Marseillaise, *puis entonna des chants religieux que chacun semblait connaître. Elle avait une belle voix aiguë, Mamie Louisa, qui rappelait un peu celle d'Édith Piaf, et elle chantait juste, emmenant son petit peuple dans une messe païenne dont elle avait inventé les formes. Et nous chantions, serrés les uns contre les autres, guidés par la voix de cette maîtresse magique. J'éprouvais, sans doute comme les autres, un étrange sentiment de communion. Pendant ce temps, l'assistante de Louisa, une ancienne malade guérie, s'occupait à remplir un énorme fût de métal à l'aide d'un tuyau branché sur le robinet du jardin. Au bout d'une petite demi-heure, Louisa s'était échauffée, nous étions mis en condition. Nous pouvions passer aux séances de guérison.*

— À qui le tour ? demanda-t-elle d'une voix forte.

Personne ne voulait passer en premier. La vieille femme poussa son mari.

— Lui ? proposa-t-elle d'une voix timide.

Louisa conduisit le vieil homme égaré dans sa douleur intérieure, en plein centre de la cour, au milieu du groupe. Aidée de son assistante, elle le déshabilla et lui demanda de rester assis par terre, seulement vêtu de son slip. Elle s'adressa d'abord à nous, son public.

— Voilà ! Vous l'avez vu ? Vous voyez comme il souffre ? Voilà ce que produisent les êtres maléfiques.

Elle lui tournait autour en récitant des imprécations en créole où l'on pouvait reconnaître de petits fragments de prières catholiques. Puis, comme je l'avais vu faire par Visnelda, elle s'adressa à l'esprit par-delà le malade, aux esprits, plutôt… La formule était la même, à croire qu'elles l'avaient apprise toutes deux à la même source.

— Qui êtes-vous ? Esprits comoriens ? Esprits malbars ? Esprits malgaches ? Morts dérangés ?

Angoissé, peut-être aussi effrayé par les gesticulations de Louisa, l'homme roulait des yeux, transpirant à grosses gouttes. Louisa s'approcha de lui, une vieille casserole d'émail rouge remplie d'eau fraîche qu'elle venait de puiser au fût. Elle questionna à nouveau l'esprit :

— Comorien ? Hein ? Comorien ? Je savais bien !… Sitarane ? demanda-t-elle encore.

Au tout début du XXe siècle, Sitarane, non pas un esclave, mais un « engagé » de Mozambique, s'était livré à une série de meurtres sorciers qui avaient terrorisé les populations. On racontait qu'après avoir assassiné ses victimes et les avoir dévalisées, il buvait leur sang. Finalement capturé, il fut condamné à mort et exécuté. Jusqu'aux derniers instants, il injuriait ses juges et crachait sur son bourreau. Depuis, Sitarane continue ses méfaits, mais dans le monde invisible, incarnation de la résistance absolue, celle des morts, qui ne craint ni juges ni police. Sa tombe, au cimetière de Saint-Pierre reste, encore aujourd'hui, un lieu de pèlerinage et d'offrandes. On vient, dit-on, y prier, demandant le don d'invisibilité ou le courage de surmonter les épreuves. J'y ai déposé un verre de rhum, à tout hasard.

— Ah, Sitarane ! Je te connais ! grognait Louisa.

Et soudain, elle expédia sans prévenir le contenu de la casserole au visage du vieil homme. Il s'ébroua d'un geste lent, porta ses mains au visage, levant vers elle un regard courroucé. Et Mamie recommençait ses défis à Sitarane. Elle l'invectivait, le tournait en dérision, le prévenait que son pouvoir était infiniment supérieur au sien. Le vieil homme se calmait doucement. Elle se dirigea ensuite vers la caisse de carton où s'agitaient les poulets. Elle en saisit un par les ailes, le secouant sous le nez du malade :

— C'est ça que tu veux, n'est-ce pas ? C'est ça ! Je te connais, Sitarane ! Puis, se tournant vers nous, elle expliqua : du sang… c'est toujours ce qu'il réclame.

Avec l'aide d'une assistante, encore une malade guérie, elles tinrent le poulet vivant, écartelé au-dessus de la tête de l'homme. Elle brandit son couteau, un gigantesque couteau de boucher, et ouvrit la bête, encore vivante, au niveau du cœur. C'est idiot, mais d'entendre craquer les os, nous fûmes tous saisis d'une même peur, devant les battements d'ailes désespérés de la bête au-dessus de la tête de l'homme accablé. Et Louisa recouvrit le crâne du malheureux de l'animal éventré. Fière, agitant son couteau, elle tournait autour de l'homme maintenant couvert de sang, défiant l'esprit de Sitarane…

— Je te connais. Tu ne peux résister à l'appel du sang. Je te connais…

Louisa partit ensuite chercher le carry, un plat de viande cuisinée en ragoût, avec du riz et des haricots, un plat qu'elle avait préparé tout spécialement pour les soins. Elle entreprit de badigeonner l'homme avec la nourriture, sa tête d'abord, ses jambes, ses pieds. Puis, elle souleva la ceinture de son slip et déposa du carry jusque sur son sexe.

— Tu as faim, n'est-ce pas ? demanda-t-elle. Mange alors ; mange, maintenant !

L'opération avait peut-être duré une demi-heure, depuis la douche initiale à la casserole d'eau fraîche, en passant par le sacrifice du poulet et l'enduit de carry, avant de se terminer par une dernière aspersion d'eau.

— Va maintenant ! dit-elle à l'homme. Va-t'en prendre une douche au fond du jardin, conclut-elle en lui désignant le tuyau d'arrosage…

Plus tard, j'ai demandé à Louisa de m'expliquer. Je ne nourrissais pas d'illusions exagérées. J'avais constaté bien souvent que les guérisseurs se préoccupaient surtout d'action, certainement pas de théories. Elle n'avait pas vu le même homme que moi. Pour moi, il s'agissait à l'évidence d'une réaction dépressive consécutive à la mort de sa fille, pour elle, d'une tout autre histoire. La fille, m'a expliqué Louisa, avait été investie par un esprit cannibale, sans doute celui de Sitarane, qui l'avait dévorée de l'intérieur. Personne ne le voyait, bien sûr. Une fois vidée de sa substance vitale, il ne restait plus à la fille qu'à se tuer. La mort, ce n'était pas au moment du suicide, mais bien avant, lorsqu'elle avait été mangée. Lorsque l'esprit en avait fini avec la fille, il s'était jeté, éternel affamé, sur le père affligé. Encore une demande d'explication. Et qu'avait fait Louisa pour s'en débarrasser ? Elle avait appâté l'esprit avec le sang du poulet sacrifié, mis en appétit et capturé dans le ragoût, elle l'avait conduit, à la poursuite des restes du plat, emporté dans le coffre d'une voiture, jusqu'au pied de la falaise où il s'en était allé rejoindre l'âme de la suicidée, en mer… Le plus fort en l'affaire, c'est qu'à l'issue de l'étrange séance de thérapie, le vieil homme malade avait recommencé à parler, à sourire, à vivre…

Louisa avait bien des choses en commun avec ma psychanalyste, un amour de son métier, un regard poétique sur la vie, une tendresse pour les beaux textes… mais elle s'en distinguait résolument par une véritable fureur de guérir.

8

George Sand

Je possède deux ou trois photos du rabbi Yom-Tov Israël Sherezli. La plus impressionnante le montre entouré de ses trois fils, Michaël, l'aîné, qui fut le père du grand-père du psychanalyste Jacques Hassoun – homme de conviction et de culture, trop tôt disparu en 1999 –, le second, Mayer, qui fut le père de mon grand-père maternel et le troisième, Moussa dont je ne sais rien. Sur la photo, le rabbi porte une longue barbe blanche. Ses yeux sont écarquillés de bonté, mais son allure générale, recouvert du long caftan de cérémonie, un faux mont Sinaï en guise de décor, est celle d'un patriarche posant pour la postérité. Il tient les mains comme les fétiches béninois, le poing fermé, la droite la paume vers le sol, la gauche vers le ciel. J'ai entendu en Afrique que c'est ainsi que se montrent les hommes qui « touchent aux choses » : une main pour le visible et l'autre pour le caché. Une main pour la Torah – celle qui tient le livre –, une autre pour l'invisible – celle au poing fermé. Les vieilles tantes qui avaient interprété le rêve de ma mère, plus âgées que mes parents, gardaient un souvenir plus proche du rabbi. À leur époque, il n'avait pas encore totalement quitté la mémoire des vivants et restait auréolé de mystère et de crainte. Elles le respectaient au point qu'elles n'étaient pas capables de prononcer mon prénom. Elles ne m'appelaient que *geddi*, « mon grand-père », en arabe. J'ai grandi, enfant-grand-père, pour ainsi dire, au moins dans le regard amusé de ces grand-tantes. Croyaient-elles vraiment aux réincarnations ? Sans doute pas plus que ça ; mais il valait mieux ne pas prendre de risques avec de tels personnages. Bien plus tard, une bonne cinquantaine d'années s'étant écoulées, j'ai entretenu une longue dispute théorique avec le professeur Serge Lebovici, dans le cadre de ses investigations sur les « interactions précoces » avec les nouveau-nés. Ce jour-là, il venait de recevoir un jeune couple camerounais. La femme appelait son jeune fils « papa ». Lebovici voulait y voir son attachement incestueux à son propre père. Misère de la psychologie ! J'avais beau lui dire que s'il portait le prénom de son père, elle ne pouvait le désigner autrement que « papa »… Elle savait, certes, qu'il n'était pas la réincarnation de son père, là n'était pas le problème ! L'appeler « papa », c'était à la fois marquer le respect qu'elle devait à son père et l'imprimer dans le destin de son enfant. J'étais bien placé pour le savoir, moi qui m'étais entendu appeler « grand-père » dans mon enfance.

On ne donne pas le nom d'un enfant par fantaisie, on reconnaît son identité dans le même temps qu'on la fabrique ! Si l'on m'a donné le nom de ce grand-père, c'est qu'on avait reconnu qu'il souhaitait revenir dans la famille. En le gravant au revers de mon âme, on me l'offrait en destin. Rien à faire… Lebovici ne voulait rien entendre. Car si les choses étaient comme je le prétendais, comment pourrait-il encore chasser le fantasme ? Débats qui pourront sembler aujourd'hui d'un autre temps, mais qui m'ont valu bien des fois l'ostracisme des bien-pensants.

En 1891, Mayer, le second fils de Yom-Tov, eut un douzième enfant. Le vieux rabbi, alors âgé de soixante et onze ans, en fut le *sandak*, c'est-à-dire qu'il maintint le nouveau-né à l'heure de sa circoncision. Quelques semaines plus tard, il partait rejoindre ses ancêtres. L'enfant, son dernier petit-fils, qui devait se nommer Isaac, comme le grand-père de son grand-père, fut appelé Zaki, résultat d'un jeu sur l'ambiguïté des langues. Pour un Juif, Zaki pouvait passer pour le diminutif d'Isaac, mais ils vivaient en Égypte ; et là, Zaki est un prénom arabe, qui signifie « vif », « intelligent », l'équivalent de l'anglais *clever*… Zaki, c'était mon grand-père maternel, le père de ma mère. Il avait le crâne comme une boule de billard ; il sentait bon les parfums précieux et l'alcool de pharmacie. Il exerça comme pharmacien au Caire durant trente ans, jusqu'en 1956, puis à Genève où il termina ses jours. Transmission d'identité, à la fois fragile et d'évidence : le rabbi avait porté l'enfant Zaki le jour de son baptême, cet enfant qui aurait dû s'appeler Isaac, du nom du grand-père du rabbi. Moi qui aurais dû porter le nom de ce grand-père, qui aurais dû m'appeler Isaac ou Zaki, ma mère fit opportunément un rêve et c'est par ce chemin, de grand-père en grand-père, que le rabbi Yom-Tov revint demeurer dans notre famille. Comme disait mon père, l'histoire n'existe pas réellement ; les mêmes événements réapparaissent sans cesse ; et cela sera ainsi jusqu'au dernier temps.

Rena, l'aînée de Zaki, ma mère, était un génie. Voici déjà plus de douze ans qu'elle est partie. Douée en tout, d'une intelligence absolue, comme on parle de « l'oreille absolue » pour les musiciens, seule la pensée la mobilisait. Elle ne s'intéressait aux enfants que pour ce qu'elle pouvait leur enseigner. Elle les regardait comme les chats qu'elle adorait et qu'elle éduquait ou comme les perruches dont elle faisait l'élevage sur son balcon. Elle n'était attirée ni par leur beauté ni par leur habileté ; elle pouvait seulement s'extasier devant leurs performances intellectuelles. Esprit, elle n'avait de relation qu'avec leur esprit. Il y avait une sorte de passion pour l'étrangeté dans cette manière de considérer les êtres, même les plus proches. Enfants ou adultes, choses ou animaux, c'étaient autant d'autres à découvrir, fragments de pensées en mouvement sur lesquels exercer sa propre pensée. Même ses objets d'intérêt les plus familiers devaient continuellement stimuler son esprit. S'ils cessaient de le faire, ils disparaissaient aussitôt de son univers. Lorsqu'elle ne m'avait pas vu durant plus d'une semaine, elle me disait : « Tu as bien fait de venir aujourd'hui ; j'avais oublié ton visage… » La relation qu'elle avait établie avec ses enfants – avec tous les enfants – était à l'opposé de cette tendance à la fusion que les psychanalystes attribuent aux mères. Pour elle, l'enfant était un autre dont il fallait d'abord explorer les contours puis, s'il en était capable, en faire un apprenti, un compagnon d'aventures mentales. Elle m'a élevé ainsi. À quatre ans, je savais réciter « La retraite de Russie » de Victor Hugo jusqu'au dernier vers, connaissais tous les noms d'animaux et discutais avec elle de l'existence de Dieu. Elle prétendait qu'elle m'aimait ; je savais que je l'intéressais, comme elle s'intéressait à l'origine des singes, à la structure du gypse ou à l'histoire des pharaons. Je le lui rendais bien, du reste. Je ne pourrais dire que j'ai aimé ma mère, mais il est certain qu'elle m'a intéressé. J'aimais par-dessus tout rester de longues heures auprès d'elle à parler du monde, des êtres et des choses… et des théories – des théories, surtout. Durant toutes ces années, pas une fois je ne me suis ennuyé en sa présence. Certes, elle disait des mots d'amour, mais dans sa bouche, ils n'étaient pas crédibles ; j'avais l'impression qu'alors elle voulait seulement faire comme les autres, faire semblant d'être une maman. Ça me faisait sourire. Expulsés d'Égypte, réfugiés en Italie, ne sachant si nous irions en Israël ou resterions en Europe – ou même peut-être si nous reviendrions au Caire –, famille immobile, figée dans une perplexité confuse, dans cette bicoque de la via Sorrate, à Rome, son plaisir était encore de m'entraîner à résoudre des problèmes de mathématiques. Je fréquentais l'école du quartier, pourtant, en italien, mais tous les après-midi, il me fallait suivre avec elle l'enseignement en français… on ne savait jamais ! Je dois dire que j'ai aimé partager avec elle ce défi à l'école. J'en ai gardé la conviction que l'école n'enseignait rien ; qu'elle ne pouvait que modeler. Apprendre, c'est si facile, avec un maître qui aime enseigner ! Avec elle, j'ai appris ! Car là résidait son plaisir, sa seule source de plaisir. Elle s'acquittait de toutes ses tâches de maîtresse de maison, pourtant : le ménage, la cuisine… Mais c'était à contrecœur. Lorsque, en début d'après-midi, elle s'installait enfin dans son fauteuil avec un livre de mathématiques ou un roman de littérature classique, elle devenait chat lové au coin du feu. Elle aurait pu devenir Einstein, Karl Marx ou Marie Curie. Elle a seulement été une émigrante perdue. En 1964, elle est entrée dans ce petit appartement d'une cité populaire de Garges-lès-Gonesse, dont elle ne sortait que le samedi pour faire des courses. Elle est morte là, trente-cinq ans plus tard, parcourant le monde à travers les livres et les récits de ses deux garçons. Combien se cache-t-il de génies féminins derrière les vitres grises des HLM de banlieue ?

Ma mère, c'était George Sand. Née en 1917, posée dans cette famille comme un fragment d'intelligence pure, elle souhaitait seulement apprendre et enseigner. Elle apprit tout au long de sa vie ; elle ne cessa jamais d'enseigner. Elle avait tout appris, tout ce qui lui était passé sous les yeux. La littérature française, qui était sa passion, la calligraphie qui lui donnait cette écriture parfaite qui n'existe plus guère de nos jours, les mathématiques, qu'elle enseigna jusqu'à son dernier souffle, la géographie qu'elle connaissait à l'ancienne, mais aussi toutes ces activités traditionnelles des femmes d'autrefois : la couture, la cuisine, l'art de la confiture et celui de diriger les domestiques. Au-delà de ses connaissances, ma mère avait un côté aristocratique dont l'origine m'échappa longtemps. « Chez nous, on ne fait pas ça »… Et pourquoi ? Parce que nous n'étions pas comme les autres. Les autres, ils étaient *baladi*, « peuple »… Les autres, c'était tout le reste de la famille : ses innombrables cousins et cousines, les Cohen, par exemple, dont elle partageait le cousinage avec mon père et surtout, cela va sans dire, les Nathan, la famille de mon père, ces Yéménites primitifs, les moins émancipés de tous les arriérés. Elle n'était pas condescendante envers eux, elle se comportait plutôt en paternaliste militante ; elle cherchait à les éduquer. Nous avions un repère implicite, la *'hara*, le quartier juif. Ceux qui y vivaient encore ou qui n'en étaient sortis que très récemment étaient la quintessence même du concept *baladi*. Elle en venait, pourtant, de la *'hara*. Elle y était née et y avait passé son enfance ; mon père aussi, du reste. Ils ont tous deux grandi dans cette même maison. Ils ne devaient pas jouer ensemble. Il était son aîné de cinq ans. Elle avait quitté *beit el Cohen*, la grande maison des Cohen, située à l'entrée du quartier juif, à l'âge de cinq ou six ans. Pour elle, c'était comme la glaise d'où avait été tirée son humanité. Son intelligence, elle l'avait consacrée à s'extirper de là. Elle estimait avoir fait le choix de la modernité ; elle se présentait comme une militante des Lumières. J'ai su bien plus tard qu'elle était dépositaire de toute la tradition familiale. Une fois par an, nous allions visiter la vieille Esther, la sœur de ma grand-mère paternelle, que nous appelions « nonna-autre », « l'autre grand-mère », qui vivait encore dans la *'hara*. C'était tout juste si ma mère ne se bouchait pas le nez tout le long de la visite. Quant à moi, j'aimais l'odeur de cette toute petite chambre délabrée qui sentait la vieille personne et la moisissure. On y parlait seulement l'arabe. On échangeait les dernières informations sur la famille. On se plaignait de se perdre de vue. On y tricotait des souvenirs. Et on repartait avec un sentiment de malaise. La *'hara*, c'était nous et ça ne l'était plus ! Notre origine, certainement – je mettrai des décennies à comprendre que c'était aussi notre source, là où nous trouvions la force de nous régénérer. Sortant de là, nous nous remettions de l'épreuve chez Groppi, le pâtissier chic du Caire, en mangeant une glace à la vanille et à la pistache, hors de prix. Cette prétention aristocratique, ma mère la tenait sans doute d'une connaissance familiale, transmise de génération en génération. Elle avait décidé d'incarner la splendeur d'antan, du temps où notre famille, prospère et respectée, dirigeait la communauté.

Ma mère, c'était Sarah Bernhardt ! Elle aussi, comme l'homme qui ne savait être ni marié ni divorcé, eut des démêlés avec le Nil. Dans les années 1920, à la synagogue Rab Moshé du Caire, là même où reposèrent longtemps les restes de Moïse Maïmonide avant son transport à Tibériade, officiait le rabbin Entebi, le *'akham*, comme on l'appelait en notre sabir arabo-hébraïque. En ce temps, ma mère habitait encore *beit el Cohen*. La plupart des enfants de la *'hara* connaissaient le *'akham* Entebi, car il était le recours, à la fois repère moral et psychologue du quotidien. Outre ses fonctions proprement religieuses, le rabbin était aussi spécialiste en guérisons. Sur le parvis, adossée à la synagogue, s'ouvrait à tous vents une minuscule cabane de bois. Il s'y tenait habituellement, les yeux mi-clos, assis en tailleur sur un banc de bois. On aurait dit un fakir indien. Il portait une longue barbe blanche, une *gallabeya*, la robe traditionnelle égyptienne, sous son caftan noir et un turban sur la tête. Devant l'entrée du cabanon, des dizaines d'enfants attendaient leur tour, s'impatientant sur des bancs, accompagnés de leurs mères, de leurs tantes, d'amies de la famille ou de servantes. Ce jour-là, ma mère avait encore plus peur que lors de ses précédentes visites. Plusieurs nuits consécutives, elle avait fait des cauchemars qui l'avaient réveillée en sursaut. Elle avait appelé sa mère et ses tantes à son secours. Un matin, sa mère avait dit à sa jeune sœur, la tante Engela :

— Prends cinq piastres et accompagne la petite chez Entebi. *Rou'hi y er.ilha*, « va, qu'il l'apaise ! »

Ma grand-mère maternelle ne croyait pas aux capacités thérapeutiques des rabbins – n'était-elle pas mariée avec un pharmacien qui avait fait de longues études dans l'université la plus prestigieuse de la région ? Mais les angoisses de sa fille la dépassaient et elle n'avait pas trouvé de solution plus efficace pour les calmer. Cinq piastres, ce n'était pas rien ! Avec cette somme, on pouvait acheter le pain quotidien de toute une famille ! Quant à la jeune tante de ma mère, elle ne faisait pas une mauvaise affaire. Elle laisserait une ou deux piastres au rabbin et garderait le reste pour elle. Les deux femmes s'étaient souciées de préparer la consultation. La veille, ma grand-mère avait enveloppé dans un *mandil*, le mouchoir dont les femmes juives aimaient se recouvrir la tête, un fragment de pierre d'alun et du sel. Elle l'avait noué *zay el sorra*, « comme une bourse », l'avait tourné au-dessus de la tête de ma mère, sept fois dans un sens, sept fois dans l'autre, et l'avait enfoui sous son oreiller avant qu'elle s'endorme. Et ma mère avait passé la nuit ainsi, laissant son âme librement communiquer avec l'amalgame minéral. Sans doute la matière du rêve, nettoyée de ses scories par le sel, était-elle allée imprégner la pierre d'alun. Au matin, ma grand-mère avait enveloppé le petit paquet de sel, d'alun et de rêve dans un papier journal et l'avait confié à la gamine qu'était ma mère.

— Tu sais comment faire, n'est-ce pas ? Tu le donnes au rabbin et tu fais ce qu'il te dit !

Et là, cette petite bonne femme de cinq ou six ans, juchée sur la banquette de bois, remuait compulsivement les pieds en attendant son tour. Et Engela, sa tante, essayait de la distraire, lui racontant des histoires.

Le vieux rabbin examina longtemps la bourse d'alun encore chaude du sommeil de l'enfant. Puis il demanda à la tante Engela :

— Quel est son nom ?

— *Rena zraël* (« Renée Israël »)…

— Et sa mère ?… Dis-moi aussi le nom de sa mère.

— Bertha el Cohen

— Qu'est-ce qui est arrivé ? Pourquoi m'amenez-vous cet enfant ? De quoi souffre-t-elle ?

— Elle crie beaucoup, se plaignit la tante, et la nuit, elle sursaute (littéralement, en arabe : « elle surgit »)…

— Bon, dit tranquillement le *'akham* Entebi, on va voir.

Il fallait comprendre sa phrase à la lettre. Il allait « voir » le mal dont souffrait ma mère grâce à sa prière. Il se saisit de son vieux livre à la couverture usée jusqu'à la trame, le posa un instant sur la tête de ma mère, puis sur son dos, sa poitrine, tout en murmurant des bénédictions dans un hébreu qu'elle ne comprenait pas. Tout au long de ses passes, Entebi gardait les yeux clos. Et ce jour-là, il n'avait pas bâillé ! Parce que lorsque le *'akham* bâillait, on pouvait être certain que l'enfant souffrait d'un *nefs*, d'un « vent » – ce qui voulait dire qu'un esprit malin était venu le déranger. Ou bien cela pouvait indiquer que quelqu'un, sans doute un membre de la famille, l'avait envié, lui avait « jeté l'œil », *el 'eïn*. Alors, il fallait purifier la victime plus en profondeur, la laver ou même donner un coq ou une poule pour les pauvres, en *sadaka*, en « offrande ». Mais ce jour-là, durant la lecture de ses bénédictions, ou bien peut-être est-ce durant les prières qu'il avait lues sur la tête de l'enfant, il vint une vision au *'akham*. Il dit à ma grand-tante en arabe :

— *Lazem te rou'hou te namou fel maam*, « vous devez aller dormir toutes les deux dans la crypte »... Et si elle rêve là-bas, vous viendrez me raconter les rêves.

Il était 10 h 30 ce matin. Ma mère et sa tante descendirent dans la crypte. Le tombeau était toujours là, mais pas les restes du vieux philosophe, « montés en Palestine » depuis belle lurette. L'endroit était réputé ; on y venait de loin, en pèlerinage ou pour des soins. Il était loin d'être réservé aux seuls Juifs. Musulmans et Coptes recouraient volontiers aux capacités thérapeutiques du médecin-philosophe. Les cabines étaient parfois occupées toutes les quatre et il fallait attendre des heures que les pèlerins aient fini de dormir et de rêver, de communiquer avec le saint. Tout le monde savait que la force sainte de Maïmonide était si puissante que les pierres qui avaient été en contact avec sa dépouille en resteraient chargées durant des siècles, des millénaires, telle une radioactivité magique. Et pour bénéficier de cette *baraka*, les demandeurs pouvaient s'endormir, la tête en contact avec la pierre usée par des siècles de dévotion. Ma mère, dont le sommeil était si difficile, qui se réveillait si souvent la nuit, s'assoupit en quelques instants dans le caveau sacré. Il arrivait souvent que les malades aperçoivent Maïmonide en personne dans leurs rêves. Sans doute ce médecin des rois leur communiquait-il quelque indication pour soigner leur mal. Peut-être étaient-ce des formules codées que le *'akham* Entebi devait ensuite interpréter ? Cependant, malgré les demandes pressantes de sa tante, elle ne parvint pas à se souvenir du rêve qu'elle fit alors. Peut-être le Rab Moshé se contenta-t-il simplement de lui effleurer la joue, peut-être lui souffla-t-il une parole dans l'oreille comme le faisait parfois le *'akham* Entebi ? Il n'y a plus un seul Juif au Caire, mais je sais que le Rab Moshé est resté tel qu'autrefois ; que pour ça, au moins, rien n'a changé… Les vraies thérapies sont des techniques ; elles ne connaissent ni racisme ni frontières. Il y a comme une sorte de justice immanente dans ces pratiques populaires. Si Maïmonide, qui fut le médecin personnel de Saladin, a passé sa vie à soigner les riches et les puissants, il est juste qu'il consacre sa mort au soin du petit peuple.

Ma mère était une enfant nerveuse. Elle est allée bien souvent rendre visite au *'akham* Entebi parce que sa propre mère était une pragmatique. Elle disait : « Il ne s'agit pas de croire aux diables ou à la magie. Si le rabbin l'apaise, c'est bon. C'est tout ! » Et puis, ma grand-mère, pourtant épouse de pharmacien, s'était elle aussi laissé soigner à la mode traditionnelle. Son traitement le plus spectaculaire avait fait jaser la famille en son temps. Cela faisait bien une année qu'elle ne guérissait pas d'une méchante sciatique. À cette époque, ma mère devait bien être âgée d'une douzaine d'années. Sa mère, presque paralysée, passait des journées clouée au lit. Son mari lui avait fait toutes sortes de piqûres – à coup sûr tous les antalgiques qu'il connaissait. Mais un jour, lasse de la voir souffrir ainsi, sa jeune sœur, cette même tante Engela, finit par lui dire : « Je vais prendre ton odeur et la porter chez 'Aïcha, la guérisseuse ! » Le soir venu, elle lui avait enveloppé les cheveux d'un *mandil*, un « mouchoir de tête », et lui avait recommandé de le garder toute la nuit. Le lendemain, à la première heure, elle avait porté l'étoffe à la voyante, un peu tremblante, un peu coupable, bien sûr ! Mais quoi ? Il fallait bien que quelqu'un se décidât à agir. Sitôt qu'elle avait franchi le seuil de sa porte, 'Aïcha avait immédiatement eu une vision et s'était écriée :

— Elle est paralysée sur son lit, la malheureuse. Que peux-tu faire ?

Saisie par la divination de 'Aïcha, la tante Engela mit quelques minutes avant de réagir. Elle demanda :

— Dis-le-moi, toi, ce que je dois faire !

— Feras-tu très exactement ce que je demande ?

— Je le ferai ! Pour le bien de ma sœur, la pauvre, oui, je le ferai !

— Apporte-moi une poule noire, demanda la matrone, je vais la préparer et puis, je te donnerai quelque chose à jeter dans le Nil.

Avec la chair de la poule, sans doute aussi à l'aide d'autres ingrédients, des herbes, des plantes, des poudres, la guérisseuse avait confectionné des sortes de boulettes – trois boulettes. Lorsque ma grand-tante revint deux jours plus tard, elle les lui tendit, enveloppées dans un vieux journal :

— Tu te rendras au milieu du pont de Kasr el-Nil. Là, tu tourneras le dos au fleuve et tu jetteras ceci derrière ton dos.

Elle mima le geste.

— Comme ceci, dit-elle, en balançant sa main par dessus son épaule.

— Et puis ? demanda la tante Engela.

— Et puis, tu t'en iras rapidement… sans regarder en arrière, sans te retourner, malheureuse.

Mais ma grand-tante, Engela, qui possédait plus que toute autre la subtilité intuitive des femmes de chez nous, dit à ma mère, à peine adolescente :

— Tu es la plus proche de la malade, c'est toi qui jetteras les boulettes dans le Nil.

Le lendemain matin, elles se rendirent toutes deux sur le pont. J'imagine leur anxiété, guettant à droite, guettant à gauche s'il n'y avait quelque parent, quelque voisin qui aurait pu les surprendre. Sans doute les aurait-il prises pour des sorcières ! Ma mère sortit les boulettes noirâtres, une à une, ainsi que 'Aïcha l'avait recommandé, se retourna en tremblant et, fixant sa tante au fond des yeux, les jeta en arrière, par-dessus son épaule en murmurant : « Que Dieu me pardonne ! »

Sa mère guérit aussitôt après. Les commentaires allèrent bon train dans la famille. La tante Engela était certaine que c'était bien 'Aïcha qui avait soigné sa sœur aînée – et pour le prix d'une simple poule, en plus ! Mais ma grand-mère avait aussi commencé un traitement par l'électricité. Et toutes ces piqûres de pharmacien, peut-être avaient-elles fini par avoir quelque effet, après tout. Et puis, l'oncle Youssef avait un ami russe, un nommé Makine, qui revenait d'Amérique. Il avait expérimenté sur ma grand-mère les techniques ultramodernes de kinésithérapie qu'il venait d'apprendre là-bas. Était-ce vraiment la poule de 'Aïcha qui avait accompli le miracle, les piqûres, l'électricité, la kinésithérapie à l'américaine ? L'Égypte était alors une terre de multitudes ; elle est devenue une terre de nombres.

Ma mère, c'était Shirley Temple dans les films des années 30. Son père devait être en quatrième année de médecine lorsqu'il fut enrôlé dans l'armée italienne. Jusqu'alors, personne n'avait pris au sérieux cette nationalité que la famille avait achetée deux générations plus tôt. Italiens, d'accord, mais seulement pour échapper aux contraventions. Et voilà qu'on voulait leur faire faire la guerre ! Les Juifs d'Égypte étaient profondément réfractaires aux nationalismes, jamais aussi heureux que sous l'empire ottoman qui leur reconnaissait une autonomie à la mesure des taxes et des impôts qu'il leur prélevait. Ils savaient la nation trop éphémère pour constituer l'identité d'une personne. Certaines personnes parviennent parfois à colorer l'identité d'une nation, jamais l'inverse. La nationalité, ce n'était rien que pour les papiers, une façon de jouer au chat et à la souris avec l'administration. La vérité était ailleurs, dans les profondeurs de l'histoire, dans l'évidence de ces pyramides, dans cette placidité inaccessible du Sphynx. Mais avec la guerre de 14-18, les nations avaient fini par les rattraper. Les Juifs du Nil, ces Égyptiens des origines, contemporains des pharaons, pour une part ancêtres des Coptes, n'arrivaient pas à accorder crédit à cette Égypte musulmane que la modernité s'apprêtait à enfanter. Beaucoup militaient au contraire pour une Égypte moderne, démocratique et laïque. Comme le fameux James Sanua, juif et cheikh, qui avait fondé le premier quotidien libéral, intitulé *Abou Nadara*, « l'homme à lunettes », surnom qui restera à l'homme. Exilé par les Anglais pour « activités subversives », il s'était réfugié en France où il avait terminé son âge. Plus tard, beaucoup d'intellectuels juifs s'engageront pour une Égypte socialiste, communiste… Qu'en reste-t-il ? Ceux qui l'ont fait et ceux qui se sont contentés de vivre la vie qui vient, tous ont été également chassés. On ne peut s'opposer à la force des temps. En France, mes parents n'ont jamais demandé leur naturalisation. Ils sont tous deux morts italiens. Quelle importance en cette fin de siècle d'Europe unie ? Mon grand-père devait avoir vingt-quatre ou vingt-cinq ans quand il partit pour l'Italie combattre avec les alliés. Étudiant en médecine, il fut aspirant durant la guerre où il fit ses brouillons de médecin. C'est durant cette période qu'il apprit cette médecine d'urgence, la petite chirurgie du quotidien qui lui servira tout au long de sa carrière. Il était déjà marié et c'est lors d'une permission qu'il contribua à la fabrication de ma mère, qui est arrivée au monde en son absence, le 18 avril 1917. De retour au Caire, après guerre, il voulut terminer ses études de médecine – trop longues pour un homme déjà chargé de famille. Il bifurqua vers un cycle plus court et obtint son doctorat en pharmacie à Beyrouth, en 1921. Ma mère, âgée de quatre ans, monta avec lui sur l'estrade et c'est à elle que le doyen remit le diplôme. Elle considérait qu'elle méritait ce doctorat, elle qui en avait révisé toutes les matières avec son père. Enfant génie, docteur à quatre ans, la science des corps lui restera familière et alimentera sa vie durant l'hypocondrie de toute la famille. Son père était pharmacien, elle était docteur.

Je ne sais ce qui poussa mon grand-père à retirer ma mère des études. Elle était faite pour ça, pétrie de curiosité, passionnée, virtuose jusqu'au romantisme. « Le saule », le poème de Musset qu'elle m'apprit alors que je ne savais pas encore lire, la présente au plus près de son désir :

Il se fit tout à coup le plus profond silence
Quand Georgina Smolen se leva pour chanter…

Ces vers sont restés inscrits dans ma mémoire. Elle voulait être Georgina Smolen ; elle cherchait son Musset. Son chant n'était pas musical, c'était celui des mathématiques théoriques. Ma mère, c'était George Sand. Mais son père voulut la contraindre à la féminité ; la plaçant malgré elle en position de fille à marier. Trop sérieuse pour comprendre qu'il lui avait deviné une sexualité exigeante, elle lui en tint rancune – rancune exacerbée par le décès accidentel de sa mère, tuée par une pomme de terre. Ma grand-mère s'était entaillé le doigt en l'épluchant, n'y avait pas prêté garde. Elle avait montré cette entaille à son mari, à Zaki le pharmacien, qui l'avait rassurée, avait rapidement désinfecté la plaie, lui avait confectionné un pansement. Une semaine plus tard, elle décédait du tétanos. Quoiqu'elle ne l'ait jamais avoué, je sais que ma mère gardait au fond d'elle-même un reproche jamais exprimé envers son père… Toi, le docteur, le pharmacien, tu n'as même pas pensé au tétanos ? Peut-on être aussi peu attentif à son épouse aimée, à sa moitié ? Ma mère avait vingt-trois ans, son père, cinquante. Six mois plus tard, il décidait de se remarier. Que diable, il était un homme ; et qui mangeait de la viande, qui plus est ! Décontenancée par l'attitude de son père, ma mère abandonna les études et se chercha un mari.

Comment se sont-ils assemblés, ces deux-là, Ranou l'intellectuelle et Soussou Hantoussou, que les liens familiaux rapprochaient et que tout séparait pourtant ? Ils se connaissaient de l'enfance. Ils devaient se sentir une connivence, tous deux orphelins d'un parent dont la perte avait décidé de leur destin – lui son père, elle sa mère. Mais leur apparence, leurs goûts, leurs intérêts, étaient à l'opposé. Il était beau, coureur, joueur, homme de la nuit et de la parole futile ; elle était renfrognée, sérieuse, n'aimant rien plus que ses livres et ne jouissait que d'une seule pulsion, celle de savoir. Il avait trente ans, ne parvenait pas à se décider parmi toutes ses conquêtes… Et puis à qui avouer cette infirmité d'être resté entier, non circoncis – sinon à sa cousine, l'amie intime de sa sœur Adèle ? Elle voulait faire la nique à son père, lui démontrer qu'elle était capable de tout réussir, y compris un mariage. Ils firent affaire. On ne peut dire qu'il s'agissait d'un mariage arrangé, mais il est certain que ce mariage les arrangeait bien ! Il avait eu de nombreuses aventures lors de ses escapades nocturnes. Il avait même noué une relation avec l'intense Leïla Mourad, sa cousine aussi, qui connut un destin grandiose. Lorsque mon père la connut, au début des années 40, elle avait déjà enregistré des dizaines de chansons et tourné plusieurs comédies musicales qui attiraient les foules égyptiennes. Mais la belle chanteuse était plus volage encore que mon père. Elle chantait la force du désir et de l'amour : « L'amour est beau », « Mon cœur me fait chavirer », « Pourquoi m'as-tu laissé t'aimer ? »

L'Égypte de ces années-là, c'était Hollywood sur le Nil. Les concerts publics rassemblaient des dizaines de milliers de spectateurs. Les chansons de Oum Khalsoum, de Samia Gamal, de Farid el Atrache donnaient lieu à de véritables cultes, de gigantesques rituels de transe. Elles parlaient toutes de passion amoureuse. Les femmes s'évanouissaient, les photos des stars envahissaient les magazines. Les cinémas programmaient alternativement films américains et films égyptiens. La mode occidentale devenait la référence, jupes bouffantes à la Marylin Monroe, lunettes de soleil et coiffures sophistiquées, passion pour les américaines décapotables.

Paroles étranges que prononça un jour ma mère ; je devais avoir quatre ou cinq ans : « Lorsqu'une fille te dit qu'elle te déteste, c'est qu'elle est amoureuse de toi. » Paroles étranges, sans doute étayées sur son expérience de femme, mais qui exprimaient les préoccupations d'un monde obsédé par l'amour. Avec mon père, ils jouaient au couple d'amoureux, s'enlaçaient en public, prenaient des poses d'acteurs devant les appareils photo. Mais c'était du cinéma. Bien plus tard, en France, mon père finit par vendre la mèche. « Avec ta mère, tu vois, ça n'a jamais été ça… Si elle n'avait pas été juive, elle se serait faite nonne. » En vérité, son intérêt pour l'amour était de même nature que celui pour les mathématiques. Elle voulait savoir et se souciait peu d'éprouver. C'est ainsi qu'elle a manifesté un véritable enthousiasme pour mes amours de jeune homme, qui lui permettaient de découvrir ce nouveau monde qui l'entourait. À dix-huit ans, je ramenais mes amantes d'un soir à la maison et nous passions la nuit dans ma chambre de garçon. Le matin, elle entrait sans frapper et prenait un air faussement étonné : « Hier soir, il n'y avait qu'une tête et ce matin, j'en vois deux. » Elle soulevait le bout de la couverture. « Et quatre pieds, aussi. Je vois quatre pieds. » Durant le petit déjeuner, elle interrogeait la jeune fille. « Et que fait votre maman ? Travaille-t-elle ou bien s'occupe-t-elle seulement de la maison ? Peut-être s'est-elle inquiétée de ne pas vous avoir vue rentrer… » Le monde extérieur dont elle ne connaissait pratiquement rien faisait irruption dans sa maison. Elle frissonnait d'intérêt. La belle une fois partie, elle y allait de ses commentaires : « Alors, en France, les mères autorisent les jeunes filles à découcher. Elles ne sont pas inquiètes, dis donc… » Moi, je ne découchais pas ; je couchais seulement. Elle m'en savait gré. Je lui faisais partager mes premières lectures de Freud, lui parlais de sexualité infantile, de désirs sexuels refoulés. Elle argumentait, lisait les livres à son tour, les annotait, reprenait la discussion à la première occasion. « La sexualité semble avoir une très grande importance pour les gens. Mais ce Freud-là dont tu t'es entiché, il est certainement très intelligent, mais il a l'esprit *ma'woug*, « de travers »… Les choses dont il parle, elles existent, mais il leur donne trop d'importance, tu vois… Par exemple moi, j'étais amoureuse de mon père, il a raison ! Il était intelligent et personne ne savait raconter des histoires comme lui. Je l'aurais bien épousé. J'y ai souvent pensé. Mais je n'y attachais pas plus d'importance que ça… » Je pestais contre son manque de respect envers mes nouvelles idoles. Je discutais, argumentais, recherchais les exemples, récitais la théorie psychanalytique. Elle écoutait volontiers, se piquait au jeu, argumentait à son tour.

9

Anthony Perkins

En Égypte, nous étions un peu anglais. Nous appelions ma mère *mummy* et avions quelques expressions héritées des soldats britanniques, qui nous faisaient pouffer de rire. Lorsque *mummy* voulait par exemple que la bonne ouvre les rideaux, elle lui disait, en anglais, en roulant bien les « r » : « Ouahiba, some *morrre* light, please. » Mon frère, c'était Anthony Perkins – c'est Anthony Perkins ! Cette même beauté sèche, tendue, affûtée. Il s'appelle Edwin, un prénom de lord anglais. Mais son homonyme est bien David Nathan, le père de mon père. Comment David a-t-il donné Edwin ? C'est qu'en arabe David se dit Daoud… le « Daou » a donc dérivé vers le « dw » de Edwin. Une trouvaille de ma mère, pour faire moderne. Toute la famille a accepté cette innovation avec plaisir. Désormais, c'était fixé pour les générations à venir : Edwin, c'était David ! Mais lui, il le considérait comme son prénom, lui appartenant à lui seul, « lord Edwin ». Alors, lord anglais, il l'était vraiment. Il se tenait toujours très droit, le menton en avant, partageait ses cheveux par une raie bien à gauche, faisait de l'escrime et adoptait un ton cassant envers tout le monde. De plus, notre famille gardait vaguement le souvenir d'une présence dans l'île de Rhodes, chez les Anglais, par conséquent. J'apprendrai bien plus tard que le grand-père du rabbi Yom-Tov, Moshe Israël, et son fils Isaac avaient tous deux été grands rabbins de Rhodes au XVIIIe siècle. Mais plus problématique, l'un des descendants de cette famille, qui avait commis quelque malversation, s'était réfugié à Rhodes où il avait trouvé la mort. Notre anglicité n'était donc pas entièrement recommandable.

Premier enfant de ce couple insolite qu'étaient mes parents jeunes, mon frère a été accueilli comme un prince, mais il est né trop tôt, après seulement sept mois de gestation, en janvier 1944. C'était encore la guerre. Bien sûr, il y avait eu la victoire de Montgomery en novembre 42 à la bataille d'El-Alamein qui avait écarté la menace allemande, mais le monde n'était pas tranquille. Mon frère, c'est l'enfant d'El-Alamein ! La conscience d'être sauvés d'un danger mortel a incité mes parents à se marier et à procréer. Mais élever un premier enfant, prématuré et chétif, en temps de guerre et d'angoisse, qui plus est, ma mère était devenue folle d'inquiétude. Elle était obsédée par le poids du petit. Comment le faire grandir, comment le faire grossir ? Quand allait-il lui démontrer qu'il avait choisi de vivre ? Et le lord avait ses caprices. Il n'acceptait que certains aliments, vomissait les autres et attrapait toutes les maladies qui passaient, qui lui faisaient perdre aussitôt les quelques centaines de grammes qu'il avait réussi à prendre. Photos jaunies du petit Edwin emmitouflé dans des couches de vêtements de laine dans l'hiver du Caire dont la température descendait rarement sous les 18°. Sur les photos, il a déjà ce visage renfrogné et sévère qu'il gardera par la suite. Mais sa plus grande colère, il la fit à mon arrivée, près de cinq ans après lui, en novembre 1948. Alors qu'il avait récupéré de sa prématurité et se développait avec bonheur, ma naissance le fit rechuter. Il maigrit à nouveau, acquit ce teint jaunâtre d'hépatique qui ne le quitta plus et qui lui valut le sobriquet de « japonais ». Plaisanteries de gamins, je prétendais qu'il avait été échangé à l'hôpital ; que les infirmières avaient remplacé mon véritable frère par l'enfant d'une Japonaise et que c'était lui. Mon frère est resté maigre comme Anthony Perkins jusqu'à près de quarante ans. On peut dire qu'il a fallu longtemps avant que son intérêt pour moi finisse par s'atténuer.

On a beau dire, les enfants ne s'intéressent pas aux adultes, mais aux enfants. Si ma mère était captivante, si je prenais plaisir aux discussions avec elle ; si mon père m'était une énigme, si je le respectais et l'admirais, j'aimais mon frère, tout simplement. J'aime mon frère ! Avec lui, enfants, ce n'étaient que jeux complexes et discussions sur les gens et sur l'état du monde. À chaque fois, il nous fallait constater l'évidence : nous avions les mêmes idées, les mêmes passions, aussi, pour les voitures, par exemple. Sur le balcon de notre appartement de la rue Farouk, devenue en 1952 la rue *el-Guesh*, « la rue de l'armée », nous restions des heures à reconnaître du haut de notre cinquième étage les marques de voitures. Curieux comme certaines erreurs s'inscrivent pour la vie comme des obligations de réparer. Un jour, je n'avais pas réussi à identifier un combi Volkswagen ; lui si ! Il s'était moqué de moi. Plus encore, nous partageons une espèce de distance aux événements, une philosophie nihiliste et désabusée. Nous aurions pu rester égyptiens – peut-être ressemblerions-nous aujourd'hui au fils que Leïla Mourad eut avec son mari musulman, sans doute un Égyptien parfaitement intégré. Nous aurions pu devenir israéliens comme nombre de nos cousins dont les parents avaient choisi de faire leur *alya*. Nous ressemblerions aujourd'hui à Yossi, à Dror ou à Jacky. Nous aurions pu rester italiens en Italie et même plus précisément romains. Nous aurions pu émigrer en Suisse comme notre grand-père maternel, Zaki le pharmacien, ou en Amérique du Sud, au Canada, ou en Australie, comme d'autres cousins encore. Nous savons que dans chaque cas, nous aurions été différents de ce que nous sommes, nous aurions parlé une autre langue, arabe, hébreu, italien, espagnol ou anglais, nous aurions sans doute exercé un autre métier, aussi. Nous aurions été un autre. Certes, c'est ce que n'importe qui pourrait se dire, mais pour nous, ce n'était pas une vue de l'esprit, une imagination philosophique ; nous savions d'expérience que c'est ce qui aurait vraiment pu arriver. Je crois que c'est de là, de cet éventail des possibles inscrit dans notre histoire, que nous gardons à la fois un doute sur notre identité et une conscience aiguë de sa contingence. Certains que notre « soi-même » a été le fruit du hasard, il nous est impossible d'être fiers de nous-mêmes. Il nous reste une angoisse fondamentale, une sorte de peur à être. Et cette dérision qui rend pensables les théories les plus invraisemblables.

Je suis le jumeau de mon frère – c'est possible ! Des jumeaux nés à cinq ans d'intervalle. Nous avons cette proximité mentale gémellaire, devinant les mouvements de l'autre avant même qu'il les ébauche. C'est peu dire que nous nous connaissons ; nous savons tout l'un de l'autre, sans même avoir besoin d'une parole. Le regard que l'un porte sur l'autre est nécessairement impudique. La parole que l'un prononce sur l'autre est toujours révélation. La pensée que l'un a de l'autre est sa propre pensée. Nous sommes jumeaux à la mode antique, avec le vague sentiment que si le destin s'en apercevait, il ferait disparaître l'un des deux. La nature a horreur des doublons. C'est pourquoi, pour tromper la providence, nous nous évitons.

Nous ne sommes pas identiques néanmoins. Edwin a brillamment réussi dans les affaires. De sa position d'aîné, il a gardé le goût de diriger. Sans doute plus inquiet que moi, il a développé un sens aigu de la famille. Plus habile que moi, il a mieux su se fondre dans le paysage ; il semble moins atypique que moi.

Mais sur le fond, nous sommes la même personne. Nourris aux mythologies bibliques, nous nous étions nous-mêmes identifiés aux deux enfants d'Isaac le patriarche – lui Esaü et moi Jacob. À l'époque, nous n'avions pas réalisé qu'ils étaient jumeaux – ils le sont ! Esaü, l'aîné, est seulement sorti plus tôt. Parodiant le récit, il m'a un jour vendu son droit d'aînesse, non contre un plat de lentilles, mais contre un artichaut. Depuis, je ne mange plus les artichauts et lui en raffole toujours. Avons-nous vraiment pris au sérieux cette cession du droit d'aînesse ? Dans cette famille, à la fois traditionnelle et totalement bouleversée par la disparition de ses repères territoriaux, ce n'était pas un simple jeu d'enfants. Le droit d'aînesse est un dispositif de certains systèmes de parenté qui a la singulière caractéristique d'être toujours voué à l'échec. Dans son principe, il a pour fonction de résoudre un problème généré par la filiation patrilinéaire. Dans ces systèmes, l'ancêtre est un homme. Il transmet à son fils le nom et la capacité de le régénérer. Le problème surgit aussitôt qu'il existe plus d'un fils, la règle réservant au seul aîné le privilège de la transmission. Mais que font alors les autres garçons, les puînés ? Ils devraient rester leur vie durant dans une position d'enfants, ce qui est évidemment impossible. Le problème se complique dès lors qu'il existe un héritage, et plus particulièrement dans le cas de propriétés terriennes. Si l'aîné hérite de tout, du nom et des biens, il ne reste plus aux suivants qu'une seule solution : l'exil. Ailleurs, là où ne règne pas l'aîné, ils peuvent à leur tour fonder et transmettre. C'est une des raisons de l'émigration d'hommes africains régis par de telles règles de filiation. Là où le droit d'aînesse est appliqué, soit il est détourné, soit il génère exils et ruptures.

Dans le cas de notre famille, qui ne possède plus aucun bien hormis ses souvenirs, le droit d'aînesse pourrait sembler dérisoire. Il ne l'est pas. Chacun d'entre nous a été Énée fuyant Troie en flammes portant son père Anchise sur les épaules. Qui de nous deux parviendra à fonder Rome à partir des éléments du noyau qu'il a réussi à sauver et emporter dans l'errance ? Tel était l'enjeu dont nous nous étions saisis, mon frère et moi, à l'aube de notre parcours hors d'Égypte.

Je me souviens de mon frère, avec son magnifique plastron blanc, au centre de l'équipe d'escrime du lycée français du Caire. Il était beau ! Je me souviens de lui dans son uniforme scout avec le béret glissé dans l'épaulette. Martial ! J'étais trop jeune pour y prendre part. Je n'éprouvais pas d'envie, non ! Seulement la sensation de vivre ces aventures par procuration. Il était mon héros ; il l'est resté. Pourtant, avare de ses récits, il en racontait peu. Mais ce qu'il vivait, je le vivais aussi. Il avait treize ans lors de notre émigration. Il avait eu le temps d'apprendre un peu la vie, de connaître les êtres, d'avoir des idées – peut-être même d'esquisser quelques brouillons sexuels avec les jeunes bonnes. J'en avais un peu plus de huit ; à peine sorti de l'œuf pour ainsi dire. Du coup, il avait pris l'habitude d'agir, moi de penser. Il a toujours eu un côté grandiose, lord Edwin, tempéré par l'inquiétude permanente de notre mère, néanmoins. Pour elle, il était resté ce bébé fragile, hésitant à mordre dans l'existence. L'inquiétude que l'on éprouve pour les êtres chers a un côté stupide, non parce qu'elle est infondée (elle ne l'est pas toujours), mais parce qu'elle provoque une même inquiétude en retour. Réponse du berger à la bergère, mon frère a toujours été très inquiet pour ma mère, pour mes parents. Du coup, il les entourait d'une attention angoissée qui les inquiétait, et ainsi de suite. Cercle infernal de l'inquiétude inquiétante qui n'en finit pas d'enfler. On ne peut en sortir qu'en décidant de rompre le cercle, en choisissant l'égoïsme. C'est ce que j'ai fait. J'ai tout conservé par-devers moi.

Le bouleversement de l'ordre familial est à la fois le plus grand bienfait et la plus grande souffrance de l'émigration. Il est un dicton arabe qui dit : « Celui qui connaît mon père, qu'il aille le lui dire, et celui qui a signé mon contrat de mariage, qu'il aille l'annuler. »

Autrement dit : « Je suis un étranger ; je ne relève pas de votre loi. » Il décrit bien la fascination de l'émigré pour cette vertigineuse liberté qui s'ouvre soudain devant lui – liberté de penser, de faire, de ne pas respecter, d'enfreindre... En contrepartie, le monde devient désordre. Le père est un enfant aux yeux de son fils – ce père qui ne parvient pas à intégrer les règles élémentaires que l'enfant a absorbées sans effort. L'enfant est un père pour le père qui lui demande son chemin, la traduction d'un mot ou la manière de remplir les formulaires de sécurité sociale. La famille explose en autant d'individualistes forcenés. Ses membres deviennent compagnons d'une même aventure, quelquefois d'infortune. Il arrive qu'ils ne se supportent plus. Cachez-moi ce père qui laisse apparaître ma propre nudité, qui ne parvient pas à se débarrasser de son accent, qui se comporte comme si nous étions encore là-bas, au bled, au village, dans la *'hara*. L'émigration a un dieu et il est chrétien. L'enfant abandonne son père et sa mère pour suivre les prophètes du nouveau dieu. J'ai eu cette chance de ne jamais avoir eu honte de mon père. Il était la marque de mon originalité et s'il lui arrivait de parler, il disait toujours des vérités inattendues. Lorsque, au mois de décembre, les arbres se couvraient de guirlandes de lumières, lorsque, pour les fêtes de fin d'année, les mairies s'illuminaient de formules de joie, cette ambiance factice l'incommodait. Il disait toujours : « Tout ça, vois-tu… de la poudre aux yeux ! Rien que de la poudre aux yeux… » Il signifiait surtout que nous autres, émigrants, n'étions pas émus par ces démonstrations convenues. Si nous étions corvéables, nous avions la chance de ne pas être maniables à merci, de ne pas être des moutons. Mon frère, plus grand, supportait difficilement les attitudes caractérielles de mon père. Lui voulait désespérément paraître normal ; je savais que nous ne l'étions pas, que je ne l'étais pas.

Bien plus tard, dans les années 90, j'ai relaté dans un grand hebdomadaire – *L'Express*, je crois – notre arrivée dans cette cité de transit de Gennevilliers, coincée entre une gigantesque ferraille et un immense bidonville. Mes camarades de classe habitaient le bidonville. Nous nous faufilions dans la ferraille et jouions aux nababs au volant d'une Cadillac sans roues. Je racontais que dans cette classe de CM2 où j'avais débarqué, au moins 80 % étaient enfants d'émigrés, portugais, italiens, kabyles et même quelques juifs polonais dont l'immigration datait d'avant guerre. Edwin était alors PDG d'une grande firme pharmaceutique. Il n'a pas apprécié les questions de ses collègues qui avaient lu l'article. Tout était vrai, pourtant ! Lorsque je passe en revue mes condisciples de l'époque, je me rends compte qu'une vingtaine d'entre eux, une bonne moitié, sont morts bien avant la cinquantaine. Les uns ont succombé à une overdose, d'autres au sida. Le plus étrange est que trois d'entre eux sont morts de la même façon, lors d'une tentative d'évasion, alors qu'ils étaient incarcérés pour vol à main armée. L'émigration vous met en prise directe avec l'envers du décor. Mon frère, trop inquiet, avait choisi de se boucher le nez. Je dois reconnaître, pour lui rendre justice, que ce n'est pas son poste de responsabilité qui lui avait fait oublier les bas quartiers dans lesquels il avait passé une partie de sa jeunesse. Déjà à l'époque, il traversait Gennevilliers comme un aristocrate. Un épisode cocasse, il devait avoir à peine dix-sept ans et entretenait une relation amoureuse avec la plus jolie fille de la cité, qui est par la suite devenue sa femme et qui l'est restée. Ils se promenaient tous deux, main dans la main, parfois enlacés. Sans doute profitaient-ils de quelque coin sombre pour flirter. L'époque fournissait peu d'espaces tranquilles aux amoureux. Du coup, ils fleurissaient sur les trottoirs, au creux des portes cochères, dans les cinémas ou sur les bancs publics. L'exhibition de leur amour naissant avait excité la jalousie d'une bande de blousons noirs – les grands frères de mes camarades de classe, qui pétaradaient sur leurs vespas, les pointes de leurs santiags au vent. Ils avaient coincé le couple dans une ruelle et s'apprêtaient à administrer une correction à mon frère. C'est alors qu'il avait parlementé, leur expliquant qu'ils constituaient une force sociale, que l'avenir leur appartenait. Il les avait comparés aux ouvriers déferlant sur Paris au moment de la Commune. Ils avaient écouté l'histoire, éberlués, lui avaient posé des questions, cherché à savoir ce qu'étaient devenus ces ouvriers. Je ne sais pas s'il leur avait précisé que la plupart d'entre eux étaient morts. Les blousons noirs avaient fini par laisser repartir le jeune couple sans faire de mal à quiconque. Mon frère a tout fait pour se détourner de ce monde ; moi, je l'ai pris à bras-le-corps.

Lorsque nous sommes arrivés à Paris – ce devait être au mois d'août 1958 –, débarquant de Rome après vingt-quatre heures de train, il fallut trouver où loger. Les hôtels refusaient les enfants. Nous sommes passés à quatre pattes, mon frère et moi, devant la réception de l'hôtel « Brébant et Beauséjour », sur le boulevard Montmartre. Nous avons vécu des mois, clandos dans une chambre de dix mètres carrés, tous les quatre, ma mère faisant la tambouille sur un réchaud à alcool et mon père partant tous les matins taper à la machine dans un pool de secrétaires pour 45 000 anciens francs par mois. Nous devions nous cacher sous la table ou sous le lit lorsqu'un employé de l'hôtel pénétrait dans la chambre, de peur de nous voir expulsés. Mes parents étaient hagards, mon frère serrait les dents, moi, j'étais heureux de ce renversement du monde. La réaction des enfants est imprévisible, c'est pourquoi il ne faut pas croire aux prédictions des psychologues. J'étais heureux d'une sorte de libération mentale dont j'étais conscient chaque jour. Les règles avaient volé en éclats, les habitudes avaient disparu, l'urgence imposait sa loi, la nécessité dénouait les liens. Je ne sais pas ce qui aurait pu arriver si cette situation avait perduré. Peut-être la famille se serait-elle disloquée ? Il me semble que c'est moi qui ai dénoué la situation en attrapant la tuberculose. Examens biologiques, attentes interminables dans le dispensaire de quartier, séances d'aérosols dont l'odeur est restée fixée à tout jamais dans mes narines. Tuberculose ? Ce seul mot la terrorisait. Ma mère a contraint mon père à trouver un appartement. C'est ainsi que nous sommes finalement arrivés à Gennevilliers.

Décembre 1958, la cité Claude-Debussy sortait à peine de terre. La rue était encore un chantier. Il fallait traverser des collines de boue pour accéder à l'entrée de l'immeuble. L'appartement de trois pièces minuscules nous parut un palais. La nouvelle s'était répandue parmi les Égyptiens fraîchement réfugiés. Nombre d'entre eux s'étaient retrouvés dans cette cité. Beaucoup venaient du Caire, quelques-uns d'Alexandrie. Certains se connaissaient déjà en Égypte, d'autres ne se seraient jamais rencontrés. Il y avait les Pardo, plusieurs familles Cohen, deux familles Israël, les Saadia, les Gallimidi, les Harrari, plusieurs familles Lévy, les Avayou, les Kodsi, les Hadida, les Khodara, les Hassid, les Politi, les Sassoun, les Albouker, les Menasché… À évoquer leurs noms, on croirait lire la Bible. Mais il y avait aussi quelques noms ashkénazes, des ashkénazes d'Alexandrie, les Bercovitch ou les Geiger… Et ces Juifs égyptiens, jetés là par les vents de l'histoire, ont reconstitué un ghetto, une sorte de *'hara*. L'un d'entre eux, le plus religieux, peut-être, ou bien le plus nostalgique, il s'appelait Ouahba, avait aménagé une synagogue dans son appartement. Les hommes s'y retrouvaient le vendredi soir pour l'office de shabbat et les jours de fête religieuse. Au début, cette rue n'avait pas de nom, seulement « la cité », puis on avait apposé une plaque « avenue Claude-Debussy ». La veille de Kippour, cette avenue, creusée là par décision de la municipalité, entre le cimetière (chrétien), la ferraille (tsigane) et le bidonville (kabyle), devenait la « rue des Juifs ». Les gamins déambulaient avec leurs vêtements neufs, les pères se pressaient à l'office, serrant dans un sac plastique leur châle et leur livre de prière. Il y avait aussi des « Français », je veux dire des Français de France, des « gens normaux », des ouvriers qui avaient trouvé à se loger là, en ces temps difficiles de l'après-guerre. Désemparés, ils commençaient déjà à exprimer leur incompréhension des politiques publiques.

— On est en France, ici. Retournez chez vous !

Eh bien... c'est-à-dire qu'on aurait bien voulu ! Même que si on nous avait demandé notre avis, on ne serait jamais partis. Je crois que c'est Bondy Albouker, le premier naturalisé (ou bien était-il français de naissance ?), qui avait eu la réponse la plus adaptée. De sa voix de ténor – c'est lui qu'on entendait chanter le plus fort à la fin du Kippour – il avait répondu en roulant les « r » dans un bruit de mitrailleuse :

— Monsieur, je suis plus frrrançais que vous ! Moi, j'ai choisi de venir ici ; vous vous êtes seulement donné la peine d'y naître !

Sacré Bondy Albouker ! Il ressemblait tant à Fernandel qu'un jour, dans sa 404 toute neuve à toit ouvrant, il avait descendu les Champs-Élysées en saluant les passants. Là aussi, comme à la synagogue, il avait été applaudi.

Les Romains l'avaient compris, et les Grecs bien avant eux, les Perses et les Babyloniens aussi : laissez un temple aux Juifs et les voilà rassemblés en communauté. C'est pour cette raison que, durant près de mille ans, tous ces peuples n'ont eu de cesse de détruire le temple de Jérusalem. La synagogue de la *'hara* Claude-Debussy nous a tenu la tête hors de l'eau, un temps, quelques années, le temps de prendre conscience du pays où nous avions atterri. Dès la première année, on y avait organisé un *talmud Torah*, une école du jeudi et du dimanche où les enfants étaient censés apprendre les rudiments de religion. Je bénis cet endroit, notre première synagogue en France. J'y ai connu mes premiers émois sexuels. Elle s'appelait D. Je ne vais pas dire son nom ; je ne sais pas si elle aimerait que l'on apprenne nos amours d'adolescents. Elle avait les cheveux noirs, frisée comme un mouton et des yeux bleu saphir – les yeux d'Isabelle Adjani. Il n'y avait pas assez de place pour aménager deux classes séparées, une pour les garçons et une autre pour les filles. Nous apprenions tous ensemble les prières, les rites et l'histoire juive. Et j'ai reçu un petit mot sur ma petite table d'écolier. « Aimes-tu D. comme elle t'aime ? » Je dois dire que je n'y avais pas pensé, mais maintenant qu'on me posait la question, il était certain que je l'aimais. Elle avait quatorze ans, moi un peu plus de onze. Le Dieu des Juifs réunit les couples, c'est connu. Nous l'avions sollicité par nos prières d'enfants et il avait répondu. J'ai la conviction que Dieu répond toujours. Il me l'a prouvé nombre de fois. Nous nous sommes donné rendez-vous dans une cave. Les secrets des enfants ont toujours occupé les profondeurs. Les gamins de la cité connaissaient les caves comme leur poche. Nous y organisions des jeux, des goûters, plus tard des discussions. Les caves ont évidemment abrité les amours de chacun d'entre nous. D. fut mon initiatrice. Elle m'a enseigné la force du désir, qui bouscule les règles et brave les interdits… le désir, incompréhensible alchimie qui me laisse penser un instant que je suis moi-même. Nous nous sommes très peu parlé. Nous nous sommes retrouvés épisodiquement durant des années, pour constater à chaque fois que le désir était toujours là. Puis, D. est entrée en moi, au plus profond. Elle a peuplé mes rêves ; elle y apparaît encore quelquefois. Mais elle a surtout marqué mon être d'une empreinte indélébile. Les humains sont des animaux très sensibles à l'empreinte. Cette première fois a donné la forme de mes désirs ultérieurs. Je n'aime rien tant que la surprise d'une femme me révélant son désir.

Pour toutes ces familles juives égyptiennes que les événements politiques avaient brutalement arrachées à leur monde, la *'hara* Claude-Debussy a constitué un sas, un environnement acceptable, où le familier, le traditionnel, permettait de supporter le nouveau, l'incompréhensible, l'inacceptable parfois. Là, elles ont pu, dans ce refuge provisoire, prendre le temps de digérer le traumatisme de l'expulsion, de reconstituer leurs forces avant d'affronter le monde nouveau. Ces familles ont utilisé ce moment de communautarisme pour mieux savourer la République ensuite. En ces temps le mot « communautarisme » n'existait pas et l'antagoniste de la République était encore frais aux mémoires. Il avait même un nom ; il s'appelait Philippe Pétain.

Je dois reconnaître que cette idée, celle du bienfait d'un moment de communautarisme pour l'adaptation ultérieure de ces familles, je ne peux l'avoir qu'aujourd'hui – les années ayant passé. À l'époque, la plupart de ces Juifs du Nil cherchaient au contraire à fuir la cité Claude-Debussy, sauf certains enfants. J'en étais. Les uns, parmi les plus grands, les presque adultes, partaient le matin en rasant les murs et s'en allaient au lycée, au bureau ou à l'usine se donner le sentiment qu'ils étaient comme tout le monde. Les filles avaient été les premières à emprunter le chemin de la normalisation, les plus jolies, surtout, qui s'encanaillaient dans les bras des blousons noirs. Nous les surprenions parfois, nous les plus jeunes, dans ces caves que nous connaissions si bien. Les adultes aussi, bien sûr, essayaient de paraître « normaux », mais ils avaient plus de mal que les jeunes, trahis qu'ils étaient par leur accent, leur façon de s'exprimer, d'appréhender le monde. Mais certains adultes – je crois que c'étaient les plus mûrs, les plus accomplis – organisaient leur univers pour nier l'exil. Elle, je la reconnais comme mon double en nostalgie. Nous l'appelions « la tante G. », parce qu'elle était réellement la tante de l'un d'entre nous. Elle avait décidé de vivre en France comme elle vivait au Caire, une vie de discussions perpétuelles autour d'un whisky en tapant le carton. La journée, elle s'occupait tant bien que mal de sa maison et de ses trois enfants. Mais quand arrivait le soir, c'était alors que commençait la vraie vie. Un taxi venait la chercher pour la conduire au casino d'Enghien. Elle y retrouvait d'autres Égyptiennes, comme elle, mais aussi des Algériennes et des Tunisiennes. Elle y passait la nuit entière, rentrant à l'aube, le visage et les vêtements fripés, quelquefois reconduite par un galant occasionnel. Pour supporter la situation, son mari faisait le taxi de nuit. Lui avait changé de nom, adoptant un patronyme qui fleurait bon la France d'autrefois, portait des vêtements raffinés et affichait des airs de nanti. Mais tout le monde savait que la nostalgie active de sa femme lui rendait la vie impossible. Il a tout de même fini par la quitter. Elle a longtemps gagné aux cartes – suffisamment pour ne pas avoir à travailler. Mais la chance avait fini par tourner et elle avait dilapidé ses maigres économies. Elle fut interdite de casino. Elle vieillit en un jour, comme si les vingt ans de sursis qu'elle s'était octroyés lui dégringolaient sur les épaules sans crier gare. Elle eut alors toutes les maladies et finit par mourir seule dans le petit appartement de la cité. Il y avait aussi Monsieur J. Il nous faisait peur, celui-là ! Lui prétendait que l'on ne pouvait pas fuir indéfiniment parce que les morts finissaient par nous rattraper. Il appelait les enfants et les invitait à faire tourner les verres avec lui, sur un napperon où il avait inscrit en cercle les lettres de l'alphabet. Et les verres tournaient ; et les morts venaient. C'étaient immanquablement des vieux morts, décédés en Égypte, qui réclamaient les services que l'on devait aux disparus. Monsieur J. était resté obsédé par ceux que nous avions laissés seuls, là-bas, sans prières, sans visites. Mes ancêtres, la famille Cohen, les aïeux des deux grands-mères maternelles de mes parents, étaient enterrés dans le cimetière de Bassatine, au Caire, depuis la nuit des temps. Il y avait peut-être vingt générations successives sous la terre de ce cimetière, peut-être même le double, qui sait ? La légende racontait qu'un vieux rabbi avait obtenu du sultan la concession du cimetière par un subterfuge. Le rabbin avait soigné la fille du sultan. Pour le remercier, le sultan lui avait demandé d'exprimer un vœu. Alors le rabbi avait demandé un terrain dans lequel bâtir un cimetière pour la communauté juive.

— Et quelle devra être la taille de ce terrain ? demanda le sultan, soupçonneux.

— Le terrain aura la taille de la peau de ce chameau, répondit le rabbi.

— C'est accordé, décida aussitôt le sultan.

Alors, le rabbi découpa la peau du chameau en lamelles si fines que, mises bout à bout, elles dessinèrent le périmètre de l'immense cimetière de Bassatine.

Nous avions appris qu'après leur défaite militaire contre les Israéliens, les Égyptiens avaient profané les tombes. On disait même qu'ils avaient dérobé les pierres pour bâtir des bicoques sur le toit d'immeubles déjà bringuebalants. On ne peut pas dire : les morts laissés en Égypte n'étaient certainement pas à la fête. Mais ils avaient trouvé leur avocat en Monsieur J., un avocat fantasque et inquiétant dont l'efficacité se cantonnait à cette seule ruelle de Gennevilliers. Depuis, nos morts ont trouvé une avocate bien plus efficace en Mme Claude Wainstain qui a milité sans relâche jusqu'à ce que les autorités égyptiennes finissent par accepter la réhabilitation du cimetière de Bassatine, aux frais de la diaspora juive d'Égypte, bien sûr !

Dans cette cité Claude-Debussy, tous les enfants se connaissaient – tout le monde se connaissait ! Il y eut évidemment quelques flirts ; il y eut même des relations amoureuses durables, mais la plupart des enfants se sont mariés et ont fondé une famille avec des étrangers à la cité, généralement « français de France ». Ces jeunes gens ont presque tous décidé de sortir, d'aimer hors de leur communauté d'origine. Les garçons ont épousé des jeunes filles de familles récemment arrivées de province, si bien qu'ils se sont ancrés quelque part en France, par leur belle-famille, qui en Picardie, qui dans le Morvan, dans l'Eure, dans la Creuse ou dans le Var. Quant aux filles, si elles sont sorties de la cité, elles ne sont pas allées bien loin, épousant le fils du propriétaire de l'épicerie ou celui du plombier. S'il fallait mesurer le degré d'adaptation d'une communauté au métissage de ses enfants avec la population d'accueil, on devrait considérer que les Juifs d'Égypte, du moins ceux qui avaient débarqué dans cette cité Claude-Debussy, se sont adaptés de manière exemplaire. À quelques exceptions toutefois, parmi lesquelles mon frère, Edwin et moi, qui avons tous deux épousé des filles de la cité provenant de familles juives d'Égypte, elles-mêmes nées en Égypte. Lorsqu'un Juif d'Égypte comme moi a un enfant avec une Juive d'Égypte, quelle est la nature de cet enfant ?

Petit moment de fou rire lorsque la maîtresse d'école de Michaël, mon aîné, nous raconte qu'à la question de la nationalité qu'elle posait à toute la classe, le gamin, alors âgé de quatre ou cinq ans, avait répondu : « égyptien ». Michaël est pourtant né à Paris, à l'hôpital Saint-Antoine, de deux parents tous deux français. Il est des logiques qui transpercent les apparences.

La parenthèse bienfaisante de cette époque communautaire a pris fin avec le mariage de mon frère, tout au moins pour moi. La vie réelle, les problèmes du quotidien ont soudain fait irruption, et de manière fracassante. Tout le monde se connaissait dans l'avenue Claude-Debussy, mais on ne peut pas dire que tout le monde s'aimait, loin de là ! En Égypte, ma mère n'aurait jamais adressé la parole aux femmes de la cité, à aucune d'entre elles. Elles étaient toutes *baladi*, « peuple ». D'ailleurs, elle ne les aurait même pas croisées. Elles ne vivaient pas dans le même monde. Ainsi va l'émigration, qui bouleverse en tout l'ordre des choses. Ce qu'elle ne supportait pas, c'était d'être assimilée à ces femmes, que quelqu'un puisse penser qu'elle leur était semblable. Alors, elle ne sortait pas de chez elle. Dès son arrivée en France, ma mère s'était réfugiée dans son appartement pour protéger l'idée qu'elle avait d'elle-même. La République est redoutable pour les petites gens. « Pour qui elle se prend, celle-là ? La reine Nazli ? Ah ma chère, elle nous fait des mines ! Et elle passe devant nous avec un nez long d'un kilomètre. Elle accepte à peine de nous saluer… » À la longue, ma mère avait fini par retrouver un statut.

Elle s'était mise à donner des cours particuliers aux enfants de la cité. Les enseigner, était acceptable, les aider à surmonter leur vulgarité, c'était même salutaire, quant à les fréquenter, il n'en était pas question ! Je crois bien qu'aucun des gamins de mon âge – et même les plus vieux ! –, aucun n'a échappé à ses cours de maths, les cancres qui tentaient tout de même de passer dans la classe supérieure, comme les bons élèves qui voulaient réussir un concours ou intégrer une grande école. Il faut dire qu'elle était douée ! Pas seulement pour les maths, mais pour enseigner à ces enfants un peu perdus, tiraillés entre des parents dépassés et une école qui ignorait leur spécificité, puisqu'elle faisait dogme d'ignorer toute spécificité. Elle a constitué pour eux ce personnage intermédiaire, de chez eux indubitablement, et qui maîtrisait pourtant le savoir de l'école, qui le leur présentait de manière accessible. Combien d'enfants ne parviennent pas à se familiariser avec le savoir parce qu'il leur arrive comme venin. Elle les connaissait, ces gamins ! Elle les connaissait bien… J'en croise parfois qui me rappellent que ma mère les a sortis d'affaire ; qu'ils ont bien failli échouer dans une voie de garage… Benny, Doudou, Roby, Gougou, Peewee, Zaco, Zizi, Zouzi… Nous avions tous des surnoms. Mais il y avait un problème, c'était celui du mariage. Les migrants ont toujours un problème avec le mariage de leurs enfants ! Ils ont une conscience confuse d'être le dernier maillon d'une chaîne ; avant eux, des semblables se sont unis à des semblables, de génération en génération. Et voilà que dans leur âge, leurs enfants allaient se marier – c'était certain ! – avec des étrangers, rompant ainsi la chaîne centenaire, millénaire, peut-être. Ils se sentent responsables de cette trahison programmée tout en sachant que le mariage avec les enfants de la société d'accueil est le gage le plus sûr de l'installation dans le pays. Le problème est évidemment exacerbé lorsqu'il se mêle en plus des questions religieuses. Épouser un « Français », c'était, en ces temps, presque à coup sûr épouser un catholique. Le sentiment de trahison prend alors consistance, résonne comme un air connu, croise des interdits traditionnels, rappelle les énoncés rituels. La règle ne dit-elle pas que si un Juif épouse une non-Juive, ses enfants ne seront pas juifs ? Un parent peut-il prendre la responsabilité d'interdire la communauté d'appartenance à ses propres petits-enfants ? La plupart du temps, les parents taisent leur crainte, de peur de glisser l'idée à leurs enfants ; pour écarter le malheur, aussi, dans une sorte de déni apotropaïque. C'était évidemment le cas dans notre famille. Mais la question du mariage des enfants était plus difficile encore car, pour ma mère, que ses enfants choisissent une fille de la cité, pourtant juive d'Égypte, c'était s'allier à une famille infréquentable, l'une de ces familles qu'elle tenait à distance avec une énergie farouche. C'est ce que fit mon frère, pourtant, et très jeune, puisqu'il avait un peu plus de dix-neuf ans. Sa femme n'en avait guère plus. Consolation, tout de même, le mariage se déroula à la grande synagogue de la rue de la Victoire à Paris. Ils étaient jeunes, ils étaient amoureux, ils étaient beaux. Tony Perkins et Audrey Hepburn ! Saisissant… Ils devaient être les premiers de cette cité à s'engager résolument dans l'existence. Je ne sais ce que pensait mon frère. Il devait être traversé par ce même orage d'émotions qui m'envahissait alors et que j'ai mis des années à identifier. Depuis notre départ d'Égypte un matin de février 1957, nous avions été les personnages d'une histoire écrite de longue date. Le rabbi Yom-Tov Israël Sherezli avait été Joseph en Égypte, lui aussi conseiller du sultan, reconnu des puissants, tout en protégeant et dirigeant sa communauté. Les générations s'étaient succédé « jusqu'à ce que parut un roi sur l'Égypte qui n'avait pas connu Joseph ». Tous les ans, à Pâque, on nous avait raconté cette même histoire. Dans toutes ses prières, le Juif pieux remercie inlassablement Dieu de l'avoir « fait sortir d'Égypte ». Un jour « la sortie d'Égypte », *yetsiat misraïm*, eut réellement lieu et nous en étions les protagonistes. Aucun doute, nous étions contemporains du mythe. Plus que cela, nous étions la dernière génération à le vivre. Après nous, il n'y aurait plus de sortie d'Égypte, puisqu'il n'y avait plus un seul Juif en Égypte. Objets d'un récit déjà écrit, nous regardions les événements comme une machinerie inéluctable à laquelle nous ne pouvions que nous soumettre. Jusqu'à ce jour, disais-je, ce jour où mon frère avait fait un choix, contre l'avis de ses parents, un choix difficile, un choix libre. Une autre vie allait commencer. J'en avais eu la préscience, le jour du départ d'Égypte, non pas dans mon esprit mais dans mes mains. Le geste qu'elles avaient accompli presque à mon insu avait été le premier sursaut d'une libération individuelle.

Lorsque en février 1957 nous avons embarqué, au port d'Alexandrie, sur un navire italien au nom prometteur, *L'esperia*, nos bagages ont été intégralement vidés, tout objet de valeur confisqué. Nous avons été fouillés, aussi, durant des heures, une fouille au corps, violente, humiliante – toute la famille, y compris les enfants. L'argent, les bijoux, les montres, tout devait rester là, en Égypte – aucun bien ne devait sortir du pays. Les douaniers ont malgré tout épargné, Dieu sait pourquoi, une chevalière que je portais au doigt, une chevalière en or, avec mes initiales inscrites en relief. Le bateau s'est très lentement détaché du quai. À ma gauche, je voyais le pantalon de mon père, à ma droite celui d'un étranger. Ma mère et mon frère étaient déjà dans la cabine en train de couver leur premier mal de mer. Le bateau a commencé à prendre de la vitesse. Une brise agréable venait caresser nos visages. Un incompréhensible sentiment de bien-être – de soulagement ? J'étais sur le pont contemplant l'Égypte diminuer au loin. Je savais que tout était fini, sans en mesurer la signification. J'ai alors très lentement détaché cette bague et l'ai jetée à la mer. Par la suite, j'ai prétendu que je l'avais perdue.

Après le mariage de mon frère, nous nous sommes échappés, avec mon ami Jean-Loup, par les petites rues du IXe arrondissement. Nous avons marché longtemps jusqu'à nous retrouver rue Saint-Denis. Et là, nous avons déambulé, les yeux écarquillés, dévorant du regard les prostituées déambulant. Nous les approchions, jusqu'à ce qu'elles nous proposent de nous initier. Nous n'avions aucune intention de monter ; nous n'avions d'ailleurs pas un centime en poche. Nous voulions seulement approcher, imaginer… Manifestement le mariage de mon frère nous avait donné des idées !

10

Ouedraogo

Ouagadougou 2000

C'était en 2000. J'avais été invité à donner un cours de psychologie clinique à l'université de Ouagadougou, au Burkina Faso. Une partie de l'équipe m'accompagnait, Lucien Hounkpatin, devenu docteur – et quel docteur !… la voix des entrailles –, Emmanuelle, cinéaste à l'œil acéré, et Peter, médecin biologiste au cœur toujours ouvert, grand comme le boulevard de la Révolution. À l'hôtel de l'Indépendance, nous passions des heures, la nuit tombée, à repenser la clinique, à imaginer les sujets des nouvelles recherches, à comprendre ce que racontaient les étudiants burkinabés. Ce soir, notre conversation était vive. Nous rentrions d'une visite au village de Ouedraogo, le guérisseur mossi. Il arrive que le cerveau refuse de penser ce que les yeux ont vu. C'est pourquoi Emmanuelle nous accompagnait dans la minuscule case qui ne mesurait pas plus de trois mètres sur trois. Tout ce à quoi nous avions assisté avait été enregistré par sa caméra, mais nous n'avions guère la possibilité de visionner les détails sur son minuscule écran.

Nous avions erré une bonne heure dans ce désert piqueté de quelques arbustes avant de trouver la case, au centre d'un minuscule hameau. Devant sa porte, de grandes nattes sur lesquelles séchaient les grains de sorgho rouge dont on tirerait le dolo, *la bière de mil. Ouedraogo était un petit bonhomme maigre et sec comme le vent chaud qui faisait frissonner les palmes. Nous l'avons trouvé debout sur le seuil, comme s'il nous attendait. Un guérisseur se doit de ne pas être surpris. Il commença par se présenter. Il tenait à s'adresser à nous dans un français incompréhensible, qui s'était tari à force d'être tu. Nous avions beau lui proposer de s'exprimer en moré, la langue des Mossis, l'assurant que notre interprète traduirait sans difficulté, rien n'y faisait. Il ne connaissait pas exactement son âge, mais prétendait qu'il n'était pas loin de la centaine. Il nous parlait d'une guerre qu'il avait faite pour la France. Dans un premier temps, j'ai pensé qu'il pouvait s'agir de la première, celle de 14-18. Mais à y réfléchir, cela me parut impossible, même s'il était né en 1900. Comme preuve de son passage dans l'armée, il nous montrait le vieux revolver rouillé accroché au mur, seule décoration dans sa cellule de moine. Il s'assit en tailleur sur la natte posée à même le sol de terre battue et nous invita à prendre place à notre tour. Dehors, il devait bien faire 35°, mais à l'intérieur, c'était bien pire, une chaleur d'étuve qui nous faisait transpirer à grosses gouttes. Une poule se tenait devant lui, sur une patte. Elle ne bronchait pas, ne bougeait pas la tête, ne cherchait pas à picorer. Elle se tenait immobile, lorgnant d'un œil vers la porte. Jusque-là, j'avais toujours vu les poules anxieuses, s'agitant en tous sens, cherchant sans cesse un ver, une graine, et dressant la tête pour apercevoir un coq. Celle-là était décidément atypique. Aucun mouvement, aucun cri, elle semblait empaillée. Ouedraogo nous demanda ce que nous voulions, ce que nous attendions de lui. Nous répondîmes que sa réputation s'étendait jusque dans les faubourgs de la capitale. Nous souhaitions le rencontrer, pour le connaître, pour découvrir son travail. Il essuya les verres de ses lunettes qui avaient dû être translucides dans un passé lointain et j'ai aperçu ses yeux. Ils étaient étrangement clairs, d'un vert opalescent. Jusqu'à l'âge de quarante ans, il n'avait jamais imaginé qu'il serait guérisseur et, à vrai dire, il ne l'était pas davantage aujourd'hui. C'est son cousin qui était détenteur de « la chose »... Il nous désigna des yeux un gros amas dans le fond de sa case. « La chose » ? J'écarquillai les yeux, mais ne parvins à percevoir qu'une touffe de plumes. « La chose » devait bien être haute d'un mètre environ, de forme indéfinissable, de consistance impossible à deviner. Peut-être une grosse motte de terre recouverte de sable et de plumes de volaille ? Pendant qu'il parlait, il agitait dans ses mains une poignée de cauris, petites porcelaines, trouées sur le dos et sur le ventre. Il y a des siècles, du temps des Portugais, ces coquillages servaient de monnaie ; aujourd'hui ils permettent surtout de pénétrer dans le monde invisible et de prédire l'avenir – toujours monnaie, mais prix du passage vers les parties cachées du monde. Avant la guerre, son cousin était guérisseur, ici même, dans ce village, dans cette case. Lorsque Ouedraogo est rentré d'Europe, il le trouva mort – à croire que l'autre l'avait attendu pour décéder le jour même de son retour. Les anciens durent interpréter cette mort comme un signe puisqu'ils le désignèrent lui, Ouedraogo, pour lui succéder. C'est alors qu'ils lui confièrent le fétiche – cette « chose » que nous apercevions derrière lui. Au début, il refusa la charge. Il rentrait du champ de bataille ; il rentrait de France. Il ne pensait alors qu'à boire et à s'amuser. Il prit la fuite ; il quitta le village pour tenter sa chance à Ouaga. Mais là-bas, il eut beau s'agiter, rien ne lui réussissait. Les femmes et la chance le fuyaient. Il avait fini dans la rue, comme un chien errant, sans amis, sans travail, sans toit au-dessus de sa tête. Et quand il tomba gravement malade, d'une maladie incompréhensible qu'aucun médecin ne savait même diagnostiquer, il se résolut enfin à rentrer. Pouvait-il nous situer la date de son retour au village ?... tout au moins l'année ? Il ne savait plus ; quelques années après la fin de la guerre, c'était certain... Cinq ans, ou dix ans, peut-être... Et le plus étrange, c'est que personne ne s'était occupé du fétiche entre-temps ; sans doute les vieux l'avaient-ils attendu. On ne peut fuir indéfiniment ses obligations. Dès lors qu'il accepta de se s'y soumettre, sa maladie disparut aussi mystérieusement qu'elle était venue. Que pouvait-il faire d'autre que servir le fétiche ? Il n'a plus jamais cessé depuis. On ne pouvait dire que c'était une vocation, ou un don, ou quelque chose de ce genre. Non ! Une servitude, plutôt... Les vieux l'avaient désigné et, après quelques hésitations, il avait fini par obéir. C'est pourquoi il nous précisait tout à l'heure qu'il n'était pas vraiment guérisseur. Personne ne lui avait rien appris, ni la façon d'interroger le destin, ni celle de fabriquer les « médicaments ». Alors, pour répondre aux questions qu'on venait lui poser, pour soigner les maladies, pour identifier les causes des malheurs, il ne faisait rien ; le fétiche se chargeait de tout. Quant à Ouedraogo, sa tâche était simple. Elle consistait seulement à nourrir le fétiche. Il interrompit son récit pour interroger les cauris. Je fus le premier sur lequel il se concentra, moi qui étais assis à son côté. Il les jeta à plusieurs reprises, observant les figures qu'ils dessinaient, les reprenant et les lançant à nouveau, traçant du doigt quelques signes incompréhensibles sur le sable. Puis, il retira ses lunettes et me regarda de ses grands yeux si clairs.*

— Je sais que tu viens de loin, commença-t-il. Je peux t'apprendre aujourd'hui que tu voyageras encore longtemps.

Il ferma les yeux, considérant qu'il en avait assez dit, ramassa ses coquillages et reprit le récit de sa vocation forcée. Nourrir le fétiche, ce n'était pas si compliqué, après tout. Il suffisait de poser une poule vivante sur le sommet de la « chose » et elle absorbait la substance de l'animal. Il nous regarda et déclara solennellement, cette fois en moré :

— Je jure que je n'ai jamais utilisé un couteau pour couper la poule. Je ne l'ai pas étouffée ni empoisonnée, non plus, rien !

Intrigués, nous questionnâmes l'interprète. Pouvait-il nous renseigner ? Pourquoi le vieux affirmait-il avec tant de force qu'il n'avait jamais tué la poule offerte en sacrifice ?

— Il est en train de vous expliquer que le fétiche tue lui-même la poule. Il s'empare d'elle, la vide de sa force et c'est de ça qu'elle meurt. Elle meurt d'un instant à l'autre, brutalement. Ouedraogo la pose là et elle meurt, c'est tout ! Vous comprenez ? C'est cela qu'il vous explique.

— Ah ? me suis-je étonné, le fétiche peut tuer une poule ?

Le vieux écoutait attentivement les paroles de notre interprète, surveillant la traduction en hochant la tête. Satisfait, il ajouta seulement :

— Il peut tuer plus qu'une poule… Il sait même prendre un mouton ! Tu poses le mouton dessus. Tu n'as pas besoin de l'attacher. Tu le poses, c'est tout. Il le tue sans couteau, sans violence, c'est comme ça… Tu poses le mouton et il part… Je vous le disais bien. Moi, je ne fais rien ; rien que servir le fétiche.

Il faisait très sombre dans le coin de « la chose ». Nous avions beau plisser les yeux, nous n'apercevions qu'une forme, un amas indéfinissable.

Il demanda à Peter s'il souhaitait également se faire tirer les cauris. Peter s'approcha, regarda dubitatif les mains sèches comme des morceaux de bois jouer avec les porcelaines. Ouedraogo lança et relança les coquillages. Ce qu'il voyait semblait l'intriguer. Il regardait Peter, puis les coquillages, encore Peter. Puis, il ramassait son jeu et recommençait. Il dut s'y prendre à cinq ou six fois avant de finir par prononcer une phrase sibylline, quelque chose comme « un homme ne vit jamais seul parce que nous qui sommes sur terre, nous sommes tous nés jumeaux ».

Alors que Ouedraogo s'acharnait à faire parler les cauris, ou la terre – sait-on qui se prononce lorsqu'on lance les coquillages ? –, la poule restait immobile, comme un soldat au garde-à-vous. Je voulus en avoir le cœur net. J'amorçai un mouvement vif de la jambe, pensant qu'elle prendrait peur et s'enfuirait. Mais non ! Elle ne bronchait pas, ne réagissait ni aux bruits ni aux gestes. Le guérisseur interrogea les cauris pour Lucien qui riait à chaque question. Les histoires de fétiches ne l'étonnaient pas – il les avait fréquentés au plus près depuis son enfance – et les divinations du vieil homme lui semblaient d'avance vouées à l'échec. De fait, Ouedraogo hésitait, revenait en arrière, insatisfait des réponses qu'il obtenait, si bien qu'il partit chercher d'autres coquillages avant de recommencer. Il finit par renoncer, annonçant que cette fois, pour cet homme qu'il avait devant lui, il ne voyait rien. Nous sommes bien restés deux heures dans cette case minuscule, six ou sept personnes serrées les unes contre les autres, dans une chaleur étouffante et moite. Lorsque le guérisseur s'est levé, donnant le signal de départ, la poule s'est soudain animée. Elle s'est échappée au-dehors, bougeant, courant, picorant et poussant des cris. On aurait dit qu'une force l'avait tenue jusque-là entravée par des liens invisibles, bâillonnée, figée. La poule s'est soudain mise à vivre sa vie de poule. Et le soir, à l'hôtel de l'Indépendance, je demandais, anxieux à Emmanuelle :

— Tu as bien filmé la poule, dis-moi ?

— *J'ai filmé durant deux heures, sans discontinuer, me répondit Emmanuelle. Je ne sentais plus ma main, crispée sur la poignée de la caméra. Mais il faisait noir comme dans un four. Je ne sais pas si tu retrouveras ta poule…*

C'était en 2000. Ouedraogo restera dans ma mémoire comme le guérisseur parfait, celui auquel on accorde sa confiance sans hésiter. Il ne se vantait pas, n'exhibait pas un don ou une fréquentation des invisibles. Il ne prétendait pas connaître la plante qui soigne le sida ou le goût des drogues, la prière secrète qui vous rend invisible au combat, l'amulette qui vous fait gagner au loto. Il n'évoquait même pas l'initiation qu'il avait sans doute dû subir, avant de partir à la guerre ; sa purification au retour des combats. Non ! Il se présentait comme un modeste technicien, le servant d'une machinerie, insolite et complexe, qu'il appelait « la chose ». S'il fallait que je définisse l'art de guérir, j'utiliserais aujourd'hui les mêmes phrases que lui. Monde en ordre, monde heureux où l'on sait que la guérison est affaire de forces et les soins manipulations de « choses ». Ma formation à la psychanalyse s'est révélée à la fois moins limpide et bien plus problématique.

*

* *

Paris, 1977

J'avais passé ma thèse de doctorat de troisième cycle l'année précédente. Je m'étais installé dans mon poste de psychologue de secteur et mon carnet de rendez-vous était plein. Pourtant, je ne pouvais me prétendre heureux en psychothérapie – comme on dit qu'on est « heureux en amour ». J'appliquais le plus sérieusement les principes de la psychanalyse, tels que je les avais lus dans les livres ; tels que je les ressentais trois fois par semaine, mis en œuvre dans ma cure. Et je n'en percevais pas les effets. Pas d'eurêka, ni de grands bouleversements. La vérité tardait à surgir de la parole et lorsqu'un peu de lumière venait éclairer la scène, c'étaient des moments de bonheur fugace sans lendemains. Les malades aimaient les séances, pourtant – c'est bien le paradoxe de la psychanalyse –, ils ne rataient pas leurs rendez-vous, prenaient plaisir au processus enclenché, dévidaient inlassablement soucis quotidiens et questions existentielles, mais ils ne guérissaient pas. Je me répétais les mêmes paroles consolatrices que j'entendais partout, bientôt jusque dans la bouche du président de la République : « Il faut laisser du temps au temps. » C'était idiot ! On avait beau lui laisser le temps, il finissait par passer, le temps… Je me disais aussi, bien sûr, que si les guérisons tardaient à venir, c'est que je ne savais pas m'y prendre, trop impétueux, trop plein de références, trop interventionniste, trop désireux de réussir mes cures… trop… Certainement trop ! Les patients se portaient mieux en règle générale – ou plus exactement ils étaient portés par le déroulement de la cure qui leur insufflait à un rythme régulier, comme en une transfusion, goutte à goutte, leur dose d'espoir. Mais je ne voyais pas poindre les transformations radicales que j'attendais. Les textes psychanalytiques, qui paraissaient par centaines, fourmillaient pourtant d'exemples de psychanalyses miraculeusement réussies, dont les tournants décisifs s'étaient opérés à la suite d'une interprétation fulgurante. Pour quelle raison cela ne m'arrivait-il pas ? Je m'ébahissais, comme tant de mes amis apprentis psychanalystes, devant les formules « géniales » rapportées par nos aînés, par Pontalis, par André Green, par Masud Khan, surtout, le psychanalyste anglais d'origine pakistanaise. Allez ! Il me fallait apprendre encore ! J'ai tout de même été un peu refroidi par le plus admiré de mes héros. Je devais me rendre à Londres pour participer à une conférence. Je voulais profiter du voyage pour approcher cet homme dont je vénérais les textes. J'avais osé une lettre à Masud Khan, lui demandant un entretien pour évoquer certaines questions techniques que je me posais au sujet de mes patients. J'avais reçu une réponse qui m'avait laissé sans voix : « Monsieur, je suis prince de sang royal. On ne m'adresse pas un courrier tapé sur une machine à écrire. » Soit ! L'homme était peut-être prince, mais moi, je n'aspirais pas à devenir sujet. Je ne pris pas la peine de lui répondre. J'appris bien plus tard que Masud Khan était un personnage fantasque, qui se comportait étrangement avec ses collègues, avec ses patients et même avec des inconnus en pleine rue. L'une de ses patientes l'avait poursuivi en justice parce qu'il l'avait battue. J'entendrai bien souvent de tels récits de violences physiques perpétrées par des psychanalystes sur leurs patients (à l'époque, je n'y croyais pas… « nul n'est plus sourd que celui qui ne veut point entendre »). Lacan, racontait-on, en était coutumier ; certains de ses adeptes l'imitaient. L'un de mes patients, des années plus tard, me dessillera définitivement les yeux. Il me racontera qu'il avait été giflé par son psychanalyste précédent, un adepte de Lacan. Je tombai des nues. Pourquoi n'avait-il pas porté plainte en justice ? Comment avait-il accepté une telle humiliation ? Quant à Masud Khan, qui avait régulièrement des relations sexuelles avec ses patientes, qui avait transgressé tant les règles d'une déontologie élémentaire que celles de la morale commune, il finit par être radié de la Société psychanalytique de Grande-Bretagne. Il était atteint d'un cancer de la gorge et du larynx depuis une dizaine d'années et ses collègues pensaient jusqu'au dernier moment que sa mort éviterait le scandale. Il mourut l'année qui suivit sa radiation. Ainsi, la psychanalyse produisait-elle, par une sorte de nécessité interne, soumissions, dépendances et délinquance. Mais à l'époque, le couvercle de la cocotte était bien vissé ; il exsudait seulement un filet lointain. Bercée par la routine psychanalytique, ma rage révolutionnaire s'était assoupie, à croire que, même sans médicaments, la psy possédait des vertus soporifiques. Je devenais étrangement soucieux de respectabilité. Pour le justifier à mes yeux, je me disais que qui a charge d'âmes ne peut se comporter comme un apache. Si les psychanalystes ont si souvent des airs de parvenus, c'est que, se sentant investis par leurs patients et par leurs élèves comme modèles, ils finissent par coller au rôle. Je sentais le rôle social m'agripper, me coller aux basques. Et puis, le métier de psychanalyste est un tel esclavage qu'il laisse peu de temps à la fantaisie. J'ai obtenu quelques succès thérapeutiques, néanmoins, mais besogneusement, sans panache. Pour ceux-là, comme on dit, « j'avais mouillé ma chemise » ! Je ne savais pas encore le formuler, mais je pressentais que les pathologies des patients s'améliorent à l'aune des sacrifices consentis par le thérapeute. Je me souviens d'une jeune femme débutant un délire, que je recevais au dispensaire quatre fois par semaine durant une heure pour des séances régulières. De plus, je l'avais autorisée à venir quand elle en éprouvait le besoin, si elle était prise d'une angoisse soudaine. Elle faisait irruption dans mon bureau, alors que j'étais en séance avec un autre patient ou en discussion avec un collègue. Je la prenais à part, dans le couloir, cinq minutes ou un quart d'heure et elle repartait apaisée. Elle me téléphonait, aussi, au bureau, chez moi, à toute heure. Il m'arrivait de m'endormir, l'oreille collée au combiné, après une heure de conversation au milieu de la nuit. Tant d'efforts, durant tant d'années, ont fini par être récompensés. Cette jeune femme a fini par se réinsérer. Elle a pu passer son bachot, trouver un emploi de fonctionnaire et rejoindre la vie des gens normaux. J'espère qu'elle n'a pas rechuté. Mais je me demandais : est-ce la psychanalyse qui l'a soignée ou l'investissement massif et têtu de son psychanalyste ? J'ignorais alors que la seule force qui soigne les patients en psychothérapie, c'est la *furor sanandi* de leur thérapeute, sa « passion de guérir ». Mais si cette première condition est nécessaire, il en est une seconde, tout aussi active. Les thérapeutes se révèlent efficaces lorsque les cures qu'ils conduisent leur permettent de connaître le monde. Sitôt qu'ils n'apprennent plus, sitôt qu'ils savent, leurs capacités thérapeutiques déclinent comme par magie. C'est ainsi que les jeunes, les apprentis, les ignorants obtiennent souvent des succès thérapeutiques qui surprennent leurs aînés. J'enseignais régulièrement, aussi, la psychologie, à l'École de service social du boulevard du Montparnasse, à des cohortes de jeunes filles. Je me souciais, certes, de les préparer à leur futur métier d'assistante sociale, mais souvent, la passion prenait le dessus. Je déroulais devant elles ce qui me tenait au ventre, mon intérêt pour la psychanalyse et pour les mondes lointains. À cette époque, toute nouvelle consultation, tout nouveau patient, était source de découvertes. Je soignais pour apprendre ; j'apprenais pour enseigner ; j'enseignais pour retenir ce que j'avais appris. Mais pour ce qui était de mes symptômes, de ma « souffrance », pour user du vocabulaire de l'époque, ils ne s'amélioraient pas, loin de là ! Je ne me ressemblais pas. Je m'éloignais de jour en jour de moi-même. J'éprouvais constamment la sensation de jouer un rôle dans une mauvaise pièce de théâtre. Et une révolte sourde m'accompagnait sans cesse, une sorte de frustration essentielle. Eh quoi ? La coction des pensées les plus modernes aux fourneaux d'une sexualité libérée et de la rue, cette cuisine où avaient mijoté nos rêves de révolution des mœurs, n'avait pu produire que ce plat insipide... Je n'avais pas trente ans et j'étais en train de devenir un commis de la pensée convenue. J'ai été sauvé par mon fils. Comme je l'ai entendu dire au Brésil dans les rituels de candomblé lorsque les fidèles saluent l'arrivée d'une divinité ou d'un esprit : *« Sarava ! »* Mon épouse était enceinte. J'étais certain que ce serait un garçon. Je fouillais les textes anciens à la recherche de son nom ; elle parcourait les prénoms de son entourage et de sa famille, se demandant qui elle devrait honorer. Je savais qu'il serait mon aîné et je me demandais quel nom conviendrait à celui qui serait le premier à naître si loin de la terre d'Égypte où nos ancêtres s'étaient succédé, génération après génération durant des siècles. L'accouchement approchait ; nous ne parvenions pas à tomber d'accord. Elle trouvait mes propositions trop lourdes, s'interrogeant sur la capacité d'un enfant à porter un nom aussi chargé de sens. Je trouvais ses propositions banales, trop éloignées des substances dont nous étions constitués. Un matin, ce fut comme une révélation. Je ne sais de qui a surgi l'idée, d'elle ou de moi : Michaël ? Ce serait Michaël ! Nous avions beaucoup d'amis qui se prénommaient ainsi, Michel

Sapir, par exemple, qui, lorsqu'il verra mon fils alors âgé d'à peine un an s'écriera : « Tu t'appelles Michaël ? Comme moi ! Je suis certain que tes parents t'ont appelé ainsi pour m'honorer... » Et Michaël avait éclaté de rire. « Tu es un homme, ajouta Sapir, tu dois manger du camembert. Les hommes, vois-tu, on doit les habituer très tôt aux substances fortes. » Mon fils cracha le morceau de fromage. Comme beaucoup de jeunes enfants, Michaël n'aimait que les coquillettes au beurre. Mais son nom lui allait si bien, en hébreu, *Michael*, « semblable à Dieu », lui qui était beau comme un dieu, justement. Dans un premier temps, Michaël fit seulement mon bonheur. Il semblait être de la nuit, tout comme moi. Jusqu'à l'âge de six mois, il se réveillait vers 2 heures du matin ; couché dans mon lit, je le posais sur mes jambes et là, face à face, nous bavardions un long moment, à l'insu de sa mère, dans une langue incompréhensible, inventée pour l'occasion. Peut-être s'agissait-il de cette fameuse « langue fondamentale » que les humains partagent avec les esprits ? Nous avions une jolie chatte siamoise qui se nommait Électre. Son frère, Oreste, un solide matou, nous avait quittés pour aller courir la gueuse et n'était jamais revenu. Michaël s'intéressait plus à la chatte qu'à son père. Lorsqu'elle passait devant ses yeux, il était pris de frénésie, cherchait à la saisir, lui adressait de grandes tirades que j'imaginais sensuelles. Une nuit, il ne devait pas avoir plus de cinq mois, il la regarda longtemps et, fronçant les sourcils, dans un effort qui me parut plus fort que la nature, prononça distinctement :

« Électre ! » Je sursautai. Je lui demandai de répéter. Il dit à nouveau, en riant : « Électre ». Il prononça encore son nom. Il le répéta une dizaine de fois puis, sans doute épuisé par l'effort, il s'endormit. Le lendemain matin, il était évidemment impossible d'obtenir autre chose que les habituels babils. Il parlera seulement un an plus tard. Sa mère était certaine que j'avais rêvé, ou imaginé, ou simplement inventé l'histoire. Mais non ! Michaël, alors un nourrisson de cinq mois, avait prononcé le nom de cette chatte. Les enfants savent parler avant de parler. Qui sait ce qui se cache dans l'univers mental des très jeunes enfants ? Avant de devenir des humains, enserrés dans un réseau de contraintes et de paroles, les enfants véhiculent un message provenant du fond des âges. S'il avait capté mon attention, s'il avait installé une question dans mon esprit, je n'en connaissais pas la teneur. Sur le coup, je suis resté sur une interrogation. Ce n'est que dix ou douze ans plus tard, lorsque j'ai découvert sur un site internet la généalogie du rabbi Yomtov, publiée par un cousin australien, lorsque j'ai enfin pu disposer de tous les noms des anciens, que j'ai pu rassembler les morceaux. Le fils aîné du rabbi Yom-Tov, celui qui avait appris à ma mère en rêve qu'il venait s'installer dans sa maison, dont j'étais, selon les paroles des tantes, la réincarnation, se nommait Michaël. Nous avions cherché un prénom durant des semaines. Nous avions buté sur l'un ou l'autre, mais quelque chose nous avait poussés à chercher toujours plus avant. Et celui-là s'était imposé. Nous avions pensé l'avoir créé, imaginé pour lui ; nous l'avions simplement retrouvé. Il s'appelait Michaël avant que nous le nommions. Le fils de Yom-Tov s'appelait Michaël ; c'était aussi le nom du mien. Plus encore, mon fils, avant de savoir parler, était venu me rappeler que j'avais beau étudier, apprendre des livres et du monde, je ne saurais me dérober aux connaissances essentielles. Il avait occupé la même fonction que les vieux de Ouedraogo qui lui avaient imposé le service du fétiche. Il était venu énoncer une formule absolue : « Les humains naissent attachés. Ils grandissent et apprennent ; ils circulent et nouent de nouveaux liens, mais leurs attachements demeurent. Ils ressemblent certes aux animaux, qui peuvent se mouvoir au gré de leur corps, mais tout autant aux arbres, dont les racines les tiennent et les relient par une infinité de fibres et de nerfs au passé le plus reculé et aux autres arbres avec lesquels ils partagent la terre. » Je crois aujourd'hui que Michaël est venu me délivrer d'une idée folle qui découlait nécessairement de la pratique de la psychanalyse, celle de croire à l'existence d'un homme nu, individu désirant, mû par sa seule volonté, n'appartenant qu'à lui seul. J'ai soudain pris conscience d'une immense solitude, moi qui vivais dans mon nouveau pays, la France, sans mes anciens, sans mes lieux de culte, sans mes morts, sans les objets, les « choses » des ancêtres, sans les rites qui venaient scander l'ordre du monde…

Rio 1998

À Rio de Janeiro, en 1998. J'avais été invité à prononcer une série de conférences à l'université, dans le département du regretté Flavio Pessoa de Barros, professeur d'anthropologie, qui savait à la fois toucher aux « choses » et les mettre en pensée. À nouveau : Sarava ! Salut aux anciens qui ont osé défier la pensée commune, pour avancer plus loin. Il enseignait les Amériques noires. Spécialiste des rituels de candomblé, cette religion que les esclaves avaient rapportée d'Afrique, il étudiait leur histoire, proposait des analyses et avait lui-même institué une congrégation, un terreiro. *Flavio était donc à la fois professeur à l'université et* paï dos santos, *en portugais, « père des saints » ou, si l'on préfère les terminologies africaines,* babalawo, *en yoruba, « maître du secret ». Nous avons échangé, mis nos expériences en regard, parlé des nuits entières, chanté, bu et dansé. Il m'a invité à participer aux rituels dont il avait minutieusement reconstitué le déroulement et qu'il ouvrait aux membres de son groupe, des étudiants, des professeurs, des malades, aussi, qu'il prenait en charge de manière rituelle, lors d'immenses fêtes en hommage aux dieux d'Afrique. De tels dispositifs, qui pourraient sembler hybrides, sont des créations, à la fois « traditionnelles » dans leur respect pointilleux des connaissances recueillies durant les recherches de terrain et parfaitement actuelles, s'adaptant aux préoccupations quotidiennes du Brésilien d'aujourd'hui. Le Brésil démontre chaque jour que la modernité la plus entreprenante s'enrichit de ces ressourcements foisonnants qui débrident l'imagination et sèment la joie dans les populations. Flavio était si respectueux des traditions recueillies à travers le pays, dans les autres* terreiros *de candomblé, qu'il avait enseigné à ses – comment dire ?… ses « fidèles », ses « patients », ses « sujets »… – des chants en yoruba. Ils n'en comprenaient pas la signification, bien sûr, mais les chantaient avec ferveur, un peu comme les paysans d'autrefois récitaient la messe en latin. Lucien, qui m'accompagnait cette fois encore durant ce voyage, a reconnu les paroles, leur a traduit les chants, les a explicités, commentés. Les adeptes du candomblé ont soudain vu, du cœur de leur musique, leur mythologie sortir des brumes intellectuelles, trouver une voix et prendre corps. Je les ai vus saisis, quelque peu effrayés, perplexes et heureux. Ils ne le lâchaient plus, le suivaient partout, lui posant mille questions. Les membres du* terreiro, *dont certains, peut-être, avaient dans leur généalogie quelque Yoruba, Ibo, Fon ou Goun, se comportaient comme si l'un de leurs ancêtres avait miraculeusement surgi du passé pour leur expliquer la course du temps. Ces moments d'intense découverte, d'interrogations infinies, je les dois à Flavio, malheureusement parti trop tôt, à Inês, esprit de la forêt, agile et fécond, qui vient sans cesse dynamiser les mondes endormis. Un jour, nous faisions nos courses dans un supermarché avec Flavio et Inês. Devant nous, dans la queue qui conduisait à la caisse, un homme, assez noir de peau, a lié conversation. Nous nous sommes mutuellement présentés. Il était chauffeur de taxi ; Flavio et moi, tous deux professeurs ; Inês, psychologue ; elle ajouta que son métier consistait à soigner… Justement, nous interrogea l'homme aussitôt, vous avez remarqué, les taches qui parsèment mes bras et mes jambes ? Nous n'avions rien remarqué, mais maintenant qu'il attirait notre attention…*

— Il y a deux ans, j'étais recouvert de la tête aux pieds de gros furoncles purulents. Regardez !

Il nous montra ses bras, retroussa ses pantalons pour nous présenter ses jambes. En effet, d'innombrables taches sombres, de la taille de pièces de monnaie, lui faisaient une peau semblable à celle d'un léopard, parcourue d'ocelles.

— Les médecins me donnaient pour mort. Ils attendaient la septicémie qui aurait infailliblement fini par m'emporter.

— Des furoncles ? s'étonna Flavio.

— Oui monsieur, répondit l'homme, des furoncles énormes, pleins de pus et tellement douloureux. Je ne pouvais plus bouger. Je ne pouvais plus me rendre à mon travail. Les gens se détournaient de moi, dégoûtés. Mes enfants ne voulaient plus m'approcher…

— Et maintenant ?

— Maintenant, comme vous pouvez le constater, je vais bien. Les furoncles ont séché. La peau est lisse comme du satin.

De fil en aiguille, l'homme relata comment sa maladie avait guéri. À cette époque, il était catholique. Croyant et pratiquant, il se rendait à la messe aussi souvent que possible. C'est précisément à l'église qu'un de ses amis lui a conseillé de se rendre dans un terreiro *de candomblé. Pour lui qui était chrétien, toutes ces pratiques relevaient du diable. Mais il souffrait tant qu'il finit par se laisser convaincre. Arrivé au* terreiro, *dès qu'elle l'a aperçu, la « mère des saints » s'est écriée : « Obalouayé ! »*

— C'est le dieu de la variole, commenta Flavio.

— Oui ! C'est mon orisha, renchérit l'homme.

Au terreiro, *on profita de la fête de cette divinité, qu'au Togo et au Bénin on appelle Sakpata, pour lui organiser une cérémonie de guérison. Il a dansé ; il a dansé comme un fou. Il tournoyait à l'infini ; il ne pouvait plus s'arrêter. Lorsque la « mère des saints » a constaté qu'il entrait en transe, elle l'a revêtu du grand masque de paille, des pieds à la tête. Il y avait juste deux trous pour les yeux. Et il dansait de plus belle avec sa lourde parure. Et puis, il est tombé, fut pris de convulsions et perdit connaissance. Les gens l'ont entouré, caressé, lui ont donné à boire et l'ont emporté dans une cellule à l'intérieur, dans le « couvent ». Il a dormi durant deux jours. Et lorsqu'il s'est réveillé, les boutons avaient déjà un peu séché. Son traitement a duré ainsi une année entière. Il a dansé bien des fois, pour Obalouayé, son orisha, mais pour les autres aussi. Il a appris les chants et les récits. Il a mangé la nourriture consacrée et bu les substances, les eaux, les huiles et les poudres. Il a lavé les statuettes, appris les odeurs et les couleurs. Durant près d'un an, on le considérait comme un nourrisson, lui qui ne savait rien du vrai monde. C'était un traitement, mais aussi un enseignement. En un mot, il a appris son orisha, ce dieu, cette « chose » dont il était fait.*

— On a dû aussi lui enseigner l'histoire de Sakpata, me dit Flavio.

On raconte que, jeune homme, le corps de Sakpata était recouvert des boutons de la variole. Amoureux d'une belle jeune fille, il n'osait l'approcher, certain qu'il lui répugnerait. C'est alors qu'il eut l'idée de fabriquer ce grand masque de paille sous lequel il déambulait partout, au village, au marché, sur la route. Et c'est dans cet accoutrement qu'il fit sa cour à la fille. Il lui parla tous les jours ; il lui parla toutes les nuits. Ses paroles ont donné les plus beaux poèmes d'amour qu'un homme peut prononcer. Il chanta pour elle tous les jours ; il chanta toutes les nuits. Et ces chants sont précisément ceux qu'entonnent les fidèles la nuit d'Obalouayé, lors de la fête de la terre, la fête des moissons. Car Sakpata est la divinité de la terre ; Sakpata est la terre. Qui ne reconnaît pas sa puissance, qui ne la respecte pas, qui entrave sa production, qui la corrompt, sera à son tour atteint par la corruption, recouvert de boutons purulents. La terre trop sèche, la terre qui souffre viendra inscrire sa marque sur sa peau.

L'homme avait donc guéri en découvrant d'un même mouvement ses racines et le groupe qui lui permettait de les honorer. Il était noir, probablement d'origine africaine. Rien ne dit que ses ancêtres venaient du Bénin, du Togo ou du Nigeria, là où l'on trouve les adeptes de Sakpata. Peut-être provenaient-ils du Sénégal ou de Mauritanie, peut-être même du Mozambique ou de Tanzanie. Peut-être ses ancêtres étaient-ils surtout portugais ou espagnols ou même français. Mais à l'issue du rituel, il en était certain, il descendait en ligne directe des Yorubas du Dahomey. Sa guérison lui avait indiqué qu'il avait été malade de s'être pensé homme nu, n'appartenant qu'à lui seul, mû de sa propre volonté.

*
* *

La guérison est un processus d'affiliation très puissant. L'antienne que l'on entend partout, selon laquelle « il a guéri parce qu'il croyait »… est erronée. Le contraire est vrai, on guérit d'abord, on croit ensuite. *Il a cru parce qu'il a guéri.* La guérison fabrique des fidèles, des groupes, des religions. Jésus-Christ, un spécialiste, guérissait les malades pour en faire des croyants. Il n'était pas le premier, loin de là, mais son exemple a été suivi. Aujourd'hui, des centaines – peut-être des milliers – d'obédiences chrétiennes se sont propagées partout, en Afrique, bien sûr, mais aussi en Polynésie, en Amérique, dans l'ancien empire soviétique. Dans chacune d'entre elles, on offre la guérison en échange de l'adhésion. Il faut le savoir, au marché de la guérison, ne circulent pas que des symboles. C'est là que se tissent les réseaux d'influence, que se fourbissent les leviers politiques les plus puissants. Et moi, en 1977, je l'ignorais et j'essayais, innocent, de me glisser dans l'un d'entre eux, la Société psychanalytique de Paris. J'avais alors accompli cinq années de psychanalyse et posai ma candidature pour devenir élève à l'Institut de psychanalyse. Nata Minor, ma psychanalyste, n'a pas sauté de joie lorsque je lui ai annoncé ma décision. Elle n'en a rien dit, bien sûr, mais je sentais que la démarche l'agaçait. J'aurais pu prononcer les paroles à sa place. Qu'avais-je besoin de reconnaissance institutionnelle ? N'était-ce pas un comportement infantile que de courir après de tels hochets ? Je fus reçu par le responsable de l'enseignement. Et commencèrent les airs entendus, les attitudes de reproche. Comme si je ne savais pas que pour poser sa candidature, il fallait provenir du divan d'un senior, d'un « didacticien », comme on disait alors. Bien sûr que je le savais, mais… Il n'y a pas de « mais » avec l'inconscient. Et cela aussi, je devais le savoir, « l'inconscient ignore la négation ». Heu… Oui, c'était une question de moyens, voyez-vous… Bien sûr, bien sûr… les rationalisations les plus saugrenues s'accrochent toujours à des arguments financiers. Échanges surréalistes entre un pot de fer, Big Brother omniscient, et un pot de terre dans ses petits souliers, moi. Alors, si pour être admis à l'Institut le candidat qui avait respecté la procédure passait devant trois « commissaires » – tel était leur titre, du fait sans doute qu'ils faisaient partie de la commission d'enseignement, peut-être aussi en souvenir du statut de « commissaire du peuple » –, celui qui provenait d'un divan banal avait droit à une double ration : six commissaires. J'ai perdu le souvenir de ces interrogatoires kafkaïens où le candidat que j'étais ne savait pas ce que l'investigateur attendait de lui et tentait par tous les moyens de répondre à des questions qui ne lui étaient pas posées. Je me souviens seulement d'un moment qui m'a laissé désemparé :

— Étiez-vous marié au début de votre psychanalyse ?

— Oui, monsieur !

— L'êtes-vous toujours ?

— Oui !

— Avec la même femme ?

— Ben oui…

— Vous devrez sans doute vous demander si votre psychanalyse a vraiment eu lieu.

Je dois dire que je ne parvenais pas à prendre au sérieux l'investigation de mes commissaires. J'en saisissais les soubassements théoriques, bien sûr. Par exemple, dans ce cas, il était entendu que ma névrose infantile s'était réfugiée au cœur de ma relation matrimoniale. Si je l'avais liquidée durant ma psychanalyse, j'aurais également dû divorcer. Tout cela m'évoquait irrésistiblement un film de Woody Allen. Cette année, ma candidature ne fut pas retenue. J'étais néanmoins autorisé à présenter une nouvelle candidature, après un délai de douze mois. En écho du commentaire que ma psychanalyste n'avait pas prononcé commençait à s'infiltrer en moi une sensation d'inanité, comme si une page avait été tournée à mon insu. Et cet automne 1977, ma position avait insensiblement changé. Devereux avait obtenu pour moi une charge de cours à l'École des hautes études et je commençais à tenir un séminaire d'ethnopsychiatrie clinique, prolongement du séminaire principal, d'ethnopsychiatrie générale, qu'il continuait à animer. Je préparais chacune des séances avec un soin maniaque. Je mettais un point d'honneur à ce que chaque cours contienne des éléments de réflexion originaux. Cette même année, j'avais aussi commencé à enseigner à la faculté de médecine de Bobigny. Il s'agissait d'une introduction à la psychologie médicale, une réflexion sur les complexités de la relation qui s'instaure entre le médecin et son malade. Le moins qu'on puisse dire est que l'utilité de ce type d'enseignement est une évidence, mais sa mise en pratique terriblement difficile. C'était à chaque fois un tour de force que de parvenir à intéresser des étudiants en médecine, obsédés par leurs examens de biologie et d'anatomie, à ces questions qui mêlaient philosophie et pratique quotidienne. Ce fut aussi l'année de la création de notre première revue, *Ethnopsychiatrica*. Un tout jeune éditeur avait proposé à Devereux de créer un nouveau périodique où il serait libre de développer son propre courant de pensée. Devereux en avait soupé des comités de rédaction, comités de lecture, comités de censure, dont la généralisation, à l'initiative des revues américaines, avait déjà entravé la recherche en sciences humaines – aujourd'hui totalement stérilisée. On lui proposait d'être libre, il allait l'être vraiment ! Il avait accepté de diriger cette revue à la condition expresse qu'on ne le contraigne à aucun comité d'aucune sorte. De fait, la rédaction de la revue se réduisait à deux personnes : le rédacteur en chef, Georges Devereux, et le rédacteur adjoint, Tobie Nathan. Et c'était tout ! Il lisait personnellement toutes les propositions d'articles. Lorsque l'un d'entre eux l'intéressait, il le corrigeait mot à mot, puis me le donnait à revoir. Si bien qu'à parcourir les numéros de cette revue, tous les papiers semblent avoir été rédigés de la même plume. Ainsi, les choses semblaient-elles s'ordonner raisonnablement. L'ethnopsychiatrie jouissait d'une toute petite audience et la prédiction de Devereux était en train de s'accomplir. Je finirais par lui succéder, en tout cas j'en prenais le chemin. Mais le monde est ainsi fait que de l'ordre surgit le désordre et la vie de la pourriture. Observant les vers grouillant dans la viande avariée, Aristote pensait que de la saleté et de la corruption naissait la vie. C'est ce que l'on a improprement appelé « génération spontanée ». Contresens ! Pour lui, la vie ne naissait pas de rien, mais de sa propre dégradation. Et c'est aussi dans la dégradation de ce monde en ordre que j'ai commencé à apercevoir des êtres et des mouvements qui ont progressivement bouleversé mes pensées. La première fois, ce fut dans une séance de séminaire, lors de l'analyse d'un cas clinique que rapportait un interne en médecine. Son patient, un Sénégalais d'une trentaine d'années, avait émigré en France depuis peu. Il avait vainement cherché un emploi et, ne pouvant se résoudre à rentrer bredouille au pays, avait fait le marabout. Il avait sous-loué une chambre, s'était revêtu de la longue djellaba et du bonnet de laine et avait distribué dans les boîtes aux lettres les publicités promettant la chance en amour et en affaire, le retour de l'être aimé et le renvoi des sorts. Le plus fort en l'affaire est qu'en quelques semaines sa consultation s'était remplie. Sa réputation s'était étendue, avait franchi les limites des quelques ruelles du quartier et l'on se pressait de tout Paris dans sa chambre de bonne de la Goutte-d'Or. Des immigrés d'Afrique de l'Ouest, bien sûr, des Sénégalais, des Maliens, des Ivoiriens, mais aussi des gens d'ailleurs et même quelquefois des nantis des quartiers chic. Il commença à se demander ce qui les attirait ainsi. Il comprit que la prière qu'il prononçait portait une force spécifique. Mais, associée à cette prière, un souvenir désagréable remontait à sa mémoire. Cette prière, il l'avait dérobée à un vrai marabout. Oui, volée ! Il s'agissait d'une sourate secrète, ignorée des croyants même les plus instruits. Il avait rencontré le vieux au port de Dakar, qui cherchait à s'embarquer pour l'Europe. En échange du passage qu'il lui avait arrangé avec un pêcheur de sa connaissance, l'homme lui avait montré le papier qu'il cachait sous ses vêtements. Il ressemblait à un parchemin, tant il avait absorbé de sueur et de poussière. Le tenant entre ses mains, il avait prié sur sa tête en crachant les noms secrets de Dieu. Alors, lorsque, le lendemain, il le trouva endormi sur une chaloupe, il le soulagea de sa précieuse prière, calligraphiée en arabe, d'une plume habile, encadrée d'une multitude de noms d'anges, d'esprits et de démons. Il ne revit jamais le vieux marabout. Avait-il réalisé le voyage qu'il envisageait vers l'Europe ? Avait-il fait sa tournée dans les foyers d'immigrés de Paris, de Bruxelles et de Rome ? Il n'avait pas voulu le savoir, n'avait posé aucune question, seulement soucieux de conserver cette prière qu'il considérait comme sa protection. Il l'avait gardée longtemps contre sa poitrine, sans essayer de la déchiffrer, sans même la regarder. Mais lorsqu'il avait décidé de faire le marabout, à quoi pouvait-il se raccrocher ? Il l'avait utilisée. C'était celle-là qu'il recopiait sur la planchette de bois. Ensuite, il dissolvait l'écriture dans l'eau qu'il faisait absorber à ses clients. C'était aussi cette sourate qu'il psalmodiait avant de s'endormir, des centaines de fois, pour attirer les lueurs de Dieu sur les questions qu'il s'était engagé à résoudre. C'était ainsi qu'il travaillait. Il demandait au client de lui confier le nom de sa mère et son propre nom – le vrai, celui qu'il avait reçu à son baptême, non pas l'un de ceux qu'il s'était inventés depuis, les surnoms ou les pseudos de circonstance. Il mêlait les deux noms à tous les noms d'esprits qu'il avait découverts sur cette feuille de papier mille fois pliée. Et il récitait cette prière et la récitait encore. Et manifestement, les patients guérissaient, les chômeurs trouvaient un emploi et les amoureuses volages rentraient au bercail. Il avait même réussi à dresser le sexe fatigué d'un vieillard diabétique qui n'avait pas pointé sa calotte depuis des lustres. Petit à petit, dans la solitude de ses psalmodies, notre marabout de circonstance, usurpateur de talent, vit apparaître les esprits qu'il invoquait sans cesse. D'abord ce fut seulement en rêve. Mais les rêves se multipliaient, prenaient des tonalités inquiétantes. Bientôt, les rêves devinrent des cauchemars. Les esprits changeaient de forme ; ils avaient les yeux rouges de feu, les mains brûlantes, des flammes surgissaient de leur bouche comme d'un chalumeau de soudeur. Ils s'approchaient de lui de manière inquiétante, à croire qu'ils voulaient l'emporter dans un univers d'explosions et de braises fumantes, comme en un volcan. Il veillait de plus en plus tard pour satisfaire ses clients, dormait de moins en moins, s'était isolé de la communauté des Sénégalais de Barbès. Un matin, après une nuit sans sommeil, il vit les esprits apparaître dans sa chambre. Ils explosaient devant lui comme un feu d'artifice. Ils s'avançaient, menaçants, brandissant des sabres de feu, jusqu'à le frôler avant de s'évanouir pour laisser place à d'autres, qui recommençaient leur danse diabolique. Il se frottait les yeux et lorsqu'il les rouvrait, le phénomène reprenait encore. Il voulut fuir, mais sur le boulevard, il sentit que les vrais marabouts de la Goutte-d'Or, ceux de la rue Myrha et même ceux de Stalingrad l'avaient pris en filature. Il comprit qu'il était fait. Et il eut une sorte d'eurêka : ils savaient ! C'était ça ! Ils l'avaient retrouvé. Maintenant, il en était certain. Ils savaient qu'il avait dérobé la prière secrète, la sourate ignorée, que les vieux se passaient de génération en génération. Pour se venger, ils expédiaient des diables par cohortes ; des armées pour le combattre. Il était maintenant terrifié. Ce n'était pas tant de mourir, mais d'être voué à cet enfer dont il percevait un avant-goût. C'est alors, qu'il s'est jeté sur un agent de police, le serrant à la gorge tout en le suppliant de le protéger des *djinnas* et des *sheytanés*, qui le poursuivaient. À l'hôpital psychiatrique, il eut la chance d'être pris en charge par ce jeune interne, sérieux, dévoué et plein de curiosité pour les mondes lointains. Nous en avons très longuement discuté durant le séminaire. Certes, le jeune interne reconnaissait les signes de l'entrée dans la schizophrénie tels qu'on lui les avait enseignés. Mais enfin, le déroulement de cette crise, la conscience qu'en avait le patient, tout était parfaitement conforme à ce que nous avions pu lire de l'anthropologie des marabouts du Sénégal – et surtout de la description qu'en donnait mon ami András Zempleni dans sa thèse de doctorat. L'homme s'était livré à une expérience ésotérique parfaitement connue, répertoriée, décrite dans la littérature – le *listikhar* – qui, dans ses formes, ressemblait à bien des pratiques de la kabbale juive. Au Sénégal, comme dans la tradition juive, on prévenait les fidèles que quiconque s'aventurait en ces domaines sans y avoir été préparé par de longues études, sans avoir été purifié, sans s'être suffisamment rapproché de Dieu et surtout sans y avoir été autorisé par un maître, serait entraîné dans un monde de folie, le *ngueleum*. Et puis, on ne pouvait tout mettre sur le compte du pauvre patient-marabout. Cette sourate existait bien. Qui connaît l'effet des prières secrètes sur un croyant ? J'ai été profondément touché par cet homme. Je le comprenais. Il avait essayé de se vivre solitaire, détaché, cynique, moderne, et les êtres et les forces de son monde l'avaient rattrapé, terrassé. Il me ressemblait ; j'étais assiégé par la même tentation, qui me rendait si malheureux, qui m'éloignait de moi-même. Et puis les expériences auxquelles il s'était livré, les problèmes de toutes ces personnes qu'il avait prises en charge, l'avaient enrichi. Je répugnais à désenchanter son monde. Je pressentais, sans que je parvienne alors à en avoir une conception élaborée, qu'une prise en charge ignorant les forces auxquelles il s'était frotté serait vouée à l'échec. Il était malade d'avoir volé son dieu et menti au peuple, ses semblables, ses frères. Le considérer détaché, solitaire, aux prises avec un monde intérieur semblable à celui d'un névrosé viennois, ne ferait qu'aggraver son état puisque le traitement, l'isolant de son dieu et des contraintes de son monde, ressemblerait alors aux causes de son mal. En toute logique, il fallait dans un premier temps s'interposer entre lui et les esprits qui le poursuivaient et dans un second l'inciter à se mettre en règle avec ses obligations. Peut-être finirait-il par se faire initier aux techniques de guérison dont il avait franchi le seuil par effraction. Le jeune interne en psychiatrie accorda beaucoup de temps à ce patient. Il lui consacra sa thèse de doctorat et nombre de communications dans des congrès savants. Par la suite, il partit au Sénégal rencontrer les guérisseurs, les *borom-xam-xam* – mot qui, en wolof, signifie « maître du savoir » –, pour approfondir les connaissances qu'il avait effleurées avec lui. Comme il était à prévoir, le malade surmonta sa crise et réorienta sa vie.

Esprits, *djinnas*, *sheytanés*, m'étaient étrangement familiers. Je les avais connus dans l'enfance, comme des êtres du quotidien. Ma mère, qui, à la différence de mon père, ne croyait véritablement ni à dieu ni à diable, prononçait une formule conjuratoire avant de déverser dans l'évier l'huile bouillante dans laquelle elle avait fait rissoler les frites : *destour ya s'hab el ard*. Ce qui signifie littéralement « qu'il en soit selon votre loi, ô propriétaires du sol ». À mes questions, elle répondait simplement « c'est mieux ! » C'est mieux ? Mieux que quoi ? Elle prétendait qu'elle évitait ainsi que quelqu'un se brûlât. Mais lorsque je ne me satisfaisais pas d'une réponse de circonstance, elle admettait qu'on racontait qu'il existait des habitants sous nos pieds, des êtres invisibles, qu'il nous fallait respecter – des *'afarit*, sorte de diables locaux… « *On* racontait ?… – Les vieilles, répondait ma mère, comme ta grand-mère, par exemple. Elles prétendent que ces habitants de la terre qui vivent sous nos pieds ont aussi des familles. » Si l'huile qu'on déversait allait ébouillanter l'un de leurs enfants, leur colère pouvait être terrible. Alors, elle ne savait pas si c'était vrai, mais elle avait fait l'expérience qu'en prononçant cette formule, il n'arrivait pas d'accident. Selon le dicton, à quoi bon tenter le diable, n'est-ce pas ? Qu'est-ce que ça coûte, après tout, de prononcer une petite phrase sans conséquence si elle peut nous éviter des malheurs ? Mais il y avait bien plus que cela dans sa formule, elle ne l'ignorait pas. Si les humains utilisaient le mot *destour*, « selon votre loi », c'est bien qu'ils considéraient que leur loi était subordonnée à celle des propriétaires de la terre, des *guens*, comme on appelle les *djinns* en arabe égyptien, des *'afarit* et de tous ces invisibles qui peuplent les récits du quotidien. J'éprouve quelque difficulté à restituer son véritable sentiment. Elle riait des *'afarit* et des gens qui y croyaient, et les prenait au sérieux tout à la fois, parce que le commerce avec les esprits n'est pas basé sur le contrat, mais sur la tromperie, pas sur l'honnêteté, mais sur la ruse, pas sur la parole librement consentie, mais sur la contrainte et la façon d'y échapper. Elle m'avait raconté un procès, qui avait eu lieu au Caire, dans les années 50. Une femme s'était plainte auprès d'un tribunal religieux qu'un esprit, un *'afrit*, s'était emparé de son corps – en un mot, qu'il la possédait. Les juges avaient convoqué l'esprit. La femme s'était présentée. Ils avaient interrogé l'esprit et il avait répondu par la bouche de la femme. Ils l'avaient sévèrement tancé d'obstruer sans vergogne l'esprit de la malheureuse. Et l'esprit s'était excusé. Ils lui avaient pour conclure ordonné de quitter le corps de cette femme. Et l'esprit avait promis de partir. Mais il était resté. Et ma mère s'esclaffait… Comme si l'esprit allait obéir à un tribunal. Il était certain qu'on ne pouvait accorder aucune confiance à la parole d'un *'afrit*. Et voilà que je retrouvais ces êtres en plein cœur de mon travail, auprès de personnes qui non seulement les connaissaient, mais s'épuisaient à leur contact, butaient sur leurs règles et sur leurs lois. Ma mère, qui les avait connus enfant, fut longtemps protégée de leur fréquentation par les prières du bon *'akham* Entebi. Ils étaient sans doute revenus la taquiner dans ses moments de panique ou de tristesse. Elle les retrouvera tout à la fin de sa vie, dans cet hôpital de banlieue où la maladie l'avait jetée. Lorsque je venais la visiter, encore embrumée par les vapeurs d'antalgiques, elle me disait : « Ils sont au bout du couloir, toute une famille, avec des têtes bizarres, on dirait des Chinois… » Des Chinois ? Mais quels Chinois ?

Elle les avait vus défiler devant la porte de sa chambre en grimaçant. Une nuit, deux de ces êtres étaient même venus faire l'amour sous son nez. Elle a sonné l'infirmière, mais celle-ci était de mèche avec les diables et ils se sont accouplés tous les trois, (« un shabbat, tu te rends compte ? »). Son médecin lui a dépêché le psychiatre de garde. Il l'a interrogée ; ce n'était plus qu'un souvenir de la nuit. Le psychiatre s'est confié à elle. Il lui a parlé de ses études, de son divorce, de ses enfants… Elle lui a donné des conseils, lui a indiqué de nouvelles façons de pratiquer son métier. Il est sorti de là en racontant qu'était hospitalisée une spécialiste en psychopathologie. Mais lorsque le soir arrivait, l'inquiétude l'envahissait à nouveau. « Je les ai vus la nuit dernière », insistait ma mère. Je m'en allais vérifier qu'il n'y avait personne au bout du couloir et revenais la rassurer. Elle ajoutait alors : « Bien sûr que tu ne les as pas trouvés ; ils se sont dissimulés dans ta montre. »

À ce moment, j'ai bien dû faire comme le vieux rabbin, l'apaiser en récitant une prière sur son front, fabriquer une protection que j'ai ensuite glissée sous son oreiller pour qu'ils ne viennent plus l'importuner la nuit.

En 1978, je suis passé une nouvelle fois devant mes six commissaires, à l'Institut de psychanalyse de la rue

Saint-Jacques. Enfin… si le directeur de l'enseignement était bien le même, les autres étaient tous différents… si semblables, pourtant, avec les mêmes airs compassés, la même façon de vous faire sentir que vous demandiez à pénétrer dans un club privé, à participer d'une maçonnerie secrète et qu'un tel privilège se méritait. Une exception, toutefois, la belle et douce Joyce McDougall qui, durant l'entretien, m'a glissé dans un souffle, comme un secret, qu'à l'Institut de psychanalyse, on n'appréciait pas les originaux comme moi, mais que ce n'était pas sa façon de penser. Elle conclut en m'annonçant clairement qu'elle défendrait ma candidature. Comme la flamme d'une bougie un soir de shabbat. Je m'étais alors fait une raison. Je poursuivais certes cette démarche qui me tenait en haleine depuis mon adolescence, mais n'y accordais plus la même importance. Après tout, s'ils ne voulaient pas de moi… Dans mes réflexions théoriques, l'intérêt pour « l'inconscient » commençait doucement à se diluer, remplacé par mes interrogations, de plus en plus complexes et documentées, sur les esprits. Les esprits étaient partout, dans tous les mondes, toutes les cultures, sous toutes les latitudes. Je les percevais très lointains, à travers les prismes des condamnations rationalistes, et très proches, enchâssés dans l'histoire de ma famille, dans les traditions du monde où j'étais né. Les esprits commençaient à me paraître plus intelligents que l'inconscient, leur poursuite moins rébarbative, leur connaissance plus complexe et plus riche. Car après tout, devant une

« manifestation de l'inconscient », on n'avait qu'une seule solution, se soumettre à sa loi. Alors qu'avec les esprits, on pouvait ruser, les contourner, les flatter, les lier, les perdre aux labyrinthes des amulettes, les lancer sur d'autres victimes ou encore, pour les plus aguerris, les faire travailler au service du thérapeute... Et ce commerce roué, maintenant que j'y pense à l'heure du bilan, correspondait davantage à mon caractère levantin. L'inconscient institue une exigence de transparence quasi protestante. Son culte laisse planer cette idée platonicienne et terroriste que la vérité guérit – et par sa seule énonciation. Si par malheur cela s'était révélé vrai, voilà belle lurette que Big Brother aurait installé son royaume. Déjà Foucault, dans ses cours au Collège, commençait à dénoncer la société sous surveillance qu'engendrait une psychanalyse généralisée, jusqu'aux derniers petits soldats de la bienfaisance sociale. Je fus admis à l'Institut de psychanalyse comme élève. J'étais heureux ! À la séance suivante, je saluai ma psychanalyste d'un magnifique sourire. Sitôt installé sur le divan, je lui annonçai la nouvelle.

— Je viens d'apprendre que j'ai été admis à l'Institut de psychanalyse...

Elle me répondit du tac au tac :

— Et moi, je vais sans doute en sortir !

Une sombre histoire d'exclusion était à l'origine d'une jacquerie, et ma psychanalyste en faisait partie. Nicolas Abraham, qui était seulement « membre adhérent de la société » malgré son expérience et sa réputation, avait à nouveau postulé pour être admis en tant que membre titulaire *(« full membership »)*. C'était l'un des cliniciens les plus créatifs de sa génération. Ses publications, originales et fortes, recevaient un accueil enthousiaste dans le milieu. Ses concepts étaient adoptés, largement utilisés dans les publications des autres praticiens, discutés dans les séminaires... Malgré cela, une fois encore, la commission avait repoussé sa candidature, comme à l'accoutumée sans fournir d'explications. Mais cette fois, les « jeunes », c'est-à-dire les praticiens âgés de cinquante à soixante ans, avaient protesté, cherché à connaître le contenu des délibérations. Ils avaient appris que Bela Grunberger, le psychanalyste de Nicolas Abraham, s'était opposé à son élection en utilisant contre lui des confidences qu'Abraham lui aurait faites sur le divan. En lui-même le fait était banal. Le milieu psychanalytique vit en effet dans une impudeur généralisée. Chaque psychanalyste a en effet été sur le divan d'un membre titulaire, à qui il a raconté durant des années les détails de sa vie et les singularités de son caractère, et ce sont ces mêmes membres titulaires qui jugent le candidat et décident de sa progression au sein de l'Institut. Il s'agit ici du système de surveillance le plus sophistiqué, tout en étant le plus économique, puisque c'est la personne surveillée qui fournit elle-même, et volontairement, les informations la concernant. Mais cette fois, c'en était trop ! Le décès de Nicolas Abraham, âgé d'à peine cinquante-six ans, n'avait pas calmé les esprits, bien au contraire. Les psychanalystes de sa génération, qui travaillaient avec lui et l'appréciaient, considéraient qu'il était de leur devoir de faire cesser le règne de l'autodélation. Nata Minor ne me fournit aucune explication, seulement une indication en un mot, quelque chose comme « c'est à cause de Nicolas Abraham »… Je répondis en riant :

— Vous quittez l'Institut ?… Bah ! Les chiens ne font pas des chats…

Je ne sais pas si ma psychanalyste a réellement démissionné de l'Institut de la rue Saint-Jacques, mais d'apprendre qu'elle était aussi rebelle que moi m'a soulagé. Je pouvais m'abstenir d'attribuer mes doutes et mes critiques aux sursauts de mon invisible névrose. L'année suivante, je passai les concours et commençai à enseigner la psychologie dans les universités de la banlieue nord.

11

Prudence

1979. Il fut un temps où la sélection à l'entrée de l'université se déroulait de manière transparente. Ma thèse de troisième cycle sur les communautés sexuelles avait été remarquée. Jean Guillaumin, professeur de psychologie et par ailleurs président de la Société psychanalytique de Lyon, avait été rapporteur sur mon dossier. C'était un homme intègre, un vrai psychologue, qui avait accompli tous les parcours, celui des expérimentations et celui de l'analyse. Il aimait les idées et les expériences innovantes. Il avait été impressionné par le mélange d'investigations de terrain auprès des communautés sexuelles et de cas cliniques scrupuleusement rapportés. Il m'avait téléphoné pour me faire part de l'avis favorable qu'il formulerait. Du coup, je m'étais retrouvé sur les listes d'aptitude aux postes de maître-assistant. Restait à poser ma candidature auprès des universités. Mais de postes, il n'y en avait guère. Alice Saunier-Seïté, qui était alors ministre, avait décidé de se venger des étudiants et des universités. Pour faire oublier la grande peur, les séquelles de la peste rouge qui avait fait vaciller le pouvoir jusqu'à ses niveaux les plus élevés, elle étranglait les universités, attribuant les crédits au compte-gouttes, empêchant la création de nouveaux postes, notamment dans les disciplines sensibles des sciences humaines. N'était-ce pas en leur sein que la contestation avait germé ; de là qu'avaient surgi les trublions ? Au ministère, on avait la rancune tenace. Il semblait même qu'on avait décidé d'abandonner certains établissements à leurs dérives, attendant que les enseignants finissent par s'écraser sur le sol comme des fruits pourris. La ministre avait ordonné le déménagement de la plus turbulente, la plus active après les événements de 68, l'université de Vincennes. Elle l'avait exilée sur le site d'un lycée en construction, à la périphérie de Saint-Denis – un lycée prévu pour moins du quart du nombre d'étudiants inscrits. « Je ne comprends pas pourquoi ils protestent, avait-elle déclaré en substance, je les ai logés entre la rue de la Liberté, l'avenue Lénine et celle de Stalingrad. Ils doivent être contents là où ils se trouvent maintenant, chez les communistes… » Aujourd'hui encore, on peut lire, en lettres gigantesques, au fronton de l'établissement, l'inscription étrange : « Université de Vincennes à Saint-Denis » – circuit court, si ce n'est un court-circuit. Les professeurs n'ont jamais accepté ce transfert en bordure de l'autoroute, aux confins d'un désert de béton. À Villetaneuse, à deux kilomètres de là, l'université Paris 13, entourée de terrains vagues, de chantiers boueux et de cités de transit, était le second cadeau du ministère aux municipalités communistes. Les petits matins d'été, alors qu'étudiants et enseignants n'étaient pas encore arrivés, que seuls quelques chercheurs en psychophysiologie profitaient des moments de calme pour surveiller leurs fourmis, leurs araignées et leurs rats mutants, on pouvait voir les longues files de chaises en plastique en route pour la cité Salvador-Allende – redistribution spontanée des biens de l'État aux plus nécessiteux. J'y enseignais la psychologie, en tant que chargé de cours. Un poste de maître-assistant venait de s'y ouvrir, mais un seul. Et ils étaient nombreux à piétiner devant la porte, et depuis longtemps. Serge Lebovici, qui venait d'être nommé professeur de psychiatrie de l'enfant et de l'adolescent à Bobigny, faisait partie de la commission dite « de spécialistes », qui statuait sur les candidatures. Je l'avais rencontré deux ou trois fois, lors de réunions d'enseignants. Il m'avait entendu exposer mes orientations, m'avait questionné sur mes intérêts pour l'ethnopsychiatrie. Il avait eu ma thèse entre les mains, sans doute l'avait-il feuilletée. J'ai pris rendez-vous.

C'était un homme de petite taille, assez corpulent, mais à la démarche souple et vive. Le regard se posait d'abord sur ses mains. Leur taille surprenait, des mains de mécanicien, musclées et velues, comme si elles avaient continué à grandir alors que le corps y avait renoncé. Mais lorsqu'on remontait jusqu'à ses yeux, on restait fixé là, sans pouvoir s'en détacher. Ils étaient d'un bleu transparent, limpide, mélange de curiosité et d'innocence, des yeux d'enfant. Il s'avança vers moi, me salua chaleureusement, gardant longtemps ma main dans la sienne.

— Je sais pourquoi vous venez me voir… me dit-il d'emblée en me fixant d'un air amusé.

J'ai pensé qu'il était au courant de mes démarches universitaires. Je ne devais pas être le premier à me présenter ainsi devant lui. Facile de deviner après avoir vu défiler une cohorte de candidats dans son bureau. Je restai silencieux, attendant qu'il poursuive.

— Je suis convaincu que c'est une excellente idée.

Était-il en train de me signifier d'emblée son soutien. Ça ne lui ressemblait pas. Il était plutôt du genre donnant-donnant. Je tressaillis à peine. Il amorça un petit sourire, m'observa un temps avant d'expliquer :

— Avec la clientèle de Bobigny et vos compétences, je trouve en effet qu'il serait judicieux d'ouvrir une consultation d'ethnopsychiatrie dans le service.

Je dois avouer que jusqu'à ce moment, jusqu'à cette phrase lâchée par Lebovici, je n'y avais jamais pensé. Certes, nous discutions depuis quelques mois déjà des façons de mettre nos connaissances en ethnopsychiatrie au service des patients migrants. J'avais réuni trois amis du séminaire, Albert, l'émigré du Maroc, à l'arabe parfait, Inês, cette psychologue brésilienne dont la parole installait l'ambiance d'une chanson de Vinicius de Moraes et Philippe, complice de toujours depuis mes années d'enfance. Mais nos idées étaient encore prises dans les filets de la théorie. J'ai fait mine d'acquiescer. Par la suite, je me suis toujours comporté comme si j'étais effectivement venu lui demander d'accueillir une consultation. Quelquefois, les événements avancent plus vite que l'intelligence, comme si le rideau se soulevait, laissant apparaître, l'espace d'un instant, l'intention du monde. Pourquoi dit-on que nous sommes engendrés par notre passé ? Nous sommes au contraire enfants de notre avenir.

Quelques jours plus tard, je croisai Antoine Guedeney, devenu depuis un professeur apprécié de psychiatrie de l'enfant. Il était alors interne dans le service. Il m'apostropha :

— Alors, tu es venu proposer une consultation d'ethnopsychiatrie à Lébo. Génial ! Tu commences quand ? J'ai déjà deux ou trois cas à te présenter...

Ce n'était pas la première fois que les événements se déroulaient ainsi, à mon corps défendant. Comme si une intention extérieure les manigançait. Le hasard ? À moins que ce ne fût autre chose... une main invisible qui me poussait vers un lieu que j'ignorais. Mais vers où ?

J'entrepris de dresser devant Lebovici, en l'espace d'une demi-heure, le projet de cette consultation qui venait de naître là, par la volonté des diables. Les idées affluèrent, provenant de nulle part. Il nous fallait être plusieurs, car nous devions réunir le plus grand nombre possible des langues parlées par les patients. Et puis, pour dire vrai, nous ne savions pas, nous n'avions jamais fait... Il allait falloir discuter, envisager les solutions au fur et à mesure que se présenteraient les problèmes. Eh bien, cette discussion, je préconisais de la tenir en présence des patients. C'est pourquoi il fallait disposer de plusieurs compétences, plusieurs avis, plusieurs langues. Cette consultation serait également pédagogique, ouverte aux internes et aux externes du service. Nous contribuerions ainsi à leur formation. Il fut un peu étonné, mais compara les modalités de travail que je lui proposais au psychodrame qu'il dirigeait avec des enfants. Lui aussi recevait ses jeunes patients au sein d'un groupe de cliniciens. L'affaire fut rapidement entendue. Il me donna son accord, fixa le jour de la consultation, le vendredi matin, et demanda un délai pour prévenir ses collaborateurs. Il m'assura qu'il serait présent à la première, pour signifier qu'il était pleinement engagé dans le projet. Je sortis de son bureau la tête envahie de tumulte.

Le samedi suivant, à l'heure du déjeuner, j'avais présenté le projet à Devereux, non sans fierté, et à tous les membres du séminaire. Nous allions enfin sortir de notre petite chapelle, du ghetto dans lequel nous étions confinés, expérimenter publiquement les idées révolutionnaires de l'ethnopsychiatrie, démontrer leur force, tant pour expliquer les désordres que pour contribuer à les soigner. J'étais conscient qu'il s'agissait d'une innovation radicale. Il n'y avait jamais eu auparavant aucune consultation de ce genre. Mais je ne m'imaginais pas en créateur, encore moins en dissident. Je me sentais un commis, au contraire, une sorte d'ambassadeur de la pensée de Devereux. Il avait écouté, s'en était réjoui avec moi et puis il était parti animer son séminaire, comme chaque samedi. Quant à nous, plutôt que d'y assister, nous nous étions réunis avec mes acolytes pour peaufiner le projet de consultation. Le soir même, il devait être 22 ou peut-être 23 heures, il m'appela au téléphone. Il avait la voix plus grave que jamais. Après deux mots d'entrée en matière, il installa un long silence. Il attendait, comme s'il pensait que j'avais quelque chose à lui révéler.

— Tobie, tu as trahi ! finit-il par dire enfin.

— De quoi s'agit-il, Georges ? Pourquoi dis-tu que j'ai trahi ? Et qui aurais-je trahi ?

— Tu sais très bien ce que tu as fait !

Je ne savais rien du tout et je ne comprenais pas. J'ai rapidement repassé en mémoire les événements de la journée et des jours précédents. Je ne voyais décidément pas à quoi il pouvait faire allusion. Je m'étais longuement entretenu avec lui de la future consultation d'ethnopsychiatrie ; ne lui en avais rien caché. Il avait donné son accord ; il avait même évoqué l'idée d'y participer. Peut-être s'agissait-il d'autre chose, alors… de cet article pour la revue que j'avais défendu contre son avis ? Mais nous avions fini par tomber d'accord. Nous devions demander à l'auteur de reprendre la rédaction de la seconde partie de son texte. Dans les jours précédents, je ne m'étais fait l'avocat d'aucun « adversaire », de ceux qui avaient basculé du jour au lendemain dans la catégorie des « ennemis » ou des « psychotiques ». Je ne comprenais décidément pas. Je n'avais rien à me reprocher. Et Georges qui refusait de fournir la moindre explication, répétant seulement que j'avais trahi. Lorsque j'ai finalement compris, mon sang, je le reconnais, ne fit qu'un tour. J'eus une véritable réaction de colère, de ces colères froides, réfléchies, qui décident des tournants de l'existence. Je répondis, la voix blême, lentement, pesant chaque mot :

— Ah, je comprends ! ai-je répliqué, je comprends ce que tu me dis. En vérité, ton regard sur moi vient de basculer. D'objet d'amour, me voilà devenu objet de haine. Allez… Je ne suis pas le premier et ne serai sans doute pas le dernier. J'ai vu souvent les personnes que tu adulais la veille tomber le lendemain au plus bas dans ton estime et recevoir ta hargne et ton mépris. Ce scénario, tu l'as joué à Dick, à Arnaud, à Nicole…

Et j'ai énuméré la longue liste de ceux qui avaient connu la disgrâce du maître avant moi, peut-être une dizaine de mes condisciples. Et j'en ai oublié, sans doute.

— Nous nous connaissons trop, avais-je ajouté pour finir. Tu voudras bien m'épargner la suite du parcours. Restons-en là.

Et j'ai brutalement raccroché le combiné. Nous ne nous sommes plus jamais adressé la parole. Je m'en suis strictement tenu à la position que j'avais adoptée, malgré les messages qu'il m'a fait parvenir ensuite, par l'entremise de l'un ou de l'autre. J'avais travaillé avec lui près de dix années, depuis les temps d'apprentissage, l'immersion dans les méandres infinis de sa pensée et de ses textes, jusqu'à ma toute jeune expérience d'« héritier spirituel ». Eh bien, cela s'arrêterait là, ce samedi soir d'automne. C'était terminé. Je refusais l'excommunication – la mienne, d'abord, que je considérais sans objet –, mais aussi la sienne. Je refusais de le condamner dans mon cœur et dans ma pensée. Il me fallait préserver les acquis, ne pas exercer ma colère contre la théorie qu'il m'avait transmise. Le jugement de Devereux sur les personnes et sur les événements était très sensible aux terreurs qui l'envahissaient soudain. Cela, je le savais ; j'avais eu l'occasion de le constater bien des fois. Il était ainsi, pétri de douleurs, mais fier, aussi, insoumis radical, définitivement antisocial. Me revint en mémoire la petite cérémonie organisée à l'École des hautes études en l'honneur de Lévi-Strauss, pour ses soixante-quinze ans. Ses collègues lui offraient à cette occasion un livre d'hommages. Exercice obligé, un peu emprunté, où il leur fallait chacun exprimer la part que le vieux maître avait prise dans leur parcours intellectuel. Ils se succédaient au micro, l'un plus compassé que l'autre. Lévi-Strauss restait raide comme la statue du commandeur, acceptant sans broncher ces hommages convenus qui lui pesaient sans doute. Lorsque arriva son tour, Devereux, qui n'avait manifestement rien préparé, se contenta d'évoquer un épisode de virée ensemble, lui et Lévi-Strauss, juste après guerre, en 1946 ; ils avaient dragué deux minettes sur le boulevard, comme des jeunes gens en goguette. Et c'étaient des phrases comme « tu te souviens, tu avais choisi la blonde...

j'étais bien plus déluré que toi… ». L'assemblée a bien sûr éclaté de rire, mais les professeurs chuchotaient entre eux : « Franchement, il n'est pas sortable, celui-là ! » Il l'avait fait volontairement, bien sûr ! Devereux n'avait jamais accepté de se soumettre aux règles sociales, de respecter les conventions. C'était sans doute ce qui expliquait son isolement au sein de la communauté universitaire ; c'était aussi sa grandeur, le gage de sa liberté de pensée.

Pour moi, y compris dans ce difficile moment de rupture, il restait à cette place qu'il avait toujours occupée, celle du maître, pour me guider une dernière fois. J'ai considéré qu'il s'agissait de son dernier enseignement, m'apprendre à partir. Aujourd'hui encore, je continue à croire qu'en changeant brutalement d'attitude, il m'avait propulsé dans le monde, comme un père pousse son gamin hésitant dans le grand bain. D'un seul mouvement, d'une pichenette, il m'avait transmis la rage de poursuivre.

Je l'ai revu une dernière fois. C'était cinq ans plus tard, dans la salle de recueillement du columbarium, quelques instants avant sa crémation. Il avait demandé à ce que ses cendres soient répandues, selon leurs coutumes, sur les terres des Indiens Mohaves. Dernier pied de nez à la compagnie, lui qui se considérait enfant de nulle part, rejeté de tous, avait décidé de passer sa mort dans une réserve d'Indiens d'Amérique. Nous n'étions pas bien nombreux, peut-être une vingtaine, tous d'anciens élèves. Avec András Zempleni et Mariella Pandolfi, nous nous sommes isolés dans un coin de la pièce. Mariella évoquait ses dernières années, étouffé par l'emphysème, ne sortant quasiment plus de son appartement. András et moi ne parvenions à accepter ce qui était en train de se dérouler. Dans nos pensées, étrangement concordantes ce jour-là, les morts appartenaient à leur groupe, quelles qu'aient été les volontés qu'ils avaient exprimées avant de partir. Sa mort m'affligeait au tréfonds, non que j'aie eu l'intention de le revoir, mais je ressentais que sa fin avait été aussi triste que sa vie, sans famille, sans enfants. J'étais désemparé. Je répétais seulement, comme un automate : « On ne doit pas brûler un Juif, même s'il l'a demandé. Ça ne se fait pas ; surtout après la Shoah »…

Bobigny 1985

Comme beaucoup de psychanalystes seniors, Lebovici recrutait sa clientèle parmi les classes supérieures – très supérieures, quant à lui. Il me donnait souvent rendez-vous dans son luxueux appartement du pont de l'Alma, à 23 heures, pour des séances de supervision, après le départ de sa dernière patiente dont je frôlais le langoureux manteau de fourrure à la porte de l'ascenseur. Lorsque je lui parlais, ses yeux clignotaient de fatigue. Il piquait du nez, se relevant soudain pour lancer une remarque d'une pertinence inattendue. Il terminait sa journée de travail après minuit. Il m'a confié bien des fois que c'était alors qu'il pouvait se consacrer à ses véritables intérêts. Lui aussi était « de la nuit ».

Chassé de l'Assistance publique en 1941 par les lois de Vichy sur les Juifs, il était longtemps resté hors des cadres et n'avait obtenu son poste de professeur qu'à la fin de sa carrière, en 1978. Ses admiratrices l'avaient suivi depuis le centre Alfred-Binet jusque dans son service à Bobigny, celles qu'on appelait « les femmes du XIIIe », les élèves psychanalystes en supervision, qui cultivaient tant l'art de la coquetterie que celui de la parole. C'était cocasse de les voir arriver là, à l'intime d'une banlieue ouvrière, à deux pas de Drancy, dans leurs automobiles luxueuses tournant inlassablement dans l'enceinte de l'hôpital à la recherche d'une place de parking. Tous les jours, elles envahissaient le service, courant d'un bureau à l'autre à la recherche de « Lébo ». Mais le vendredi matin, lorsque arrivaient les patients de la consultation d'ethnopsychiatrie, les familles kabyles ou maliennes, avec leurs nombreux enfants, leurs bruits et leurs couleurs, les cohortes d'assistantes sociales et d'éducateurs qui les accompagnaient, les belles aventurières disparaissaient aussitôt. Il faut préciser que Lebovici m'abandonnait son bureau et qu'il y avait foule.

Ce matin, nous étions bien une quinzaine pour recevoir Prudence, des psychiatres du service, les deux internes, mes étudiants. Elle était accompagnée d'une jeune psychologue, elle aussi apprentie psychanalyste, surprise de voir tant de monde dans une consultation. Prudence avait été accueillie dans son foyer avec son enfant, une fillette de deux ans. Depuis des semaines, elle était inactive, prostrée, comme hébétée. Reçue à plusieurs reprises par le psychiatre qui avait diagnostiqué une dépression, on lui avait administré de fortes doses de médicaments qui étaient restés sans effet. Son état était le même qu'au premier jour.

— Nous avons pu établir que cette tristesse, cette apathie, l'impossibilité de travailler et de s'occuper de son enfant, bref que son état dépressif remontait au décès de son père, conclut la psychologue.

Elle se tourna alors vers Prudence pour lui demander son assentiment. L'autre répondit de manière à peine audible, dans un filet de voix. Oui, elle sentait que c'était depuis ce moment, depuis le décès de son père…

Elle était camerounaise, de langue maternelle douala, mais parlait parfaitement le français. Une femme grande, très grande, à la corpulence imposante. Lorsque la psychologue acheva sa présentation, Prudence se recula au fond du fauteuil. Elle était impressionnante. Elle me dépassait d'une bonne tête. Je devais paraître bien fluet, assis face à elle, au sein de cette assemblée. Le visage rond et harmonieux, maquillée avec soin, elle était belle, aussi. Il était manifeste qu'elle ne souhaitait pas parler, que la relation aux autres lui paraissait au-dessus de ses forces. Plutôt que de l'interroger, je me suis rapproché ; j'ai posé mes mains sur les siennes, longuement, jusqu'à ressentir sa chaleur.

— Fermez les yeux ! lui ai-je demandé.

Elle continua à les garder ouverts, l'air un peu hébété.

— Détendez-vous. Laissez-vous aller. Fermez les yeux maintenant.

Elle accepta. Elle ferma les yeux. Après un long moment j'ai senti qu'elle s'était apaisée ; ses paupières ne tremblaient plus. Le silence s'était épaissi dans le bureau, comme s'il avait acquis une sorte de densité. On eût dit qu'elle s'était endormie. C'est alors que l'on entendit sa respiration devenir plus rapide, de plus en plus bruyante. Ses yeux se mirent alors à papillonner, puis ses lèvres, comme si elle voulait articuler des mots qui ne sortaient pas. Elle remuait la tête comme si elle luttait contre quelque chose, contre quelqu'un. On entendit des borborygmes, des bruits, des mouvements intérieurs de fureur. Puis, elle s'est mise à trembler de tous ses membres. Son fauteuil s'agitait en raclant le sol. J'ai senti mes collègues frémir. Son visage grimaçait ; elle semblait souffrir. La psychologue, inquiète, se leva, voulant entourer ses épaules de son bras. D'un signe, je lui ai demandé de reprendre sa place.

Soudain, elle ouvrit les yeux tout grands – trop grands, écarquillés, fixes. Et ce fut comme une détonation. Une voix forte, une grosse voix d'homme sortit de là – non pas de sa bouche, mais de bien plus loin, de sa poitrine, de son ventre.

— Qui es-tu, toi ? me demanda violemment la voix.

Je sursautai ; j'imagine que mes cothérapeutes furent encore plus surpris que moi, eux qui étaient restés inactifs. Entendre une forte voix d'homme surgir de cette femme qui, quelques minutes auparavant, ne pouvait prononcer une seule parole était incompréhensible et effrayant. Sans doute notre esprit avait-il galopé imaginant que l'être qui s'était emparé de ce corps puissant le projetterait contre les objets de la pièce, le précipiterait sur les personnes. La peur est une imagination coagulée. Nous avons eu peur. Et la voix me tutoyait, par-dessus le marché.

— Qui je suis ? Mais qu'est-ce que ça peut te faire ? répondis-je en m'efforçant de garder mon calme. C'est à moi de te poser cette question. Qui es-tu ?

À nouveau le silence. J'insistai :

— Je t'ai demandé qui tu étais, toi qui es venu là sans y être invité.

— Comment ça « qui je suis »… Mais je suis son père ! tonna la voix.

Alors c'était ça ? Le mort brièvement évoqué en début de séance avait surgi sans crier gare. J'ai été saisi. C'était la première fois qu'une chose pareille m'arrivait. Je sais… J'aurais pu interrompre la séance à ce moment, tirer Prudence de son état, interrompre ce théâtre d'ombres improvisé. Mais j'ai poursuivi le dialogue, passé la ligne, au-delà des limites.

— Son père, repris-je, je n'en crois rien ! Parce qu'un père mort qui vient ainsi persécuter sa fille jusqu'à la rendre malade, mélancolique… Alors ça… Ce n'est certainement pas un père.

À nouveau un long silence. Prudence gardait toujours les yeux fermés. J'avoue avoir eu peur à l'idée que l'être que je venais de défier, qui se manifestait pour l'heure seulement par la parole, se prenne à vouloir aussi bouger ou même se frotter à moi. Je dois dire que s'il avait décidé de me prendre au collet, je n'aurais pas fait le poids.

— Oui ! Je suis son père, finit enfin par dire la voix qui semblait moins violente, presque persuasive. Je m'occupe d'elle là où je suis. Je lui ai même trouvé un mari.

— Un mari parmi les morts, me suis-je esclaffé, ah ! Eh bien, c'est du joli ! Et tu prétends vouloir le bien de ta fille… Voilà bien la preuve que tu n'es pas son père.

Nouveau silence qui n'en finissait pas. Puis la voix finit par demander :

— Je veux voir mes enfants.

Après cette parole, Prudence se frotta les yeux. Elle s'ébroua comme si elle sortait du sommeil.

— Doucement, lui ai-je conseillé, revenez doucement.

Elle se tenait le crâne des deux mains. J'ai senti l'assemblée se détendre, rassurée du rétablissement de l'ordre rationnel du monde.

— Elle doit avoir très mal à la tête, maintenant, dit Loubaba, qui était alors toute jeune stagiaire et qui deviendra avec le temps une merveilleuse traductrice des langues du Maroc et de celle des esprits.

Et Loubaba s'empressa auprès d'elle, lui portant un verre d'eau, lui caressant le visage. Prudence but goulûment. Elle avait du mal à revenir parmi nous. J'ai demandé :

— Pourquoi exige-t-il de voir ses enfants ?

— C'est étrange, ce que vous avez dit tout à l'heure, me répondit la psychologue qui accompagnait Prudence. C'est étrange parce que vous ne le saviez pas… ce n'est pas son père, en effet… Prudence est l'enfant d'un premier mariage de sa mère ; ce n'était pas son véritable père, enfin, son géniteur.

La patiente se leva, rajusta sa mise et se tint bien droite devant moi. Elle avait maintenant l'air d'avoir atterri quelque peu. Nous convînmes d'un prochain rendez-vous, quinze jours plus tard. Je lui demandai s'il était possible que ses frères et ses sœurs assistent à la consultation. Difficile… toute la famille vivait au Cameroun. Mais elle leur demanderait… Considérant la gravité de ce qui était abordé ici, peut-être accepteraient-ils. Tout le monde savait dans la famille que le père était parti « les yeux ouverts »…

— Les yeux ouverts ?

— Je ne sais pas, dit Loubaba, mais chez moi, lorsqu'on dit que quelqu'un est parti « les yeux ouverts », c'est qu'il est mort en emportant un secret dans la tombe…

— Oui ! confirma Prudence, c'est aussi ce qu'on dit chez moi.

Bavardages de fin de séance. Terreur rétrospective. Doutes, questions, contestations. Les réactions fusaient de toutes parts. « Eh quoi ? Mais tu crois aux revenants, maintenant ? – C'est bien la question de croire à ceci ou à cela. Ai-je seulement demandé quelque chose ? Pas la moindre induction ; je n'ai pas suggéré un seul instant que le père pourrait revenir. Il s'est imposé à nous, de toute la force de sa voix. Vous souvenez-vous combien vous avez été surpris ? – Oui… Mais pourquoi as-tu débuté par ce moment de relaxation ? Pourquoi lui avoir demandé de fermer les yeux ? N'est-ce pas toi qui as provoqué cette mise en scène hystérique ? Qu'est-ce qui t'a pris ? Qu'est-ce qui t'a traversé l'esprit ? – Je ne sais pas ! Elle semblait tellement souffrir, comme si elle s'arc-boutait sur un secret. – Une fois la voix apparue… – La voix du père, notez-le bien, ce n'était pas la voix de Prudence, mais une grosse voix d'homme. – Oui, d'accord ; une fois que nous avons entendu la voix du père, pourquoi donc entamer un dialogue ? Ne t'es-tu pas senti dans la peau d'un charlatan ? – Un charlatan ? Mais pourquoi dites-vous "un charlatan" ? Si les Doualas du Cameroun ont l'habitude de régler ainsi leurs successions, direz-vous de ceux qui les gèrent qu'ils sont aussi des charlatans ? – D'accord, d'accord ! Nous n'avons pas utilisé le bon mot. Un usurpateur, alors ? – Ah, d'accord ! Vous dites "usurpateur"… Voilà que vous avez bien compris le déroulement de cette séance. C'est bien d'usurpation que m'accusait aussi la voix qui semblait ne pas reconnaître ma légitimité. Vous voilà donc du côté de ceux qui rendent cette femme malade… »

Deux mois et quelques séances plus tard, ils étaient arrivés du Cameroun pour la consultation de Prudence. Ils s'étaient retrouvés là, un vendredi matin, dans le bureau du chef de service de psychiatrie de l'hôpital Avicenne à Bobigny. Il y avait Pasteur, l'aîné, un gaillard de près de deux mètres, à la mise raffinée, un notable, qui avait réussi à abandonner ses affaires immobilières quelques jours, et Justin, élégant steward dans une compagnie d'aviation, et Amandine, sorte de « mama-Benz », qui vendait des dessous de luxe dans les villages du nord du pays. De la fratrie de Prudence, il en manquait deux, mais tout de même, elle semblait satisfaite d'avoir convaincu les aînés, les plus influents. Elle avait aussi convié Justine, une amie camerounaise qui résidait en France, pour assurer la traduction. La séance précédente, le père avait exprimé le souhait de s'exprimer en douala. Il n'y avait jamais eu tant de monde à la consultation. Il nous fallut partir chercher des chaises dans le service de médecine interne.

Prudence, qui commençait à en prendre l'habitude, s'installa dans le même fauteuil, attendant ce petit moment de relaxation qui était devenu notre rituel d'entrée en matière. Ses deux frères et sa sœur, Justine, son invitée, étaient manifestement terrorisés. Ils semblaient s'attendre à ce qui allait survenir. Cette fois, je lui avais à peine effleuré les mains que la voix tonna, plus claire et plus forte que durant les séances précédentes.

— Ils sont venus… À la bonne heure !

Et le père se mit à dévider ses recommandations. Pasteur, l'aîné, devait prendre soin de la famille, mais surtout organiser les funérailles. « Les funérailles » ? Je ne comprenais pas. Leur père n'avait-il pas été enterré ? Pasteur me répondit d'un mot : « Un enterrement n'est pas des funérailles. » Soit ! Il voulait sans doute parler des « secondes funérailles », au cours desquelles on réunit toute la famille pour installer le mort parmi les siens, dans le monde des morts. Pasteur, qui gérait les biens immobiliers, devrait également veiller à la parcelle de la famille au village, aujourd'hui situé dans la grande banlieue de Douala. Il savait ce qu'il devait accomplir là-bas. Les palabres avec les vieux, les offrandes, les sacrifices… Je jetai un regard dans sa direction. Le gaillard avait blêmi. Ses lèvres tremblotaient, comme s'il allait s'effondrer en larmes ; ou bien allait-il lui aussi offrir son corps et sa voix à l'âme en maraude. Mais non ! Il était effrayé, voilà tout. Et puis, comme le sont souvent ceux qui proviennent de mondes qui n'ont pas renoncé à la multiplicité des êtres, il redoutait les charges traditionnelles. Il savait ce qu'elles coûtaient en argent, en temps, en responsabilités… Mais après ce qui venait de se passer ici, il le ferait, c'est sûr ! Puis la voix apostropha Amandine. L'argent, c'est comme les cauris. Il est fait pour circuler, payer les passages entre les mondes, pas pour être caché sous les lits au fond des calebasses. Pourquoi n'en donnait-elle pas à la famille. Ne savait-elle pas qu'en vérité elle était le chef de famille ? Je les ai regardés, les trois visiteurs venus de si loin. Ils étaient choqués, perplexes. Ils ne comprenaient pas. Mais ils ne doutaient pas un seul instant que leur père était là, qui leur parlait, qui les secouait, les rappelant à l'ordre.

À nouveau, comme dans chaque consultation que nous eûmes avec Prudence, s'installa un long silence. Nous avions appris que tant qu'elle ne s'étirait pas, tant qu'elle ne se levait pas de son fauteuil, il était toujours là. Personne ne bronchait, chacun blotti à sa place, ceux qui croyaient aux morts et ceux qui n'y croyaient pas, saisis par une même stupeur. Alors, la voix s'en prit à moi :

— Et toi, là, que fais-tu là ?

Mais Prudence ne faisait aucun geste, enfoncée dans son fauteuil. Les autres baissaient les yeux. Je les devinais espérant que la raison finirait par vaincre ; qu'ils obtiendraient une explication.

— Pourquoi écoutes-tu nos histoires de famille ? reprit la voix, toi qui n'es même pas noir…

J'ai pris mon temps avant de répondre.

— Il y a des gens, vois-tu, qui sont blancs dehors et noirs dedans.

C'est ce que j'ai fini par dire… Une formule qui tenait de la ritournelle ou de la charade et qui, je le savais, le ligoterait de perplexité. Il était peut-être son père, mais vivait sous la loi des êtres. Les êtres ne sont pas raison. Ils sont mensonge ; ils sont ruse ; ils sont force brute. En hébreu, on dit *ched*, « l'esprit », mais la racine du mot renvoie à la force, ni positive ni négative, une force sauvage, indomptée. Je me souvenais d'Ulysse se saisissant de Protée. Il lui fallait résister aux mensonges, aux métamorphoses du vieillard de la mer. On ne peut convaincre les êtres ; on peut seulement les tromper.

C'est alors, après cette formule que j'inventai pour l'occasion, que Prudence sortit de son état – que dire ?... hypnotique ?... sublunaire ? – aussi douloureuse que lors des séances précédentes, mais cette fois, elle pleurait. Loubaba et sa psychologue l'ont entourée, tentant de la consoler ; sa sœur, Amandine, lui tendit un kleenex, de loin, n'osant l'approcher. Elle savait, elle, que les êtres avaient l'habitude de sauter de l'un à l'autre – de l'une à l'autre. Prudence pleurait toujours. Je me suis tourné vers Pasteur.

— Cette fois, il est vraiment parti.

— C'est maintenant que tout commence, me répondit-il, consterné.

Je pensais à la distance infinie qui séparait un ethnologue et les mondes autres qu'il lui arrive d'étudier. Devereux était mort quelques mois plus tôt, solitaire, sans personne pour dire la moindre parole le jour de ses funérailles. J'appris des années plus tard, par l'une de mes étudiantes partie visiter la réserve des Mohaves à Parker, en Arizona, au milieu des cactus et des crotales, que les Mohaves avaient accepté ses cendres sans enthousiasme. Il restait très peu d'anciens qui l'avaient connu et c'est à l'issue d'un long conciliabule que le conseil consentit finalement à accueillir sa mémoire. Dans leur minuscule musée, presque rien, seulement son premier livre, *La sexualité des Indiens Mohaves*. Quelle différence avec cet homme mort au Cameroun, qui pouvait réunir une assemblée à des milliers de kilomètres pour signifier ses volontés aux survivants. J'étais sorti de cette dernière séance un peu déstabilisé. J'avais le sentiment d'avoir accompli mon travail de thérapeute, soulagé Prudence, sans doute, d'un poids qui l'oppressait. Mais à relire l'ensemble des consultations je me faisais plutôt l'effet d'une sorte de notaire. Sans doute le père n'avait-il pas laissé à ses enfants, à sa famille, des indications claires au sujet de son héritage. Quoique enfant adoptée, Prudence était sa préférée. Peut-être était-ce la raison pour laquelle il l'avait investie en tant que messager. Ou bien était-ce sa position d'aînée ?... Ou quoi encore ?

Quatre ou cinq ans plus tard, ce devait aussi être un vendredi matin, je suis monté dans un autobus, gare Saint-Lazare, à Paris. Je me rendais à la Sorbonne pour prendre part à un jury de thèse. J'ai aperçu une place assise, tout au fond. Je voulais profiter du trajet pour relire mes notes. Je me suis installé, absorbé, m'excusant de manière automatique en prenant place.

— Pardon madame...

La femme se retourna vivement vers moi.

— Mais nous nous connaissons ! s'étonna-t-elle.

Je levai la tête. En effet, ce visage rond, cet air profond... Elle se trouvait une nouvelle fois près de moi.

— Oui, insistait Prudence, vous vous souvenez ? Vous vous êtes occupé de mon père, il y a quelques années, à Bobigny.

De son père ? Oui, sans doute ; d'elle aussi, j'espère. Je ne savais que répondre. Elle avait été si proche, par certains côtés, et si énigmatique quant au fond. Après la dernière séance, au cours de laquelle la famille avait pu recevoir les recommandations du mort, je n'avais plus eu de nouvelles – seulement une conversation téléphonique avec la psychologue, qui m'avait appris que Prudence avait quitté le foyer, repris son travail.

— Ça va ? lui ai-je demandé.

Elle me regardait d'un air bizarre. J'ai répété :

— Ça va ?

— Vous voulez dire… moi ? Comment je vais ? Oui, ça va bien… mais…

— Qu'y a-t-il ?

— Il vaut mieux que je parte à l'autre bout du bus, répondit Prudence, vous comprenez pourquoi…

*

* *

En 1996 à Cotonou, toujours avec Lucien, nous sortions d'un dîner chez Thérèse Agossou, une psychiatre béninoise, une femme d'exception, qui avait su rendre compatibles la science des modernes et le respect que l'on doit aux morts et aux divinités. En Afrique, l'intelligence est toujours celle du multiple. Il devait être aux alentours de minuit. La journée avait été intense, chez les *Gbigbowiwés*, « les âmes blanches », l'église évangéliste où nous passions nos journées à observer d'étranges façons de soigner les souffrances psychologiques. Moi, comme toujours, je jouais le jeu. Il était beaucoup plus difficile de convaincre Lucien de se prosterner, de faire le signe de croix, de chanter les psaumes, de s'extasier, au sens propre, devant les transes que déclenchait le prêtre à la recherche des êtres diaboliques qu'il exorcisait par dizaines… « au nom de Jésus ». Nous avions décidé de rentrer à pied pour bénéficier de la fraîcheur toute relative de la nuit. Au carrefour, les habitants du quartier étaient dehors pour une fête intense. Ils avaient sorti les tambours de toutes les tailles et les jeunes se succédaient dans d'invraisemblables démonstrations de virtuosité. Et autour, le concours de danse donnait lieu à des figures acrobatiques comme je n'en avais jamais vu auparavant. Je demandai à Lucien s'il savait ce qui motivait cette joie de la nuit. Il me répondit sans hésiter qu'on honorait un mort. Et à voir l'intensité de la fête, le nombre de participants, ce devait être un personnage important. La tristesse n'est pas une réaction nécessaire à la perte d'un être aimé. La compassion n'est souvent qu'une attitude obligatoire. Un mort est un vivant – à observer la joie des danseurs, celui qui était honoré cette nuit-là était animé d'un dynamisme tout particulier. L'un des noms par lesquels les Juifs désignent le cimetière est *beit el 'hayim*, « la maison des vivants ». Ils savent aussi que les morts régénèrent les vivants, à condition de les traiter de la manière qui leur convient. *Laissez les survivants enterrer les morts…* afin qu'ils bénéficient de la force de ceux qui naissent à la mort. Laissez les morts bénir les vivants !

Ma mère est morte en 1999. Lorsque je suis revenu avec mon père passer la nuit dans ce même appartement de Garges-lès-Gonesse où ils avaient vécu plus de trente ans, je l'entendis pour la première fois faire l'éloge de ma mère. « C'était une femme remarquable… et d'une intelligence exceptionnelle – une intelligence comme il n'en existe chez personne d'autre. » Surpris, je ne sus que répondre. Les dernières années, mon père ayant pris sa retraite, ils étaient restés seuls, dans un interminable face-à-face qui tournait quelquefois au psychodrame. Il l'asticotait, la critiquait, tournait sa famille en dérision. Ils se sont beaucoup disputés. Il s'ennuyait, en vérité. Il arrivait à ma mère de m'appeler au téléphone pour me décrire les souffrances qu'il lui faisait endurer. Je l'écoutais longtemps, sans rien dire et finissais toujours par lui proposer : « Si tu ne le supportes plus, il te reste toujours la solution de divorcer. » Cette phrase parvenait le plus souvent à l'apaiser. Et voilà que mon père déroulait sa liste de louanges, la glorifiant, l'honorant, la plaignant. « Et, la pauvre, elle a tant souffert ces dernières années. L'humidité avait pénétré au profond de ses os. Elle ne pouvait presque plus marcher. » C'en était trop. Une larme se mit à couler sur ma joue. J'ai été pris d'un sanglot. C'était la première fois que je pleurais depuis notre départ d'Égypte – je veux dire la première fois que je pleurais de chagrin. Cela n'a pas duré longtemps. Le regard étonné de mon père suffit à interrompre l'abandon que je m'étais permis un court instant. Il ne pleurait pas. Nous ne pleurons pas. Par ses évocations, il incitait aux pleurs comme le faisaient les vieilles femmes de chez nous, en Égypte, en déclinant les vertus du disparu – de la disparue. Elle s'appelait Rena, pour faire italien, contraction de Regina, « la reine ». Son véritable nom aurait sans doute dû être Malka, en hébreu, ou Malika, en arabe. Et puis on l'avait nommée Rena, qui avait ensuite glissé vers Renée, lorsque la famille s'est éprise de francité. Renée – c'est ainsi que l'appelaient ses cousines et les amies qu'elle s'était faites en France. Elle était partie ; elle renaîtrait ailleurs. Mon père l'appelait de son surnom, Ranou. Et ce soir-là, il le prononçait sans cesse. Sa belle-sœur, Eva, la femme de son frère était partie peu avant ma mère, la laissant dernière femme de la famille, du moins en France. Cette griotte, capable de décliner les généalogies sur une dizaine de générations, fut enterrée sans aucune vieille ; sans aucune pleureuse. Une fois de plus, mon père palliait les manques, l'absence d'incitatrices aux pleurs durant la *shiva*, la « septaine ». Les Juifs évoquent le mort durant sept jours, priant, recevant toute personne qui l'a connu pour évoquer inlassablement la mémoire du disparu. Durant ces sept jours, la tristesse est acceptable, les excès seulement permis aux plus proches. Puis, ils accompagnent le mort par des prières quotidiennes durant une année, le temps – disons « forfaitaire » – de son parcours jusqu'au monde des morts. On sait que certains arrivent plus vite, d'autres beaucoup plus lentement. Les plus savants savent lire la progression des morts aux modifications des objets restés chez les vivants, des *mezouzot*, par exemple, ces protections posées sur les chambranles des portes d'entrée. Après cette année, la tristesse est malvenue, l'évocation du mort perçue comme suspecte, quelquefois même perverse. C'est que chez les Juifs, la mort est impure et peut contaminer les vivants, surtout les plus fragiles. On évite de parler de mort devant les enfants, devant un endeuillé de fraîche date, de peur qu'ils n'en soient souillés. Mais les Juifs d'Égypte, bien que respectant les interdits, entretenaient une relation de proximité avec leurs morts. Au moins une fois par an, ils partaient en famille au cimetière de Bassatine manger avec eux. Ils s'installaient sur les concessions, dans les caveaux, parfois à même les dalles mortuaires pour y passer la journée. Ils emportaient avec eux un repas de pique-nique, les fèves et le pain qu'ils mangeaient au-dessus des tombes. Ils prenaient garde de ne pas ramasser les miettes qui s'échappaient de leur repas. Sans doute les considéraient-ils comme la nourriture des morts. Après tout, nous vivions en Égypte, sur une terre qui sut honorer les morts depuis longtemps, bien avant les pharaons. Ma mère morte aurait certainement aimé un tel traitement ; elle le méritait. Combien de temps des Juifs d'Égypte peuvent-ils continuer à exister sans l'Égypte ?

C'était une toute petite bonne femme, délicate comme une enfant de douze ans. La plupart du temps, elle parlait par obligation ; parce qu'il fallait bien dire quelque chose en présence des gens ; parce que ça ne se faisait pas de se taire. Mais elle en souffrait, elle se contractait sous l'effort et s'efforçait d'y trouver un intérêt intellectuel. Elle m'a mal élevé, m'ayant transmis l'habitude de chercher perpétuellement la personne avec qui le temps vaut la peine. Même lorsque je ne la voyais pas, *kanet be sallini*… C'est une expression en arabe – *salli*… – difficile à traduire… on pourrait à la rigueur la rendre par le verbe « distraire ». Plus exactement ces personnes avec qui on ne regrette pas le temps qui passe. Peut-être pourrait-on la traduire par « tenir compagnie » ? Voilà : elle me tenait compagnie… Ces interminables discussions sur notre famille, sur l'Égypte où nous sommes tous nés et où aucun d'entre nous ne sera enterré, ces moments de complétude, de sérénité, c'est ce qui me manque le plus…

Une fois ma mère morte, j'ai changé. Les morts ne ressemblent en rien aux vivants qu'ils ont été. Ma mère aussi avait changé ! Vivante, je n'aurais jamais imaginé quitter le pays où elle se trouvait – pas même la ville. La détresse que je lisais dans son regard me clouait sur place. En 1977, après ma thèse de troisième cycle, Devereux avait obtenu de Georges Devos, l'un des responsables du département d'anthropologie de l'université de Berkeley à San Francisco, que je parte là-bas en post-doc. J'ai trouvé mille raisons pour décliner la proposition. Mais une fois parvenue dans le monde des morts, ma mère était différente. Vivante, elle me retenait ; morte, elle me poussait en avant. L'Afrique où je m'étais rendu à de nombreuses reprises, au Mali, au Bénin, au Togo, au Burkina Faso, au Sénégal, pour de courts séjours à la recherche des guérisseurs de la folie, m'appelait. J'ai pris ma décision. En 2000, dans mon université, j'étais un professeur installé. Doyen de ma faculté, directeur de l'Institut d'enseignement à distance fort de plus de cinq mille étudiants, vice-président de l'université, à la tête d'un laboratoire d'ethnopsychiatrie innovant, sitôt que l'occasion me fut offerte, j'ai accepté sans hésitation. J'ai pris les responsabilités que l'on me proposait dans le réseau diplomatique. Et je me suis retrouvé du jour au lendemain à Bujumbura, au Burundi. J'ai découvert une Afrique que je ne connaissais pas, aussi pauvre que les plus pauvres de celle de l'Ouest. Je n'y ai pourtant retrouvé ni la multitude des langues, ni le foisonnement des fétiches. Les hommes y étaient tristes, déambulant dans les brumes des collines comme des fantômes. Dix ans auparavant, en 1993, un an avant celui du Rwanda, il y avait eu un terrible massacre, qui avait laissé plus de trois cent mille morts – souvent sans sépulture, sans rituels, presque sans mémoire sinon cette atmosphère glauque qui surplombait la ville. Un peu plus d'un an avant mon arrivée, une nuit de novembre, le Dr Kassy Manlan, représentant de l'OMS, qui avait dénoncé publiquement la disparition des fonds destinés à l'achat des médicaments contre la malaria, avait été assassiné. Son cadavre, ligoté et lesté de pierres, jeté dans le lac Tanganyika, avait étrangement été épargné par les crocodiles. Il était remonté à la surface, dieu sait comment, pointant du doigt les plus hautes autorités de l'État. Trois mois après mon arrivée, en juillet

2003, les rebelles d'Agathon Rwasa attaquaient la ville. Une nuit, je les ai entendus déferler des collines aux cris de « Vive Jésus ! Nous prendrons Jérusalem ! ». C'étaient des enfants, âgés de douze à quinze ans, parvenant à peine à tenir leurs kalachnikovs, trop lourdes pour leurs petits bras maigres. Ils avaient été rendus fous par des drogues grossières, de la colle inhalée, de l'essence infusée dans les oreilles. J'entendais les balles crépiter sur le mur de la maison. Tout de même inquiet, pensant qu'il y avait sans doute des mesures à prendre, j'ai appelé l'ambassadeur de France au téléphone, mon supérieur hiérarchique. Il a éclaté de rire. « Si vous avez peur, réfugiez-vous dans votre baignoire. Elles sont généralement en fonte. Il paraît qu'elles protègent bien des balles. » Bienvenue au ministère des Affaires étrangères ! Le lendemain, c'était un dimanche, un silence lourd s'était installé sur la ville. Je voulais voir les résultats des combats de la nuit. Je suis sorti. Les cadavres étaient littéralement cloués au mur, traversés de balles de gros calibre. Le gouvernement avait envoyé l'armée pour arrêter les rebelles. Les automitrailleuses, d'antiques EBR Panhard, avaient arrosé au canon de 75. Un carnage ! Ce jour-là, on a compté près de trois cents morts. À peine un entrefilet dans la presse française. Lorsque le soir, j'ai pu regarder le journal télévisé de France 2, l'information avait pris trente secondes et n'avait pas été relayée les jours suivants. Il semblait que nul ne s'intéressait au désordre burundais. Mais à la différence des vivants, les morts ne sont pas impressionnés par le cynisme des politiques. Ils allaient exprimer leurs exigences sous une forme inattendue.

Il s'appelait Gustave. C'était un gigantesque crocodile de près de sept mètres de long – un monstre ! Un jour que je m'étais aventuré dans la vallée de la Ruzizi, je l'avais aperçu au loin, sommeillant sur une berge. Deux femelles paressaient à ses côtés ; elles avaient l'air de lézards tant il était gigantesque. J'étais resté fasciné par la bête qui semblait sortie d'un film de science-fiction. Gustave était un mangeur d'hommes. Il avait commencé à y prendre goût après les massacres des Tutsis que les Hutus jetaient dans le fleuve par centaines. Par la suite, après la disparition des cadavres, il continua à rechercher la chair humaine. Il guettait les pêcheurs qui s'aventuraient dans l'eau pour jeter leur ligne et les happait pour les dévorer dans les profondeurs. On lui attribuait plusieurs centaines de victimes – cinq cents disait-on. On avait tout essayé pour supprimer Gustave. On l'avait chassé, tiré au fusil et même à la mitraillette, mais les balles ricochaient sur son armure. Et puis il était malin. En 2004, une équipe de journalistes dirigée par une naturaliste de renom, spécialiste des grands reptiles, avait entrepris de le capturer. Elle avait conçu un piège gigantesque fait de rondelles d'aluminium que l'équipe avait acheminé en pièces détachées à dos d'homme. Le piège installé, l'appât renouvelé toutes les nuits, une chèvre, parfois un bœuf, ils avaient guetté Gustave, armés de leurs caméras. Un mois durant, Gustave n'avait pas reparu. De guerre lasse, ils ont fini par plier bagage. Ils ont relaté leur aventure dans un documentaire intitulé *Capturing the Killer Croc*, par la suite repris sur une chaîne française. Ils n'avaient pas sitôt tourné le dos que Gustave dévorait une nouvelle victime. Après cela, le crocodile était devenu un véritable mythe. Pour tous, sans que personne ne le formule, il était l'incarnation du remords. Sorte d'Érinye géante née du sang injustement versé, colère de la terre, il se retournait contre ses habitants. Il a encore été photographié en 2007.

Il est dangereux de négliger les morts. Il ne s'agit pas d'en faire une mystique, mais tout de même ! Qu'est-ce que ce monde où l'on ne s'intéresse qu'au bien-être des survivants et jamais au destin des morts ?

12

Amokrane au parlement

Les migrants se baladent avec leur part de naïveté. Ne maîtrisant pas les codes et les implicites, ils acceptent les paroles des natifs pour ce qu'elles énoncent. On m'avait dit « la pensée » ; on m'avait dit « la recherche » ; on m'avait dit « l'écriture » et je m'y étais collé. Et je m'y colle encore, jusqu'à ce texte qui est en train de se construire devant mes yeux, au fond un nouvel exercice de sincérité. Je continue à croire que l'on peut convaincre par la raison de ce que l'on a appris d'expérience. On m'a écouté, il est vrai, on m'a lu, imité, plagié, critiqué, calomnié, attaqué… Certains n'aimaient pas, je le sais, l'originalité dont je faisais preuve. Moi qui n'ai pas su partager la vie de chapelle, je n'ai jamais appris qu'il fallait quelquefois se taire.

L'ethnopsychiatrie clinique que j'ai développée dans les deux dernières décennies du siècle était en phase avec les métamorphoses de la société française.

J'étais l'un des premiers à attirer l'attention sur l'impact des populations nouvelles, sur le dynamisme inouï engendré par leur présence, sur les spécificités des êtres, des invisibles qui les avaient suivis jusque-là. Ayant accompli le parcours de la migration avant eux, je le connaissais dans ses méandres ; je l'ai médité avec sympathie, sans peur de la complexité. Quelques penseurs, des vrais, qui ne craignaient ni la multiplicité ni les regards obliques, ont accepté de dialoguer avec moi. Ils n'étaient pas nombreux et ne provenaient pas de ma discipline. Isabelle Stengers, la première, m'a offert de partager de longues après-midi de discussions. Étonné par la couleur de ses yeux bleu tendre, ses belles mains aux doigts noircis de cigarettes roulées qui n'en finissent jamais de s'éteindre, je reste fasciné par sa forme d'intelligence, affûtée à l'extrême, comme un scalpel. Elle ne raconte pas la philosophie, elle la fait. Sans retenue, elle s'endort sur-le-champ lorsqu'on décline devant elle les ritournelles de l'histoire de la philosophie. Je l'ai aimée – je l'aime, elle qui sait me dire ce que je fais alors que je le faisais sans le savoir. Dans les années 80, Isabelle s'intéressait à des personnages atypiques, à peine tolérés dans leur propre discipline. Elle avait écrit un livre avec Prigogine et l'avait fait connaître du grand public éclairé. Elle venait de terminer un livre sur Léon Chertok – « le docteur » –, prince des thérapeutes, tout droit sorti de la Russie d'avant guerre avec ses manières de seigneur. J'avais connu Chertok quelques années auparavant, durant ma formation. Il faisait toujours vaciller ma perception. Il enseignait la technique de l'hypnose, mais lui n'avait besoin d'aucune technique. Il lui était facile de rendre insensible le bras de la patiente, de lui coller une pièce de monnaie et de lui suggérer qu'elle était brûlante. Lorsqu'il retirait la pièce, les étudiants voyaient se dessiner sous leurs yeux un cercle de peau brûlée. Et lorsqu'on lui posait des questions, il répondait qu'il y avait un mystère dans l'hypnose qui ne tenait ni à la suggestion, ni au « transfert », ni d'ailleurs à rien de connu. Il répétait qu'en matière d'hypnose, il fallait accepter de ne pas savoir. Nous qui l'écoutions pensions qu'il s'agissait d'une coquetterie de magicien ; la suite lui a donné raison. J'admirais Chertok qui était l'un des très rares psys à être doté de courage. Il l'avait démontré durant l'occupation, jeune émigré russe, membre actif du réseau d'espionnage « l'Orchestre rouge ». Il avait traversé la guerre en se faisant passer, en plein Paris occupé, pour un aristocrate français. Comment a-t-il fait, lui qui trimballait un accent russe à couper au couteau ? Il avait pris de véritables risques dans le combat contre les nazis, sans doute en se riant des difficultés, comme il le faisait toujours. Il était comme ça, Chertok ! Alors depuis, il ne se laissait guère impressionner par ses collègues qui lui battaient froid, le considérant comme un bateleur de foire et le traitant volontiers d'hystérique. Moi, je savais que c'était un vrai, un *Mensch*, comme on dit en yiddish.

En 1995, nous avons écrit un livre avec Isabelle Stengers, *Médecins et sorciers*, un livre simple et net, exposant la richesse des pensées thérapeutiques apportées par les migrants – la possession par les esprits, la vengeance des morts, les attaques de sorcellerie. Mes collègues, les psys, se sont demandé comment me faire taire. Après l'avoir lu, un ethnologue de renom, fou de rage, l'a jeté sur le sol et l'a littéralement piétiné. Isabelle riait. Moi, j'étais effrayé. J'avais raison d'avoir peur. La pensée commune, celle qui se récite en bandes, peut se révéler véritable venin. Une fois encore, je m'étais comporté comme à l'école de mon enfance ; j'avais dit qui j'étais et l'avais proclamé à la cantonade.

Par Isabelle, je connus Bruno Latour, dont l'érudition n'a pas occulté l'imagination. Immense bonhomme, sorte de De Gaulle un peu voûté, les sourcils en broussaille, un carnet à la main, on le dirait constamment penché sur le pauvre monde. Bruno est un peintre dont le pinceau est fait de mots et de couleurs. Nous nous sommes rencontrés autour de son intérêt pour ce que nous appelions tous deux les « êtres », les non-humains, de notre passion commune pour leur écologie. Moi, je les débusquais, partant à leur rencontre dans le feu de mes consultations ; les convoquant, parfois. Lui, construisait inlassablement des systèmes pour en accueillir toujours davantage. Sorte d'Einstein de l'anthropologie, il a dilaté notre univers.

Nos rencontres ont vite été orchestrées par Philippe Pignarre, un démiurge à la subtilité électrique. Il avait su conserver de sa pratique militante l'art de porter une salle à l'incandescence. Il avait réussi l'exploit de rendre intelligente la communication d'un laboratoire pharmaceutique – pour cette seule prouesse, il faudrait lui dresser une statue. Au sein de ce laboratoire, il avait créé, avec l'aide d'Isabelle, une collection de livres, la bien nommée « Les empêcheurs de penser en rond ». Bientôt, nous avons appelé notre petit groupe « Récalcitrance », cette « bande des quatre » qui avait décidé de résister à la pensée banale. Nous discutions des auteurs qui sortaient les sciences humaines de la platitude dans laquelle elles se complaisaient déjà. La situation n'a fait qu'empirer depuis. Philippe a publié Richard Pollak, Mikkel Borch-Jacobsen, Bertrand Meheust, Robert Barrett, Ian Hacking, Sue Estroff, Vinciane Despret et bien d'autres... Par la suite, d'autres encore sont venus s'agréger, qui se reconnaissaient dans l'insoumission aux pensées convenues, aux formules creuses qui deviennent invariablement des évidences persécutrices.

Catherine Clément est aussi venue vers moi. Il est peu de gens dont l'amitié mûrit au fil du temps au point que leur présence devient comme une donnée évidente, comme s'ils étaient là de toujours, de la famille, pour ainsi dire. Catherine Clément m'est devenue la grande sœur que je n'ai jamais eue. Je n'ai jamais vu un tel phénomène, une enfant surdouée et qui l'est restée. Son esprit pétille toujours de la curiosité de ses quatre ans. Elle s'intéresse avec passion aux êtres humains. Comme Freud, je n'ai jamais compris la maxime biblique « Aime ton prochain comme toi-même »… Comment peut-on aimer tout le monde – ou plutôt chacun ? J'aime ma famille, mes amis, mes amantes ; j'aime des auteurs chez lesquels j'ai reconnu des pensées qui m'ont séduit ; j'aime des personnes dont les actes me semblent courageux, décisifs ou même seulement importants… Mais mon amour résulte toujours d'un tri. Comment peut-on aimer son prochain ? N'importe qui ? Elle le peut ! Elle le fait !

Lorsqu'elle m'a lu, elle ne me connaissait pas. Elle a fait la démarche, m'a invité à penser avec elle, comme un enfant propose à un autre une partie de billes. Ça ne se refuse pas ! Nous avons parlé, longtemps… Aujourd'hui, nous parlons toujours autant. Nous nous sommes parfois disputés. Nous avons écrit un livre ensemble, mettant à plat nos oppositions. Nous sommes en désaccord sur bien des points sans importance, sur Dieu, sur la psychanalyse, sur la façon de mener les combats politiques. Mais nous sommes à l'unisson sur l'essentiel, tout faire pour rendre la vie plus intense.

Il y eut aussi le subtil Frédéric Pagès, intelligent et facétieux, qui a mûri dans les mêmes banlieues du nord de Paris, une plume de feu et une langue de douceur. C'est lui qui se cache derrière l'insolent Botul, qui traite philosophie et philosophes comme on n'aurait jamais dû cesser de le faire, avec humour et dérision. Il m'a assiégé de questions, m'a acculé dans mes contradictions en souriant, a voulu regarder dans le détail, avec les yeux et avec les mains, les objets que j'avais fabriqués. Nous savons tous deux que nous partageons ce même amour de la modernité en marche ; celle qui reconnaît aux pauvres la puissance de la pensée.

J'étais trop timide, trop fier aussi, pour m'aventurer dans la moindre démarche. Ils sont venus jusqu'à moi, et quelques autres encore. Ils ont chacun, à une occasion ou à une autre, participé aux consultations d'ethnopsychiatrie, se joignant au groupe de thérapeutes, y introduisant leurs propres interrogations, leurs façons de comprendre et d'agir. Il est juste que l'espace thérapeutique soit constitué d'intelligences en nombre, qu'il soit aussi riche, aussi plein que le monde comme il va.

Saint Denis, 1997

14 heures. Le cadre de la création du monde. Il faut imaginer une grande salle, pouvant contenir une trentaine de sièges répartis en cercle ; chacun s'y installe comme ça vient. Au milieu, une table basse, recouverte de tissus africains et d'une note de chaleur, du café, du thé, des gâteaux. Il est des règles à l'hospitalité lorsqu'on reçoit des étrangers. Comme philosophie du lieu, la réaction d'Abraham, le patriarche qui, apercevant au loin deux inconnus montant vers lui, se précipita pour leur préparer un repas et se jeta à terre pour leur laver les pieds. Pour lui, la visite d'étrangers était une chance à saisir – et cela, non pas,

comme on l'a prétendu, parce qu'il aimait son prochain. C'est qu'il savait que celui dont on n'a jamais vu le visage auparavant, dont on ne connaît ni le nom ni le père ni la terre, peut se révéler être Dieu en personne – Dieu en habit de personne. Alors, depuis ce temps, qui reçoit des étrangers dont il ne sait rien, leur doit tout.

Amokrane entra avec quelque appréhension dans la salle de consultation. C'était un petit bonhomme raide, durci aux labeurs de la montagne et aux vents de la guérilla. Il considéra gravement les visages de ceux qui, ne voulant lui occasionner de gêne, se tenaient tête baissée, faisant mine de compulser des notes. Il interrogea du regard, hésitant entre une chaise et une autre. Son épouse, une femme jeune, le visage torturé d'inquiétude, cherchait à disparaître – mais comment faire dans un cercle ? J'aime ce moment de brouhaha qui précède le début des consultations ; cette agitation qui mime la banalité du quotidien, soulignant qu'ici s'il survient de la vie, c'est sans cérémonie. Une fois ce monde installé, les conversations cessèrent, l'attention tendue en direction de la personne souffrante, Amokrane.

Il y avait là Abdelhamid, le regard limpide qu'il disait hérité des Grecs de l'*Iliade*, respirant l'innocence. Lui aussi, comme Amokrane, avait la poigne dure comme le bois et lorsqu'il vous serrait la main, vous ne saviez si vous teniez un humain où un fétiche. Abdelhamid, dont une partie de l'apprentissage s'était déroulée en Kabylie, dans les années 60, sous la direction d'instituteurs venus d'Égypte. J'aimais échanger avec lui les proverbes arabes, comme les collectionneurs échangent des timbres. Il enjambait les langues, laissait galoper sa pensée à la recherche d'étymologies inattendues – Abdelhamid, le subtil, qui trouvera un jour la vérité dans l'infime détail de l'analyse d'un mot.

Dans les mondes en ordre, les présentations ne débutent jamais par le nom de la personne. On ne dit pas « qui es-tu ? » ou « quel est ton nom ? » mais « quel est ton village ? Quelle est ta famille ? Qui est ton père ? Qui t'envoie jusqu'à moi ? ». On sait que tout étranger est un messager. Dans la perspective de cette consultation, Abdelhamid avait déjà rencontré Amokrane chez lui, une sorte de visite de courtoisie. Ils s'étaient d'abord présentés selon les règles, avaient échangé sur l'origine de leurs noms, s'étaient informés de leurs ancêtres, des confréries maraboutiques auxquelles ils étaient rattachés en Kabylie. Et dans la salle d'attente, Amokrane avait encore bavardé avec Abdelhamid en kabyle, pour tromper l'ennui, pour écarter de lui cette appréhension qui le tenait au ventre et qu'il ne s'avouait pas. Il ne convient pas qu'un homme craigne d'en rencontrer d'autres. Je les avais surpris en rentrant de déjeuner, poursuivant leur interminable discussion sur les origines.

Marième était là aussi, jeune Peule du Sénégal, fière, le cou dressé, la tête d'une statuette dogon, froissant à chaque mouvement les couleurs de ses bazins. Ses longs doigts jouaient des reflets de ses ors, ceux de ses mains frôlant ceux de son visage. Elle gardait les paupières mi-closes, sans doute pour cacher les visions fulgurantes qui la traversaient. Dans la salle d'attente, elle avait versé le thé à la menthe, offert les confiseries, les yeux baissés, mimant l'humilité avec un brin de moquerie, comme une Africaine bien élevée. Marième à la beauté intemporelle, qui transformait les préoccupations triviales en questions ontologiques. Elle savait les secrets des femmes, cachés depuis l'origine dans la distribution des coquillages sur le sable. Elle nous en livrait quelquefois une bribe.

Et Viviane aussi, tendre créole, la tête pleine de stratégies politiques et le cœur de chansons d'amour. Sous le masque de ses immenses yeux ingénus, vous pouviez trouver, selon les jours, la rigueur d'un ordinateur ou la passion échevelée des îles. Et puis Alhassane, longue ombre peule du Manding, qui se déplaçait au rythme de la reptation du caméléon. Pour signifier qu'il écoutait, il reposait son menton au creux de sa main ouverte en calice. Je n'ai jamais su ce que pensait réellement Alhassane, qui aimait par-dessus tout échanger les salutations durant des heures. Peut-être savait-il déchiffrer, à l'écoute d'un détail, tel signe d'un ancêtre, telle contrainte d'un diable. Peut-être voulait-il reproduire les journées à Kankan, assis en tailleur au pied du fromager, perdu dans la contemplation du sable. Ou bien écoutait-il au profond de sa mémoire la musique des griots chantant l'épopée de Soumaoro. Je les présentai chacun à Amokrane, précisant leur origine, les langues qu'ils connaissaient, glissant un mot sur chacun. À l'appel de son nom, Alhassane inclina respectueusement la tête, esquissant un geste de la main vers son cœur. Je notai la réaction d'Amokrane, qui tiqua devant cet excès de politesse musulmane.

Il y avait aussi Geneviève, la rouée, qui avait traversé Congo, Zaïre et Centrafrique avant d'aboutir là, dans ce Paris multiple des églises charismatiques qui lui rappelait Brazzaville dont elle provenait, ou Kine-la-belle – Kine-sur-Seine. Elle connaissait les langues de là-bas, le munukutuba, le lingala, le sango, le swahili. Sa peau sombre faisait ressortir vivement la pétulance de ses yeux clairs. Malgré les dix enfants vivants qu'elle avait élevés, nul ne savait mieux qu'elle esquisser un pas de danse de Michaël Jackson. Geneviève était la vie, envers et contre tout. Elle disait qu'elle portait une araignée dans son ventre qui lui indiquait les intentions malveillantes que ses interlocuteurs nourrissaient en secret. Et l'araignée n'hésitait pas, à l'occasion, à se jeter sur l'hypocrite dans le secret de ses nuits. Alors, la personne tombait malade ou bien traversait une période de malchance et Geneviève hochait la tête d'un air entendu. Devant une situation clinique qui nous laissait perplexe, Geneviève avait toujours l'idée simple à laquelle personne n'avait pensé. Et à voir sa tête, Amokrane ne lui inspirait pas confiance.

Peter aussi était là, qui désertait régulièrement son laboratoire de parasitologie pour participer à cette république des simples que nous avions inventée. Jamais le même costume, d'une élégance raffinée, il se faisait violence, ravalant les critiques rationnelles qui lui venaient au regard des êtres que nous évoquions ; que nous invoquions. Chercheur de haut niveau, il avait décidé, Dieu sait pourquoi, d'explorer d'autres formes de raison. Il venait d'acheter une vieille Rolls, à mon sens la plus belle de toutes, une Silver Cloud II. Nous gloussions en observant la mine ébahie des collègues, les universitaires de Paris 8, les yeux exorbités devant le carrosse capitaliste glissant comme un souffle dans notre parking d'extrême gauche. Peter semblait authentiquement inquiet pour Amokrane dont il percevait l'angoisse fondamentale.

Je ne sais plus si Fang Ling était présente ce jour-là. Elle ne venait pas si souvent ; toujours pour accompagner nos patients chinois, néanmoins. Elle avait l'intelligence rieuse et savait délivrer ses remarques les plus acérées avec un sourire radieux. Elle nous a expliqué tant de choses sur l'écologie des esprits en Chine, que l'on convoque, à qui l'on intente des procès. Mais Souren l'Arménien à la langue rude y était, j'en suis certain. Les cheveux et la barbe drus et bouclés, démonstration vivante du réalisme des bas-reliefs assyriens. Et aussi Henriette, la Berlinoise, cherchant sans cesse à réconcilier le monde de sa jeunesse, fait de psychanalyse et de bons sentiments, et la complexité des êtres de la vie…

Amokrane présenta ses salutations à chacun, s'informant de la famille de son interlocuteur, de sa langue maternelle, disant parfois un mot sur ce qu'il savait de ces pays lointains. Puis, il se tourna vers moi.

— Je dois vous prévenir, me dit-il fermement, que je n'accepterai en aucun cas de discuter avec vous, si vous ne commencez par répondre à une question… une seule question.

Je pensai alors par-devers moi que cette consultation serait fort longue.

— Posez-moi votre question, ai-je accepté, puisque vous voulez tout savoir…

Et il demanda :

— Heu… Qu'y avait-il au début ?

Dans un premier temps, je n'en saisis pas le sens. Il demandait ce qu'il y avait au début… Quel début ? Alors, j'interrogeai Abdelhamid.

— Il veut que tu lui racontes la création du monde…

— Vraiment ? La création du monde ?

Le big bang ou la Genèse ? Que veut-il savoir qu'il ne connaisse déjà ? Au début, la terre était *Tohû wâ bohû*, c'est ainsi que s'exprime le texte biblique. Comment traduire ? « Au début, la terre était déserte et inorganisée »… sans structure, sans plan, sans cohérence… Sans Dieu, c'est cela qui est implicite. Comment imaginer un monde sans lui alors que Dieu n'a pas été créé ? L'existence de la terre n'impliquait pas celle de Dieu ; c'est sans doute cela que signifie le mot *bohû*. Veut-il parler d'un temps sans témoin ? Veut-il parler de l'origine de sa souffrance ? Au début ? Mais quel début ?

C'était un mardi. J'ai regardé chacun de ceux qui m'entouraient. Je me suis tourné vers Saliha, femme kabyle, reine des insoumises ; les plis soulignant ses yeux avaient gardé l'empreinte du vent. Au fond de moi, je l'identifiais à la Kahina, cette prêtresse guerrière, « la Jeanne d'Arc kabyle », qui avait longtemps résisté à l'invasion arabe au VIIe siècle avant d'être décapitée. Farouche Saliha, l'irréductible. Précieuse Saliha, qui n'avait renoncé ni aux esprits qui font danser ni aux plantes qui apaisent. Elle baissa la tête, ne sachant que répondre à la question d'Amokrane. Je me tournai alors vers Loubaba, aux paroles de miel, qui sait dire les malheurs dans d'interminables paroles bienséantes. La douceur m'a toujours effrayé ; elle annonce souvent les violences. Si douce Loubaba, indispensable à la violence de guérir !

— Il me semble que c'est à toi qu'il pose cette question, me répondit-elle, c'est toi qu'il souhaite entendre.

Lucien, avec qui nous avions si souvent discuté des questions des origines, avait dû s'absenter ce jour-là, me laissant seul, sans placenta à rechercher, sans morts à nourrir, sans fontanelle à inciser… Habituellement, nous incarnions deux personnages complémentaires, comme *the good cop and the bad cop* des thrillers américains. Lui la nuit, moi le jour ; à lui les paroles qui s'échappent, à moi celles qui adviennent au monde. Me sont seulement revenues certaines expressions qu'il tenait sans doute de son grand-père : « Casser la tête »… « rechercher la multitude »… « ne pas laisser installer le compact… »

La psychologue qui accompagnait Amokrane détourna un peu notre attention en nous délivrant des fragments de son histoire. Elle expliqua qu'au début, il y avait eu un problème de mariage. Issu d'une famille maraboutique où l'on se doit d'épouser une cousine paternelle, une jeune fille portant le même nom, celui de l'ancêtre tutélaire, Amokrane s'était marié avec une étrangère. Et le jour des noces, il ne parvint pas à la déflorer. Le *taleb*, le « guérisseur », fit brûler des encens ; un autre interrogea le livre sacré et l'on finit par conclure à un *s'hur*, une attaque de sorcellerie. Finalement Amokrane ne put approcher Tassadit, sa promise, qu'après avoir offert un animal en sacrifice au sanctuaire du saint. Ils avaient à peine vingt ans ; ils décidèrent d'émigrer en France. Naguère encore, Amokrane travaillait avec courage, élevait dans l'harmonie les quatre enfants qui lui étaient nés en France et le monde allait son chemin. Mais il y a trois ans de cela, il s'était laissé séduire par une voisine, une Marocaine. Il y eut des cris et des disputes. Le mari de la Marocaine fit irruption chez Amokrane, l'accusant, l'insultant. Ils en vinrent aux mains. Six mois plus tard, alors qu'il avait renoncé à cette relation adultère, une nuit, le « phénomène » s'abattit sur son cerveau. Il ne put vraiment l'identifier – sans doute un être surnaturel… Je me tournai vers Amokrane.

— Comment savoir ? répondit-il à mon interrogation silencieuse. La voix… elle est parfois féminine, parfois masculine… Ce n'est pas la femme marocaine, non ! Ce n'est pas un *djinn* non plus, j'en suis certain, puisque les *djinns*, je n'y crois pas. Non, c'est un « phénomène »... un phé... no... mène, martela Amokrane.

Depuis cette nuit, le « phénomène » lui parlait sans cesse. Il lui parlait dans sa tête, mais aussi dans ses oreilles. Que lui disait-il ? Il le questionnait plutôt, mais de manière agaçante. Pourquoi ? Pourquoi empruntait-il tel chemin, par exemple. Pourquoi sortir de chez lui ? Pourquoi rester couché ? Ou bien il le critiquait, l'apostrophait, l'injuriait même, quelquefois. Mais il le rendait intelligent, aussi, lui enseignant à douter de la religion. Et Amokrane me délivra la foule de questions impures dont sa tête était pleine.

— Pourquoi est-on musulman ? Pourquoi n'est-on pas plutôt chrétien, juif ou bouddhiste ? Et pourquoi pas d'aucune religion ? Qu'y avait-il avant le prophète ? Qu'est-ce qu'étaient les musulmans avant le prophète ? Et avant Allah ? Et avant les dinosaures ? Et avant le soleil ? Je vous l'ai demandé en entrant : qu'y avait-il au début ?

Avec Lucien, nous avions appris, lors de nos voyages au Bénin, les récits des Yorubas. Au début, Olodumaré s'ennuyait. Qu'y pouvait-il, lui qui était à la fois matière et espace, objet et volonté ? Il durait indéfiniment, dans une totalité compacte et indifférenciée. Pour introduire la vie, il se livra au premier sacrifice. Les dieux créateurs réagissent à une dépression fondamentale. Que pouvait-il trancher, lui qui était tout, le tout ? Il n'avait rien sous la main. Il se coupa lui-même. Des deux moitiés, l'une resta lui ; de l'autre sortirent sept dieux. Il coupa encore et sépara en deux le groupe des dieux, d'un côté les six premiers et de l'autre celui que tout le monde appelle Legba. Les divinités, qui ne savaient que faire dans ce monde infini, se réfugièrent sur un palmier qui avait poussé au milieu de l'océan, entouré par les flots. Et les dieux s'étaient installés selon la séparation, les six premiers sur une branche, le septième, Legba, sur une autre branche.

Voilà, c'était au début, au temps où il n'y avait pas de temps. Olodumaré, le dieu créateur, confia à chacune des divinités qu'il avait créées des éléments pour les différencier, à Shangó, la foudre, à Ogún, les armes de fer et à Omolú, qu'on appelle aussi Sakpata, la variole. Mais au dernier, le septième, le plus jeune, il donna une simple pierre. Cette pierre que l'on appelle en yoruba « noir-les-yeux-ouverts », plus on la lance avec force, plus on la jette au loin et plus elle retombe à ses pieds. Cette pierre est l'origine de la terre. C'est à Legba, l'insaisissable, qu'il confia la capacité de créer.

Je ne dis rien de tout cela à Amokrane ; j'y pensais seulement, bien sûr, me demandant que répondre à sa question initiale. Et Amokrane me questionnait encore:

— Je vais vous poser encore une question. J'ai besoin de savoir. Avez-vous exercé quelque magie sur moi ? Peut-être avez-vous agi à distance ? Le phénomène m'a informé sur vous avant d'entrer dans cette salle. Il m'a dit « ne le crois pas ! ». Mais avec lui, je ne sais jamais à quoi m'en tenir. Peut-être que cela signifie que, justement, je dois vous croire… Qui peut savoir ?

Je me suis tourné vers Alhassane, lui demandant ce qu'il y avait au début des peuples du Manding ? Je connaissais les récits ; nous en avions parlé bien des fois, avec lui, avec Malamine, avec Youssouf Cissé, aussi. Au début, étaient les jumeaux. Un premier couple de jumeaux, un garçon et une fille, engendraient à leur tour un couple de jumeaux, et ainsi de suite… C'était parfait ; c'était en ordre, construit pour l'éternité. Mais un tel monde, celui du début, n'a pas d'histoire. Alors, Dieu a tranché ; les jumeaux se sont séparés. Le jumeau de l'homme était le *djinn* ; à moins que ce ne fût le contraire… que le jumeau du *djinn* fût l'homme. Ils sont partis chacun pour soi. L'homme a choisi le village, le *djinn* a préféré la brousse. L'homme a choisi le prévisible et le *djinn* le débordement. Alors depuis ces temps, les *djinns* disposent de la créativité et les hommes sont gardiens de la mémoire.

Mais alors, comment laisser perdurer le monde ? Les hommes ne peuvent se reproduire sans l'aide des *djinns*, sinon leurs organisations, leurs structures viendraient vite étouffer la vie jusqu'à son noyau, réinstaurant l'uniformité des temps initiaux. C'est pour cette raison que, à chaque fois qu'il s'agit de créer, de fonder un village, par exemple, ou une famille, ou même seulement d'engendrer, voilà les hommes contraints à négocier à nouveau l'alliance avec leurs jumeaux des origines. Pauvre Amokrane, qui avait cru fonder une famille en France. Lui aussi avait la naïveté des migrants. Il voyait son fils, Mohand, le regarder avec commisération. Devant nous, l'adolescent de seize ans secouait la tête tristement. Il avait honte de ce père qui dévidait des paroles insensées. Amokrane avait cru qu'il suffisait de vivre selon les règles pour être un homme et son jumeau l'avait rattrapé, plaqué au sol, lui rappelant le contrat initial.

Les Yorubas, les Mandings, savent que, à chaque génération, le même danger se présente à nouveau, de laisser se figer le mouvement de la vie. La création n'est pas un acte accompli pour l'éternité. Non, la création recommence chaque jour. Olodumaré a séparé les premiers dieux en deux groupes, les six premiers d'un côté et Legba, le septième, le divin producteur de désordre, de l'autre. Au Bénin, j'ai vu des représentations de Legba par dizaines, installées aux seuils des maisons afin de les protéger de l'ennui et de la mort. La plus belle invention des Juifs est leur calendrier. Afin d'installer la vie, ils ont séparé la semaine en deux, d'un côté les six premiers jours, de l'autre, le *shabbat*. Chez les Juifs, les jours sont des sortes de divinités, six d'un côté, la septième de l'autre, comme les dieux des Yorubas. Pour les Juifs, il suffit de séparer, de respecter scrupuleusement le *shabbat* pour installer la vie et la joie dans sa maison. Pour les Juifs, la création est accomplie chaque semaine.

Je comprends maintenant la question d'Amokrane ; c'est aussi la mienne. Migrant, on peut certes survivre. Mais un jour se pose la question de la création, alors on se demande : comment fait-on au début ? Et tout s'effondre comme un château de cartes. Il est clair qu'au début, il y avait la division. Mais chaque dieu créateur a été à l'origine d'un type de division. Olodumaré, le Yoruba, s'est d'abord divisé lui-même, puis a divisé les dieux en deux groupes – six et un. Le Dieu juif, quant à lui, s'est « retiré », dit-on, pour laisser place au monde. Puis, il a séparé, le jour de la nuit, les eaux d'en haut des eaux d'en bas… et pour finir il a séparé les jours en deux groupes, six d'un côté, de l'autre, le shabbat.

Youssouf Cissé, chercheur et chasseur, qui sait aussi les récits des origines, a raconté que pour les Bambaras, la vie naissait de la brisure originaire. La matière compacte des débuts a été traversée d'une sorte d'éclair, une fracture. De là est apparu le premier signe et ce fut le tournoiement, une spirale, qui descendit du plus haut des ciels. C'est ce mouvement, le premier créé, que les Bambaras ont reconnu caractéristique des *djinns*. Il est vrai qu'on peut les voir quelquefois, en pleine brousse, s'emparer d'une feuille pour l'élever en un tourbillon. Le dieu créateur des Bambaras a ensuite créé d'autres mouvements, la montée, la descente, l'écoulement, comme celui des eaux d'une rivière. Et pour finir il créa le dernier, l'harmonie du déroulement du temps.

Chaque dieu créateur se reconnaît à sa façon de fracturer puis de diviser le noyau compact des origines. Qu'y avait-il au début ? Mais ton dieu ! C'est ton dieu qu'il y avait à l'origine, Amokrane ! Car ce sont bien les dieux qui ont créé les hommes et non l'inverse ! Feuerbach avait tort, Marx aussi et Freud tout autant. Les dieux ont créé les hommes et à parcourir le monde, il est facile de constater que des dieux différents ont créé des hommes différents.

Moment de détente après la tension de la discussion. Les tasses de café se mirent à circuler, et les langues à se délier. Amokrane s'était retourné vers Abdelhamid, lui glissant des confidences à l'oreille. Son épouse se détendait un peu en écoutant les conseils avisés de Saliha.

Près de moi, Catherine restait silencieuse. Elle me regardait en coin, atterrée. Ses yeux me questionnaient. Je connaissais son interrogation. Mais alors, que penser de ceux dont le père a été créé par un dieu et la mère par un autre ? Catherine, ce roc à la sensualité diffuse, qui engrangeait les paroles et les pensées, qui avait l'art de retrouver un objet, une date, un livre, une citation. Catherine, occupée à remettre le monde en ordre – et elle le fera au-delà de toute espérance ! Son père était chrétien, sa mère juive. Elle n'était pas plus double qu'aucun d'entre nous ; elle n'était pas divisée, pas effrayée. Elle en avait seulement gardé une sorte d'hésitation, comme si la pensée ne pouvait jamais être certaine. La modernité n'a pas inventé les mélanges ; elle a accéléré leur temps. Mais les dieux n'ont peut-être pas réagi aussi vite. Si les religions sont les sciences des dieux, occupées à connaître leurs natures et leurs exigences, la politique devrait être celle de leur pédagogie.

Par mes remarques durant cette consultation, j'avais expédié chacun aux sources de sa vitalité. Marième chez les hommes rouges, ses ancêtres peuls, dont on dit en Afrique de l'Ouest qu'ils sont hybrides de Noirs et de Blancs, et Viviane aux temps impensables où l'une de ses ancêtres, une esclave, avait été assaillie par l'homme blanc... Les hommes se mélangent de gré ou de force, mais leurs dieux restent trempés du même métal, imposent toujours les mêmes contraintes à leurs fidèles. Ce sont les dieux qu'il nous faut désormais éduquer ; à qui il devient indispensable d'enseigner la multiplicité. J'ai regardé cette assemblée inattendue de lettrés conscients de leurs attachements, mes amis, Abdelhamid, Saliha, Marième, Viviane, Catherine... Ils étaient la préfiguration de cet organe indispensable à notre modernité, qui émergera un jour, j'en suis certain, un véritable *parlement des dieux*.

Lorsque des femelles fertiles naissent dans une ruche, la vieille reine s'envole, avec une partie de l'essaim, fonder une nouvelle ruche ailleurs. Je me pris à rêver à Yom-Tov, grand-père de mon grand-père maternel, grand rabbin d'Égypte, qui décida un jour d'abandonner la communauté dont il avait la charge, partant au dos d'un âne blanc pour Jérusalem.

Table

Cet ouvrage a été imprimé en France
par CPI Bussière
à Saint-Amand-Montrond (Cher)
en juillet 2012

Mise en pages PCA
44400 Rezé

N° d'Édition : 17306. — N° d'Impression : 122583/4.
Dépôt légal : septembre 2012.

